本书受哈尔滨师范大学外国语言文学一级学科资助

A CRITICAL STUDY OF
SHAKESPEARE'S SONNETS IN A NETWORK-LIKE
COMPREHENSIVE MANNER

莎士比亚
十四行诗隐喻
网络研究

徐畔 著

社会科学文献出版社
SOCIAL SCIENCES ACADEMIC PRESS (CHINA)

徐畔 女，1975 年生，2013 年毕业于上海外国语大学，获文学博士学位，2017 年哈尔滨师范大学文学院博士后流动站出站，现任哈尔滨师范大学西语学院教授，英国索尔福德大学荣誉教授。曾出版专著《美国文学概观》等，2016 年获国家社会科学基金年度项目立项，2017 年获黑龙江省归国留学人员报国奖，2018 年获第 18 届黑龙江省社会科学优秀成果一等奖。

序

我从事英语语言文学教学与研究已经四十多年，特别热爱英国文学和美国文学中的经典作品。莎士比亚是我最为景仰的巨人，他在其作品中所描绘、表达的人生感悟也将永远是我人生之路的天光，因为他用最为深邃的眼光看透了人生的复杂性、多样性，用最为精妙的语言将一幅极其详尽的人生地图呈现给了世界。2014 年是莎士比亚诞辰四百五十周年，上海大剧院特邀我用中英双语讲解莎翁作品，历时近三年，我陆陆续续讲了三十多场，几乎覆盖了莎士比亚所有的戏剧，其中有一场专题讲了《莎士比亚十四行诗》。我非常乐意传播莎士比亚作品。过去近二十年，我一直在读莎士比亚的作品，从不懂到懂，从肤浅的阅读到比较深刻的理解，我不断往前走。越是细读莎士比亚的原作，越觉得他的伟大。我觉得莎翁的影子无处不在，无时不有，说坦白话，读他的作品时，有时有一种莎翁在看着我的感觉。我对他太敬畏了，我至多说我能欣赏莎士比亚了，但还不敢狂妄地自以为具备了研究莎士比亚作品的基本条件。说不定，哪一天我自我感觉好了，胆子大了，会真正开始研究莎士比亚。有一点我比较肯定，那时我一定会倾注心力，做的研究成果要基本上对得起我心中的偶像。

莎士比亚十四行诗是我为博士生开设的一门课程，一周一次，一次讲解、赏析一首或两首诗，每学期都开，按莎士比亚十四行的原来排列的次序讲。对博士生而言，要连续不断听我讲三年以上的课，才可能听全我的十四行诗的讲解、赏析。据考查，十四行诗源于13世纪的意大利，起先是普罗旺斯民间流行的一种抒情小诗，后来宫廷诗代表“西西里诗派”广泛使用这一诗歌形式，到了文艺复兴时期，意大利诗人皮特拉克用迷人的音韵、严谨的格律、浓厚的人文主义内容，将十四行推上了完美的境界，故意大利体十四行诗被称为皮特拉克体。16世纪初，怀亚特爵士最先将意大利十四行诗引入英国，萨特伯爵将意大利十四行诗英国化。在伊丽莎白时期，十四行诗成为最流行的诗体。莎士比亚凭借其超人的天赋，通过形式上的突破，内容上的创新，极大地丰富了十四行诗体。由于他对十四行诗做出的卓越贡献，英国十四行又被称为“莎士比亚式十四行诗”。莎翁的十四行诗一共154首，评论家一般将其分成三组：第一组是由第1～126首构成，是写给一位美貌的贵族青年的；第二组是由第127～152首构成，是写给一个黑肤色的女子的；最后两首诗是赞美小爱神丘比特，与其他诗没有必然的关联。因为《莎士比亚十四行诗》是莎翁唯一一部用第一人称创造的作品，许多评论家认为它有一定程度的自传性，是诗人的内心独白和生活经历的记载，表达了诗人的个人情感。

在《莎士比亚十四行诗》中，莎士比亚对个人生活中所发生的一些事表达了个人情感，并且讨论了人类的一般情感、共同关心的问题。这里，我仅仅以“美”为主题，从其前50首诗中选取若干例子来说明之。诗人说：美是“世界之鲜艳的装饰品”（the world's fresh ornament **Sonnet 1**），“烂漫春天之无比的一朵奇葩”（herald to the gaudy spring **Sonnet 1**），“你这样的美丽姿容，不可被死神强占，不可让蛀虫继承”（thou art much too fair/ To be death's conquest and make worms thine heir **Sonnet 6**），“那慈祥的光明从东方抬起了他的火红的头”（the gracious light/ Lifts up his burning head **Sonnet 7**），“下界众生都膜拜他这新出现的景象，以恭顺的眼光注视着他的威风”（each under eye/ Doth homage to his new-appearing sight，/ Serving with looks his sacred majesty **Sonnet 7**），“真正和谐的音调”（well-played and well-tuned music **Sonnet 8**），“这样做（结婚生子）便是智慧、美貌和滋生，否则便只有愚蠢、老迈和腐朽”（Herein lives wisdom，beauty，and increase；/ Without this, folly, age, and cold decay **Sonnet 11**),“夏季的绿苗”(Summer's crops **Sonnet 12**),“美貌的典范”(model of beauty **Sonnet 19**),“使男人们目眩,使女人们倾心”(steal men's eyes and women's soul amazeth **Sonnet 20**),“做这样大胆的比拟,说他的美人媲美日、月、水陆的奇珍”(Making a couplement of proud compare/ With sun and moon, with earth and sea's rich gems **Sonnet 21**),“镶在夜空的金烛” (those gold candles fixed in heaven's air **Sonnet 21**),“以金赤的脸吻那油绿的草茵,以奇幻的幻术镀亮灰色的河川”(Kissing with golden face the meadows green, / Gilding pale streams with heav'nly alchemy **Sonnet 33**),“悬在漆黑的半天空的一颗宝石” (a jewel hung in ghastly night **Sonnet 47**)。

徐畔同学说:“德国心理学家库·勒温的拓扑心理学认知理论认为,宇宙是单数的,心理的空间则是复数的。正如罗马尼亚诗人鲁布拉说:‘所有科学家加在一起才能开辟一个世界;一个哲学家就足以开辟一个世界;而一个诗人却能开辟许多世界。这个世界就是诗人所向读者展示的他对事物的不同感知、认识和理解,也就是他个人心理空间的隐射,或者是读者通过心理感知对他所描绘的心理空间的不同理解。’”我觉得徐畔同学的话剀切中理。莎士比亚在第53首诗中写道,“你究竟是什么原料所造成,/有万千的影子跟随着你?/每一个人只能有一个阴影,/你,一个人,却各种影子都能供给。”(What is your substance, whereof are you made, / That millions of strange shadows on you tend? Since every one hath, every one, one shade, / And you, but one, can every shade lend.)莎士比亚是圣人先哲,即使是独自一人,也会化身千亿,不同背景的读者都会读出自己心中的莎士比亚。莎士比亚的语言独特、迷人,即便是一个概念,他也会运用不同的隐喻,从不同的角度来说明。我再援引第19首诗(**Sonnet 19**)作为例子:

诗人认为,时间无坚不摧、无往不胜。于是诗人借用众所周知的箴言式论点“时间吞噬一切”(Time devours all things)作为论点,一连用了四个

XIX

Devouring time, blunt thou the lion's paws,	吞噬一切的时间啊,你磨钝狮子的爪,
And make the earth devour her own sweet brood,	你使尘世吞噬她自己的亲生孩子;
Pluck the keen teeth from the fierce tiger's jaws,	从猛虎嘴里把锐利的牙齿拔掉,
And burn the long-lived phoenix in her blood;	把长命的凤凰活生生的自行烧死;
Make glad and sorry seasons as thou fleet'st	你一面飞驰、一面造成多少次欢欣悲戚,
And do whate'er thou wilt, swift-footed time,	捷足的时间哟,这广大的世界
To the wide world and all her fading sweets;	及一切美好脆弱的东西由你随便处理;
But I forbid thee one most heinous crime:	但我不准你做一桩最可恶的祸害:
O carve not with thy hours my love's fair brow,	别在我的爱友的额上镌刻横纹,
Nor draw no lines there with thine antique pen.	也别用你的笔在脸上胡乱画线;
Him in thy course untainted do allow,	你在途中不要让他受到伤损,
For beauty's pattern to succeeding men,	好给后世的男人留一个美貌的模范,
Yet do thy worst, old time; despite thy wrong,	不过你尽管发威,时间,不怕你为害,
My love shall in my verse ever live young.	我的好友在我的诗里将青春永在。

比喻，来说明时间可以使一切不可能的事成为可能："你磨钝狮子的爪，/你使尘世吞噬她自己的亲生孩子；/从猛虎嘴里把锐利的牙齿拔掉，/把长命的凤凰活生生的自行烧死"。说到连续用几个比喻来说明"不可能的事"，熟悉莎士比亚喜剧《威尼斯商人》的读者一定会想到第四幕第一景在法庭上威尼斯商人安东尼奥说的一段话，为了劝说大家放弃对犹太富人夏洛克的期望，他说："请你不要忘记你是向一个犹太人说话呢：这无异于站在海岸上令海潮不要涨到平常的高度；这无异于向一只狼质问，为什么他要使得母羊为小羊而哀鸣；这无异于禁止山上的松树在天风吹过的时候摇曳树巅发出声音；这更无异于是做世界上最难的事，把他那个犹太人的心变软，——什么东西比那个更硬?"

(I pray you, think you question with the Jew: You may as well go stand upon the beach/ And bid the main flood bate his usual height; / You may as well use question with the wolf, / Why he hath made the ewe bleat for the lamb; / You may as well forbid the mountain pines/ To wag their tops and to make no noise/ When they are fretten with the guests of heaven; / You may as well do any thing most hard/ As seek to soften that——than which what's harder? ——/ His Jewish heart.)

这里，一连串以“这无异于”起头的比喻，生动、有力地表达了“要软化夏洛克的心是一件不可能的事”。

徐畔同学认为，莎士比亚瑰丽的诗歌语言构建了许多个世界。根据拓扑心理学认知理论，“莎士比亚十四行诗中所描绘的心理空间是隐喻的，其具体特征是多维的、开放的、动态的；诗歌中所体现的立体隐喻性认知图形从不同的角度说明、阐述和描绘了同一个概念，表达了同一个主题。”“如果我们把他的文字和表达方式形象地比喻成是一个立体的球形，所有的隐喻突出于文字上方，我们借助拓扑心理学的规律进行隐喻梳理和整合，那么读者站在这个立体的球形中央，就会以360度的视角从不同的诗节和文字里读懂他的主题。”

徐畔同学把《莎士比亚十四行诗》看成一个隐喻网络构成的多维意义空间，借助拓扑心理学空间里来研讨。这个观点不仅是独特的，而且具有突破性的意义，极大地拓宽了理解、赏析莎士比亚作品的视角。我还特别欣赏她的观点：“现代哲学的最大转变在于，他们认为语言不仅仅是工具，语言表达其实就是我们的思想本身。莎士比亚十四行诗中所反映的人文主义思想和莎翁的诸如对人类、爱情、人生和时间的思考，反映了莎士比亚十四行诗的哲学性。”

新的理论学习及运用需要付出极大的辛劳。“拓扑学（topology）是近代发展起来的一个数学分支，用来研究各种‘空间’在连续性的变化下不变的性质。”徐畔同学能够搞清楚这个理论的复杂的脉络，并运用这一理论研究《莎士比亚十四行诗》，实在是一件很了不起的事。

徐畔同学是一位极其好学的学者。我认为好学是一个学者最重要的素质。孔子说：“譬如为山，未成一篑，止，吾止也。譬如平地，虽覆一篑，进，吾往也。”一个学者的可贵之处在于通过学习而不断地前行。怎样做到不断学习不断前行呢？首先在认识上做到孔子所说的“君子病无能也，不病人之不己知也”。这里，孔子教导我们应该为自己的缺少哪种技能、哪种能力而忧虑，而不应该为自己享有怎样的名声而担心。而后在行动上就能做到："日知其所亡，月无忘其能"，就像吃饭和睡觉一样，每天学习，学习一点新东西，隔一段时期，温习一下，不让自己遗忘已学的知识，就像往平地上不断地覆上一筐土，随着时间的推移，慢慢为自己堆起一座山。在跟我攻读博士学位时，当时的小徐老师就具有这种精神。虽然我们已经有很久没有见面了，但我深信不移，她还保持着这种精神，并真诚希望她终身保持这种精神，因为唯有这种精神，才能使一个名义上的学者成为真正意义上的学者。

最后，我想借这个机会表达对梁实秋先生的崇高敬意。我喜欢读他的文字，以上文中涉及《十四行诗》或莎士比亚其他作品的中文均选自他的翻译。他在莎士比亚《十四行诗》翻译的"序"中说："莎士比亚的《十四行诗》是他的作品中最受人注意的一部，学者及批评家对它专研之细，致力之勤，仅次于《哈姆雷特》一剧。Sir Walter Raleigh 在他的《莎士比亚传》里说：'在这神秘窟穴的周围有许多足迹，但其中没有一个是方向朝外的。没有人企图解决这个问题不留下一本书；于是莎士比亚的神龛上密密匝匝地挂满了这些奉献的祭品，全都枯萎尘封了。'"徐畔的著作也是挂在莎士比亚神龛上的祭品。我坚信，本书凭借着其理论的透彻性和结合实际的适当性，凭借其宽度和深度，必将受到读者的喜爱以及中国莎学界的重视，而读者的喜爱和评论家的兴趣和肯定是防止枯萎的秘诀。

是为序。

史志康

于上海莎煌双语剧团工作室

2018 年 8 月

目　录

第1章　绪　论

1.1　研究背景

现代隐喻研究把隐喻看成一种认知现象，与人们的思维方式密切相关。近年来，心理学家和语言学家试图通过大量的实验，证明隐喻对人类思维和日常行为具有重要影响。随着认知语言学理论研究在中国的发展，有关隐喻的研究也在不断扩展和深入。莎士比亚十四行诗中出现的大量隐喻和隐喻网络让我们从不同角度来了解莎翁对于人生的思考。我们可以从他使用隐喻的频度来探究他对于爱情和人性等诸多问题的态度。

在整个近代哲学中，哲学家们在讨论语言问题的时候表现出两个特点：第一，他们把语言看作表达思想的工具；第二，他们认为，语言给思想表达造成的混乱是可以清除的。就像我们擦拭眼镜一样，我们把眼镜擦干净了，就能清楚地看世界。而现代哲学的最大转变在于，哲学家们认为语言不仅仅是工具，语言表达的其实就是我们的思想本身。莎士比亚十四行诗中所反映的人文主义思想和莎翁的诸如对人类、爱情、人生和时间的思考，反映了莎士比亚十四行诗的哲学性。正因为如此，屠岸才会说莎士比亚十四行诗是个永远的谜。

石里克①说，哲学转变最重要的方面就体现在我们重新认识了逻辑的本

---

① 石里克（Moritz Schlick，1882—1936）：德国著名哲学家，维也纳学派和逻辑实证主义的创始人，属于分析哲学学派。

质。而事实上，逻辑的本质就是语言的本质。江怡教授说语言的本质就是指我们以什么样的方式来理解我们的语言，我们以什么样的方式来诉说我们的语言，或者我们以什么样的方式来描绘我们的语言，这在很大程度上就规定了我们以什么样的方式来诉说我们的思想。这两者之间是密切相关的（刘景钊，2012）。

众所周知，任何一个学科理论体系的建立都不是无源之水，而是众多学科合力影响之结果。从表面上看，拓扑心理学与认知语言学没有什么关联，但笔者根据对勒温的《拓扑心理学原理》的研读，发现拓扑心理学对认知语言学研究的体系和基本概念影响相当大（如概念整合、心理空间），这为我们更好地了解和研究这门新兴学科打下了坚实的基础。这里有一个很有意思的实例，就是维特根斯坦，他的《逻辑哲学论》就是一个运用拓扑学的方法建构起来的。

中国人文领域的拓扑学当初就是从研究维特根斯坦衍生出来的。这个发展其实也同当代欧洲大陆哲学有关。因为欧洲大陆哲学家中拓扑学这个概念用得比较多，比如拉康。拉康在关于意识的讨论中，谈到人的意识发展阶段的时候，就使用了“拓扑倾向”的概念。福柯、德勒兹也都谈到过这个问题，甚至当代一些哲学家在研究海德格尔的时候，也用了拓扑学，但是他们这里用的拓扑更多的是与时间相关联，把存在这个概念看作拓扑的演变过程。就是说在一个空间当中，存在在不断地变化，最后我们都能找到它不变的东西，即连续性中的不变性，从而通过这种方式来确认这个存在概念到底指什么，他们把拓扑学作为一种方法来讨论西方哲学家的思想。江怡教授则更想把拓扑学[①]做成一个领域，把拓扑理解为一种形而上学（刘景钊，2012）。

有专家说，有了拓扑学的观念，超凡的想象力现在可以通过技术手段来实现了。而这种想象就是建立在空间概念基础上的，是通过空间来完成的。

① 拓扑学（Topology）是近代发展起来的一个数学分支，用来研究各种“空间”在连续性的变化下不变的性质。

而不是建立在时间概念基础上的。因为大量自然现象具有连续性，所以拓扑学具有广泛联系各种实际事物的可能性。通过拓扑学的研究，可以阐明空间的集合结构，从而掌握空间之间的函数关系。如莎士比亚十四行诗中谜一样的想象和心理空间，我们可以借助拓扑学来立体呈现。

1.2 基本观点

尽管用拓扑心理学①分析莎士比亚十四行诗还存在很多困难和不足，但它将语用要素纳入几何图形中，探索语用要素的形式化途径，试图走的是一条心理学空间下语言研究的学科构建道路。从拓扑学的视野，很容易解释心理场的动力问题，符合语言研究的主流思想。因此探讨拓扑心理学认知空间下的莎士比亚十四行诗是本研究的出发点及归宿。

如果将但丁、弥尔顿、拉普里莫达耶、亚里士多德、弗拉德、弗洛伊德放在一起进行比较研究，就会发现，他们通过隐喻，塑造了一个多维、复数的空间。我们可以推导出一个相通的认知结构模式：天是物理的宇宙，是单数的，人是心理的小宇宙，是复数的，多维的。所以诗人通过拓扑心理空间原理，将隐喻构建成多维而开放的美好空间。

探索人的地位、价值、意义是莎士比亚十四行诗中的一个重要主题。莎翁善于挖掘人的心灵，将其真实地再现。他笔下的人物都是有理想又现实的，这样真实的人物塑造正是他深度创作的体现。这些都是由莎翁作品中那些雄浑、深厚、丰满、生动的隐喻网络空间得以实现的。

拓扑学心理空间的生成方式，完美地将莎士比亚诗中所反映的心理上的意义再现出来。这些空间可以是宇宙、镰刀、花朵以及人生。按照勒温所言，任何空间都是等效的，无论其形状、面积如何。所以，在莎士比亚的笔下创作出来的多维、多形状空间，传达的是一个相同的心理空间，表达的是

① 拓扑心理学是德国格式塔心理学家勒温根据动力场说，采用拓扑学及向量学的表述方式，研究人及其行为的一种心理学体系。

同一个意义。宇宙时间的维度，也可以分成不同的物理空间，无论如何分割，都是心理的反映，并最终生成文化模式，通过诗歌将其具体化并阐释出来。拓扑学认知世界的方法是：通过物理结构，研究心理意义层面上的多维空间。

1.3　研究意义及方法

本研究立足于把莎士比亚十四行诗看成隐喻网络构成的多维意义空间。莎士比亚十四行诗构成的空间，是多维的、开放的、动态的、隐喻的。这对莎士比亚语言进行系统研究和诗中反映的心理空间研究提供了理论支持。

对莎士比亚的语言研究可以通过拓扑学空间展拓的手段加以实施，上面谈到拓扑学认知世界的方法是，通过宇宙的物理结构，研究心理意义层面上的多维空间。这为莎士比亚十四行诗研究提供了新的视角。也有助于我们系统地了解和分析拓扑学及拓扑心理学在其他学科上的应用意义和影响；有助于系统深入地研究拓扑心理学（Topological Psychology）的认知空间对莎士比亚十四行诗研究的意义和方法。在此基础上梳理莎士比亚十四行诗的隐喻网络和意识形态空间所反映的深刻的心理空间。在莎士比亚各种各样的隐喻当中，在心理空间和物理空间的映照下，寻求隐喻的空间推导。在一个单数的物理空间，建立复数的心理学空间。这对语言教学至关重要，有利于构建新的莎学教学体系，从而帮助学生加深对莎士比亚语言的理解，提高学生阅读莎士比亚作品的能力。

本研究拟对有关宇宙、时间，永恒、爱情、身体、音乐等文学主题的几何空间进行重点阐述。莎士比亚十四行诗中多种描绘概念的隐喻性认知图形，是通过拓扑学认知生活空间或心理来构建的。在一定范围内，这些认知图形是等效的，它们从不同的角度共同说明、阐述和描绘同一种概念，表达同一个意义。正如拓扑学基本原理对应的那样，在莎士比亚十四行诗里提到多方面结构理论，如生理的、物理的、音乐的、意识的，从某种意义上讲，尤其是从现代科学的角度来看，都属于一种心理和隐喻结构。

有关莎士比亚语言的研究，包含七种基本研究方法：文本细读法、语言考证法、文化阐释法、心理分析法、审美综合法、跨学科领域研究法、综合评判法。

在整个外国文学的研究中，对莎士比亚语言的研究占据重要位置，它的研究成果数量在作家作品中几乎是首屈一指的。纵观近几年的研究成果，尽管在数以百计的论文著作中，不乏一些精品上品，但从整体看，缺乏研究的广度和深度。因此，研究方法需要成熟与完善。

本文的研究是基于莎士比亚十四行诗中的隐喻网络构成的空间研究。本文综合了著名隐喻研究者（诸如亚里士多德、理查兹、莱考夫和约翰逊）的隐喻理论来识别莎士比亚十四行诗中的隐喻。在根据隐喻理论识别出十四行诗中的所有隐喻后，文章根据隐喻的本体对其进行分类：包括本体为“爱情”的隐喻，本体为“人类”的隐喻，本体为“人生”的隐喻，本体为“美”的隐喻，本体为“时间”的隐喻，以及本体出现频率较低的其他隐喻。为了使研究更清晰明了，文中出现了一些表格，每个表格总结了相同本体隐喻的不同隐喻表达，然后详细分析了每个隐喻。

1.4 论文结构框架

本论文的章节安排如下，全文共分5章。

第1章为绪论。主要介绍本文的研究背景、研究观点以及研究意义和方法。

第2章是本论文的理论部分。介绍中国对莎士比亚十四行诗的了解与研究及探讨国内外拓扑心理学认知空间下的莎士比亚十四行诗研究和在拓扑心理学的启示下，展开对莎士比亚十四行诗的拓扑心理学认知研究。

第3章是本论文的主体部分，也就是莎士比亚十四行诗的隐喻研究。笔者试图通过梳理和罗列莎士比亚十四行诗中的隐喻网络，来研究诗歌心理意义层面上的多维空间。

第 4 章是再次探讨和总结莎士比亚十四行诗的拓扑学等值隐喻研究。拓扑学的认识方法告诉我们，不论是一滴眼泪还是一座高峰，都是表达同一个概念的，是等效的，也就是我们所熟悉的拓扑等价。通过这种等效的空间隐喻模式重读莎士比亚十四行诗，能够让我们对经典多一份生动的理解。

第 5 章为结论（余论）部分。本章对论文的主要观点和创新点进行了归纳和总结，同时指出了研究中存在的不足和后续研究要解决的问题。

第 2 章　拓扑心理学认知空间下的莎士比亚十四行诗研究

2.1　格式塔心理学和拓扑心理学研究

意象是连接情感与思维的桥梁。大部分对莎士比亚十四行诗意象的研究是从意象的象征意义和主题内涵角度切入的，较少涉及心理学角度。本部分从格式塔心理学和它的一个分支拓扑心理学角度入手，并利用心理空间隐喻的特点，来解析读者读莎士比亚这首诗歌（莎诗第 97 首）时所得到的美学享受，以及莎士比亚倡导的人文思想。

2.1.1　格式塔心理学角度分析

格式塔心理学①是一种侧重于研究经验现象中的形式与关系的心理学。20 世纪初，德国心理学家韦特默发表了《关于运动知觉的实验研究》一文，标志着格式塔心理学的诞生。格式塔心理学主张用“格式塔”的观点研究

① 格式塔心理学，也译作完形心理学，诞生于 1912 年，是西方现代心理学的主要流派之一。它强调经验和行为的整体性，既反对美国构造主义心理学的元素主义，也反对行为主义的“刺激 - 反应”公式，认为整体不等于并且大于部分之和，意识经验不等于感觉和感情等元素的集合，行为也不等于反射弧的集合。它的代表人物有韦特海默、苛勒、考夫卡等，勒温则对格式塔心理学做了进一步的发展，自称拓扑心理学。

心理现象。我们也可以把这种研究方法运用到诗歌鉴赏的诠释与解读之中（周寅，2002）。

在莎士比亚第97首十四行诗中（见表2－1），短短14行却蕴含众多意象。诗歌一开始就把一幅图景展现在读者眼前。“瑟缩的冰冷”“阴暗的天色”“四望一片萧疏”“满目岁末的凋残”（辜正坤，2008）。读者通过视觉读到的诗句反映到头脑中，形成了整体性的感知。随着意象层层地推进，景中生情，一幅凋零、萧索、阴郁、压抑的画面浮现在脑海之中。格式塔心理学认为，结构不是其组成部分的简单相加，而是经过主体知觉活动进行积极组织和建构而成为经验中的整体，这就是“整体性”原则。读者通过欣赏主体创造性的知觉活动，对作品提供的种种要素进行重组而生成新的意象群体。这首十四行诗的前四行中出现了“寒冷”（freezings）、“黑夜”（dark days）和“荒芜”（bareness）等意象。人的心理空间结构的整体性是主体

表2－1 莎士比亚十四行诗第97首中英对照

XCVII	Sonnet 97
How like a Winter hath my absence been	与君别离后，多像是过冬天，
From thee, the pleasure of the fleeting year!	你是时光流转中唯一的欢乐！
What freezings have I felt, what dark days seen,	我觉得好冷，日子好黑暗！
What old December's bareness everywhere!	好一派岁暮荒寒的景色！
And yet this time removed was Summer's time,	这离别其实是在夏天①；
The teeming Autumn big with rich increase,	凸了肚皮的丰盛的秋季，
Bearing the wanton burden of the prime,	承受着春天纵乐的负担，
Like widowed wombs after their lords'decease:	像丈夫死后遗在腹内的子息：
Yet this abundant issue seemed to me	不过对于我，这子孙的繁衍
But hope of orphans and unfathered fruit;	只是生一个孤儿的指望；
For Summer and his pleasures wait on thee,	因为夏天的欢乐都在你的身畔，
And thou away, the very birds are mute;	你一去，鸟儿都停了歌唱；
Or if they sing, 'tis with so dull a cheer	即使歌唱，也是无精打采，
That leaves look pale, dreading the Winter's near.	使得树叶变色，生怕冬天要来。
	（梁实秋　译）

① 梁实秋译注：＊第5、6两行 summer's time，The teeming Autumn 费解，引起不少评论。所谓 the teeming Autumn 即是 Summer's time，诗人与朋友别离在夏天。别离之后，不胜相思之苦，只得在回忆中度日，这夏天有如充满春日美丽回忆的秋天。Ingram and Redpath 改第5行末之 semicolon 为 comma，dash 颇有见地。第9行 yet 语气一转，盖谓回忆固然可以自娱，然亦只是慰情聊胜于无，独自享受耳，如寡妇之抚爱其遗腹子也。

通过知觉活动把这些刺激材料——“寒冷、黑夜、荒芜”等进行积极建构而形成的。这也呼应了诗第一行的“冬季”（Winter）一词。因此，在读这一诗节时，读者通过积极感知，融情入景，得到了属于自己的情感体验，审美享受在读诗过程中也得到满足。

同样，在第五诗行到第八诗行中，诗人描绘了一幅富饶充实、生机勃勃的画面。为什么不同的意象反映到读者头脑中会有不同的感知效果呢？“格式塔”心理学认为在非物质的心理事实与物质的物理事实之间存在有结构上的相似性，心理和物理是同型的。这就是格式塔心理学强调的“异质同构”原则（申玖，2010）。内心中的情感与现实中的物质尽管性质不同，但它们有相同的结构，因此“寒冷、黑夜、荒芜”只能给人一种阴郁、萧索、空虚的感觉，而“莹莹的硕果、丰盈的果实”给读者的却是“快乐、充实、满足”的情感体验。这或许也是诗人的用意，让读者体会到诗人的情感：有友人陪伴之时，一切都是阳光、快乐的；离开了友人，天色顿时暗淡，一片萧疏、满目凋残。

2.1.2　拓扑心理学角度分析

拓扑心理学是格式塔心理学的一个分支，心理学家库·勒温的拓扑心理学认知理论认为，物理的空间是单数的，而心理的空间是复数的；物理的空间在动力上是封闭的，而心理的空间在动力上是开放的。因此，前认知的空间是单一、封闭、机械的，而认知视域内的空间是复数、开放和隐喻的。因此，在勒温看来，心理空间应该是多维且动态的。

在前面引述的十四行诗中，诗人描摹了两种截然不同的景象。一个是萧索、凋零的寒冬，另一个则是硕果累累的夏末秋初。读罢全诗，我们知道了这两个景象并非都是对客观世界的描绘。诗人与友人分离，“这离别的日子分明是在夏天/或孕育着富饶充实的秋天”。但在诗人的眼中、诗人的心里，这只不过是使人瑟瑟发抖的寒冬，没有硕果，只有一片萧索。人的心理空间是开放、多维且动态的。物质世界单一的事件发生，反映到人的心理空间可以有多种或程度不同的感知形式。外部物质世界是“浪荡春情已结下莹莹硕果的富饶秋季”，对于自然界本身只是一个自然现象，但反映到多维的心理空间，这硕果可以似“良人的遗孀，胎动小腹园”（辜正坤，2008），在诗人的心理空间中，这只是“亡人的孤儿，无父的遗产”（辜正坤，2008）。在离别之时，心情本就是伤感的。友人离去，连小鸟开启歌喉，也只不过是吐出声声哀怨。鸟儿似乎吐出了诗人的心声。这些都说明了物理空间的单一及心理空间的多维性。而拓扑心理学认为，不论何种空间，不论其形状、面积等属性如何，都是等效的。这些多维、多形状的空间，都表达出一个心理隐喻空间，汇总到同一个意义的归结点（罗益民、蒋跃梅，2010）。而莎士比亚在这首十四行诗中的意义归结点乃是诗人对友人的思念和感伤的情感。友人的形象也象征着文艺复兴时期个人自我精神的解放，如夏日般快乐、自在。

在勒温的心理学理论中，“动力”是其最突出的特征。勒温的心理动力概念可概括为心理紧张系统，注重需求和动力能量的意义，强调各种心理动力在一个系统中的交互作用。这种心理紧张系统也可用于解读、鉴赏诗歌之中。初读这首诗，“How like a Winter hath my absence been/From thee, the pleasure of the fleeting year!”（有你陪伴的时候，满是快乐；而离开了你，日子便宛若寒冬！）这种快乐和寒冷究竟是什么样的呢，诗人为什么会有此感慨？读者的这种需求便促使其产生了心理紧张状态。诗人接下来的诗句满足了读者心理上的需求。两个冬、夏图景给读者在心理上造成了强烈的对比和反差。正是这种矛盾，赋予读者足够的审美空间和想象空间。

2.1.3 心理空间的隐喻性

再看罗伯特·弗罗斯特的（Robert Frost, 1923）《雪夜林边小驻》中的部分内容：

The woods are lovely, dark and deep.
But I have promises to keep,
And miles to go before I sleep,

And miles to go before I sleep.

汉译：这里的树林是如此可爱、深邃又深远，
不过我还有未了的承诺要实现，
在我入睡之前还有几里路要赶，
在我入睡之前还有几里路要赶。

"在我入睡之前还有几里路要赶"：如果用拓扑心理学解释，这是物理层面的感受——这里的里程是空间上的里程，是在新英格兰的一段路程，而这里的睡眠说的就是睡眠。而在第二次出现的时候——"在我入睡之前还有几里路要赶"，我们感觉这里的里程已经不只是空间上的里程，而是指时间上的里程，而这里的"睡眠"也就有了"死亡"或是"长眠"的意味了，这里的"几里路"就有了心理隐喻空间的含义。

对于诗歌中的意象，如果只是视觉的刺激或被动地感知，那么，诗人的写作对于读者来说毫无意义。但如果反映到心理隐喻空间，读者可运用想象把意象进行联想、整合重构，生成独特多维的意义体系。心理隐喻空间是动态开放的，因此，这些意象的心理隐喻也是不确定的、多变的。因而诗人留给读者的是巨大的想象空间，不断激发读者再发挥和再创造。西方文艺复兴时期，人们将抛舍给上帝的主题重新索回，从封建专制与教会的桎梏下解放自己。从"人是实现某种目的的工具"转变到"人应成为独立的精神个体"。莎士比亚的十四行诗不仅运用自由想象描摹丰富意象，体现人文主义关怀，还给读者留下了想象的空间。莎士比亚的十四行诗中的意象不仅增添了诗歌的美感和审美价值，也深化了诗歌的内涵。

2.1.4　小结

莎士比亚是英国文艺复兴时期伟大的剧作家、诗人，欧洲文艺复兴时期人文主义文学的集大成者。他的十四行诗流传千古，是人类文化的瑰宝。我们在读这首十四行诗的过程中，获得了审美享受，也隐约读到了诗人想要传达给读者的思想观念。从格式塔和拓扑心理学的视角，运用心理学的研究方

法，重新解读莎士比亚的诗歌，为鉴赏莎士比亚的意象诗提供并进行了一次尝试性诠释。

2.2 拓扑心理学与认知语言学的关联

众所周知，任何一个学科理论体系的建立都不是无源之水，而是众多学科合力影响之结果。从表面上看，拓扑心理学与认知语言学没有什么关联，但笔者根据对勒温（1936/1997）的《拓扑心理学原理》的研读，发现拓扑心理学对认知语言学研究的体系和基本概念影响相当大（如概念整合、心理空间），这为我们更好地了解和研究这门新兴学科打下了坚实的基础。

2.2.1 拓扑心理学与认知语言学的关联性研究起源

在心理学和语言学关联发展中，认知观起源于20世纪五六十年代对行为主义研究范式的反叛，主要是由于这种研究范式强调刺激－反应（S→R），忽略了S与R之间的认知过程，即耳朵在接收到刺激并做出反应之间进行着什么，几乎没有涉及。然而这又是非常重要的一环，认知科学将其纳入研究范围，给予了足够的重视和研究。但认知科学的发展也不是一步到位的，经历了三个主要时期：前人工智能时期（20世纪40年代中期至50年代中期，以控制论、自组系统和机器翻译为主）、经典符号处理模型时期（20世纪50年代末至80年代初，以信息和符号处理为主）和联结主义模型兴盛时期（20世纪80年代中期至今，以联结主义模型为主）（熊哲宏，2002：9～22）。（见表2－2）

表2－2 认知科学发展的三个主要时期

三个时期	时间段	表现
前人工智能时期	20世纪40年代中期至50年代中期	以控制论、自组系统和机器翻译为主
经典符号处理模型时期	20世纪50年代末至80年代初	以信息和符号处理为主
联结主义模型兴盛时期	20世纪80年代中期至今	以联结主义模型为主

时至今日，不管是自然科学还是社会科学，任何一个学科体系的建立与发展都不是无本之源，毫无例外地是在前人研究基础之上的扩展。无论是爱因斯坦的“相对论”，还是索绪尔、乔姆斯基的语言理论以及当前的认知语言学都是在巨人的肩膀上产生的。在撰写论文过程中笔者通过对勒温（1997）的代表作《拓扑心理学原理》的仔细研读，发现它与当前的认知语言学有密切关系。研读这本书的理由有三：第一，勒温是拓扑心理学的创始人和奠基者；第二，该书是勒温的代表作，影响很大；第三，国内学者对该研究了解甚少。我们从认知语言学、拓扑心理学、拓扑心理学与认知语言学的相关性三个方面就相关的文章对四个网站——中国知网、yahoo！中文网、Google 中文网和 yahoo！英文网进行了初步统计，其结果如表 2－3 所示。

表 2－3　1994～2005 年拓扑心理学与认知语言学研究的网络统计

单位：篇

关键词＼网站	中国知网	yahoo！中文网	Google 中文网	yahoo！英文网
认知语言学	1134	13099	37900	2150000
拓扑心理学	12	4086	73600	128000
拓扑心理学与认知语言学的相关性	1	288	768	6820

从表 2－3 的统计结果看，不管在国内还是国外，认知语言学都引起了学者的足够重视和关注，但国内对拓扑心理学（特别是拓扑心理学与认知语言学的相关性）重视不够，中国知网才 1 篇，yahoo！中文网 288 篇，Google 中文网 768 篇，与 yahoo！英文网 6820 篇相比，相差甚远。为此，笔者主要从以下两个方面来分别讨论：（1）拓扑学及拓扑心理学简述；（2）拓扑心理学与认知语言学的关联性。

2.2.2　拓扑心理学与认知语言学的关联性

拓扑心理学为认知语言学做出了许多贡献，其中拓扑心理学思想或概念，如“准事实、整合系统观、区域、边界、心理生活空间、阻碍、移位”等在认知语言学中或多或少、或明或暗得到了不同程度的应用或认可。首先，我们知道认知语言学是语言学的一种新研究范式，它包含了与认知相关的不同理论和研究内容。它始于20世纪70年代，至今已经扩展到语言学的许多领域，如语用、语义、句法、语体、文学、话语分析等。它强调认知官能与语言的密切关系。

要看拓扑心理学与认知语言学的关系，需要通过具体事例来分析，文旭、匡芳涛（2004）在《语言空间系统的认知阐释》一文中提到投影空间和拓扑空间，认为牛顿的立方体正好能代表一个理想化的三维认知空间模型，其中包括9个空间方位：上、下、左、右、前、后、里、外和附着，其中“里”、“外”和“附着”就存在拓扑性质，观察者视角转换，这些方位空间不会随之改变，是恒定不变的。而其他6个方位空间则会随着观察视角选择的变化而变化，是投影性空间。在此我们只涉及前者，如：（1）厨房外的大树；（2）钱夹里的钱；（3）墙上的画像。不管观察者以什么角度去看，“大树”在“厨房”外面，“钱”在“钱夹”里面，“画像”总是在“墙上”挂着。

另外，我们再看看与拓扑心理学中“心理生活空间”相似的“心理空间”理论（Fauconnier，1985）。它于1985~1994年间基本形成。1994年至今可以说是“心理空间”理论的完善和成熟时期——“概念合成”或“概念整合”时期，其代表作是《思维和语言中的映现》（*Mappings in Thought and Language*，1997）。该理论的基本核心内容如图2－1所示。

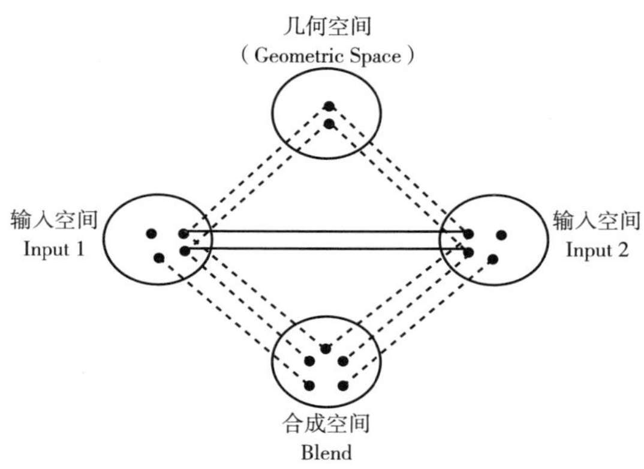

图2－1　心理空间的合成关系

图 2 -1 表明类属空间向两个输入空间映射，当输入空间 1 和输入空间 2 部分地投射到合成空间后，通过“组合”、“扩展” 和 “完成” 三个彼此关联的心理认知过程的相互作用，产生了“层创结构”（emergent structure），这一过程由合成空间里的正方形表示，而层创结构产生的过程就是意义产生的过程。

言语编码者通过有意识的高明艺术手法对先前输入语言材料所形成的初始常规认知框架进行突然的转换，这就是所谓的言语幽默，这样令言语解码者按常规语义逻辑运作的常规认知框架失去作用，与新信息材料相对应的认知框架进而被重新启动，进行最佳关联的概念整合建构，进而发现其与心理认知所期待的不一致的巨大反差效应，最终诱发出言语解码者轻松而愉快的笑声（刘国辉，2006）。

如果说 Chomsky 句法结构的树形图让人很难以理解，那么 Langacker 句法结构的“楼阁式”图解就更加让人难以理解（图2 -2），恐怕就连专业搞制图的人也不一定能搞懂其中的规则与意图。一个简单的句子“Alfred hit Bernard before Charles arrived”变得复杂的以至于让人生畏（石毓智，2004）。

我们虽然对此深有感触，并且基本认同，但是却不能认为这一切都是拓扑心理学带来的。实际上认知语言学的确存在着三大主要的缺陷。（1）在语言现象的阐释过程中主观性、随意性太强，没有强而有力的语料库数据支持。乔姆斯基所提出的语言研究中的理想目标——三个充分（观察充分、解释充分、描写充分）似乎都没有得到满足。（2）语言系统之间的历时沟通与联系缺乏，没有能整合为一个有机的体系，比如像韩礼德的系统功能语法那样。另外，认知语言学家对同一现象的概念运用和解读也不完全相同，例如“frame”、“schemas” 和 “script” 等。（3）语言解码的图解式显得复杂且随意，毫无规则或规律可言，让大部分的读者在阅读时感到吃力而难以理解把握。

2.2.3　莎士比亚十四行中的宇宙理论——拓扑心理学

以托勒密天文学为基础的天人对应说在文艺复兴时期尤为盛行的，是莎

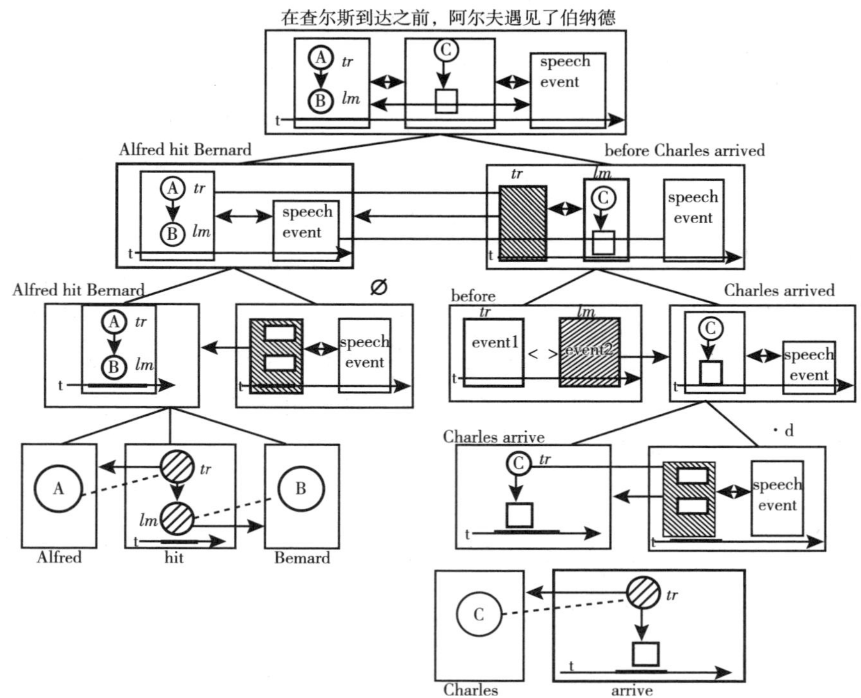

图 2－2　“Alfred hit Bernard before Charles arrived” 楼阁式图解

士比亚十四行诗中拓扑认知空间形成的文化源头，也就是大小宇宙相对应的基本理论。

遵循这一理论，大宇宙和小宇宙在许多方面是对应的。简单来说，大宇宙就是人以外的世界，小宇宙就是人（体）。从概念上说，当时并没有对大宇宙进行严格的定义，有人说是整个宇宙包括地球在内，也有人说，是人类赖以生存的世界，天人对应是天、地、人的类比，也是层次之间相互作用的关系。我们通过哲学的角度来看，有有形的物理宇宙和概念宇宙。后者又包括人的世界和星球天体世界。根据法国哲学家拉·普里莫达耶（La Primaudaye）的阐述，宇宙包含三重结构：第一重是哲学家所说的“理式世界”或神学家所说的“天使世界”；第二重是天体世界；第三重是月下的基本世界。也就是说，宇宙的顶端是超然的概念领域，中间是由第五种元素以太构成而又可见的天体领域，底端是由四种元素构成的全然可感的领域。根据胡家峦先生的看法，“上述两种看法并无多大区别，因为理式世界和天体世界都是‘天’，月下的基本世界就是‘地’。无论在什么意义上，人和大宇宙都非常相似”。

另外，具体说来，从物理构成来看，大/小宇宙均由土、水、火、气四种元素构成。按照沃尔特·雷利（Walter Raleigh，1552－1618）在《世界史》中的描述，这种类比栩栩如生：

> 人的肉体由尘土构成；骨骼和岩石一般坚硬；血液在周身循环，犹如河川流贯大地；人的气息如同空气；人的体温则像为促使大自然更迅速滋生万物的太阳所激起的大地内部的热量；我们的基本水分、油或香膏（滋养和保持着体温）如同大地的肥沃和丰饶；覆盖全身的毛发如同覆盖地面的青草；两只眼睛如同天上发光的日月；生殖力如同大自然产生万物的特质（胡家峦，2001）。

从结构来看，按照帕拉塞尔斯（Paraeelsus）的“体内星群”理论，人体和十二宫是对应的：白羊宫与头、脸对应；金牛宫与颈脖对应；狮子宫与心、胃、背对应；巨蟹宫与胸、腰、脾、眼对应；人马宫与股对应；宝瓶宫与小腿对应；等等（胡家峦，2001）。另外，土、水、火、气四种元素又和四种体液相通，对应的是黑胆液、黏液、血液与黄胆液，它们“对人的性情起着不同的作用，如血液具热湿素质，主激情；黄胆液具热干素质，主暴烈、易怒；黑胆液具冷干素质，主忧郁、愁闷；黏液具冷湿素质，主麻痹、冷漠”。根据托勒密星占学，七颗行星同样具有冷、热、干、湿四种素质，而且与人体部位一一对应。同时，亚里士多德的“三重灵魂”的说法，也是以人与大宇宙的对应为基础的。“宇宙中的植物有生长功能，动物有生长和感觉功能，人不仅有生长、感觉功能，更有天使般的理性。因此，人的灵魂按这三种性质也有三重：与天使对应的理性灵魂、与动物对应的感觉灵魂、与植物对应的植物（或生长）灵魂。”

不仅如此，文艺复兴时期有关音乐的理论中，所谓“人的音乐”，同样是以人和大宇宙的类比为基础的。根据这种理论，人的音乐是模仿天体音乐而来的。它们不同的象征意义是，“天体音乐象征宇宙的普遍和谐，人的音乐象征人的肉体与灵魂之间的和谐”。公元前 4 世纪希腊哲学家阿里斯托克西认为，灵魂是人体音乐的“调谐”。伽伦也持此观点，他认为灵魂是人体中“四种元素的和谐”。如此等等，构建了一套和谐传统思想和深刻影响西方社会的和谐理论，不仅在当时提高了人的地位，也为后来开发人的能力、培养人的美德提供了理论依据和传统的参照坐标。

莎士比亚十四行诗中的第 18 首：

我可能把你和夏天相比拟？
你比夏天更可爱更温和：
狂风会把五月的花苞吹落地，
夏天也嫌太短促，匆匆而过；
有时太阳照得太热，
常常又遮暗他的金色的脸；
美的事物总不免要凋落，
偶然的，或是随自然变化而流转。
但是你的永恒之夏不会褪色，
你不会失去你的俊美的仪容；
死神不能夸说你在他的阴影里面走着，
如果你在这不朽的诗句里获得了永生；
只要人们能呼吸，眼睛能看东西，
此诗就会不朽，使你永久生存下去。

（梁实秋译）

将传统宇宙论形成的空间，用勒温的拓扑心理学进行解释，那便是开放的、动态的、隐喻空间。

从时间的维度看，大宇宙有春、夏、秋、冬四个季节；小宇宙也有童年、青年、壮年和暮年四个时期。诗人把他的爱友比喻为“夏日”，凸显他的青春年华。在大宇宙中，夏日“未免还不太长”，然而在诗歌中，爱友的“夏天”则“不会终止”。前者是物理的空间，是单一的、有限的；后者是心理的空间，是永恒的、无限的。这就衍生出了一个原型，一种心理的隐喻映射（见图 2－3）。

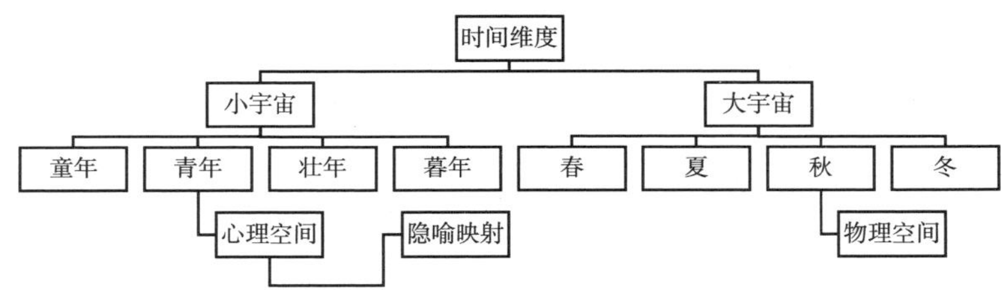

图 2－3　莎士比亚十四行诗时间维度生成的物理空间

永恒这个主题，在文艺复兴时期较为盛行。然而在当时，人们对于能否像神那样永生不朽是有疑问的。天人对应理论本身就是用来隐喻无情的时间这把“镰刀”的。与此相对的传统文学的主题——及时行乐，人生无常以及莫负青春，都是对时间观念的反映。而莎士比亚通过拓扑学心理空间的生成方式，将这种心理上的意义表现出来。这些时间可以隐喻为宇宙、镰刀、花朵和人生。按照勒温的理论，它们都是等效的，无论空间、形状、大小如何。所以，在莎士比亚的笔下，他将这些多维、多形状的空间，创作成为表达相同意义的心理隐喻空间。宇宙时间的维度，也可以分成不同的物理空间，无论如何分割，都是心理的反映，并最终生成文化模式，通过诗歌将其具体化阐释出来（见图 2－4）。

按照文艺复兴时期宇宙论的天人对应理论，在空间的物理维度中，大宇宙有两只眼睛，即太阳和月亮，小宇宙的人也有两只眼睛。两者相比，“天眼如炬人间酷热难当”，其“金面”还会“常云遮雾障”，但是诗人爱友的目光看起来则更加温柔明亮。前者体现单一的物理意义；后者体现隐喻、动

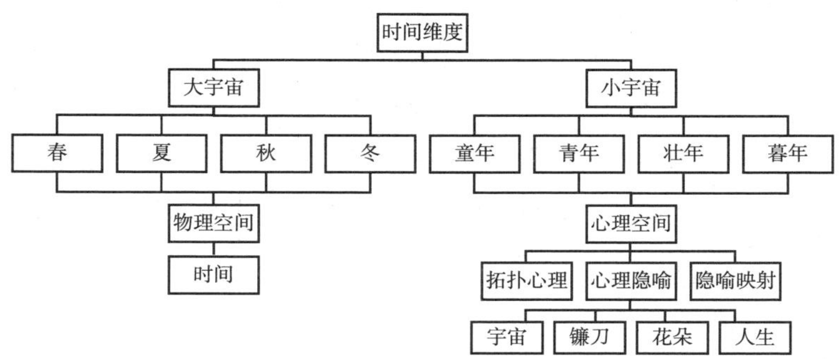

图 2－4　莎士比亚十四行诗拓扑心理空间表现

态、开放的心理空间，将人放在理想的认知空间之内，因此人看起来更加伟大（见图 2－5a）。

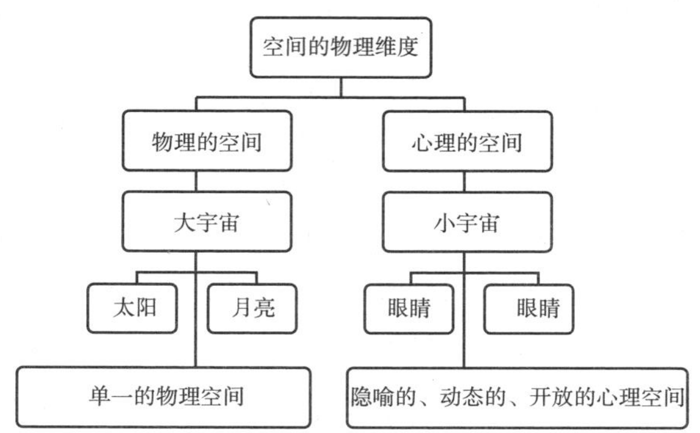

图 2－5a　宇宙论中空间的物理维度

从空间的物理属性来看，大宇宙有四种元素：土、水、火、气，属于小宇宙的人有与土对应的肉体、与水对应的血液、与火对应的体温和与气对应的呼吸（见图 2－5b）。夏日刮起的狂风，暗示诗人爱友的呼吸“可爱且温良”。“五月的娇蕊”有时会被狂风吹落，暗示他这朵人间“娇蕊”永不会“凋零”“优美的形象也永远不会消亡”。这首诗不仅是对某个具体的美人的赞美，更是对人的歌颂。正如阿格里帕所言，小宇宙是“神的最美丽、最完满的作品”，体现了“神的最高工艺”（S. K. Heniger，1974；胡家峦，2011）。

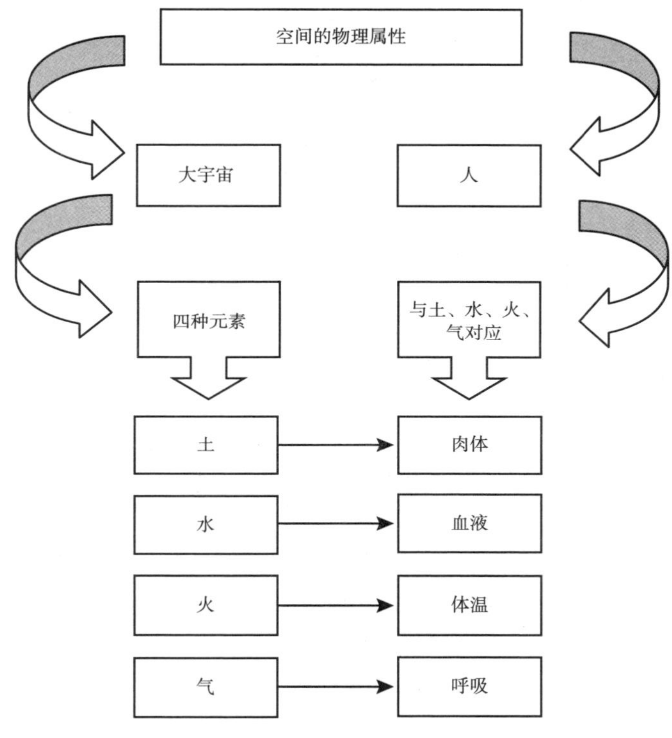

图 2－5b　宇宙论中空间的物理属性

上述的时间、空间、构成要素等方面，从观念到实体空间的隐喻化过程，映衬了拓扑学心理空间演绎的那样，“神创造的大宇宙虽美，但神创造的小宇宙却更美，更伟大，更崇高”。原因在于：“人可以模仿神的创造行动，创造出诗歌小宇宙。既然诗歌小宇宙可以与世长存，那么其中受到歌颂的人当然也同样‘长命百岁’。”总而言之，通过天与人的类比，诗人充分表现了在文艺复兴时期，两个盛行的主题：人的伟大和诗歌的不朽。

莎士比亚十四行诗中第 18 首，我们又可按照但丁、基督教神学、弗洛伊德的意识分区理论，以及拉普里莫达耶的三重宇宙结构理论（见图 2－6），描述的是和天堂、灵魂、培养天使的神圣空间相对应的头部，暗示人具有理性、神圣性、永恒性的特点。通过这样一个头部的拓扑学空间，我们可以看出莎士比亚诗歌中对永恒美、崇高美、神圣美的描述和歌颂。

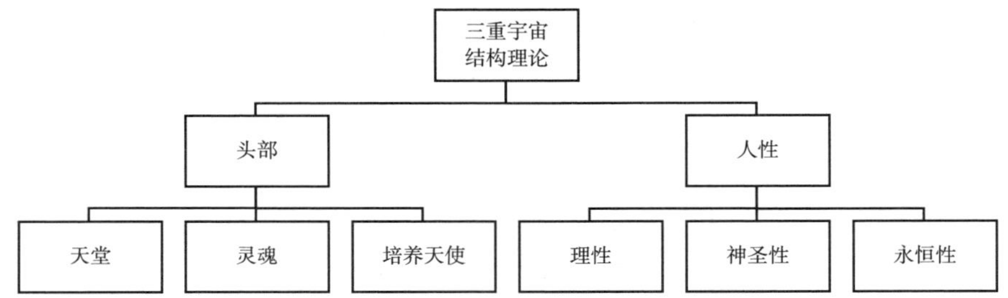

图 2－6　拉普里莫达耶的三重宇宙结构理论

莎士比亚十四行诗中第 20 首，评论家们对其各执一词。18 世纪的乔治·史蒂文斯（George Steevens，1736—1800）认为市面上对这首诗的高度赞赏都是令人不能忍受的。与他同时代的埃德蒙·马隆（Edmond Malone，1741—1812）却对这首诗持这样的态度：罪过也好，不恰当也罢，不论诗中的描述多么有伤大雅，在那个时代，是符合习惯的。20 世纪的评论家约翰·威尔逊（John Dover Wilson，1881－1969）认为，诗中的 thing 和 prick 均指男性生殖器，暗示伊丽莎白时代的人，对人体的态度是坦率的。

上述观点都是表层的。从拓扑学和宇宙论的认知方法入手，在这首诗中诗人把宇宙的结构区域，从上部移到了下部。“造化亲自绘出你女性的面庞”（A woman's face with nature's own hand painted），我们可以看出，爱友的天生丽质，秀色不施铅华。用新柏拉图主义的理论来解释，就是不受物质的玷污。诗中出现几处对比：那人如女子之面，却不施铅华；有女子之心，却不见异思迁；有女子的秋波流盼，却不轻佻放荡；有男子的形体，受男子仰慕，女子膜拜。这其中的纯洁、忠实、专一等品德，体现的是理性宇宙的神圣和永恒之美，这些处所位于小宇宙的中上部分，而后面的“胡乱安一个东西在我身上”（By adding one thing to my purpose nothing），讲的是男性生殖器。当然，这不是有些人喜欢的。诗中的隐喻，仍在人体小宇宙的上部，然而在操作和叙述方法上，运用的是柏拉图式的手法。借大、小宇宙的物理结构，解说心理意义层面之上的多维空间，这便是拓扑学认知世界的方法。

在莎士比亚十四行诗中，第 133、135、136 首被称为“欲诗”（Will Sonnets），在这几首诗里，“诗人”反复对比了物理的小宇宙和心理的小宇宙的关系［简单地说，小宇宙就是人（体），大宇宙就是人以外的世界］。把传统的换心、换体的隐喻主题，发挥得淋漓尽致。

梁实秋在其翻译的莎诗中注释说，第 135 首和 136 首都是玩弄 Will 的双关意思：一方面是一个人的名字，他可能是诗人自己，可能是他的朋友，也可能是女人的丈夫；另一方面 Will = desire，volition。但是 Ingram 和 Redpath 注：“there is，quite apart from personal name allusions，the common cant sense of the *membrum pudendum*，male or female. Most commentators seem to have been innocent or reticent in respect of this meaning. . . ”

综上所述，在天和人类的对比当中，天是物理的宇宙空间，是单数的，人是心理的小宇宙，是复数的、多维的。诗人将无限的隐喻网络构成了开放而多维的美好空间。这些原型的构建，都是运用了心理学的拓扑空间原理。行为主义心理学认为，心理的空间包括人和环境的特质；行为（behaviour）等于人（person）与环境（environment）的函数（function），B = f（PE）（勒温，1942/2003）。环境因素可以说明人是具有潜能的，但是，人又是有限的，不能永恒。正如哈姆雷特所言，“What a piece of work is man！ How noble in reason！ How infinite in faculty！ In form and moving how express and admirable！ In action how like an angel！ In apprehension how like a god！ The beauty of the world，the paragon of animals！” Hamlet quote（Act Ⅱ，Sc. Ⅱ）.（“人类是一件多么了不得的杰作！多么伟大的力量！多么高贵的理性！多么文雅的举动！多么优美的仪表！在智慧上多么像一个天神！宇宙的精华！在行为上多么像一个天使！万物的灵长！可是在我看来，这一个泥土塑成的生命算得了什么？”《哈姆雷特》第二幕第二场，朱生豪译）人是一个辩证体。正因为人认识到自己不能到达至善或永恒，不能完全具有神的品性，作为一种拓扑学心理隐喻空间，文艺复兴时期的宇宙论为这种理想的实现开辟了道路。按勒温的说法，认为需求是心理事件的动力。因此，才有了宇宙论的天人对应说。在文艺复兴时期英国的人们，显然有这种意识，所以才苦苦挣扎在时间的镰刀下。在1592年伦敦的鼠疫中成千上万人失去了生命。当时写出宏伟的诗行的诗人和剧作家克里斯托弗·马洛（Christopher Marlowe，1564－1593），他的人生终结于29岁，除开马洛以外的那些不可一世的“大学才子”（university wits），也都是命运多舛，只有洛奇（Thomas Lodge，1558－1625）和李利（John Lyly，1553－1606）活过了50岁，就连功德圆满、衣锦还乡的莎士比亚本人，也仅仅活了52岁。这些都发人深省。人的地位、价值、意义的探索是莎士比亚十四行诗中一个很大的主题。它们最大的价值就在于把人心灵深处的东西揭示出来，真真实实地再现出来，这正是莎士比亚的作品几百年来世世代代受人喜爱、动人心扉的原因。在他的笔下，人既有理想的人格，也有现实的人格，一个普遍、大写的人跃然纸上，这正是莎士比亚为什么始终都那么亲切、那么有深度的原因所在。作为生动的文学艺术，莎士比亚要描写那么复杂的情形，他不得不使用正好和拓扑学心理学相契合的手法，创作出丰满、雄浑、生动、深厚的隐喻网络空间。在这个过程中，莎士比亚创作中的基本理论正好配合了宇宙论演绎出的和谐观念，这样去刻画和描述人，一来改变了人从属于神的地位，同时，证明了人是需要在天与地、神与人的关系中处于一种辩证的、动态的位置的。人是美好的，犹如天使和神灵，同时人也是有限的，要想使人走向永恒，就不得不模仿神的行动，创造诗歌的小宇宙。

另外一个例子是十四行诗第116首，如表2－4所示。

胡家峦教授在分析中指出，“诗人通过托勒密（见图2－7）宇宙中的意象，把人们的理性或精神之爱比喻成坚定不移的恒星，把人的情感或肉体之爱比喻成月下世界的风景和海涛，这充分强调了精神之爱的本质。这些类比都是建立在人与大宇宙相对应的基础之上，体现了诗人独具匠心的‘创造’”。胡家峦教授将诗人所使用的方法、锡德尼的“诗善话理论”（“说着话的图画”，a speaking picture）和柏拉图理论联系在一起，无疑体现了诗人是哲学家和历史学家之间的调节者。“把普遍性和特殊性合二为一”的这个思想，就是拓扑学空间的一种演绎方法。北极星、大海、风浪，不仅是宇宙

表 2－4　莎士比亚十四行诗第 116 首中英对照

CXVI	Sonnet 116
Let me not to the marriage of true minds Admit impediments. Love is not love Which alters when it alteration finds, Or bends with the remover to remove: O'no! it is an ever-fixed mark That looks on tempests and is never shaken; It is the star to every wandering bark, Whose worth's unknown, although his height be taken. Love's not Time's fool, though rosy lips and cheeks Within his bending sickle's compass come: Love alters not with his brief hours and weeks, But bears it out even to the edge of doom. If this be error and upon me proved, I never writ, nor no man ever loved.	我绝不承认两颗真心的结合 会有任何障碍;爱算不得真爱, 若是一看见人家改变便转舵, 或者一看见人家转弯便离开。 哦,绝不!爱是亘古长明的塔灯, 它定睛望着风暴却兀不为动; 爱又是指引迷舟的一颗恒星, 你可量它多高,它所值却无穷。 爱不受时光的拨弄,尽管红颜 和皓齿难免遭受时光的毒手; 爱并不因瞬息的改变而改变, 它巍然矗立直到末日的尽头。 我这话若说错,并被证明不确, 就算我没写诗,也没人真爱过。

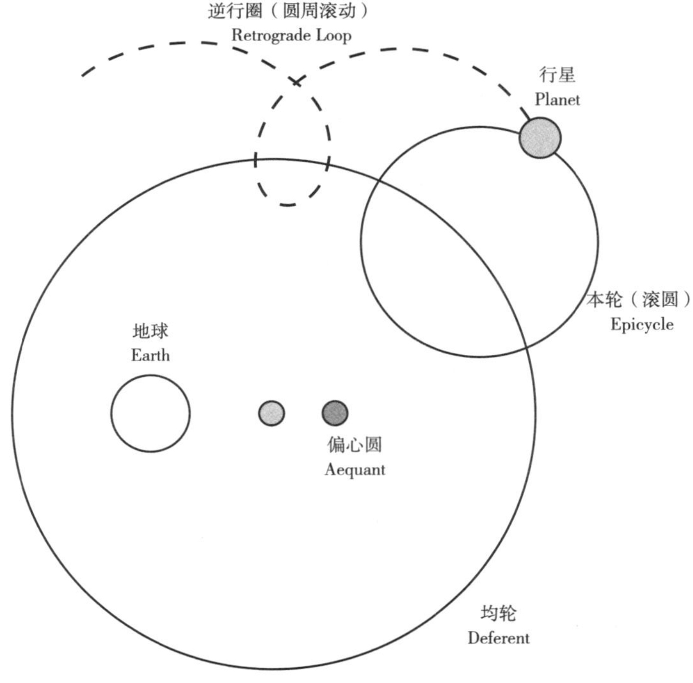

图 2－7　托勒密体系示意

论包含的内容，同时也是艾略特所指的那个客观对应物。而艾略特的偶像约翰·多恩通过圆规、跳蚤等图形来寻找诗意，这个过程就属于柏拉图式的原型世俗化、图示化。北极星的意象，很容易使人联想到多恩笔下自圆其说的圆规，而北极星就像圆心上的一只脚，在诗歌中是理性的，而大海、风浪等就像另一只脚，在诗中体现的都是情感的。同样，在基督教的神话中，神的作用也如此，利用圆规来设计宇宙并创作宇宙（胡家峦，2001）。

这本身就是一个深刻的隐喻。首先，神相当于圆心，那么神所创造出的世界则是圆周。其次，神的创造是完美圆满的。最后，在神的心中，也存在像柏拉图的本源概念的那种原型，进而把它神化和具体化，因此，就创造了可触的、实在的物理宇宙和世界。在中世纪和文艺复兴时期有这样一个格言——“神以几何原理工作”。这句话本身就体现了拓扑心理学的原理：心理空间是开放的、复数的、无限的，无论面积、形状和大小，它们之间都是等效的。换句话说，二者之间的工作是相通的。由此得出，莎士比亚十四行诗中无限的空间都是由心理化的几何演绎而来。

从历史看，西方人非常重视几何。“不通几何者不得入内”的牌子高挂在柏拉图学院的门口。有人说，几千年的西方哲学只是对柏拉图思想微乎其微的诠释而已。这足以说明，柏拉图的思想以及他倡导的元几何学认知方法影响巨大，意义深远。实际上，众多文人墨客喜欢用圆规说这种几何学进行创作。调查显示：本·琼生、意大利诗人瓜里尼（1538—1612）、11 世纪末波斯诗人奥马尔·哈亚姆（约 1048—约 1122），还有之前的诗人奥维德（公元前 43—公元 17）以及后来的大诗人弥尔顿等都采用过这种方法。翻开英国诗歌，我们发现，浪漫主义时期的大诗人柯勒律治的著作《古舟子咏》（*The Rime of the Ancient Mariner*）也采用了这种手法。从家乡出发，途经赤道，又返回家乡。这种图形圆加直线的图形，代表死亡，是破坏圆满的图形。拓扑学表达的就是基督教中神和人之间的关系。它与弥尔顿《失乐园》（*Paradise Lost*）阐述的主体意义是相同的。总之，宇宙论是一种拓扑学的心理学，是莎士比亚撰写十四行诗使用的重要手法。

2.2.4 小结

我们似乎可以得出这样一个结论，宇宙空间是一种认知空间，神圣性和精神性自上而下递减。这种秩序体现了人对自身的定位，三重的空间意味着人可以选择进退，也有善恶转换的机会。

现代思想家弗洛伊德对意识进行的研究，似乎与传统宇宙论对大/小宇宙、灵魂、音乐的划分不谋而合，虽然弗洛伊德考察的是居于主导地位的无意识或潜意识、原理和规律。与以上的宇宙理论一样，虽然它不属于物理空间范畴，但实质上也是一种深层隐喻。在弗洛伊德的意识分区中，居上的是超我，依靠道德准则，培养神圣和纯洁的天使；居中的是自我，以利益需求原则培养现实的社会的人；居下的是本我，以快乐原则为指导，属于一种活跃的、潜在的，同时也是一种处于源动力位置的强大力量，它与利益和道德的原则无关，如果这种力量泛滥，就会产生出危害性强并且可怕的魔鬼。正如前文对莎士比亚十四行诗第 18、20、116、133、135、136 首的分析，人体小宇宙的结构，在功用、原则和机制等方面，和弗洛伊德的结构是相对应的。

以现代人的眼光来看，我们之前探讨有关神学的、生理的、物理的、音乐的、灵魂的、意识的结构理论，从某种意义上说，与拓扑学基本原理是相对应的，都是一种心理的和隐喻的结构。

纵观所有的技艺和思想方法都属于隐喻。从传统理论的角度看，既然诗歌是创造的话，那么诗歌就是隐喻，因为诗人把隐喻当成表达的媒介。诗人通过模仿神的创造行动，将概念领域的理念加以延伸，拓展至三个维度。作为创造者，诗人把空洞的、不可言说的转换成了具体的和可知的，并把意义从一个层面转到另一个层面，把概念转换成物理的。反过来说，能够使用隐喻的就是诗人，他们是传统的宇宙结构的创造者。通过隐喻的方法，人就可以从心理的层面来感知世界、认识世界和把握世界。上述三种理论类别，用一句话概括就是认知方式。在莎士比亚的十四行诗中，通过隐喻的方式和各式各样的空间，将它们的深层含义演绎出来。对那些具有类似性、相同属性的大小宇宙从肉体到灵魂、从物理到心理进行诠释。莎士比亚的十四行诗组具有深厚的文化根基。如果我们把但丁、弥尔顿、拉普里莫达耶、亚里士多德、弗拉德、弗洛伊德的几何结构进行比较，就会发现他们通过隐喻，塑造了一个多维、复数的空间，我们因此可以导出一个相通的认知结构模式。作为诗人和文学家，莎士比亚将诗歌提到了隐喻和认识的高度，这也证明了他是一位伟大的实践者和创造者。

2.3 莎士比亚十四行诗国内国外研究现状述评

2.3.1 国内研究现状述评

国内外学术界从未间断过对莎士比亚十四行诗的研究。在20世纪初，对莎士比亚十四行诗做过评述的有著名文学家苏曼殊（1910）。至五四运动时期，胡适在倡导文学改革时曾对莎士比亚有所评述。在此期间，中国有关莎士比亚作品的评述逐渐增多，除了孙毓修著的《欧美小说丛谈》、周作人所著的《欧洲文学史》（商务印书馆，1918），还有郑振铎编著的于1927年出版的《文学大纲》。《文学大纲》的第20章介绍了莎士比亚及其作品。在论及莎学及十四行诗研究在中国时，切不可忘怀著名的文学家、历史学家吴宓先生的贡献。他从中国翻译西书的经验的角度探讨了莎翁的十四行诗（张坚，2012）。

迄今为止，我国对莎士比亚十四行诗的评论主要有：梁宗岱的《莎士比亚的商籁》，屠岸、钟祥及索天章的《关于莎士比亚十四行诗》，杨周翰、周启付的《谈莎士比亚十四行诗》，王忠祥的《真、善、美的统一——莎士比亚十四行诗》，钱兆明的《评莎氏商彼诗的两个译本》，以及赵毅衡的《从〈十四行诗〉认识莎士比亚》，等等，其他的这方面的评论文章就很少了。苏天球编译的《莎士比亚十四行诗专论集》搜集24篇英、美、加等国莎评家对莎士比亚十四行诗的评论。从这些评论中读者不仅可以看到时代变迁了，各个阶段、各种流派的批评标准也随之变迁，还可看出莎士比亚十四行诗评论的文学趣味、文学风尚，更重要的是这些批评家的评论或贬或褒，给人们的研究提供了许多不可多得的、富有学术价值的参考资料（苏天球，2001）。

莎士比亚语言研究一直是西方莎学的一个重要组成部分。国内莎学界对莎士比亚语言的研究应该说是一个薄弱环节。笔者在中国知网上以“莎士比亚十四行诗”为搜索主题，共有记录 395 篇，按时间顺序 1979 ~ 2013 年排列，见表 2 – 5a。

表 2 – 5a　1979 ~ 2013 年中国知网关于莎士比亚十四行诗研究文章的网络统计

年份	2013	2012	2011	2010	2009	2008	2007	2006	2005	2004
篇数	5	53	48	26	25	18	36	18	12	15
年份	2003	2002	2001	2000	1999	1998	1997	1996	1995	1994
篇数	7	10	14	5	15	11	10	10	10	4
年份	1993	1992	1991	1990	1989	1988	1987	1986	1985	1984
篇数	4	2	2	4	6	1	2	4	3	1
年份	1983	1982	1981	1980	1979					
篇数	4	4	3	1	2					

纵观改革开放以来我国莎学发展史，研究莎士比亚语言的学者主要有：顾绶昌（1982）、劳允栋（1983）、王佐良（1984，1985，1991）、秦国林（1988）、汪义群（1991）、仝祥民（1992）、丁跃华（1994）、张冲（1996）、尹邦彦（2002，2003）、吴笛（2002）、罗益民（2005）、谢世坚（2006）、田俊武、陈梅、何昌邑、区林、邱燕等。其中，罗益民认为，莎士比亚十四行诗表达的爱情观体现在真、善、美三个方面。这三个方面充分体现了莎士比亚审美方面的柏拉图观念，诗人通过实施拓扑学空间展拓的手段，形成了其艺术审美世界独具风采的大花园。但国内尚无人对莎士比亚语言进行隐喻系统研究，尤其是拓扑心理学空间下的分析只是在个别文献中零星提及，尚无专门的研究。

目前，从认知语言学角度来分析莎士比亚十四行诗的有祝敏（2011）祝敏、沈梅英（2012）。他们从莎士比亚诗歌隐喻语篇衔接的认知层面入手，对莎诗所构成的隐喻网络进行了探究。他们认为莎士比亚十四行诗隐喻的隐性衔接可从以下三个方面加以阐述：隐喻网络的构建、隐喻链之间的衔接、隐喻链内的衔接。

在我国，从“拓扑心理学”的认知空间进行莎士比亚十四行诗研究的有罗益民教授等。他与蒋跃梅在 2010 年第 1 期《中华文化论坛》撰写了《莎士比亚十四行诗的拓扑学宇宙论》；在 2011 年第 2 期《国外文学》中撰写了《莎士比亚十四行诗的拓扑学爱情观》。本研究的很多思路和资料均来源于他的研究。

笔者将中国知网上搜到的 395 篇文章归类，其中从 2002 年到 2013 年的 273 篇文章具体研究方向分布如下（见表 2－5b）。

表 2－5b　2002～2013 年中国知网关于莎士比亚十四行诗研究方向分布

莎士比亚十四行诗研究方向	篇数	具体编号（主题排序模式下 273 篇文章顺序标号）
意象	22 篇	D1，D9，D14，D16，D20，D30，D35，D55，D56，D98，D109，D116，D117，D124，D129，D134，D143，D146，D167，D184，D213，D226
结构文体	10 篇	D2，D13，D24，D44，D47，D51，D52，D91，D215，D251
主题	24 篇	D10，D23，D40，D41，D42，D61，D66，D69，D70，D79，D88，D106，D112，D115，D119，D140，D145，D149，D159，D170，D185，D225，D227，D232
汉译	49 篇	D7，D27，D28，D29，D33，D37，D43，D45，D48，D49，D53，D57，D60，D62，D63，D81，D83，D90，D92，D100，D104，D111，D122，D131，D132，D135，D136，D137，D148，D150，D152，D154，D155，D156，D157，D172，D182，D191，D193，D196，D198，D206，D212，D214，D220，D239，D250，D258，D293
观念思想文化	10 篇	D86，D89，D94，D95，D96，D97，D103，D125，D153，D253
研究赏析	73 篇	D3，D11，D15，D17，D18，D19，D25，D31，D34，D36，D50，D54，D59，D64，D65，D72，D75，D77，D78，D80，D84，D102，D105，D107，D108，D120，D121，D130，D133，D141，D144，D147，D160，D161，D164，D169，D171，D175，D176，D177，D178，D180，D181，D183，D187，D192，D195，D201，D202，D203，D204，D210，D217，D219，D221，D223，D224，D228，D229，D233，D234，D235，D242，D246，D247，D249，D255，D257，D284，D285，D350，D360，D361

续表

莎士比亚十四行诗研究方向	篇数	具体编号(主题排序模式下 273 篇文章顺序标号)
批评	2 篇	D21,D113
语言修辞	14 篇	D32,D67,D73,D76,D82,D93,D126,D142,D158,D165,D168,D179,D194,D238
爱情	12 篇	D4,D58,D68,D71,D74,D85,D99,D151,D211,D231,D245,D349
美学	14 篇	D6,D12,D22,D39,D87,D101,D114,D127,D163,D166,D197,D205,D230,D248
戏剧色彩	4 篇	D8,D38,D46,D118
作品探究	34 篇	D173,D188,D190,D254,D256,D262,D263,D264,D265,D268,D269,D270,D271,D274,D278,D279,D309,D310,D316,D330,D337,D348,D351,D353,D357,D362,D363,D365,D366,D367,D369,D373,D376,D379
其他相关研究	5 篇	D174,D199,D200,D243,D341

我们可以通过柱状图清晰地看到国内对莎士比亚十四行诗歌研究的重点和薄弱环节（见图 2－8）。

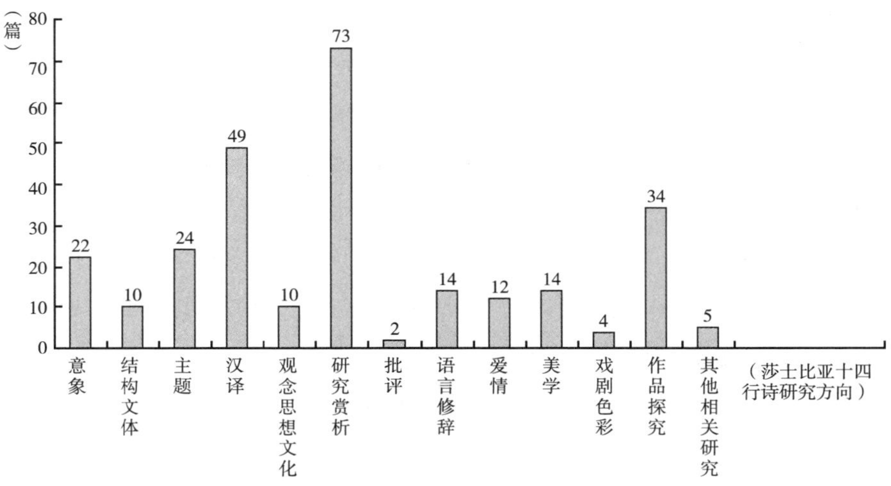

图 2－8　2002～2013 年中国知网关于莎士比亚十四行诗研究方向分布

2.3.2 国外研究现状述评

莎士比亚是英国文学乃至世界文学泰斗级的人物，其戏剧和十四行诗的文学价值和美学价值一直以来都是各国学者青睐的研究对象。比较著名的莎学家有蒂尔辉特（Tyrwhitt，1730 - 1786），法默（Farmer，1735 - 1797），肯宁汉（P. Cunningham），邦斯托夫（D. Barnstorff，*A Key to Shakespeare's Sonnets*，1862），贝文顿（David Bevington），以及 18 世纪末两位莎学家梅隆（Malone）和斯蒂文斯（Steevens）。我们从不同时期不同作者的莎士比亚十四行诗的编本可以看出国外学者对莎诗的研究热潮。1609 年索普（Thorpe）出版"第一四开本"；1640 年本森（John Benson）在伦敦出版了《诗集，莎士比亚著》；1710 年纪尔登（Charles Gildon）的编本；1714 年罗（Nicholas Rowe）编的莎士比亚全集中的十四行诗部分；1725 年蒲柏（Alexander Pope）编的莎士比亚全集所收西韦尔（George Sewell）编的十四行诗；1766 年斯蒂文斯编的《莎士比亚戏剧二十种》，附有十四行诗，用的是索普的"第一四开本"。梅隆编有两种版本，第一种刊印于 1780 年，第二种刊印于 1790 年，后者作为他编的《莎士比亚全集》的第十卷，两种版本均用"第一四开本"，均作了校勘。这两个版本对后世的影响都较大。19 世纪初期的版本都是梅隆编本的翻印本。1771 年埃文（Ewing）的编本、1774 年简特尔曼（F. Gentleman）的编本、1775 年伊文斯（Th. Evans）的编本、1804 年敖尔吞（Oulton）的编本、1817 年德瑞尔（Durrel）的编本、1832 年戴斯（Dyce）的编本倾向于恢复"第一四开本"的原貌，排斥了梅隆的校勘狄斯·赖特（Clark and Aldis Wright）的"环球"本（1864）以及他们的剑桥本第一版（1866）和剑桥本第二版（1893），罗尔夫（W. J. Rolfe）编本（1883、1898），都是如此。温达姆编本（1898）完全拥护"第一四开本"。也有另一种版本，如巴特勒（Samuel Butler）的编本（1899），改动"第一四开本"的地方过多，形成另一种倾向。斯托普斯的编本（1904），尼尔逊（Neilson）的编本（1906），普勒（C. K. Pooler）的"亚屯"版（1931，1943），里德利（Ridley）的编本（1934），基特列奇

（Kittredge）的编本（1936），G. B. 哈锐森（G. B. Harrison）的编本（1938），布什和哈贝奇（Bush and Harbage）的编本（1961），英格兰姆和瑞德帕斯（Ingram and Redpath）的编本（1964），威尔逊（Wilson）的编本（1966），布思（S. Booth）的编本（1977），都以“第一四开本”为底本。辛普逊（Percy Simpson）的《莎士比亚的标点》（1911）也完全赞同“第一四开本”。20 世纪还出版了两种莎士比亚著作的“集注本”，先是奥尔登（R. M. Alden）“集注本”（1916），后是柔林斯（H. E. Rollins）的“新集注本”（1944）。后者重印了“第一四开本”的原文，又将后来各家版本的异文加以集注，十分详尽。据柔林斯在《新集注本》（1944）中的不完全统计，在索普和本森的两种版本的排列次序之后，从奈特（Charles Knight）于 1841 年开始，到布瑞（Bray）于 1938 年为止，各种不同的重新排列产生过 19 次；有的学者（如布瑞）就重新排列了两次（屠岸，1998）。

提到莎学专家，不能不提苏联著名莎学家阿尼克斯特。他以马克思主义观点为指导研究莎士比亚，他从反映论出发，把莎士比亚的文学活动置于当时特定的历史、文化背景下进行考察，指出莎士比亚的创作是在文艺复兴时期社会生活和文化的土壤上产生和发展的。俄苏莎学理论作为外来莎学理论的一支传入中国，为中国莎学家理解莎士比亚的思想，探析莎作艺术的审美标准和审美方式，研究莎作的主题、形象、结构、背景、艺术特色等方面奠定了最初的基础。

2.3.3　小结

不论是在戏剧中还是在十四行诗中，莎翁都运用了大量的隐喻。莎士比亚戏剧中的隐喻研究在近些年的“隐喻狂热”之后蓬勃发展，而其十四行诗中的隐喻，只有少数关于某一首或某几首十四行诗的隐喻研究问世，对于莎翁全部 154 首十四行诗中隐喻的全面研究和对比，以及由此得出的莎翁对于十四行诗中隐喻使用的偏好，至今还鲜有研究。这类研究可揭示隐喻使用的奥秘，并帮助读者更好地理解和阐释莎士比亚的十四行诗。

2.4 莎士比亚十四行诗的拓扑心理学认知空间

本文的研究是基于莎士比亚十四行诗中的隐喻网络构成的空间研究。本文综合了著名隐喻研究者（诸如亚里士多德、理查兹、莱考夫和约翰逊）的隐喻理论来识别莎士比亚十四行诗中的隐喻。在根据隐喻理论识别出十四行诗中的所有隐喻后，文章根据隐喻的本体对其进行了分类：包括本体为“爱情”的隐喻，本体为“人类”的隐喻，本体为“人生”的隐喻，本体为“美”的隐喻，本体为“时间”的隐喻，以及本体出现频率较低的其他隐喻。为了使研究更清晰明了，文中出现了一些表格，每个表格总结了相同本体隐喻的不同隐喻表达，然后详细分析了每个隐喻。

从表面上看，莎士比亚十四行诗是心灵偶得，或生活留下的经验轨迹。许多批评家利用其经验的相似性，进行种种有关作者逸闻趣事的推断。然后，这种经验的表达，在思想的底层形成隐喻网络，然后形成认知图，和外部世界达成联系。在莎士比亚那里，上述隐喻网络是深厚而复杂的，其认知图形是生动的映射，最终的意义表达，构成莎士比亚认知范畴内的文化隐喻和意识形态空间。为构成这种深刻的心理空间，诗人不惜重墨，从多种多样的职业隐喻当中，心理空间和物理空间的映照当中，寻觅隐喻的空间推导，在一个单数的物理空间上，建立了复数的心理学的空间，阐述了有关宇宙、时间、永恒、爱情、身体、音乐、和谐等文学主题的隐喻认知意义（见图2-9）。

2.4.1 拓扑心理学理论启示和要点

被誉为实验社会心理学之父的勒温是德裔美国著名心理学家。一系列团体动力学研究在他的领导下成为社会心理学的经典研究。有关拓扑心理学（Topological Psychology，TP）的研究是勒温的研究体系中的一个重要方面，但是心理学家们并没有广泛重视这一研究，甚至有人认为这是滥用自然科学

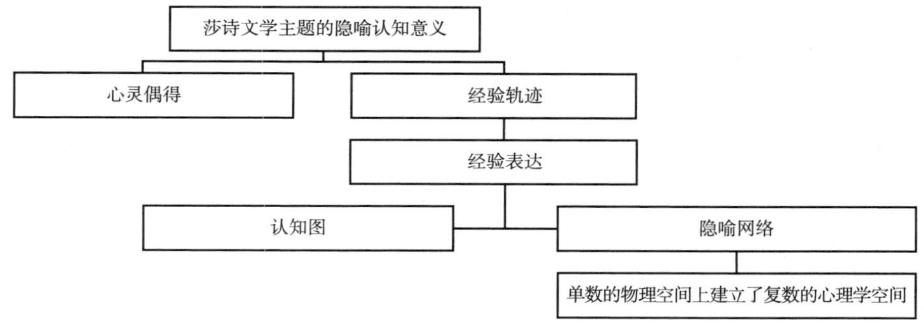

图 2－9　莎士比亚十四行诗文学主题的隐喻认知意义

的概念。其实，心理学中许多重要问题的阐释包含在拓扑心理学中，许多重要的理论问题（如规律与个案的关系、心理学与物理学、个体与环境的关系、心理的空间性等自然科学的关系）等由勒温围绕生活空间这个核心概念提出并进行了解答。拓扑心理学提出的这些问题及其对问题的解答，为心理学的理论思考提供了启示，为心理学理论建设提供了依据。

2.4.2　拓扑心理学的理论局限

诚然，心理学家及其时代的局限性决定了其理论的局限性，拓扑心理学的理论也存在一些缺憾，关于生活空间的理论也呈现出许多不足，还有一些方面需要我们进一步修正、研究或丰富。

勒温提出他的行为公式 $B = f$（PE），旨在通过确定和分析生活空间，达到预测和控制行为的目的。由于环境及个体二者共同确定了生活空间，因此，勒温避免了环境决定论和个体决定论的错误。但是勒温的这种方式并未真正把握到 P（Person，个体）、E（Environment，环境）、B（Beravior，行为）三者的关系。勒温并没有考察另一方面，即个体行为及其生活空间，只是注意到了个体及环境即生活空间对行为的作用，而对个体意识及所在环境发生的影响缺少关注。三元交互决定论在社会学习理论的基础上是对个体、环境、行为三者关系的有效把握，即应把环境因素、个人、个体的主体因素看成相对作用同时又相互独立从而相互决定的理论实体，从人及其行为与环境的互动关系中考察人的行为表现与心理活动。

勒温认为环境与个体在生活空间中应该处于同一时刻，在此基础上他提出了同时性原则，并认为既不是现在的心理事实，也不是过去的心理事实，唯有现在情境，才能够影响现在事件。由于现在时刻并不包括过去和将来，它们对现在就没有效果。勒温认为充分理解被试者当时所处的全场（Total Field，TF），一方面提供了他的动作的描述，另一方面提供了他的动作的解释，因此，他反对发生的解释。但我们看到，勒温的这种理解要想成立，只能发生在对事件做系统的因果解释时。我们只需考察由过去、未来交织产生的现在情境就能对事件做系统方式的解释。但是，我们也要考察过去事实的作用，这就需要对事件做历史的因果解释，正如勒温自己所说，历史的解释和系统的解释两方面都是合理的和不可缺少的，轻视任何一方都将对事件做出不完整的解释。

勒温提出，用实在性标准和动力标准来确定生活空间。勒温应用他的具体性原则来解释究竟什么是现实，什么产生效果。他认为，生活空间的内容得以确定必须具体到某个个案，具体到某个特定情境。那么，矛盾就暗含在其中：原则用来指导具体内容，具体内容确定原则，即循环论证的矛盾。

2.4.3 小结

本文探究的其实就是莎士比亚十四行诗在其单数的物理空间上建立了复数的心理学空间。这些复数的心理学空间是由莎士比亚十四行诗庞大的隐喻网络形成的多维意义空间或隐喻性认知图形构成的。莎诗的主题折射的心理上的意义，都是通过拓扑学心理空间的生成方式表现出来的。这些空间可以是宇宙，可以是镰刀，可以是飘逝的花朵，可以是无常的人生。根据勒温的拓扑心理学理论，不论何种空间，不论其形状、面积等属性如何，都是等效的。莎士比亚十四行诗中呈现出来的多维、多形状的空间，都是在表达一个共同的心理隐喻空间，汇总到同一个意义的归结点。最终形成一种心理的反映，这种反映最后呈现为一种文化的生成模式，通过文学样式——诗歌而具体化和外化。

第3章　莎士比亚十四行诗的隐喻研究

3.1　隐喻与莎士比亚十四行诗

亚瑟·迈兹纳（Arthur Milener）在详细剖析莎士比亚十四行诗后说道：“莎士比亚把焦点有意分散，请读者在读这首诗时，要避免在复杂的隐喻相互作用下，只将其中任何一个隐喻带进了比其他隐喻还更重要的隐喻中去。”

3.1.1　隐喻与诗

海德格尔说：“诗不只是此在的一种附带装饰，不只是一种短时的热情甚或一种激情和消遣，诗是历史孕育的基础。”他认为诗对于人类有本质的意义：诗创造着持存，诗言说着无限。而无限是对有限的超越，是自由的状态。当充满劳绩的人类走向诗意的持存和无限时，人类的生存与其他动物的生存之差别才真正形成。动物的生存只有物质这一个维度，人类则具有物质和精神两个维度。在精神的维度上，诗提升着人生的境界，使人生多一点趋雅避俗的动力。海德格尔认为诗不是闲者的轻浮的梦幻，而是人类生存的精神动力。“诗人却把天空景象所焕发的一切光明、天空行进与呼吸的每一声响，都呼唤到他的诗中并将其锻铸得其光闪闪，其声铮铮。”在他的表述中，天空是诗意的，喻示着人类的理想和向上的动力。人类行走在大地上，永远都须仰望天空而诗意地前行。康德就说过：人类仰望天空的姿势常常使他惊奇而且敬畏。

诗意地栖居，并不是说每个人必须写诗或者读诗，而是生活本身就有诗性，每个人都有对未来的想往，那就是生存的诗意。而当人们常常感慨生活中缺乏诗意、单调无聊时，正是生命中诗性的渴求在逼迫人不可安于现状。可见诗意正是人性中本真的光华，所以海德格尔说“歌声即生存”。

有诗性和诗意，才有可能产生诗歌。诗人用诗歌描绘人类诗意生存的时间与空间，让人类能随时听到生命的歌唱，能体会到生命中激情的涌动。诗歌是对已然的审美回顾，是对未然的心向神往，是区别于其他文学艺术形态的特殊的语言艺术。其最大的特殊之处是语篇的隐喻。

隐喻不仅仅属于诗。确切地说，隐喻属于人类。人类在其生存中，时时处处都需要隐喻式的表达和理解。比如海德格尔以凡高的名画《农鞋》为例说明人生的诗性。画面上只有一双农妇穿过的鞋子，宽大而破损，隐喻着岁月和季节、辛勤、劳作、承受——期望与追寻、无奈或无怨、收获的喜悦或者徒劳的失意——一位母亲、妻子等诸多人生角色的悲欢离合、爱恨情仇。又如经常可见少女与水果的画面，隐喻的是成熟，是秀色可餐。

人类在生存中创造了丰富的隐喻，可以说，隐喻无所不在。然而诗之所以为诗，是因为诗是言说的隐喻。诗不借助图像、色彩、动作等物质形态，只以语言构成隐喻的美文，从而区别于其他非诗的隐喻。

诗离不开隐喻，但隐喻并不必然是诗。这一点从学术界对隐喻的研究即可证明（见表 3－1a）。

表 3－1a　1980～2013 年中国知网关于隐喻研究文章不同检索对象下的检索结果

检索对象	检索结果(条)
全　文	37081
主　题	15948
篇　名	12354
关键词	10579

在中国知网上，检索篇名带有“隐喻”一词的文章，自 1980 年至 2013 年，共 12354 篇（见表 3－1b）。

表 3－1b　1980～2013 年中国知网关于隐喻研究文章的网络统计（按篇名检索）

年份	2013	2012	2011	2010	2009	2008	2007	2006	2005	2004
篇数	103	1717	1821	1723	1512	1382	1154	857	551	404
年份	2003	2002	2001	2000	1999	1998	1997	1996	1995	1994
篇数	278	234	146	119	69	50	44	41	25	18
年份	1993	1992	1991	1990	1989	1988	1987	1986	1985	1984
篇数	21	12	17	10	6	6	10	7	5	6
年份	1983	1982	1981	1980						总计
篇数	1	1	3	1						12354

其中 2000 年以来有 12001 篇，学界隐喻研究已经达到了较为繁盛的阶段。1994～2002 年间的 746 篇文章中，从语言学角度研究并发表在外语研究期刊上的占一大半。故有人撰文称：隐喻语言研究成为 20 世纪 90 年代中期以来语言学研究的一大热点，如《论同本体多喻体与多本体同喻体隐喻现象》（《东北师大学报》1998 年第 5 期）、《从符号学的角度看隐喻的生成》（《福建外语》2000 年第 2 期）。哲学研究中关于隐喻的研究，主要是从认知哲学的角度进行的。如《存在的隐喻》（《思想战线》1998 年第 1 期）、《西方隐喻认知研究理论评介》（《山西大学师范学院学报》1999 年第 1 期）。文学对“隐喻”的关注，也不只是从普通的修辞学角度，而是从文学表现与接收（或者说创作与阐释）的根本意义上进行的。如《湿漉漉的生命隐喻——张爱玲论》（《中国现代文学研究丛刊》1999 年第 2 期）、《水：生命的隐喻——沈从文略论》（《中南民族学院学报》2000 年第 2 期）、《中英诗歌隐喻与文化异同》（《四川外语学院学报》2000 年第 2 期）、《隐喻的父亲主题》（《暨南学报》1994 年第 4 期）、《兴与隐喻——中西诗学审美追求的比较》（《天津社会科学》1995 年第 4 期）、《论李商隐诗歌的隐喻系统》（《广东教育学院学报》1997 年第 1 期）等。《四川外语学院学报》2002 年第 1 期载清华大学外语系博士李秀丽的文章《隐喻研究的误区》，认为隐喻不只是语句的修辞，更重要的是“语篇隐喻”。

“语篇隐喻”，这个概念极其重要，隐喻与诗，关注的正是语篇隐喻——由语词的隐喻进而构成篇章隐喻。诗歌与其他文学形式的最大区别就在于：诗是语篇隐喻。这里以罗伯特·彭斯的诗《一朵红红的玫瑰》为例（见表3－2a）。

表3－2a 语篇隐喻在罗伯特·彭斯的诗《一朵红红的玫瑰》中的体现

A Red, Red Rose by Robert Burns	一朵红红的玫瑰 作者：罗伯特·彭斯　吕志鲁译
O'myluve's like a red, red rose. That's newly sprung in June; O'myluve's like a melodie That's sweetly play'd in tune. As fair art thou, my bonnie lass, So deep inluve am I; And I will love thee still, my Dear, Till a' the seas gang dry. Till a' the seas gang dry, my Dear, And the rocks melt wi' the sun: I will luve thee still, my Dear, While the sands o'life shall run. And fare thee weel my only Luve! And fare thee weel, a while! And I will come again, my Luve, Tho' it were ten thousand mile!	呵，我的爱人像一朵红红的玫瑰， 蓓蕾初放正值花季； 呵，我的爱人像一首甜甜的乐曲， 旋律奏响最合时宜。 姑娘，如此姣好美丽， 我怎能不深深爱你！ 我将爱你直至永远，亲爱的， 纵使天下的海水销声绝迹。 纵使天下的海水销声绝迹， 太阳把世上的岩石熔为浆泥； 呵，我还要爱你，亲爱的， 只要我生命的沙漏尚能为继。 再见吧，我唯一的爱， 让我们暂时别离！ 我将重回你的身边，我的爱， 哪怕远隔千里万里！

整首诗歌只有一个本体“Luve”（出现6次），却出现了两个喻体rose和melodie，这两个隐喻紧密地结合在一起来构成语篇。

又如莎士比亚的戏剧《如你所愿》（*As You Like It*）中（见表3－2b）：

表3－2b 语篇隐喻在莎士比亚的戏剧《如你所愿》中的体现

As You Like It (Act 2, Scene 7)	如你所愿（梁实秋译）
All the world's a stage, And all the men and women merely players: They have their exits and their entrances; And one man in his time plays many parts, His acts being seven ages.	整个世界是一座舞台， 所有的男男女女不过是演员罢了： 他们有上场，有下场； 一个人的一生中扮演好几种角色， 他一生的情节共分七个时期。

戏剧中的“整个世界是一座舞台”，让我们更好地理解“世界”，使其具体化、形象化。他将源语“舞台”和目标语“世界”结合在一起（见图 3－1a）。

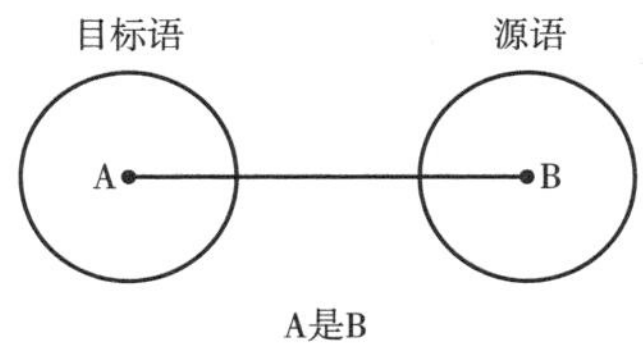

图 3－1a　“整个世界是一座舞台”的隐喻映射

显性文化基因对语言的影响是促使源域概念（source concept）与目标域概念（target concept）在结构上越来越趋同。如图 3－1b 所示，源域中的每一个语义要素（或关系）在目标域中存在一个对应的语义要素（或关系）。这些语义要素（或关系）构成了四类映射。派生隐喻越丰富，根隐喻就越有生命力。

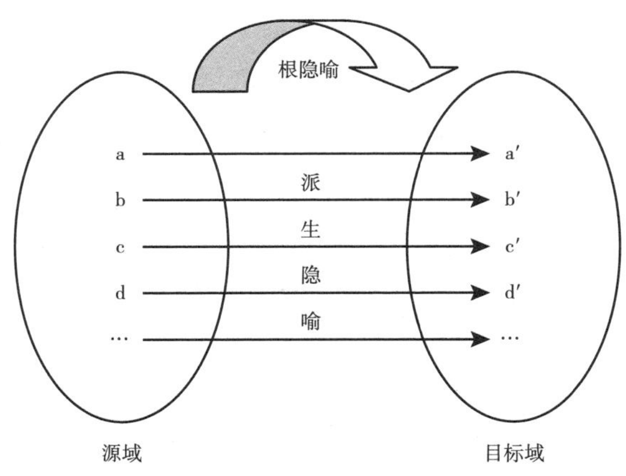

图 3－1b　源域和目标域的派生隐喻

中国学术界对“隐喻”的关注，与西方“隐喻”学有关。20 世纪中后期，曾撰写过《结构主义和符号学》一书的英国加迪夫学院学者特伦斯·霍克斯博士撰写了一本综述西方“隐喻”学的著作（Metaphor），中文有两种译本，一是穆南译、北岳文艺出版社 1990 年 2 月出版的，书名为《隐喻》；二是高丙中译、昆仑出版社1992年2月出版的，书名为《论隐喻》。

该书对于从亚里士多德①到20世纪的“隐喻”理论，进行了系统的梳理。亚里士多德说“隐喻是把属于一事物的字用到另一事物上”。他据此区分出四种隐喻形式（参见《论隐喻》）。

霍克斯认为，隐喻（metaphor）一词在希腊文中的意思是“意义的转换”，即赋予一个词语它本来没有的含义；或者用一个词来表达它本来表达不了的意义。

隐喻不同于普通修辞学中的比喻。普通修辞学所谓的比喻，是个种概念，其下又分明喻、暗喻、曲喻、博喻、借喻等属类。而“隐喻”（metaphor）这个词源于希腊语metaphora，而这个词又源于meta（过来）和pherein（携带）。所以隐喻一词其实包括了所有以甲喻乙（或者说从甲到乙）的意义转换、生成方式。

隐喻一般由三个因素构成：彼类事物、此类事物、两者之间的关系。由此而产生一个派生物：由两类事物的联系而创造出来的新意义。一旦把两个事物或情态（state of affairs）置于特定的语言环境和文化环境中，或者一个物体或情态在特定的语言或文化环境中使人联想到另一个物体或情态，并在

① 对于隐喻的研究，最早可追溯到亚里士多德时期。在亚里士多德的两部著作《诗学》（*Poetics*）、《论修辞》（*Rhetoric and Poetics*）中，他将隐喻定义为“以指称一事物的名称去指称另一事物”。在他看来，本体和喻体之间的关系为对比关系。公元1世纪昆提连（Quintillian）提出了“替代论”。他认为隐喻就是用一个词替代另一个词。无论是“对比论”还是“替代论”，都将隐喻仅仅看作一种修辞现象，适用于文学作品。隐喻被定位为一种装饰性的语言，一种语言的变异使用（Deviance）。直到理查兹（Richards）在《修辞哲学》（*The Philosophy of Rhetoric*）一书中提出了隐喻互动理论（Interationism），最早、最系统地从认知角度对隐喻进行研究，隐喻才发生了从修辞学研究到认知学研究的转向（cognitive turn）。1980年，莱考夫和约翰逊（Lakoff & Johnson）共同出版了《我们赖以生存的隐喻》（*Metaphors We Live By*）一书，标志着认知观的隐喻研究全面开始。与隐喻理论的传统观念相比，隐喻认知理论独辟蹊径，提出隐喻不仅是语言修辞手段，而且是一种思维方式即隐喻概念系统，并对传统的西方哲学及语言学的语义理论提出了挑战。Lakoff和Johnson认为：“隐喻渗透于日常生活，不但渗透在语言里，也渗透在思维和生活中。我们借以思维和行动的普通概念系统在本质上基本上是隐喻的。”（Lakoff & Johnson，1980）这就是说，隐喻在生活中无处不有，无时不用。它一方面在日常语言中居于中心地位，另一方面影响着人的思维方式。

两者之间建立了联系，隐喻便生成了。古罗马修辞学家昆提连[①]将隐喻表述为四种结构（如图 3－2）。

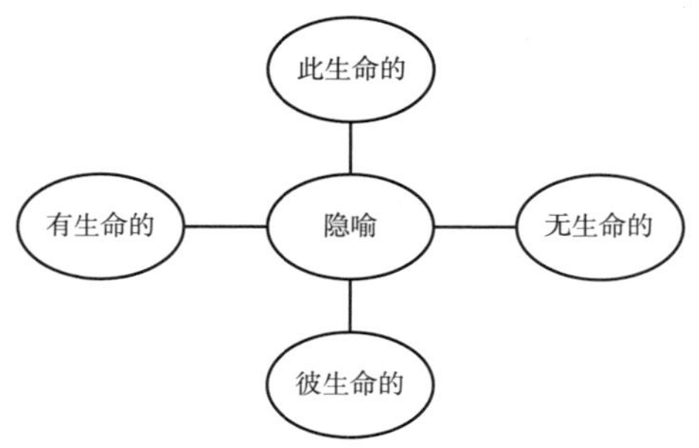

图 3－2　昆提连定义的隐喻表述结构

他说这样，艺术会具有无与伦比的魅力（参见《论隐喻》，第 18 页）。当代西方新批评派的代表人物克林思·布鲁克斯认为现代诗歌的技巧就是“重新发现隐喻并且充分运用隐喻”。[②] 美国诗人华莱士·史蒂文斯（1879～1955）说：“没有隐喻，就没有诗”（《遗著·格言篇》）。

康德认为一切表现的感化有两种：图式的或象征的，二者同属直觉的表象或表现：象征间接包括概念的诸表现，它通过类比把概念运用到一个感性直观对象，反之表征则依赖符号对概念的标示。

尼采在《真理与谎言》中提出所谓“真理”无非“隐喻、换喻、拟人的纠合”。孔多塞断言：“在语言的起源时，几乎每一个字都是一个比喻，

① 自昆提连之后，西方研究隐喻且卓有成效的人不少，限于篇幅这里不再赘述。正是因为隐喻最早是以一种修辞的手段进入人们的视野，所以后来的实证主义者对它嗤之以鼻，甚至于有人向国会提出议案，要废除隐喻。到了 17 世纪，随着科学的勃兴，经验主义和实证主义非隐喻化的呼声日益高涨，他们希望使用清晰而单义的表述，对隐喻的多义与模糊提出质疑，把滥用诗语的怀疑与反对推向高潮。霍布斯（Hobbes）在《利维坦》第一部第五章中列举了七个原因，说明过去的哲学著作中总是充满荒诞与无知的原因，其中第六个原因与隐喻密切相关。第六种原因是用隐喻、比喻或其他修辞学上的譬喻而不用正当的语词。比方在日常谈话中我们虽然可以合法地说：这条路走到，或通到这里、那里；格言说这个、说那个等等，其实路本身根本不可能走，格言本身也不可能说。但在计算或探究真理时，这种说法是不能容许的。

② 《“新批评”文集》，中国社会科学出版社，1988。

每个短语都是一个隐喻。”弗莱①指出：“所有的语言都被隐喻渗透着。”（*The Great Code*：59）隐喻不仅是诗性表达的基础，更是叙事文学的源头，如神话是“隐喻性认同的艺术”，罗曼史是神话的“位移”（displacement），而现实主义又脱胎于后者。维科雄心勃勃地要创建一门崭新的社会科学——“新科学”，要在“民族世界”里试图通过原始民族生活特性的研究揭示人类社会的一般特征。他说：

> 我发现各种语言和文字的起源都有一个原则：原始的诸异教民族，由于一种已经证实过的本性的必然，都是些用诗性文字（poetic character）来说话的诗人。这个发现，就是打开本科学的万能的钥匙，它几乎花费了我的全部文学生涯的坚持不懈的钻研，因为凭我们开化人的本性，我们近代人简直无法想象到，而且要花费大力才能懂得这些原始人所具有的诗的本性。

一切诗性智慧都是在隐喻中形成的，也是通过隐喻表现出来的。“一切语种里大部分涉及无生命的事物的表达方式都是用人体及其各部分以及用人的感觉和情欲的隐喻来形成的。”

诗性逻辑派生出比喻（tropes），最鲜明、最重要、最常用的比喻是隐喻，因为它能使无生命的事物变成有生命的事物。“一般来说，隐喻构成全

---

① 弗莱（Northrop Frye，1912－1991），加拿大文学批评家，20世纪屈指可数的大师级思想家和理论家，他试图构建一套既不寄生于文学本身，又不隶属于哲学、历史、宗教等其他学科的，自成一体的批评体系。他追问文学意义的来源，认为“神话原型”包含了文学艺术的意义、价值、功能与形式。他批判地接受了亚里士多德的“情节结构论”“有机整体论”等文本观，将文学文本定义为一套“词语秩序”，强调批评家、作者、读者与文本间的互动关系。这实质上规定了文学文本的客观性、内在规律性与存在方式。他重视文本细读、分析与阐释，以威廉·布莱克的诗、《圣经》等为解析基点，提出文学文本在存在方式上融修辞性与结构性为一体。他在历史流变中审视结构原型的传播途径及特征，赋予文本的“结构原型”以连贯性、动态性和文化性的特性。在与解构主义、阐释学、接受美学、新历史主义文本思想的比较考察中，见出隐喻、原型和文化构成了弗莱文本思想的核心内涵，对当代文艺理论与批评建设具有重要启示意义，著有《伟大的代码：圣经与文学》。

世界各民族语言的庞大总体。”

西塞罗关于文论的最主要著作是《论演说术》。亚里士多德的《诗学》和《修辞学》曾经显示出一种语言学的兴趣，并把文学的“隐喻”分解为四种语言类型，从而“隐喻”成为“特殊的语言效果”。西塞罗沿着这样的思路，进一步将隐喻视为“使演说增添妥帖效果的手段”。对他来说，诗学问题在相当程度上可以简化为表达方式和修辞技巧的问题，因此，“隐喻”在文学中的作用，就在于对“常规”语言的修饰，它是“为风格增添色彩的一种最佳方法”。

与西塞罗相似，昆提连的代表作也是《演说术原理》。在他看来，艺术是自然的一个方面，同时它又“提示”着自然。因此，语言的准确性是以“常规”语言为基础，但是“不够充分”的常规语言还需要“为着艺术的目的而加以升华”。于是就有了“修辞”和“比喻”。

隐喻（metaphor）既是一种思维方式、表达方式，又是一种认知方式。比如人类常常用一叶扁舟喻示漂泊不定的生存过程，法国诗人拉马丁（1790～1869）的诗《湖》：

人是无港的船/时光是无岸的河/人漂泊着/从上面经过

可见，隐喻是在一定语境中，词语甲的所指和能指非甲，而是其他隐含意义。这种由此及彼、意在言外的表达方式，模糊了表达的外延和内涵，造成语义的不确定性，从而为意义创造了较大的解释空间。亚里士多德认为“隐喻是一种由于语言被以一种特殊的方式使用而取得的特殊产物”（《隐喻》）。

再比如“黄昏”这个意象，在不同诗境中有不同的隐喻含义，但不论何种含义，都是借助隐喻所造成的不确定的解释空间而生成的。如刘希夷《代悲白头翁》结束语：

宛转蛾眉能几时，须臾鹤发乱如丝。

但看古来歌舞地，唯有黄昏鸟雀悲。

李商隐的《登乐游原》：

夕阳无限好，只是近黄昏。

英国湖畔派诗人华兹华斯（1770～1850）的《商籁集》：

美丽的黄昏/安宁而轻松/这神秘的时刻像修女般娴静/她屏声静息/满怀虔敬之情

象征主义的先驱、法国诗人波德莱尔（1821～1867）在其代表作《恶之花·薄暮》中用黄昏隐喻疯狂：

来了/诱人的黄昏/这个罪恶的帮凶/就像同谋者潜行而至/天空/仿佛巨大的密室慢慢合上/迷乱的人像野兽一样疯狂

现代主义诗人、剧作家、批评家艾略特（1887～1965）在《阿尔弗瑞德·普鲁弗洛克的恋歌》中用黄昏喻示工业时代无序的放肆和工业文明对人类生存的威胁：

黄雾在窗玻璃上轻擦着它的背（放肆、不如人愿却无法阻止）
黄烟在窗玻璃上蠕动着它的嘴（切近的、放肆的吞噬）
直把它的舌头卷向黄昏的角落（对生命的威胁）

上述的解释只是笔者对诗句的理解，可能不完全是诗人的原意。隐喻的最根本功能大概就是创造一个不确定的解释空间。在隐喻中，本体和喻体本不相干，但诗人通过创造一定的语境，就使它们具有了意义转换的空间和转换的必然性。诗中的词语本来都是“元语言”[①]，但在诗人的意境中，却得到了特殊的可解释性，成为隐喻语言，当人们理解这些语言所隐喻的意义时，需要通过更接近隐喻义的“元元语言”进行阐释。正如史蒂文斯所说：“隐喻创造一种新的现实，相形之下，本来的现实反倒显得不再是现实的。”（《遗著·格言篇》）比如白居易的诗通常被视为浅易，但也有运用隐喻的作品，因而需要读者到一个特定的空间中去寻找其“元元语言”。如《花非花》：

花非花，雾非雾。夜半来，天明去。来如春梦几多时，去似朝云无觅处。

隐喻是人类的一种与生俱来的文化方式。这种方式的最初形态多是以自然物象作为人类和人事的象喻，比如我国《诗经》中的“比兴”：

昔我往矣，杨柳依依；今我来思，雨雪霏霏。（《诗·小雅·采薇》）

桃之夭夭，灼灼其华。之子于归，宜其室家。（《诗·周南·桃夭》）

蒹葭苍苍，白露为霜。所谓伊人，在水一方。溯洄从之，道阻且长；溯游从之，宛在水中央。（《诗经·秦风·蒹葭》）

---

① 元语言（Metalanguage），当我们讨论一种事物时，我们所使用的语言被称为对象语言，因为它是对象的表现。而当我们谈论一种语言时，我们所使用的语言被称为元语言。在任何语言研究中，都有一种作为研究对象的语言，还有一种由研究者用来谈论对象语言的元语言。对象语言与元语言是相对而言的。任何语言，无论它多么简单或者多么复杂，当它用于谈论对象的时候，它就是对象语言；当它用来讨论一种语言的时候，它就是元语言。因此，元语言是关于语言的一种语言，也就是针对文本或者言语行为而进行讨论、写作、思考的语言。

《蒹葭》[①] 诗表述的是人类的一种生存情境。人类对似乎在场（宛在水中央）而又似乎不在场（在水一方）的“伊人”，怀有一份永恒的“企慕”和追求，然而这追求往往是艰难的、漫长的、可望而不可即的。“伊人”是谁？是一个理想，包括爱人，但不仅是爱人，“伊人”是追求者永远的激动。

《诗经》中这种表达方式很多，后人将这种文化形式称为“比”“兴”。《周礼·春官》：“六诗曰风、曰赋、曰比、曰兴、曰雅、曰颂。”郑玄注云：“兴者，托事于物。”朱熹《诗集传》：“比者，以此物比彼物也；兴者，先言他物以引起所咏之词也。”

屈原在创作中大量运用这种方式，美人以喻君王，香草佳木以喻君子美德，飘风云霓以喻小人。后人称之为“香草美人”。如《离骚》：

> 余既滋兰之九畹兮，又树蕙之百亩。
> 朝饮木兰之坠露兮，夕餐秋菊之落英。

我们认为所谓“比兴”“隐喻”“象征”，就根本功能和基本形态而言，三者指的是同一种由此及彼的诗语方式。比兴、象征、隐喻，是永恒的诗语形态，人类的思维、表达和理解永远都需要这种诗语形态。

既然说比兴、隐喻、象征是同类的诗语形态，下面就说说象征。西语语境中的“Symbol”，具有“符号”与“象征”两层含义。汉语翻译时，在逻辑学、语言学、心理学等范畴中，多译作“符号”，而在艺术、宗教等范畴内，则译为“象征”。狭义的象征，指的主要是艺术表现手法。广义的“Symbol”，几乎涉及人类生活的各个领域，属于文化人类学的范畴。恩斯特·卡西尔说“人是象征的动物”，或者说“人是符号的动物”，人“生活在一个象征的宇宙之中”（《人论》）。在卡西尔那里，“符号”与“象征”是同一个词，就是Symbol。卡西尔认为所有人类的文化形式都是象征的符号。《韦

① 蒹葭（jiān jiā）：芦苇。蒹，没有长穗的芦苇。葭，初生的芦苇。《蒹葭》这首诗，选自《诗经·国风·秦风》，大约来源于2500年以前产生在秦地的一首民歌。“古之写相思，未有过之《蒹葭》者。”

伯斯特英语大字典》对“象征”的阐释是：“系用以代表或暗示某种事物，出之于理性的关系、联想、约定俗成或偶然而非故意的相似；特别是以一种看得见的符号来表现看不见的事物，有如一种意志，一种品质，或如一个国家或一个教会之整体，一种表征。例如狮子是勇敢的象征，十字架是基督教的象征。”黑格尔是较早系统论述象征的人。他在其《美学》第二卷第一部分绪论中即称“比喻的艺术形式”是“自觉的象征”。他将其区分为“隐喻、意象比譬、显喻”。他说：“东方人在运用意象比譬方面特别大胆。他们常把彼此各自独立的事物结合成为错综复杂的意象”。“他们怀着自由自在的心情去环顾四周，要在他所认识和喜爱的事物中去替占领他全副心神的那个对象找一个足以比譬的意象。”① 中国的诗人的确很善于运用隐喻或曰象征。

比如李白，他喜欢用“大鹏”作为自己生命的图腾（比譬、象征）。这个象征出自《庄子 · 逍遥游》，它既是自由的象征，又是惊世骇俗的理想和志趣的象征。开元十三年（725），青年李白出蜀漫游，在江陵遇见名道士司马承祯，李白遂作《大鹏遇希有鸟赋并序》（后改为《大鹏赋》）。说司马承祯称李白“有仙风道骨，可与神游八极之表”。于是李白就自比为庄子《逍遥游》中的大鹏鸟。李白中年时曾作《上李邕》诗：

> 大鹏一日同风起，扶摇直上九万里。
> 假令风歇时下来，犹能簸却沧溟水。
> 时人见我恒殊调，见余大言皆冷笑。
> 宣父犹能畏后生，丈夫未可轻年少。

李白临终作《临路歌》（一作《临终歌》）：

> 大鹏飞兮振八裔，中天摧兮力不济。
> 余风激兮万世，游扶桑兮挂石袂。

---

① 〔德〕黑格尔著《美学》第二卷，朱光潜译，1979，第 134、137 页。

后人得之传此，仲尼亡兮谁为出涕？

李白以大鹏作为自己生命之喻，苏轼则选择了鸿。他 26 岁作《和子由渑池怀旧》云：

人生到处知何似？应似飞鸿踏雪泥。
泥上偶然留指爪，鸿飞那复计东西。
老僧已死成新塔，坏壁无由见旧题。
往日崎岖君记否？路长人困蹇驴嘶。

苏轼 44 岁初到黄州寓居定慧院作《卜算子》词：

缺月挂疏桐，漏断人初静。谁见幽人独往来，缥缈孤鸿影。
惊起却回头，有恨无人省。拣尽寒枝不肯栖，寂寞沙洲冷。

鸿是苏轼喜爱的生命象征，他用这个图腾表达自己生命的种种感受：幽冷又清静、孤单又独立、缥缈又自由、无奈又无俗、寂寞又高傲，等等。苏轼和他的鸿影，本身就是一个内涵无比丰富的象征，一想到苏轼，我们不只是高山仰止，我们还感到非常亲切，甚至怦然心动。有一天，笔者漫步在中山大学最美丽的马岗顶上，面对那醉人的绿色浮想联翩。想到苏轼，笔者觉得他最有资格作为一种高贵的人类精神的象征：

夜色轻抚着马岗顶的岑寂
深深浅浅的是我的心情
也许我读不懂这林中的幽邃
不知细叶榕为谁婆娑
凤尾竹为谁渊默
可我知道这宽宽窄窄的路

当然不是清夜沉沉的春酌
也不是一声呐喊的拼争
那么这路上徘徊的寻梦者
可否拥有梦里忧伤的自由
可否有拣尽寒枝的自守
檐下虬曲的海棠
必不是苏轼喜欢过的那一株
虽然有同样的幽独
但那低亚的枝条
柔韧着百炼的刚强
依旧是千秋的生长
物竞天择的艰辛啊
玉成你高贵的孤独
水面上没有涟漪
但却看不清陈年的湖底
匆匆照影的惊鸿
实也不必叩问水底的泥沙
浊者自浊
清者自清
那平静的宽容
注定是永远的承受
在没有月色也没有灯光的马岗顶
野草一如既往地缄默
呵护夜的安宁
守望绿色的风

（选自张海鸥《水云轩诗词 · 自由诗》）

在中国文化中，不仅象征手法源远流长，而且“象征”之说古已有之。

1926年周作人为刘半农的诗集《扬鞭集》作序云："新诗的手法，我……觉得所谓'兴'最有意思。用新名词来讲或可以说是象征。让我说一句陈腐的话，象征是诗的最新的写法，但也最旧，在中国也'古已有之'。"1938年梁宗岱在批评朱光潜把"象征"与修辞学上的"比"混为一谈时说："象征却不同了，我以为它和《诗经》里的'兴'颇近似。"

在汉语语境中，"象征"本意指的就是"形象征验"。它发端于原始宗教的"巫占"活动，"征百事之象，候善恶之征"。王弼注《周易·系辞》称："触类可为其象，合义可为其征。"

隐喻是人类生活中一种有意味的形式、有形式的生命。说到隐喻，我们总是首先想到文学，想到诗。充满了隐喻的文学，对提升人类的精神生活无比重要。不仅文学家，哲学家、文化人类学家也都喜欢用文学的方式进行思考和表述。这时，隐喻就是打通文学与哲学的最常用的方式。比如中国的庄子、孟子；西方的柏拉图、亚里士多德、叔本华、尼采、海德格尔、萨特；等等。当诗人用诗言说历史、人生和世界的持存时，隐喻永远都是必需的，因为隐喻内涵的不确定性和隐喻空间的可扩展性，才使诗具有充分的表现力。康德说人类仰望天空的姿势常常使他惊奇而且敬畏，大概是从仰望这个姿势想到了某些隐喻的意思吧。

在人类生活中，诗是对美的提炼和升华。如果说生活是流淌的水，那么诗就是涌动的波浪；如果说生活是无所不在的绿，那么诗就是色彩斑斓的花朵。当人们用诗化的隐喻作为自己的思维方式、生活方式和表达方式时，人类比一般动物高级之处就更加明显，雅人与俗人的差别也就更加明显。而隐喻则增强了诗的表现力，丰富了诗的时空内涵。隐喻使诗美丽而且丰满。例如一首小诗：

送你一束束花开花落
风雨声声
是我无言的诉说
许是你第一次的回眸
便锁定我终生守候
雨后彩虹

是心与心的牵手

送你一束束花开花落
江水悠悠
是我不尽的诉说
小院里丁香幽幽
晚风吹我到你枝头
请一朵初开的紫罗兰
带去我一串串问候

（选自张海鸥《水云轩诗词 · 自由诗》）

面对荣辱穷通、悲欢离合、爱恨情仇等一切人生课题，文学是智慧人类最优雅的选择，而诗是文学最显著的标志。比如我们在巴尔扎克的作品中常常读到一些贵族女性宣称自己爱好文学，巴尔扎克这样写的时候，对那些贵族女性不无揶揄，但从另外的角度看，这也说明就连那些未必深刻的贵族女性们也懂得：文学使人可爱，而诗则使人既可爱又高雅。那么隐喻，则使诗更有诗性和诗意。

诗性隐喻可以是一个诗句，诗的一章，也可以是整个的文本。但丁的《神曲》中的“地狱”“炼狱”“天堂”分别构成三个隐喻，巴金的《家》、茅盾的《子夜》、钱钟书的《围城》都是整部作品构成一个隐喻，巴尔扎克的 96 部小说，作为一个系列构成一个隐喻——“人间喜剧”。当然，作为鸿篇巨制构成的隐喻，其内容要丰富得多。如《红楼梦》比“Mylove’s like a red，red rose”（我的爱人像一朵红红的玫瑰）这样的隐喻内涵要丰富得多。

与修辞的隐喻相比，诗性的隐喻更具有张力，因而也更耐人寻味。所谓复合的诗性隐喻往往是在一个隐喻的基础上再进一步隐喻，使双重甚至多重隐喻套叠在一起，例如：“她心里盛开着慈爱之花”——心灵像花园，慈爱如鲜花，花园里盛开着鲜花；“轮船耕耘大海”——轮船像犁，大海如田。

比起修辞的隐喻来，诗性的隐喻更加超凡脱俗，美妙动人。如马维尔

(Marvell) 把两个相恋但无法团聚的男女比作平行线；把对情妇的爱比作“野火烧不尽，春风吹又生”的野草；多恩把相恋的男女比作跳蚤，把夫妻比作圆规的双脚；艾略特把教会比作河马，把黄昏比作麻醉中的病人。这些比喻都有一种新颖感和震撼力。使人把初见时的惊奇变为理解后的欣喜。如马维尔的平行线，它不仅准确地把彼此既不相交又不分离的关系描绘了出来，同时又暗示在永恒的未来二者相聚的可能性。

3.1.2 诗歌隐喻的映射研究

3.1.2.1 隐喻与映射

所谓隐喻（metaphor），是两个不同的概念域（concept domain）之间的映射。在莎士比亚十四行诗中“Love Is Journey”这一隐喻中，通过简单概念 Journey，我们知道了抽象概念 Love 是什么或具有什么特征。

隐喻映射包括四个方面（如图 3－3）：源域的空位（slot）向目标域的空位映射；源域的关系向目标域的关系映射；源域的特征向目标域的特征映射；源域的知识向目标域的知识映射（Lakoff & Turner，1989：63－64）。由于隐喻映射的主题和客体都是概念，所以这类隐喻又称概念隐喻（conceptual metaphor）。

3.1.2.2 诗歌中的概念隐喻与映射

诗歌中的概念隐喻具有日常语言隐喻的一般特征，但诗歌隐喻的映射除具备上述四个特征外，还具有如下三个特征。

第一，诗歌隐喻可以对源域的一些语义特征进行拓展，这些拓展的特征可以不在目标域中被映射。“Death is Departure”是一个很常见的隐喻，诗歌语言为了取得特定的修辞效果，往往对离开的方式加以发挥。如在下节诗中，死被隐喻为离开，离开的方式是驾着筏子（raft），这一特征没有被映射到目标域 Death 中（如图 3－4a）：

We are all driven to the same place—
Sooner or later，each one's lot is tossed

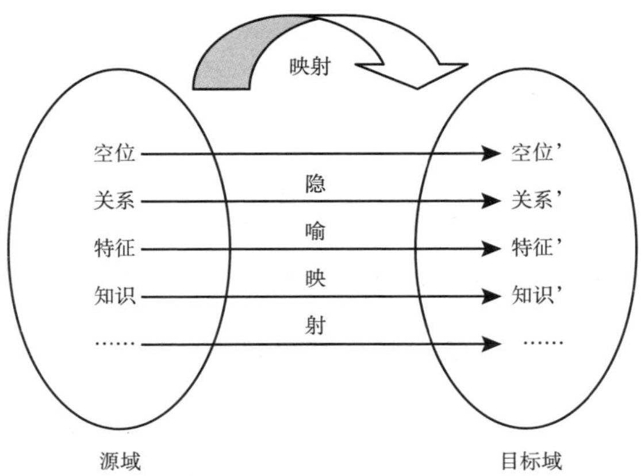

图 3－3　隐喻映射的四个方面

From the urn—the lot which will come out

And will put us into the eternal exile of the raft.

(Horace, *The oldes of Horace*, book 2)

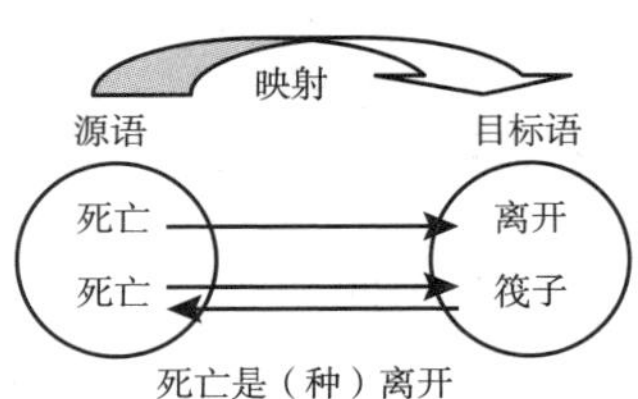

图 3－4a　源域在目标域中未被映射

第二，诗歌隐喻可能直陈概念映射的局限性（limitations），通过源域与目标域在语义特征上的非对称性来触发读者的心理共鸣，如：

Suns can set and return again,

but when our brief light goes out,

there's one perpetual night to be slept through[①].

(Catullus, 5)

卡塔拉斯（Catullus）的这首诗中"Lifetime is a Day"[②]，即用一天来隐喻一生，但作者偏偏要把隐喻的蹩脚之处表白出来：太阳东升西落，周而复始，但人的生命之光一旦熄灭，就会用于白昼了（图 3－4b）。

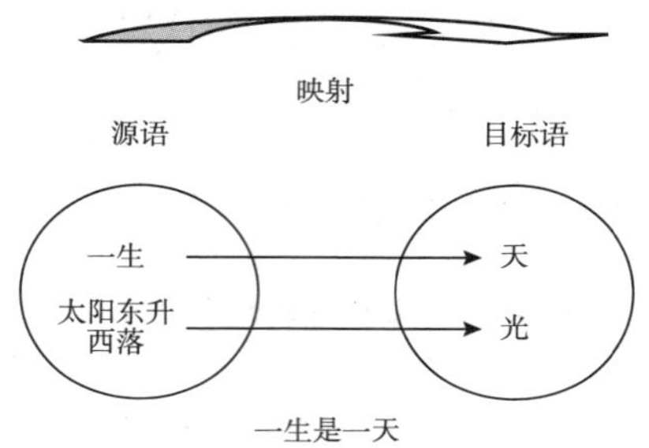

图 3－4b　源域与目标域在语义特征上的非对称性

第三，诗歌中多采用组合隐喻（composite metaphors），即一言多喻，其结果是"产生一种更丰富、更复杂的隐喻连接（metaphorical connections），即产生单个隐喻所不能产生的多重隐喻推理"（Lakoff & Turner, 1989: 71）。所以诗歌中的隐喻映射比日常语言隐喻更为复杂。我们以莎士比亚十四行诗的第 73 首诗 5～8 行为例：

In me thou seest the twilight of such day
As after sunset fadeth in the West;
Which by and by black night doth take away,
Death's second self that seals up all in rest.

(Sonnets, 73: 5－8)

① 太阳西沉后东升，/生命之光飞逝，/我们将在永久的黑夜里安息。全诗见附录。

② 莎士比亚十四行诗第 73 首第一节也有："A Lifetime is a Year, A Lifetime is a Day" 的隐喻。

第 73 首诗中的第 5 ~ 8 行至少包含了五个隐喻（如图 3 – 5）：

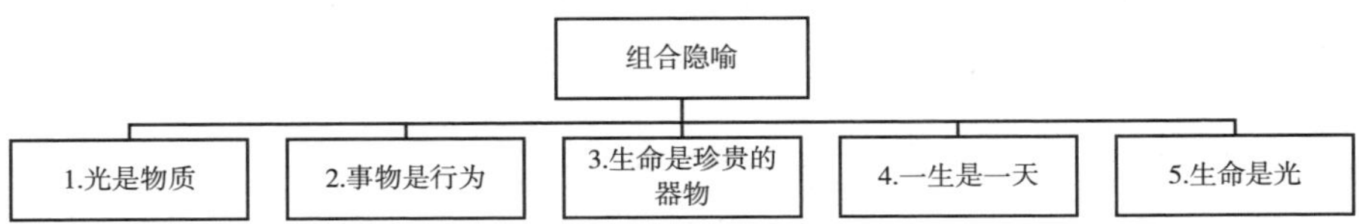

图 3 – 5　一言多喻所产生的多重隐喻推理

该诗所产生的多重隐喻推理包括：(1) 夜被隐喻为能发出动作的实体，它能把光带走；(2) 光被隐喻为生命，生命之光一旦熄灭（被拿走），人就走到了生命的尽头；(3) 生命是珍贵的器物，它可以被人轻易地拿走；(4) 人的一生就像一天，随着夜晚的来临，人的生命就像光一样无影无踪。

3.1.2.3　诗歌中的意象隐喻与映射

除概念隐喻外，还有一种隐喻——意象隐喻（image metaphor）。意象隐喻基于概念隐喻，在诗歌中较为多见。意象隐喻与概念隐喻的不同之处在于，概念隐喻的源域和目标域中"各有多个概念"，概念映射是"相应概念之间的映射关系"，而意象隐喻的映射是"一次性（one-shot）的映射"（Lakoff, 1993），即每次只有一个意象从源域被映射到目标域的意象上（见图 3 – 6），如：

Now women-rivers
belted with silver fish
move unhurried as women in love
at dawn after a night with their lovers.

[Merwin & Masson (translators), Sankrit Love Poetry New York: Lolumbia University Press, 1977: 71]

在这首诗歌中，我们可以感受到这样的一幅画面：黎明时分从情人家鱼贯而出的印度妇女（source image）被映射到蜿蜒流淌的小河（target image）上，鳞光闪烁的鱼群被想象成妇女们的腰带。

又如 Robert Burns 的诗“A Red, Red Rose”中，意象之一的 rose 具有魅力、娇艳、色泽宜人、惹人怜爱等特征，这些特征被映射到另一意象 mylove 之上，读者就知道抽象的 mylove 是什么具体的样子了。

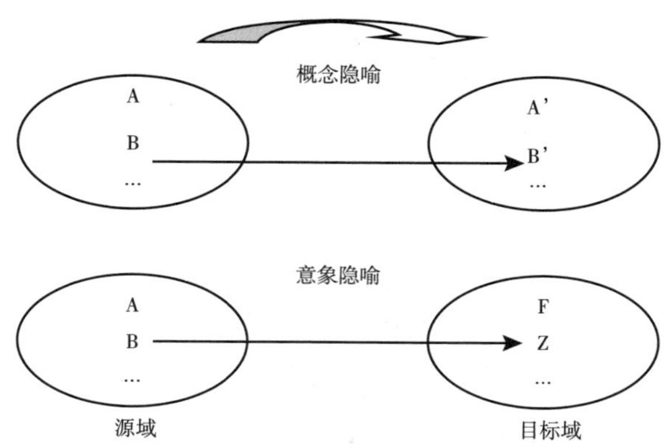

图 3-6 概念隐喻与意象隐喻的对比

3.1.3 莎士比亚十四行诗的隐喻认知

柯尔律治（也译作柯勒律治）在论述了“一首诗”意义上的诗之本质后，又提出“一首诗”并不能代表“总体的诗”，而要评判作为创造心灵之最高成就的“总体的诗”，他认为实际上是要去审视诗人。所以：“诗是什么？这无异于问：诗人是什么？……因为诗的特点正是天才诗人的特点。”

而关于“诗人的本质”，柯尔律治的名言常常被人引用：“良知是诗才的躯体，幻想是它的衣衫，运动是它的生命，想象则是它的灵魂。”

其中的“良知”（good sense）与中文的通常意义不同，是指诗人对于外界的良好、敏锐的感受力。“幻想”曾被华兹华斯描述为“诉诸天性中暂时的部分”，柯尔律治则认为“幻想”只是“一种回忆”，“通过联想的法则取得现成的素材”，其意义主要是与“想象”相对而言。“运动”是指主体与客体之间的交互作用，即柯尔律治所说的“自然变为思想、思想变为自然”的不断演进。最重要的是“想象”，它被柯尔律治视为“物我统一”的中介，并称之为“善于综合的神奇力量”。因此，“想象”理所当然地成为诗歌创作的核心。

从相当程度上说，“想象”的问题在柯尔律治诗论中首先具有一种语言学的意义，这就是想象与隐喻的联系。

隐喻（metaphor）来自希腊语的 metaphorain，其字源 meta 意思是“超越”，phorain 意思是“传送”。即：将一个对象的特征“传送”到另一对象，使之得到“超越”其自身的某种意义。修辞学中的一切比喻，都被认为是隐喻的变体，而“隐喻”作为对字面意义转向比喻意义的基本程序之概括，又是西方文论中的一个重要课题。

浪漫主义作家普遍认为：想象的能力，首先就是把不同事物汇聚在一起，确立一些相似点和连接点，从而领悟并创造整体。诗歌正是想象能力的表现。而“汇聚不同事物，寻找其相似点、连接点和相同之处的想象过程，也就是隐喻的过程”。想象把自己纳入人类语言机制的方式，也正是凭借隐喻。

在柯尔律治之前，德国狂飙突进时期的批评家赫尔德（J. G. Horder，1744 - 1803）曾发表《论语言的起源》，提出语言本身从一开始就与隐喻联系在一起，原始人就是通过隐喻和象征来思维的。更早一点的意大利学者维柯（G. Vico，1668 - 1744）在 1725 年出版的《新科学》当中，则已设想出一种原始人，他们具有本能的“诗歌智慧”。这种智慧通过隐喻、象征和神话向现代人抽象、分析的思维模式发展。维柯的著作没有受到同代人的注意，而研究者发现柯尔律治是最早阅读和思索维柯著作的人之一。

在想象和象征的意义上理解“隐喻”，就使浪漫主义诗人不可能像其前人那样，仅仅把隐喻看作一种可以添加的语言修饰。这可以用英国诗人德莱顿[①]曾经有过的尝试作一论证。德莱顿在 1649 年为黑斯廷斯勋爵死于天

① 德莱顿，英国诗人、剧作家、文学批评家。一生为贵族写作，为君王和复辟王朝歌功颂德，被封为“桂冠诗人”。主要作品有《时髦的婚礼》（1673）、《一切为了爱情》（1667）、《阿龙沙与施弗托》（诗作）、《论戏剧诗》、《悲剧批评的基础》等。他也是英国古典主义时期重要的批评家和戏剧家。他通过戏剧批评和创作实践为英国古典主义戏剧的发生、发展做出了杰出的贡献。“玄学诗人”一词就是他最先提出来的。在欧洲批评史上有极高的地位。

花而写下这样的诗行：

> 除去天花——这潘多拉盒子中的罪恶，
> 难道就没有什么出路更加温和？
> 我们维纳斯的疆域里竟有那么多痣点似的斑迹，
> 难道这都是装点一块瑰宝的层层衬底？
> 红疹在肌肤里傲慢地吐蕊，
> 就像是贴在百合花瓣上的玫瑰花蕾。
> 每一颗脓疱都含着一滴泪珠，
> 哭诉着自己犯下的错误。
> 它们如同与主人相争的叛逆，
> 用一场暴乱把勋爵的生命夺去。
> 或许，这些花蓓是受命来美饰他的皮肤？
> 是盛敛一颗博大灵魂的小屋？

这里的隐喻虽然很贴切，但毫无美感可言，却只能引起感官上的厌恶在浪漫主义时代的诗人看来，问题就在于德莱顿的“隐喻”只是与语言相分离的附加手段。

柯尔律治将隐喻视为“想象的活动方式”，后来“新批评”的代表 I. A. 理查兹专门写下《柯尔律治论想象》。按照理查兹的说法，柯尔律治“把人类思维看成一个积极的、自我形成、自我实现的系统，这是一种名副其实的革命”。

在柯尔律治的系统中，想象是人类思维“创造性地影响物质世界”的第一手段。他将“想象”设定为“在一个统一的过程中对主、客双方进行联系、渗透、调解、和谐的工作”，而这统一的过程被他称为“黏聚”(esemplastic)。

“黏聚”的字头 es（即 ex），有“完全”“彻底”之义，emplastic 的意思是“黏性物质”。用柯尔律治自己的话说：这个词也就是“合而为一”；

用雪莱的话说，“黏聚”的过程，其实是“标明了事物间以前尚未被人领会的关系，并使这种领会永远保留下来”。而这正是后人所理解的“隐喻的过程”。

柯尔律治在阐述关于想象的理论时，具体分析了隐喻，其中特别就莎士比亚作品中的隐喻进行了富于启发性的分析。他认为，莎士比亚作品中的隐喻包含着一种独特的思维形式，实际上是通过莎士比亚的心灵转向了我们自己的心灵，并要求我们参与进去完成其中的隐喻。而这样的隐喻吸收了读者，把读者包容在它自身的过程之中，也就形成了想象的双重参与——得之于想象，也诉之于想象。正如柯尔律治对莎士比亚的评价：“你感到他是个诗人，是因为他已经使你暂时成了诗人——成了一个积极的、富于创造性的人。”

从柯尔律治的上述讨论回溯到德莱顿，我们可以得到这样的印象：在柯尔律治这里，两种不同的隐喻最鲜明地体现了“幻想”与“想象”的区别。与传统意义上的“隐喻”相比，柯尔律治将“读者”引入“隐喻”的关系，并把读者的想象性反应视为“隐喻”过程的最后环节。

在想象和隐喻的问题上，柯尔律治认为 18 世纪以前缺少对语言力量的恰当估计，即没有认识到语言可以成为想象的手段，可以征服视觉世界以外的“非可感”世界。在他看来，语言可以通过想象吐露内在的现实，并以之影响外在的世界、把人类心灵投射到世界上。因此，用语言来表达的现实就不仅是物质的，而且是想象的。

柯尔律治在 1827 年的一封信中写道：“语法学家和作家在语法和语言学说方面的根本错误，就是假定词语及其句法是事物的直接代表，或者假定它们与事物相对应。词语是同思想相对应的，词语的正常顺序和联系是同思维的法则以及思想者心灵的活动与情感相对应的。”

在这样的意义上，想象通过隐喻的语言学手段扩展了现实，从而扩展了心灵。

隐喻也就不再是附加的、润饰思想的外衣，而是本身就成为一种思想。这种对隐喻的浪漫主义解释，既是用想象论证隐喻在语言中的本体性位置，也是用隐喻论证想象在文学乃至全部人类创造性精神活动中的核心作用。至1870年，后来成为象征主义诗人的中学生兰波①写下“话说我”的诗句，则暗示了语言将被奉为文学的主宰。

从康德到浪漫主义思潮，最有代表性的思想家们都在强调人类主体对于自然世界的作用及联系，而柯尔律治对想象及其实现手段——隐喻的分析，则为这种作用和联系打上了一个永久的语言学的印记。所以I. A. 理查兹说：“由于……全部对象……都是人类兴趣的投射，由于宇宙……是在心灵对外界的映象中……产生的，由于这种映象……都通过语言而发展，……所以对语言模式的……研究，就成为一切研究中最根本、最广阔的。……柯尔律治对想象和幻想的区分……便……形成整体的研究……。随着柯尔律治，我们跨入了一种关于语言的一般理论研究的大门。”

3.1.3.1　莎士比亚十四行诗隐喻认知的理论背景

综观隐喻研究的历史，不同阶段的学者对其进行过不同的界定（见图3-7a）。传统的隐喻研究者认为，隐喻只是语言的特点，而不是思想的特点，所以只是把隐喻作为一种文学作品的修辞手段和语言现象来研究，然而现代学者所进行的研究已经突破了修辞学所涉及的隐喻形式和效果的局限，拓宽了其研究领域，将研究范围延伸到了社会语言学、认知语言学、语用学和语言哲学等学科。

国外学者对隐喻的研究大致经历了三个阶段（见图3-7b），分别是：修辞学、语义学和认知语言学，而且每个阶段都产生了相应的理论。在第一阶段，亚里士多德和昆提连创立了“对比论”和“替代论”，这是有关隐喻研究的修辞学理论。在这一理论中，他们把隐喻看作词语层面上的一种修辞

① 诗人兰波（Arthur Rimbaud，1854-1891），一位通灵者，被称为“屡风之人”，“横空出世的一颗流星，转瞬寂灭”。他一生的诗歌创作，全部在青少年时期完成，此后便放弃了文学，投身于苦涩的流浪漂泊，他去世时年仅37岁。凭着通灵慧眼，他“看见了幻觉本身”，发明了“新的花、新的星、新的肉和新的语言”，成为法国象征主义诗歌的先驱者；凭着通灵之心，他洞穿了世界的苍茫与黑暗。他在诗歌中，揭示了残酷的真相，发现并创造了惊艳神奇的美；在生命里，以孤独的流浪与血肉之躯，撞开了世纪的黑暗大门；在人生的苦海中，犁出了一道深深的血痕。

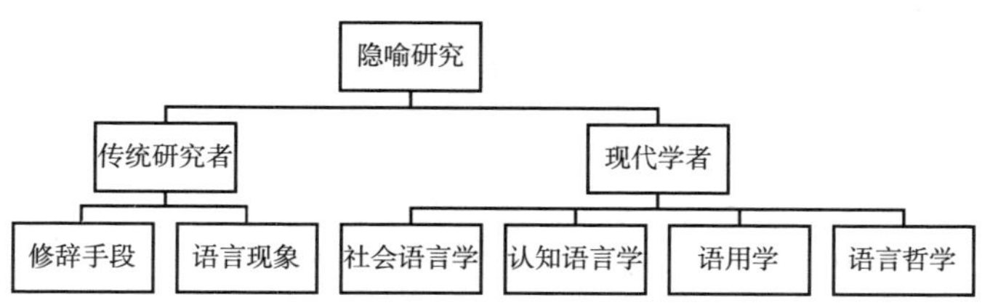

图 3－7a　隐喻研究的历史

方式，即：用一个词替代另一个词的语言手段。在第二阶段，理查兹提出、布莱克发展和完善了“互动论”，这是有关隐喻研究的语义学理论。当然也可以用语用学的理论研究隐喻现象，即：结合语境，研究语用过程中的隐喻理论，这便是“语用学隐喻观”，可以具体细化为：语用学会话含义理论、言语行为理论、关联理论等对隐喻现象的研究。在第三阶段，Lakoff 和 Johnson 的“概念隐喻理论”、Kittay 的“透视观”和由 Fauconnier 和 Turner 创建的“合成空间理论”，这是有关认知语言学的理论。“概念隐喻理论”认为，隐喻的本质是一种思维方式，是成系统的隐喻概念间的语言认知，主要有结构隐喻、方位隐喻和实体隐喻等三种类型（见图 3－7c）。这一理论在认知语言学三大隐喻理论中，影响最大。与之并称的是系统功能语言学家 Halliday 提出的“语法隐喻理论”，这一理论是研究语法层面上的隐喻现象，可概括为：概念语法隐喻、人际语法隐喻和语篇语法隐喻等三种类型（见图3－7d）（张全生，2004）。

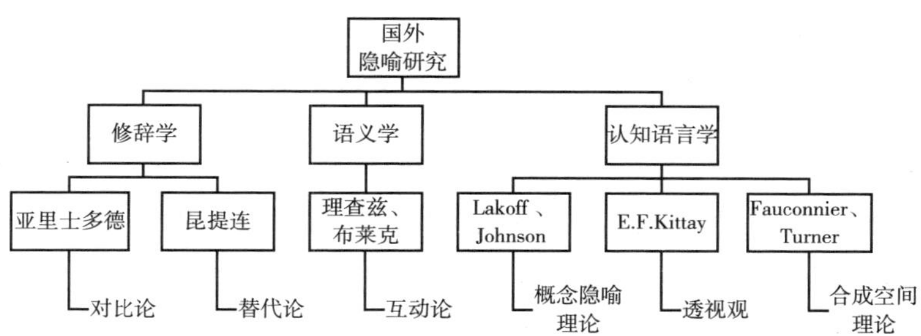

图 3－7b　国外学者对隐喻的研究三个阶段

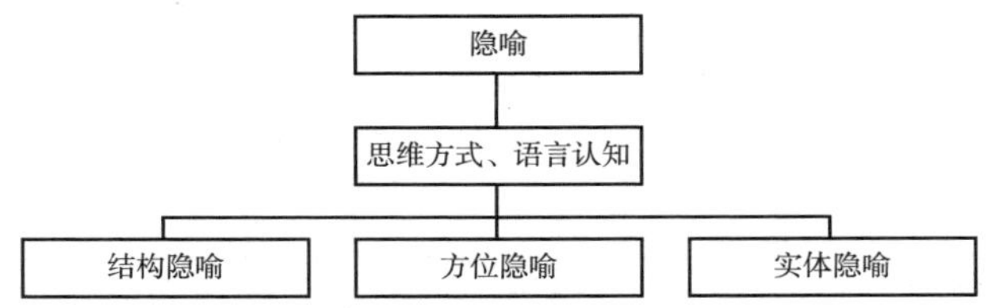

图 3-7c　Lakoff 和 Johnson 的"概念隐喻理论"对隐喻的划分

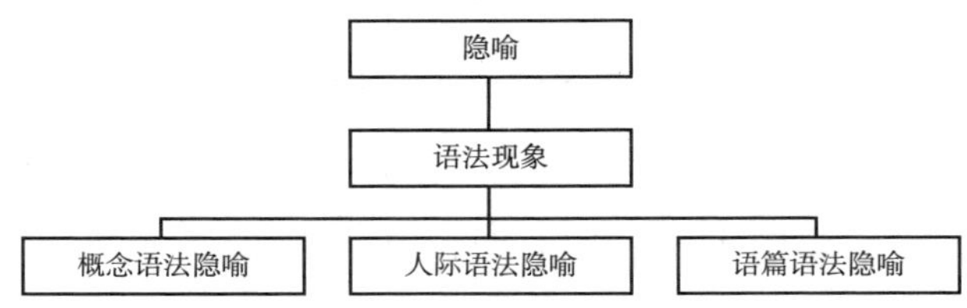

图 3-7d　Halliday 的"语法隐喻理论"对隐喻的划分

我国学者对隐喻的研究大都是从第三阶段开始的，因此在研究过程中，向国内学界输入隐喻理论就成为重中之重。1994 年，赵艳芳在《解放军外国语学院学报》上发表了《隐喻：其认知力及语言结构》，从此国外隐喻的认知研究引起了国内学者的注意。在 1994 ~ 1996 这两年，先后有赵艳芳（1995）、束定芳（1996a/1996b）、袁毓林（1996）、王勤学（1996）等多篇关于隐喻认知研究及引介隐喻研究的论文发表，掀起了国内隐喻认知研究的热潮。随后有关隐喻研究的专著也相继问世，如束定芳的《隐喻学研究》（2000），胡壮麟的《认知隐喻学》（2004），蓝纯的《认知语言学与隐喻研究》（2005），王文斌的《隐喻的认知构建与解读》（2007），魏纪东的《篇章隐喻研究》（2009），林书武的《国外隐喻研究综述》，等等。在对隐喻理论进行深入研究的基础上，国内学者也开始注重运用理论分析具体语料，这是隐喻研究和应用语言学的结合。其中庞继贤和丁展平提出的"应用语言学视角下的隐喻研究"为研究隐喻提供了许多有价值的研究方向（庞继贤、丁展平，2002）。例如，运用隐喻理论分析报刊语言尤其是报刊政论文（以英语、法语、俄语为主）、经贸商务语篇、日常话语中的隐喻现象等；隐喻理论在语言教学和语言翻译中的应用。本研究主要涉及隐喻理论在语篇分析中的实际应用，笔者将结合专家学者提出的相关隐喻理论，以莎士比亚十四行诗中的隐喻为语料，从认知语言学的视角分析隐喻如何在语篇层面上产生连贯以及其对语篇主题意义建构所起的作用。

3.1.3.2　莎士比亚十四行诗的主题意义及隐喻网络

莎士比亚作为欧洲文艺复兴时期伟大的剧作家和诗人，在 1590 ~ 1598 年，大约八年的时间内创作了 154 首十四行诗。其作品真情流露，热情讴歌友谊和爱情。莎翁的作品意境悠远，不仅表露了人文主义者对人类、情感、创造力的赞美，以及对“不朽”精神的追求，同时，大胆地披露了对现实的不满，对理想破灭的愤懑以及对道德负罪感的反叛。诗人的人格真实地展现在读者面前——崇高与卑劣、伟大与渺小、自矜与自卑，这正是人文主义所赞扬的人性所在，并非那些完美无缺、可望而不可即的神性。莎士比亚的 154 首十四行诗是作者的内心独白以及对人生的领悟，讲述的是一个个凄美的爱情故事。这些令读者深陷其中无法自拔。莎士比亚的十四行诗词汇丰富、笔墨简练、结构巧妙、比喻独特、音调悦耳，这些正是诗歌魅力永恒和独特风格的体现。因为隐喻能达到某种玄妙、尖新或朦胧的修辞效果，所以是诗歌表现艺术的主要手法之一。而读者能否读懂其隐喻的内涵，有利于他们对诗歌内容和主题意义的理解和把握，就像一把进入诗歌圣地的钥匙，一旦读者拿到了适合的那把，就可以自由地畅游在诗歌殿堂，慢慢品味和享受诗歌的美妙。莎士比亚在隐喻方面有着独特的造诣，能把多个隐喻融入一句歌词之中，而产生混合式隐喻，达到一种出人意料的效果。如果细细推敲，也完全合情合理，这正是莎士比亚的诗歌语言如此多姿多彩、清新优雅、精妙绝伦的原因所在。莎士比亚的十四行诗中运用的隐喻极具层次性和系统性，绝无凌乱难懂之感。隐喻之间构成隐喻链，而隐喻链之间又构成了具有包容性的隐喻网络。每个隐喻网络都包含一个基本隐喻作为核心（根隐喻），以该核心为圆心向四周延伸扩展出各种与之相关的子喻体。正因如此，莎士比亚诗歌中对真、善、美的歌颂，对人性的肯定以及对“不朽”精神的追求才能在这隐喻网络中得以体现和诠释（祝敏，2011：28 ~ 29）。

整个诗集中贯穿两大隐喻网络：一个是以人生变化 = 自然界的事物变化为核心的隐喻网络；另一个是以时间 = 破坏性的事物为核心的隐喻网络。二者交叉融合，就像蜘蛛网一样，使分散在诗歌中的隐喻紧密地联系起来，积极地促进了对诗歌主题意义的构建和深化。

莎士比亚十四行诗的主题意义是贯穿隐喻网络始终的一条主线索。它使诗歌中众多看似无关联的隐喻，在读者解读主题意义的认知过程中联结为一个整体，使隐喻的语篇连贯性得以实现，这可以看作莎诗隐喻的隐性衔接机制。当隐喻概念在语篇中作为宏观命题组织语篇时，就会制约语篇中的命题内容和语言选择，Robins 和 Mayer 将这一功能称作隐喻的框定功能（framing function）。作为一种语篇策略，隐喻不但使语篇按照一定的隐喻框架展开，而且通过隐喻概念的延伸在语篇中形成系统的词汇衔接关系或网络（苗兴伟、廖美珍，2007：53），这即为显明的衔接方式，语篇表层的、由意义关系所触发的形式上的衔接手段的一种——词汇衔接。另一种显性衔接手段——语法衔接，同样会在隐喻的语篇衔接中起到一定的作用，但由于本研究是从认知隐喻角度探讨衔接，又受限于篇幅，故只将它一笔带过。总之，隐喻的隐性衔接机制是外在的显性衔接手段的认知基础，两者对语篇连贯所起的作用相辅相成，互为补充。

莎士比亚十四行诗隐喻的隐性衔接可从以下三个方面来加以阐述：隐喻网络的构建、隐喻链之间的衔接、隐喻链内的衔接（图 3－8）。

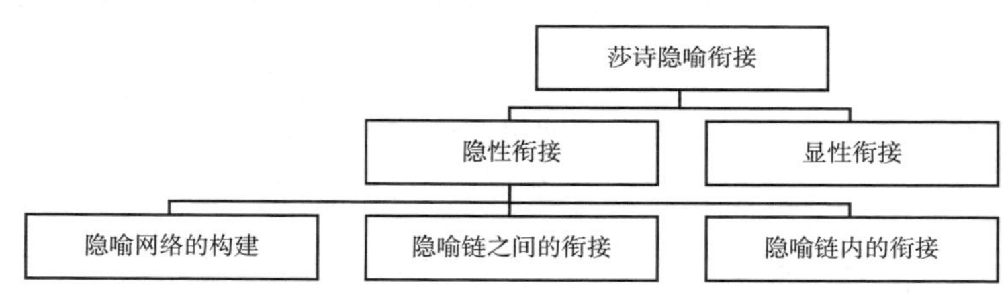

图 3－8　莎士比亚十四行诗隐喻的隐性衔接

（一）莎士比亚十四行诗的隐喻网络构建

莎士比亚十四行诗隐喻网络的构建与诗集的主题意义有着密切的关系。

然而，对莎士比亚十四行诗主题的理解是仁者见仁，智者见智，众说纷纭。笔者更倾向于吴笛教授之“时间主题”的解读。在莎士比亚十四行十四行诗中，无论是美还是友谊和爱情，都受到时间的制约。莎士比亚力图通过对艺术、爱情等可以超越时间之物的探寻，来超越人的生命隶属于时间的被动地位，尽管他的这种探求只能加深他的困惑（吴笛，2002：93）。

纵观整部诗集，我们发现贯穿始终的主要有两大隐喻网络：（1）以“人一生的变化 = 自然界中事物发生的变化”为核心的隐喻网络；（2）以“时间 = 具有破坏性的事物”为核心的隐喻网络。两大网络相互交叉，融会贯通，相互之间以“时间”为纽带，拼接成更大的隐喻网络，即：“人一生的变化 = 自然界中事物发生的变化”体现了“时间的流逝”，“时间 = 具有破坏性的事物”体现了“时间的作用力”（祝敏，2011：33）（见图 3 –9）。时间正是在其不知不觉的流逝过程中对世间万物产生了不可抗拒的作用——衰老、死亡。可见，两大隐喻网络受“时间主题”统领，使分散在诗集各部分的隐喻错落有致地分布在如密织的蜘蛛网的隐喻网络各交叉节点上，使整部诗集内容连贯、紧凑，主题更为鲜明。

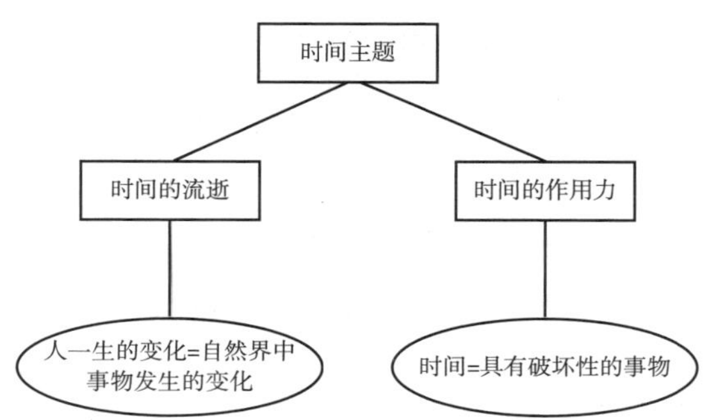

图 3 –9　莎士比亚十四行诗中的两大隐喻网络拼接

（二）莎士比亚十四行诗隐喻链之间的衔接

在隐喻网络内部各隐喻之间同样存在着衔接机制——隐喻链。在第一个隐喻网络中，存在着四个子喻体，体现为自然界事物变化的四种具体表象，即：“四季的变化”、“阳光的强弱变化”、“植物的生长变化”和“昼夜更替”。它们围绕核心隐喻（也叫根隐喻）的本体“人一生的变化”，并以根隐喻的喻体“自然界中事物发生的变化”为基础，做出渐进性的、有规律的、系统的描述，使得不同子隐喻间的语义连贯起来。它们以人生的变化与自然界事物变化的相似性为切入点，从不同的角度阐述了人生四季变化的典型特征——希望（春），辉煌（夏），衰落（秋），死气沉沉（冬），并组成了四条直线型隐喻链（祝敏，2011）（如图 3－10 所示）。

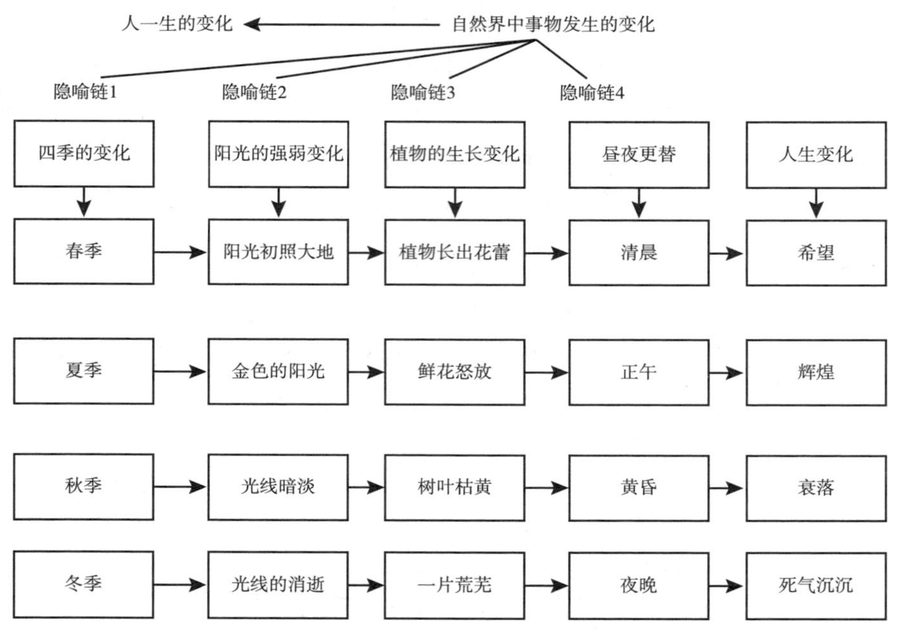

图 3－10　莎士比亚十四行诗的直线型隐喻链之间的衔接

这些隐喻链相互交织，贯穿于整部诗集中。

For never-resting time leads summer on/To hideous winter, and confounds him there, /Sap cheeked with frost, and lusty leaves quite gone, Beauty o'er-snowed, and bareness everywhere. （**Sonnets 5**）

永无休止的时间引导着夏季到可怕的冬天，就在那里把它毁伤：浆

液被寒霜凝结，绿叶全无踪迹，美貌覆上了冰雪，到处一片凄凉。（梁实秋译）

这几句诗句描述了由夏至冬的季节变换及由此引起的植物的衰亡，“季节变化”和“植物生长变化”两条隐喻链交错出现，体现了诗人对时光流逝的无奈和感叹。

Lo, in the orient when the gracious light/Lifts up his burning head, each under eye/Doth homage to his new-appearing sight, /Serving with looks his sacred majesty; /And having climb'd the steep-up heavenly hill, /Resembling strong youth in his middle age, /Yet mortal looks adore his beauty still, /Attending on his golden pilgrimage; /But when from highmost pitch, with weary car, /Like feeble age he reeleth from the day, /The eyes fore duteous how converted are from his low tract, and look another way: /So thou, thyself outgoing in thy noon: /Unlook'd on diest unless thou get a son. (**Sonnet 7**)

看，那慈祥的光明从东方抬起了他的火红的头，下界众生都膜拜他这新出现的景象，以恭顺的眼光注视着他的威风；他爬上了半空中陡峭的山，像是一个踏入中年的壮丁，人们仍然仰慕他的美丽容颜，注视着他的辉煌的旅程；但是从那最高顶点，驾着疲惫的车辆①，像一个衰弱老者，他蹒跚的从白昼踱出，以前恭顺的眼睛现在转了方向，不再注视他的下坡的路途：你也是一样，你自己的正午转眼即逝，死也无人管，除非你能生个儿子。（梁实秋译）

① 在古希腊、古罗马神话中，太阳神福波斯（Phoebus）或阿波罗（Apollo）每天驾驶马车从天而过，给地球带来光明。

莎士比亚在这首诗中巧妙地融合了两条隐喻链："阳光的强弱变化"和相应发生的"昼夜更替"。它们共同阐释了人生变化的常规过程：从起步发展到如日中天再到最后的衰退消亡。第 18 首诗是莎士比亚诗集中的巅峰之作，在这首诗中，三条隐喻链交替更迭，自然契合，浑然一体。

> Shall I compare thee to a summer's day? /Thou art more lovely and more temperate: /Rough winds do shake the darling buds of May, /And summer's lease hath all too short a date. (**Sonnet 18**)

> 我可能把你和夏天相比拟？你比夏天更可爱更温和：狂风会把五月的花苞吹落地，夏天也嫌太短促，匆匆而过。（梁实秋译）

这几句诗体现了春（the darling buds of May）夏季节的更替。在诗人眼中，夏天象征着人生的巅峰时期，但辉煌转瞬即逝。难怪诗人写道：就连美好的夏天也比不上爱友的美。"Sometimes too hot the eye of heaven shines, /And often is his gold complexion dimmed。"接着诗人由夏季天气的变幻无常，时而阳光明媚，转而又阴云笼罩，引出"阳光强弱变化"的隐喻链，即由"shine"到"dim"的变化过程。"And every fair from fair sometimes declines, By chance or nature's changing course untrimmed"；为了进一步说明辉煌的转瞬即逝，诗人又联想到植物的生长周期，每一种美就像植物的花朵终究会凋残零落（decline）。

这四条隐喻链（见图 3－11）在诗集中的交织运用突出了诗人对"不朽"的精神追求。这与柏拉图哲学的精髓正好吻合。由于对自身生命中自然和超自然节奏的认知、对四季轮回变化的认知、对痛苦和死亡的不可避免的认知，人类意识到理想与现实之间的差距，这种悲剧感使得他们不安恐惧，害怕自我的生命甚至宇宙的存在都是毫无意义的。正是在这种情况下，人类转向了对"不朽"的追求，使之成为对抗死亡和宿命的武器。莎士比亚力图通过把短暂的个体生命复制、转移或存储到他的艺术杰作中来实现人类的不朽（刘静，2009：150）。

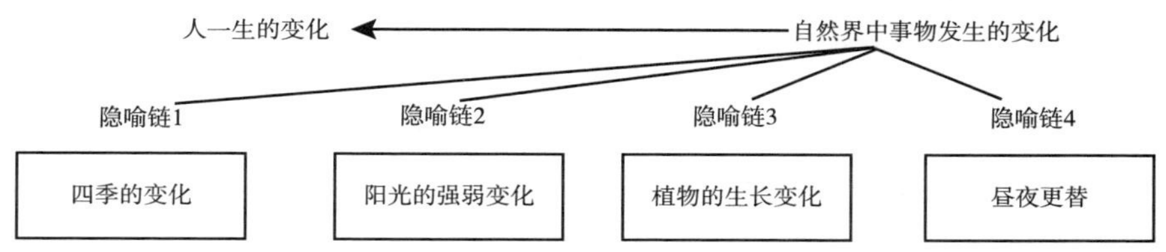

图 3－11　莎士比亚十四行诗的四条隐喻链

在这部诗集的另一个隐喻网络中，我们同样可以找到类似的隐喻链之间的衔接。该隐喻网络的根隐喻是“时间＝具有破坏性的事物”。“具有破坏性的事物”在十四行诗中具体体现为：（1）战争；（2）自然的力量；（3）实施破坏的工具；（4）邪恶的人；（5）具有破坏力的动物。这五种表象分别作为根隐喻的五个子喻体围绕目标域（时间）做不同角度跨语域的特征投射，相互之间保持并列关系，对时间的特质做了全方位，深层次的阐释（祝敏，2011：30）。而这五个子喻体又可作为核心喻体在同一语域内做进一步的延伸和推进，并形成五条环形隐喻链，共同体现根隐喻喻体的本质特征（见图 3－12）。

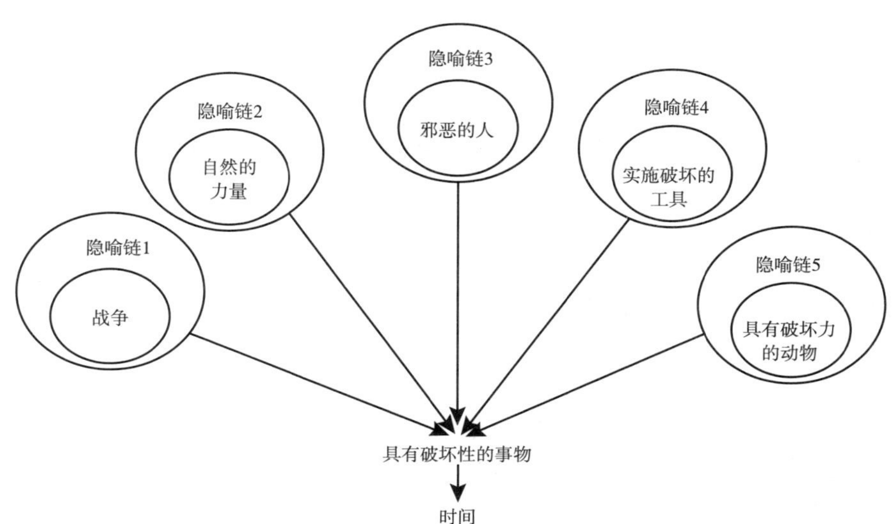

图 3－12　莎士比亚十四行诗的环形隐喻链之间的衔接

这五条隐喻链从不同的角度显示了“时间的破坏力”。“战争”隐喻链和“自然的力量”隐喻链均体现了“时间破坏力”的宏大气势和不可抗拒。诗人将时间的破坏力等同于战争的破坏力，整部诗集就像一部战争史，向读者栩栩如生地描绘了“美”与“时间”的战争。如在莎士比亚十四行诗第2首中，代表“时间无情流逝”的“冬天”向“美”开战，围攻（besiege）友人的额头，在他那美的田地上掘下浅槽深沟（dig deep trenches）。“时间”不仅像“摧毁一切的战争”，也像“不可抵御的自然之力”，让人随时随地笼罩在它的阴影之下，慢慢或顷刻损毁于它的侵害。在第13首诗中，时间被描写为“风暴”（stormy gusts），将一切横扫，只留下断壁残垣，一片狼藉。“时间”在莎士比亚十四行诗第64首中又化身为“饥饿的大海”（hungry ocean），滚滚向前，吞噬陆地。“暴徒”隐喻链和“动物”隐喻链赋予“时间”以生命力，并不同程度地体现了它的凶险恶毒。“时间”的“暴徒”形象在第16首诗中最为经典，它是“嗜血的暴君”（bloody tyrant），施虐于“倾国之貌”，使其丑态毕露。“时间”同时还是“具有破坏性的动物”，在第19首诗中，它化身为“吞噬一切的怪兽”，与雄狮交战，磨钝了狮爪（blunt the lion's paws）；与猛虎搏斗，竟然能虎口拔牙（pluck the teeth from the tiger's jaws）；与长生鸟厮杀，忍叫它活活燃烧（burn the long-lived phoenix）。“时间”可以战胜一切凶猛的野兽，谁都无法阻挡它前进的步伐。“工具”隐喻链与“暴徒”隐喻链的关系更为密切，前者附属于后者。被喻为“暴徒”的时间，不仅向“美”发动了战争，还手持作恶工具，肆意摧残美的事物。被时间使用最多的工具就是镰刀（scythe或sickle，详见第12、60、100、116、123、126首诗中的描述[①]）。它不禁让我们联想起天神乌拉诺斯和地神盖亚之子克洛诺斯——时间的创力和破坏力的结合体。他手持镰刀的形象，时刻提醒人们时间的无情流逝。这五条隐

① 12－13：And nothing'gainst Time's scythe can make defence；60－12：And nothing stand but for his scythe to mow；100－14：so thou prevent'st his scythe and crooked knife；116－10：Within his bending sickle's compass come；123－14：I will be true，despite thy scythe and thee；126－2：Dost hold Time's fickle glass，his sickle hour.

喻链相互穿插、渗透，共同服务于“时间主题”：时间集创造和毁灭于一体，莎士比亚力图通过对艺术、爱情、美的追求来消除对时间的惶恐，用他的笔墨与时间抗衡，以摆脱时间的无情吞噬（祝敏、沈梅芙，2012：206）。

（三）莎士比亚十四行诗隐喻链内的衔接

构成隐喻网络的各条隐喻链内部同样隐藏着衔接机制。在“人一生的变化 = 自然界中事物发生的变化”的隐喻网络内存在着四条隐喻链。第一条隐喻链为“Changes of seasons”（四季的变化）隐喻链。在诗集中，春夏秋冬四季均有提及，其中“Spring”（春）出现 6 次，“Summer”（夏）出现 20 次，“Autumn”（秋）出现 3 次，“Winter”（冬）出现 10 次。

诗人遵循自然界四季变化的规律，依次在诗集中呈现四季的显著特点，并根据四季变化与人生变化的相似性，用不同的季节喻指人生发展的不同阶段，具体形象，寓意深远。人一生的变化将经历以下阶段：起步发展、辉煌鼎盛、日趋衰落、步入死亡，这如同四季的轮回，周而复始，无法逆转，人终究要面临最终的宿命，而莎士比亚正是用他的诗行与人的宿命较量，显然，莎士比亚是最后的胜利者，他在诗行中获得永生。该隐喻网络的另外四条隐喻链遵循同样的逻辑顺序——自然定律，从不同的源域出发，投射出相同的目标域（人生变化）的典型特征：衰落、死亡是人生的必然结果。这四条隐喻链内单个隐喻之间的纽带便是自然界事物的发展规律，它们随着时间的发展变化而相应地产生物理上或生理上的变化，故各个隐喻之间的衔接是直线型的。

在另一个隐喻网络“时间具有破坏性的事物”中，共有五条隐喻链。这五条隐喻链的内部衔接机制是相似的。它们的目标域就是该隐喻网络核心隐喻的目标域，即本体相同，而源域却各不相同，即分别体现为核心喻体的子喻体，而这些子喻体又分别成为隐喻核心，向四周扩散、延展，形成五条环形隐喻链。第一条隐喻链以“战争”为核心喻体，进一步描绘了战争的攻防过程、毁灭性、武器等战争要素，如“besiege thy brow”“dig deep trenches in thy beauty’s field”（Sonnet 2），“fortify yourself in your decay”（Sonnet 16），“overturn statues”“root out the work of masonry”“his sword” “war's quickfire”（Sonnet 55），“down razed lofty towers”（Sonnet 64），“the ambush of young days”（Sonnet 70），将“时间的破坏力”通过“战争”喻体的扩展，栩栩如生地展现在读者眼前。第二条隐喻链通过“自然的力量”的不同体现，如，“乌云”和‘日食、月食”（Sonnet 35），“倾盆大雨”（Sonnet 124），“风暴”（Sonnet 13），“饥饿的大海”（Sonnet 60），从不同角度展现了时间的毁灭性危害。“实施破坏的工具”隐喻链和“具有破坏力的动物”隐喻链与“自然的力量”隐喻链的衔接机制完全相同，均通过隐喻链核心喻体的具体表象，来体现时间对美的事物不同方式和不同程度的摧残。“邪恶的人”隐喻链不仅通过核心喻体的不同表象“暴君”（Sonnets 5，16，107，115），“窃贼”（Sonnet 63，77）和“卑鄙小人”（Sonnet 74）来获得衔接，还通过核心喻体“暴徒”特征的部分延展——“邪恶之手”的特写（Sonnet 6，60，63，64），使隐喻链内各个隐喻在语义上连贯一致，共同展现“时间”的凶残和邪恶（祝敏等，2012：207）。

除了隐性衔接机制外，诗作者还通过显性衔接手段来使整部诗集语义前后连贯，主题意义鲜明突出，它们在语篇的表层结构上形成了一个有形的网络，使得诗集中的隐喻承上启下、相互照应，浑然一体。

在语篇的推进过程中，隐喻延展可以以源域为出发点，在语篇中形成以源域为中心的词语衔接关系，从而使目的域得以彰显，即目的域可以系统地用源域中的词语谈及或表达；隐喻延伸也可以同时以源域和目的域为出发点，从而在语篇中形成平行的词语衔接链，通过互动凸显目的域特征。这种衔接是语篇的形式连接，以显性的语言成分出现在语篇的表层，体现的是隐喻构建语篇的显性机制，反映的是语篇表层结构上的整体性（李卫清，2011：31～32）。具体地说，在莎士比亚十四行诗中，作者使用的词语衔接手段主要有以下几种：词的重复、同义或近义、上下义或整体－局部关系、词的搭配。

词的重复出现是该诗集中最常用的词语衔接手段之一。上文提到，两大隐喻网络受“时间主题”统领，“时间”是核心隐喻的目标域，它在诗集中总共出现了74次，可见，目标域“时间”被作者不断重申和强调，是诗集中被凸显的成分。目标域“时间”的流逝则是通过不同的源域——四季变化、昼夜更替、阳光强弱变化、植物生长变化，从不同角度映射其典型特征，凸显时间流逝的永不停歇和不可逆转。在诗集中，体现这四个始源域的相关词汇被多次重复。例如，体现“四季变化”的关键词“春”“夏”“秋”“冬”分别重复出现了 6 次、20 次、3 次和 10 次；有关“昼夜变化”的词语，“白昼”重复了 43 次，“夜晚”重复了 26 次；另一个关键词“光线”则被重复了 9 次。它们体现了诗集中各隐喻之间的表层衔接，是形成隐喻链并最终构成隐喻网络的显性机制（祝敏等，2012：207）。

同义或近义表达的使用也在莎士比亚十四行诗中屡屡出现，是实现莎诗隐喻语篇连贯的表层手段之一。莎士比亚将人生的没落比作植物的枯萎凋零。为表达这一隐喻概念，他运用了丰富多彩的同义或近义表达，使该隐喻在认知层面所投射的特征通过表层显性词汇手段得以体现。在诗集中，体现植物枯萎凋零的词有：“wane”（Sonnet 11），“decline”、“fade”（Sonnet 18，54），“fester”（Sonnet 94），“look pale”（Sonnet 97），“turn yellow”（Sonnet 104），“wither”（Sonnet 126）。莎士比亚还将时间对美好事物的摧残比作毁灭性的战争，并大量使用同义或近义的表达使该隐喻贯穿诗集始终，以凸显战争意象。例如：“besiege”（Snnnet 2），“confound”（Sonnet 5，60，63），“rninate”（Sonnet 10），“overturn”“root out”“burn”（Sonnet 55），“down-raze”（Sonnet 64），“siege”、“batter”（Sonnet 65），“ambush”“assail”（Sonnet 70），这些词汇均展现了“时间”对“美”发动的强大攻势，深化了“时间主题”。

体现上下义或整体－局部意义的词汇在莎诗中也屡见不鲜。“时间”这一极具概括意义的词项在诗集中多次出现，是贯穿众多隐喻的主线索，它的下义词分别体现为描述一年内时间变化的具体词汇“春”“夏”“秋”“冬”，以及描述一天内时间变化的具体词汇“清晨”“正午”“黄昏”“夜晚”，这些词汇通过相互之间的种属关系而相互关联，从而在语篇中产生衔接力，使该诗集围绕“时间主题”形成前后连贯、浑然一体的语篇。体现整体－局部意义的词汇集中于“时间像暴君”这一隐喻上。虽然直接用

“暴君”（tyrant）这个词描述“时间”在诗集中仅出现了3次（Sonnet 5，16，107），但作者对时间的“暴君”意象的刻画远不只局限于这三首诗，他更多地通过“暴君”身体的局部——手——的特写来展现“时间暴君”的不可一世，他凌驾于一切事物之上，将人类的命运玩弄于股掌之间。“手”是这一意象的核心，“时间暴君”正是通过他的“手”施虐于世间万物，肆意蹂躏芸芸众生，并确立他至高无上的统治地位。以下是诗集中作者对“暴君的手”的描述：“Winter's ragged hand”（Sonnet 6），“his cruel hand”（Sonnet 60），“time's injurious hand”（Sonnet 63），“time's fell hand”（Sonnet 64）。“暴君”和“手”构成了整体－局部的语义关系，因而具有非常显著的衔接效果。这种词语衔接手段不仅使单个隐喻本身语义连贯一致，还使之与其他各隐喻自然契合，与整部诗集巧妙融合，是形成隐喻链乃至隐喻网络的重要环节（祝敏等，2012：208）。

3.1.4 小结

很少有学者结合这两个研究领域的理论，将莎士比亚154首十四行诗中的隐喻融会贯通，视作一个整体，研究其内在的隐性的衔接机制和外在的显性的衔接手段。本文旨在以此为突破口，将系统功能语言学的衔接理论与认知语言学的概念隐喻理论相结合，展开对莎诗隐喻语篇衔接的认知探究，希望能给莎士比亚十四行诗的隐喻研究带来新的启迪，并促进系统功能语言学和认知语言学互补性研究的发展。

理解莎士比亚十四行诗，关键要理解分散于诗集各处的众多隐喻。本研究的目的是帮助广大读者更透彻、更全面地理解这部文学经典。本文从认知语言学概念隐喻的角度，结合韩礼德、哈桑的衔接理论，探讨了莎士比亚十四行诗中隐喻的语篇衔接。具体地说，文章首先挖掘了诗集中潜在的两大隐喻网络，指出它们共同服务于“时间主题”，并将这两大隐喻网络解构成四条直线线隐喻链和五条环形隐喻链。接着，从隐喻链内部和外部两个方面，阐释了隐喻的隐性衔接机制，这与隐喻的深层认知机制不无关系。最后，文章分析了莎诗隐喻的显性衔接机制，并解释了它与隐性衔接机制的关系，并尝试将[illegible]自语言学不同领域——认知语言学和系统功能语言学的理论相结合，以[illegible]对莎士比亚十四行诗隐喻的语篇衔接做出更合理、更深入的解释（祝敏[illegible]，2012：209）。

3.2　莎士比亚十四行诗的隐喻网络

从[illegible]代认知隐喻观的角度来审视莎士比亚十四行诗，我们可以把它看作隐喻网[illegible]构成的多维意义空间。

阿[illegible]廷诗人卢贡内斯①1909 年发表的文章认为，诗人总是只会引用那些一成[illegible]变的隐喻，而他自己就想尝试一下，发明几个跟月亮有关的隐喻。事[illegible]上他也真想出了好几百个跟月亮有关的隐喻。他曾在一本名为《伤感[illegible]历》（*Lunario sentimental*）诗集的序言里说过，每一个字都是死去的隐[illegible]。我们知道，就连这句话陈述本身也是个隐喻。

莎[illegible]比亚十四行诗中也有 95 次关于眼睛的隐喻（S1，S2，S5，S7：2，S9：2[illegible]4，S16，S17，S18：2，S20：2，S23，S24：6，S25，S27，S29，S30，[illegible] S33，S43：4，S46：6，S47：5，S49，S55：2，S56－6，S61：2，S6[illegible]S69：3，S78，S81：2，S88，S93，S95，S104：3，S106：3，S113：[illegible] S114：3，S119，S121，S127，S130，S132：2，S137：5，S139：2，S14[illegible] S141，S142，S148：5，S149，S152：2②，S153：2 等）。我们所想到的[illegible]个最早引用这个隐喻的来源是希腊作品选，据博尔赫斯在其《诗艺》中[illegible]述这个比喻应该是柏拉图所写的。

[illegible]我希望化为夜晚，这样我才能用数千只眼睛看着你入睡。

① [illegible]内斯（Leopoldo Lugones，1874－1938），阿根廷诗人、文学评论家。是以尼加拉瓜诗人[illegible]奥为首的现代主义实验诗人集团中的活跃成员，擅用现实主义风格创作民族题材。主[illegible]集有《花园的黄昏》（1905）、《伤感的月历》（1909）、《忠贞集》（1912）、《罗曼果》[illegible]8）、《祖先的诗篇》（1928）、《强盛的祖国》（1930）等。

② [illegible]本做 more perjurd eye，后 Sewell（1725）改 eye 为 I，近代本多从之。

我们在这句话里感受到了温柔的爱意；感受到希望由许多个角度同时注视挚爱的人的希望。我们感受到了文字背后的温柔。这就是隐喻的魅力。

莎士比亚十四行诗的隐喻主要范畴包括爱情、人类、人生、美、时间等主题。在以下的研究中，将根据不同的隐喻范畴，将之分为若干部分。在每一部分中，首先呈现出一个表格，用以总结单个范畴内的所有隐喻表达；之后，会依次阐释每个隐喻的内涵（见图 3－13）。

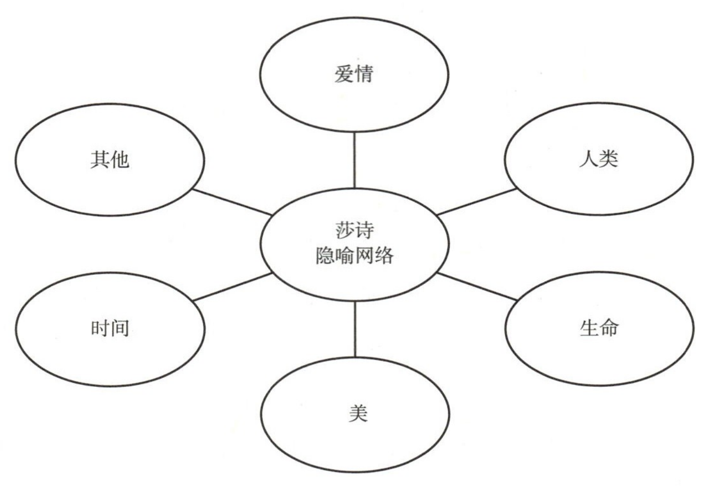

图 3－13　莎士比亚十四行诗的隐喻网络

3.2.1　关于“爱情”的隐喻网络

在莎士比亚十四行诗中，“爱情”是对所有美好的事物的一种强烈的和积极的情感。爱情不仅是对异性的深切的爱慕之情，爱情还可以是对同性密友饱含的深情。关于“爱情”这一主题的隐喻范畴的来源，包括罪恶、战役、财富、交易、食欲、疾病、植物、负担、火、旅行、奴隶、异国事务、武器、孤儿、药物、光和建筑（见表 3－3）。

表 3 - 3　关于“爱情”的隐喻统计

Metaph (relat metapho	1(BETRAYAL OF)LOVE IS A CRIME
	2 LOVE IS A BATTLE
	3 LOVE IS TREASURE
	4 LOVE IS BUSINESS
	5 LOVE IS APPETITE(LIFE IS A FEAST & BEAUTY IS FOOD)
	6 LOVE IS A DISEASE
	7 LOVE IS A PLANT
	8 LOVE IS A BURDEN
	9 LOVE IS FIRE
	10 LOVE IS A JOURNEY
	11 LOVE IS SLAVERY
	12 LOVE IS FOREIGN AFFAIR
	13 LOVE IS A WEAPON
	14 LOVE IS AN ORPHAN
	15 LOVE IS MEDICINE
	16 LOVE IS LIGHT
	17 LOVE IS A BUILDING
Metapho expressio (frequenc Sonnet-lin	1 murderous(2:9 - 14,10 - 5),commit(1:9 - 14),conspire(1:10 - 6),authorize(1:35 - 5),trespass(1:35 - 6),amiss(1:35 - 7),excuse(1:35 - 8),sin(1:35 - 8),fault(1:35 - 9),adverse party(1:35 - 10),advocate(1:35 - 10),lawful/law(3:35 - 11,49 - 12,49 - 13),accessory(1:35 - 13),thief/thievish(3:35 - 14,48 - 8,48 - 14),rob(2:35 - 14, 42 - 8),steal/stolen(3:40 - 10,48 - 13,92 - 1),kill/slay(3:40 - 14,139 - 4,139 - 4),offender/offence(2:42 - 5,89 - 2),defendant/defence(2:46 - 7,89 - 4),plea/plead 2:46 - 5,46 - 7),verdict(1:46 - 11),accuse(1:58 - 8),crime(2:58 - 12,120 - 8), harter(1:87 - 3),release(1:87 - 3),bond(1:87 - 4),forsworn(3:88 - 4,152 - 1,152 -),shun(1:129 - 14),lead(1:129 - 14),witness(1:131 - 11),judgment(1:131 - 12), ue(1:134 - 11),doom(1:145 - 7),breach(1:152 - 5),perjure(2:152 - 6,152 - 13)
	war(2:35 - 12,46 - 1),win(1:41 - 5),assail(1:41 - 6),prevail(1:41 - 8),loss(1: 2 - 4),conquest(1:46 - 2)20,defeat(1:61 - 11),fight(1:88 - 3),defence(1:139 -),fire... out(1:144 - 14),revenge(1:149 - 8),general(1:154 - 7),disarm(1:154 -),wealth(2:29 - 13,91 - 10),poverty(1:40 - 10),gift(2:87 - 7,87 - 11),patent(1: 7 - 8),rich(1:91 - 10),eternal(1:108 - 9),sold(1:110 - 3),cheap(1:110 - 3),dear 1:110 - 3),fee(1:120 - 13),oblation(1:125 - 10),treasure(1:136 - 5)

续表

	3 wealth(2:29 - 13,91 - 10), poverty(1:40 - 10), gift(2:87 - 7,87 - 11), p[illegible](1:87 - 8), rich(1:91 - 10), eternal(1:108 - 9), sold(1:110 - 3), cheap(1:110 - [illegible]), dear(1:110 - 3), fee(1:120 - 13), oblation(1:125 - 10), treasure(1:136 - 5)
	4 break truth(1:41 - 12), lose/loss/lost(5:42 - 9,42 - 10,42 - 11,134 - 12,13[illegible] - [illegible]), gain(1:42 - 9), league(1:47 - 1), sum(1:49 - 3), audit(1:49 - 4), merchandise(1:102 - 3), bond(2:134 - 8,142 - 7), statute(1:134 - 9), usurer(1:134 - 10)21, [illegible]ator(1:134 - 11), pay(1:134 - 14), account(1:136 - 10), seal(1:142 - 7), rev[illegible](1:142 - 8), rent(1:142 - 8)
	5 feast(3:47 - 5,75 - 9,141 - 8), banquet(1:47 - 6), appetite(3:56 - 2,110 - 1[illegible],[illegible]47 - 4), feed(1:56 - 3), fill(1:56 - 5), hungry(1:56 - 6), full/fulness(2:56 - 6,[illegible]5 - [illegible]), starve(1:75 - 10), surfeit(1:75 - 13), glutton(1:75 - 14), sweet(2:118 - 5,1[illegible]5 - [illegible]) bitter(1:118 - 6), potion(1:119 - 1), savour(1:125 - 7)
Metaphor expression (frequency: Sonnet-line)	6 malady(1:118 - 3), sick/sickness(2:118 - 4,118 - 14), disease(2:118 - 8,1[illegible]7 - 2) ill(3:118 - 10,118 - 12,147 - 3), medicine(1:118 - 11), cure(1:118 - 12), [illegible](1:119 - 8), salve(1:120 - 12), wounded(1:120 - 12)22, plague(1:137 - 14), n[illegible](1:147 - 2), physician(1:147 - 5), prescription(1:147 - 6), death(1:147 - 8)
	7 engraft(1:37 - 8), weed(1:124 - 4), flower(1:124 - 4), harvest reap(1:1[illegible]8 - 7) ground(1:142 - 2), root(1:142 - 11), grow(1:142 - 11)
	8 burden(2:23 - 8,97 - 7), cross(1:42 - 12)
	9 fire(4:45 - 1,154 - 5,154 - 10,154 - 14), flame/inflame(3:109 - 2,115 - 2,1[illegible]5 - 4), burn(1:115 - 5), warm(1:154 - 6), hot(1:154 - 7), heat(2:154 - 10,154 - [illegible])
	10 journey(1:27 - 3), pilgrimage(1:27 - 6), sail(1:117 - 7), transport(1:117 - 8) 11 slave(2:57 - 1,58 - 1), service/servant(2:57 - 4,57 - 8), require(1:57 - 4), sovereign(1:57 - 6), vassal(1:58 - 4)23, bide(1:58 - 7)
	12 embassy(1:45 - 6)
	13 edge(1:56 - 2), blunt(1:56 - 2), sharpen(1:56 - 4)
	14 orphan(1:97 - 10)
	15 fill(1:112 - 1)
	16 mark(1:116 - 5), star(1:116 - 7)
	17 ruin(1:119 - 11), built(1:119 - 11)

3.2.1.1 “爱情”是一种罪恶（对爱的背叛）

关于“爱情是罪恶”的隐喻的研究范畴，有时并不是指“爱情”本身，而是与“爱情”相关的事物。例如，在第9和第10首十四行诗中，莎士比亚就谈论了关于犯“谋杀”罪的话题（**S9 - L14**：That on himself such murd'r[illegible]hame commits; **S10 – L5**: For thou art so possessed with murderous hate)。[illegible]实上，莎士比亚所要传达的并不是"爱情"本身是犯罪，而是对爱情的[illegible]叛，抑或说不繁衍后代则是犯了谋杀罪。因为对一个人爱的背叛的前提必[illegible]是另有新欢，那么"爱情是罪恶"这一隐喻就有足够合理的理由存在了[illegible]

在[illegible]5 和第 40 首十四行诗中，"爱情是罪恶"的隐喻表达了诗人的内心挣扎[illegible]35 – L8**: Excusing thy sins more than thy sins are; **S40 – L7**: But yet be[illegible]'d, if thou thy self deceivest)。有时，诗人会责备他年轻友人的背叛；有[illegible]时候，他又会思忖他可以原谅他的友人，甚至为他这个年轻朋友的背叛找[illegible]口。第 35 首十四行诗的第十四行，"帮你这甜偷儿无情打劫自己的心房"[illegible]5 – L14**: To that sweet thief which sourly robs from me)，诗人用"甜偷儿"[illegible]他漂亮的年轻友人。第 40 首十四行诗的第九行，"姑且原谅你的窃行，[illegible]这来头不小的小偷"（**S40 – L9**: I do forgive thy robbery, gentle thief），[illegible]一次，诗人又把友人称作"温柔的小偷"。无论诗人用什么词形容他，我[illegible]肯定的是莎士比亚对友人的爱是如此之深切，即使他对诗人做了什么错[illegible]莎士比亚仍认为他的友人是"甜蜜"又"温柔"的。

在[illegible]6 首十四行诗的首行，"眼睛"和"心"争抢着要得到漂亮友人的芳[illegible]好似进行一场激烈的战斗（**S46 – L1**: Mine eye and heart are at a morta[illegible]r)。这场争论不能用战役来解决，因此两方都诉诸法庭。在第五诗行[illegible]第七诗行中，诗人写道，"心儿声称你本来就栖息在它的领土/（**S46 –**[illegible] My heart doth plead that thou in him dost lie）……/然而眼睛全不认心[illegible]申诉（**S46 – L7**: But the defendant doth that plea deny）"。"心"是首先[illegible]己"申诉"的"原告"，而"眼睛"又是也奋起反抗的"被告"。[illegible]，第十一行诗得出了结论，"左思右想才定出个判词儿"（**S46 – L11**: [illegible]by their verdict is determined），最后的"裁定"是"眼睛"和"心"[illegible]以分享友人的芳容，一个拥有友人外表的美，一个拥有友人内在的爱[illegible]

第[illegible]首十四行诗的十二行和十三行，"站在你的立场上捍卫你的权益/

要想抛弃我，你有的是法律依据” （**S49 – L12，13**：To guard the lawful reasons on thy part：To leave poor me thou hast the strength of laws）。诗人唯恐有一天他的友人会对他“皱起双眉”，不再爱他。因此，诗人对这一刻的到来已做好准备——他被友人逐出他的“联盟”，友人有“法律”的理由将诗人抛弃。而且，诗人也高举双手来反对自己。

“爱情是罪恶”的隐喻在现代社会中也频繁被使用。如流行歌手阿纽斯塔西娅就为2002年的电影《芝加哥》做电影配乐《爱是一种罪恶》。

3.2.1.2　“爱情”是一场战役

十四行诗中的原始主题是愤怒的爱，以及为了得到爱与对手竞争时的激烈情形。在这个意义上来说，爱便充满了竞争和冲突，而不是和平。但是对于诗人自己，这确是一场他极愿意参加的甜蜜的战役，或者说是他不能摆脱的战役。

在第41首和第42首诗中，莎士比亚描绘了两场战役。一场是关于黑肤女郎对漂亮年轻友人的胜利，另外一场则是诗人对于漂亮友人和黑肤女郎的双重的失利。第二次战役是第一次战役诱发的结果。在第41首诗中，年轻友人是如此的温柔，自然黑肤女郎想赢得他的爱，他又是美色出众，必有人尾随他大献殷勤。最终的结果便是黑肤女郎的胜利以及诗人的失利。自从黑肤女郎赢得了年轻人的爱——一个是莎士比亚的情人，一个又是他的密友——莎士比亚就遭受了双重的背叛，在两种意义上，他失败了。因此，在第42首诗中，运用最多的词便是“失去”，例如在第四、十、十一行诗中都有“失去”一词的出现，“这至爱的丧失使我几乎痛彻心庭/……/我虽失掉你，我情人却因之有所补/我虽失掉她，我朋友却因之有所进/你俩互进互补，我却两头落空”（**S 42 – L4，10，11**：A **loss** in love that touches me more nearly；And **losing** her, my friend hath found that loss；Both find each other and I **lose** both twain）。

莎士比亚十四行诗的最后两首被认为是写给爱神丘比特的。一些研究者称这两首十四行诗并非出自莎士比亚之手。即使我们假定这两首是由这位大文豪所写，那么我们的大文豪在书写了152首十四行诗后，也略显疲惫。不如之前的十四行诗那样动人了。隐喻的使用是构成莎士比亚十四行诗的魅力的缘由之一，但在这两首诗中，隐喻大量地缺失了。或许是这两首十四行诗并非写给至爱的人，诗人也就无法全情投入其中了。例如第 154 首十四行诗中仅有两种隐喻的出现：其一是本部分讨论的“爱情是战役”的隐喻，其二则是“爱情是火”的隐喻。尽管隐喻的数量不及先前的十四行诗中的多，但隐喻的质量仍很高。第七和第八行诗，“可怜这欲望如火的堂堂大将/却在梦中被贞女解除了武装”（**S154 – L7，8**：And so the general of hot desire; Was sleeping by a virgin hand disarm'd）。爱神被描绘成爱情战场的大将，火则是他的武器。在爱神沉睡之时，他被解除了武装。然而，爱之火是如此之热，即使在冷泉里浇灭了火炬，它仍释放着热量。因此，莎士比亚在最后一行诗说道，“爱火能使水发烫，水却难使爱火凉”（**S154 – L14**：Love's fire heats water, water cools not love）。

3.2.[illegible]3　“爱情”是财富

在莎士比亚的十四行诗中，“财富”是莎士比亚至爱的范畴。莎士比亚所珍爱的所有事物都可以被当作“财富”：爱、美、生命等。毋庸置疑，每个人都经历过至少一种爱，但每个人对爱的阐释都不同，莎士比亚用“爱情是财富”的隐喻来表达他对爱的种种看法。

在第 29 首十四行诗的十三行，诗人写道，“记住你柔情招来财无限”，莎士比亚[illegible]次用“财富”的表达呈现“爱情是财富”的隐喻（**S29 – L13**：For thy sweet love remembered such wealth brings）。他拥有如此大的财富，“纵帝王屈尊[illegible]我，不与换江山”。在第 40 首十四行诗中，爱的财富不是通过合法的交易方式获得的，而是通过抢劫的方式。在第九诗行中，“姑且原谅你的窃行[illegible]你这来头不小的小偷”（**S40 – L9**：I do forgive thy robbery, gentle thief）。莎士比亚称呼偷走他“真爱”的朋友为“温柔的小偷”。他的友人夺走了他的情人，因此诗人说，“我所爱的原是你的，即使此前你未曾到手”。借此责备友人的这一“小偷”行为，也以此来安慰自己。

3.2.[illegible]4　“爱情”是交易

这一隐喻可以与“爱情是财富”的隐喻比较来进行阐释。但“爱情是

财富”的重点在“价值性”上，而“爱情是交易”的隐喻在“交易性”上。如果我们说，通过隐喻“爱情是财富”，莎士比亚以含蓄的方式阐释了爱情的黑暗面，那么，我们同样可以说，通过“爱情是交易”这一隐喻诗人赤裸裸地为读者展示了爱的伤疤。

在买卖交易的过程中，首先，交易双方必须达成一个协议，这也就意味着，根据“爱情是交易”的隐喻，两个人坠入爱河。而一旦协议被破坏，那也就是一对爱人分崩离析的时候了。在第 41 首十四行诗的最后三行，“到头来被迫将双重的誓约毁弃/毁她和我的，因你用美色使她失身，毁你和我的，因你的美色对我不忠实”（**S41－L12，13，14**：Where thou art forced to break a twofold truth；Hers by thy beauty tempting her to thee；Thine by thy beauty being false to me）。在这里，诗人责备年轻友人用“美色”和“浪荡的青春”来引诱诗人的情人——黑肤女郎，致使情人背弃了与诗人的誓约，同时年轻友人也毁弃了与诗人的誓约。到头来，诗人承受的是“双重的誓约毁弃”。

3.2.1.5　“爱情”是食欲

这一隐喻与“秀色可餐”和“人生如盛宴”的隐喻紧密相联，这两个隐喻将会在以下的部分逐一讨论。一顿盛宴，不论食物多么美味，如果用餐者没有胃口，对于他/她而言也是食如嚼蜡。在人生这场盛宴里，食物就是“美”，不同的用餐者将会品味出不同的“美”。一道菜对于一个人可能是美味，而对另外一个人来说就可能是厌恶。常言道，“萝卜白菜，各有所爱”。对于爱，亦是如此。

在第 75 首十四行诗中，莎士比亚用“爱情是食欲”这一隐喻表达他对漂亮友人的感情。第九和第十行，诗人写道，“有时饱眼餐秀色得如享盛宴/有时饿眼看情人饿得心里发慌”（**S75－L9，10**：Then better'd that the world may see my pleasure；Sometime all full with feasting on your sight）。年轻友人的美貌如同盛宴，滋养诗人的思想。当年轻友人走出诗人的视线，诗人立刻“饿得心里发慌”。

从传统的审美观点来看，黑肤女郎算不上貌美，但是莎士比亚乃对她有一种莫[illegible]妙的爱慕之情。他在第147首诗的第四行中称这种爱为“翻云覆雨的[illegible]欲”，“是它那翻云覆雨的肉欲如愿以偿” （**S147 – L4**：The uncertai[illegible]ckly appetite to please）。

3.[illegible]6　其他关于“爱情”的隐喻

a. [illegible]情”是疾病

柏[illegible]曾评论“爱是严重的精神疾病”，但也有人说“爱是唯一使人感觉良好[illegible]病”。“爱情是疾病”的隐喻总是和“爱情是食欲”的隐喻在同一首十[illegible]诗中出现，用以加强隐喻的效果，例如在第118、119和147首诗中都[illegible]体现。在一些十四行诗中，诗人很清楚地表达了这种疾病。例如第119[illegible]的第八行，“这疯狂的发烧”（**S119 – L8**：In the distraction of this madding [illegible]er）一句，可以看出“爱情是发烧”这一隐喻。有一些诗句没有直截了[illegible]指出疾病的名称，诗人仅仅谈论了治愈“爱”疾的良方，或者是医治[illegible]非理性疾病的医生。在第120首诗的第十二行中，诗人说“它如同膏[illegible]医治你受伤的胸襟” （**S120 – L12**：The humble slave which wounded[illegible]oms fits）。漂亮友人的道歉就是医治诗人被爱所伤的心。爱的疾病由非[illegible]的情感所致，因此，医生医治的方法必定是“理智”。在第147首诗的[illegible]行，诗人清晰地陈述道，“我的理智，根治我热恋病的医生”（**S147 –** [illegible] My reason, the physician to my love）。

b. [illegible]情”是植物

在第[illegible]首十四行诗第八句中，“我于是把自己的爱植入你这宝库”（**S37 – L**[illegible] I make my love engrafted to this store）。诗人把他的爱植入友人的大树中，[illegible]人这棵树已是枝叶丰满——“爱”“生育”“财富”“智慧”。没有诗人的[illegible]，年轻友人依然可以生存，但如果没有了友人的爱，诗人将无法存活。因[illegible]友人已是长满枝叶的大树，而诗人的“爱枝”离开大树将会枯萎。诗人[illegible]第124首诗的第三和四行中证明无论发生任何事，他的爱将永恒不变。“[illegible]如野草，或跻身丽苑/升沉冷暖只依靠与世浮沉”（**S124 – L3,** [illegible]：As su[illegible]t to Time's love or to Time's hate; Weeds among weeds, or flowers with flow[illegible]gather'd）。如果诗人的爱是基于漂亮友人的“顺境”，那么它会很容易地被“时间的爱”当作“花朵”，或被“时间的恨”当作“野草”。“不，我的爱不会受机缘的影响”，它已根植于友人，不会轻易被时间这一暴君摧毁。

尼尔·杨写的名为《爱是玫瑰》的诗歌表达了自私的爱的危害。

Love Is a Rose

by Neil Young

Love is a rose/But you better not pick it/It only grows when it's on the vine. /A handful of thorns and/You'll know you've missed it/You lose your love/When you say the word “mine”.

I wanna see what's never been seen, /I wanna live that age old dream. /Come on, lads, we can go together/Let's take the best right now, /Take the best right now.

I wanna go to an old hoe-down/Long ago in a western town. /Pick me up cause my feet are draggin'/Give me a lift and I'll hay your wagon.

Love is a rose/But you better not pick it/It only grows when it's on the vine. /A handful of thorns and/You'll know you've missed it/You lose your love/When you say the word “mine”. /Mine, mine.

Love is a rose, love is a rose. /Love is a rose, love is a rose

c. “爱情”是负担

爱情是负担，是一种每个人都想承担的甜蜜的负担。第 23 首十四行诗的第八行写道，“是爱的神威压弯了我的脊梁”（**S23 - L8**：O'ercharg'd with burthen of mine own love's might）。“爱情是负担”开始登上隐喻的舞台。在这首诗中，作者的肩上压着爱的负担，无法摆脱。第 42 首诗的第十二行，“都是为我着想，你们才让我尝尽辛酸”（**S142 - L12**：And both for my sake lay on me this cross）。诗人用十字架来象征爱的负担。在西方文化中，十字架是巨大苦难的象征。诗人的朋友和情人都爱着诗人，因此他们彼此相爱。但这种爱对于诗人来说却是沉重的负担，因为他的朋友和情人得到了他们所

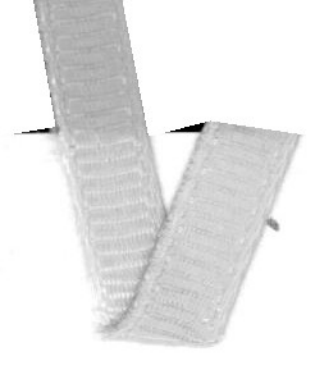

要的，而诗人自己却一无所获。

d. “爱情”是火

爱情是可以“点燃”或“燃烧”的“火焰”或“火”，来“温暖”或“加热”欲望并使之“发烫”（**S109 – L2，S115 – L4，S45 – L1，S154 – L5，S154 – L10，S154 – L14，S115 – L2，S115 – L5，S154 – L6，S154 – L10，S154 – L2**）。特别是在第 154 首十四行诗中，诗人用整整一首诗来描绘“爱情的火焰”。爱神用“火”作为武器使人坠入爱河。

这一隐喻也出现在莎士比亚最著名的两部戏剧作品《罗密欧与朱丽叶》和《哈姆雷特》中。罗密欧曾对本奥里欧说，“爱情是叹息吹起的一阵烟/恋人的眼中，它净化了闪闪的光花”（1977：28）。克劳迪斯国王曾对莱尔提斯评论说，“住在爱情的火焰中/一种灯芯或烛花就可以使之减弱”。这表明，莎士比亚的戏剧和十四行诗具有一些相同的隐喻用法。

此外，这一隐喻也大量用于其他诗歌、文学作品、非文学作品乃至日常表达中。例如，一部名为《爱之火：七首莎士比亚十四行诗激发的七部新戏剧》，德国谚语“爱情之火，一旦燃尽，难以点燃”，以及名为《爱情是火》的流行歌曲。

这一隐喻使用如此广泛的原因是，爱和火具有相似性：它们分别在心理上和身体上使人感到温暖、兴奋。

e. “爱情”是旅程

“旅程”是许多隐喻的来源，例如“生活是旅程”“爱是旅程”（Love is a Joureny）的隐喻。在这些隐喻中，通过简单概念 Journey，我们知道了抽象概念 Love 是什么或具有什么特征。从映射的方向来看，Joureny 所对应的概念域称为源域，Love 所对应的概念域是目标域（如图 3 – 14）。

“旅程”在莱考夫和约翰逊（Lakoff & Johnson）2003 年出版的《我们赖以生存的隐喻》（*Metaphors We Live By*）一书中有大量的讨论。在此书中，二人举了一些例子，如“这种关系就如一条死胡同”“我们仅仅是在旋转方向盘”“我们的婚姻濒于破裂”。在书中讨论的旅程的类型也

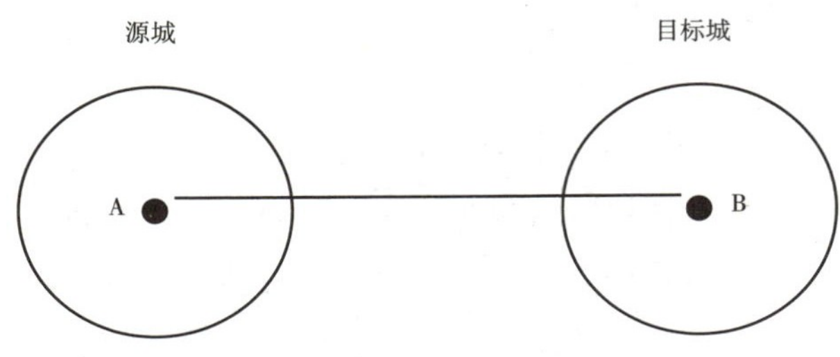

图 3-14　爱情是旅程（Love is a Journey）

是多种多样的，包括汽车旅行、火车旅行和海上旅行。第一个和第二个例子是关于汽车旅行和火车旅行，而最后一个例子很有可能是关于海上旅行。

在第 27 首十四行诗的第三行“但是心灵又开始新的长征”（**S27-L3**：But then begins a journey in my head）中，莎士比亚并没有讨论目标域，而是直接表达了“旅程”这一源域。第二行诗中，莎士比亚所运用的“旅途”一词可以从字面意义上去理解，但第三行诗中，很明显“旅程”已具有了隐喻的含义。从接下来的诗句里，我们可以看出“爱”被喻为“旅程”。具有字面含义的“旅程”和隐喻化了的“旅程”在这首十四行诗中相互对照、紧密相连。当躯体的远足劳作刚刚停止，心灵上又开始了新的长征。躯体与心灵共赴征程，只为同一个目标——“为了您”。第六行诗“朝圣般奔赴向您的身旁”（**S27-L6**：Intend a zealous pilgrimage to thee,），爱的旅程甚至被染上宗教的色彩，莎士比亚称之为“一次热诚的朝圣”。在诗人眼中，他的爱人就是神，奔赴爱人的旅程便是朝圣的过程。第 117 首十四行诗的第七行和第八行，“我张帆举棹，任八面来风/吹送我离你远渡海角天陲”（**S117-L7，8**：That I have hoisted sail to all the winds；Which should transport me farthest from your sight）。诗人被风吹送，离爱人而去。风是阻碍他们的爱的强力，这些强大的力量使诗人在爱的旅程中与爱人渐行渐远。

D. H. 劳伦斯（1922：99）曾在《无意识幻想曲》一书中说道：“大家

都说旅行的过程要比到达目的地的结果要好。至少这不是我自己的体验。爱的旅程着实是一次令人烦恼又痛心的旅程。”

f. “爱情”是奴隶

在莎士比亚十四行诗第 57 和 58 首中，有一个贯穿其中的重要隐喻——“爱情是奴隶”。诗人称自己是“奴隶”（**S57 – L1，S58 – L1**），是“用人”（**S57 – L8**），或是“奴仆”（**S58 – L4**），根据“主人”（**S57 – L6**）的“需求”（**S57 – L4**）提供“服务”（**S57 – L4**）。如果没有需求，就不得不“等待”（**S58 – L7**）。

诗人莎士比亚自誉为一个爱情的奴隶，这一点在第 57 和 58 首诗中都有明显的陈述。在其他十四行诗中，尽管他没有明确地表达，但我们可以在字里行间看出诗人与年轻的漂亮友人的关系，诗人总是处于卑微的位置。如果爱的关系不是平等的，就很难长久。

g. “爱情”是异国事务

第 45 首诗的第六行写道，“去为我向你传达爱的心衷”（**S45 – L6**：In tender embassy of love to thee），诗人把两个人之间爱的关系与国与国之间的外交事务的关系作一比较。就如弱国渴望强国的偏爱，弱者也必须时常遣送爱的信使来表达对强者的倾慕。

如果在互联网上搜索“爱情是异国事务”这一隐喻，很容易发现在当今已不常使用。相反，“外国事务似爱情”这一隐喻越来越频繁地出现在我们的日常生活中。当我们谈论国与国之间的亲密关系时，会使用这一隐喻。这的确是隐喻在语言中的一个有趣的发展。

h. “爱情”是武器

“刀锋”“钝的”两个词出现在第 56 首诗的第二行，“别让人说你的欲念超过了你行动的刀锋”（**S56 – L2**：Thy edge should blunter be than appetite），暗示了莎士比亚把爱情比作刀。但是在这里刀并不是作为爱情战场的武器，而是用来修饰另一隐喻“爱情是食欲”以此表示莎士比亚强烈的欲望。

i. “爱情”是一个孤儿

这是一个在莎士比亚抑或在当代都很新鲜的隐喻用法。在第 97 首诗中，一年四季就像一对夫妻，春天是丈夫，秋天是妻子。当春季产下婴儿，春季已逝去，因此，婴儿成了“孤儿”。第十行写道，“只是亡人的孤儿，无父的遗产”（**S97 – L10**：But hope of orphans and unfather'd fruit），象征诗人与友人在一起的爱与记忆。

j. “爱情”是药物

之前，我们已经讨论了很多关于“爱情是疾病”的隐喻。有时，爱情也可以是治病的良药。第112首诗的第一和第二行，“借得你的真爱和怜悯，我当抹尽/流言的长舌在我额上烙下的污痕”。爱和怜悯是治愈诗人额上伤疤的良药（**S112 – L1，2**：Your love and pity doth the impression fill; Which vulgar scandal stamp'd upon my brow）。

k. “爱情”是光

在第116首十四行诗中，诗人使用了大量的隐喻来阐释爱的力量可以征服时间这一观点。这首十四行诗的大多数隐喻是把发光物体这一源域运用到“爱”的目标域上的。第五行“啊，不，爱应该是灯塔永远为人导航”（**S116 – L5**：O no! it is an ever-fixed mark），这句中的“标志”指的是可以为迷失的船只指明方向的灯塔，从第六行“虽直面暴风疾雨，绝不动摇晃荡”中亦可看出。“爱”在第七行又被喻为“星斗”，“爱是星斗，指引着迷舟”。在爱情的旅程中，真爱不朽，不会因任何逆境抑或诱惑而堕落，真爱总为落入迷途之人指明方向。

l. “爱情”是建筑

“爱”是无形的、虚幻的，而建筑却有具象的特质。莎士比亚十四行诗第119首的第十一行写道“碎了的爱有朝一日破镜重圆”（**S119 – L11**：And ruin'd love, when it is built anew）。如果一个建筑被“毁坏”之后“重新建造”，那么它一定会比从前“更美更强大更坚固”。爱也是如此，一旦爱的“病疾”被克服战胜，它将会坚不可摧。

3.2.2 关于人类的隐喻网络

莎士比亚十四行诗中，关于人类作为本体的隐喻网络是庞大而复杂的。

我们可以在诗中找到人类是植物、人类是自然、人类是建筑、人类是画、人类是财富、人类是动物、人类是燃料、人类是血、人类是镜子、人类是小瓶子、人类是印章，等等（见表 3－4）。

表 3－4　关于“人类”的隐喻统计

	1 HUMAN BEING IS A PLANT(TIME IS A FARMER)
	2 HUMAN BEING IS NATURE
	3 HUMAN BEING IS A BUILDING
	4 HUMAN BEING IS A PAINTING(TIME IS AN ARTIST)
	5 HUMAN BEING IS TREASURE
	6 HUMAN BEING IS AN ANIMAL
	7 HUMAN BEING IS FUEL(LIFE IS FIRE)HUMAN BEING IS BLOOD
	8 HUMAN BEING IS A MIRROR
	9 HUMAN BEING IS A VIAL
	10 HUMAN BEING IS A SEAL
Metaphors (related metaphors)	1 rose(7:1 – 2,35 – 2,54 – 3,54 – 6,54 – 11,99 – 8,109 – 14), fresh ornament(1:1 – 9), herald to the gaudy spring(1:1 – 10), bud(6:1 – 11,35 – 4,54 – 8,70 – 7,95 – 3, 99 – 7), weed(2:2 – 4,69 – 12), unear'd(1:3 – 5), tillage(1:3 – 6), husbandry(1:3 – 6), sap(2:5 – 7,15 – 7), leave(2:5 – 7,12 – 5), o'ersnow'd(1:5 – 8), bareness/barrenly/barren(3:5 – 8,11 – 10,12 – 5), distillation/distil(4:5 – 9,5 – 13,6 – 2,54 – 14), flower (5:5 – 13,16 – 17,69 – 12,94 – 9,99 – 13), sweet(4:5 – 14,6 – 4,99 – 2,99 – 14), violet(2:12 – 3,99 – 1), tree(1:12 – 5), green(1:12 – 7), scythe/sickle/knife(7:12 – 13,60 – 12,63 – 10,100 – 14,116 – 10,123 – 14,126 – 2), engraft(1:15 – 14), garden (1:16 – 6), unset(1:16 – 6), canker-bloom/canker(2:54 – 5/99 – 12), thorn(2:54 – 7, 99 – 8), mow/cut(2:60 – 12,63 – 10), soil(1:69 – 14), grow(1:69 – 14), purple(1:99 – 3), lily(1:99 – 6), marjoram(1:99 – 7), blush(1:99 – 9), white(2:99 – 9,99 – 10), red(1:99 – 10), colour(1:99 – 14)
	2 Summer(2:18 – 1,104 – 14), golden face(1;33 – 3), celestial face(1:33 – 6), sun(3: 33 – 9,33 – 14,35 – 3), beauteous day(1:34 – 1), dry(1:34 – 6), rain(1:34 – 6), fountain(1:35 – 2), moon(2:35 – 3,107 – 5), spring(2:53 – 9,63 – 8), foison of the year (1:53 – 9), bay(1:137 – 6), common place(1:137 – 10)
	3 repair(1:3 – 3), renewst(1:3 – 3), fortify(1:16 – 3), window(2:24 – 8,24 – 11), building(1:80 – 12), overthrow(1:90 – 8), mansion(1:95 – 9,146 – 6), wall(1:146 – 4)

续表

Metaphor expression (frequency: Sonnet-line)	4 pencil/pen(2:16 - 10,19 - 10),drawn(2:16 - 14,19 - 10),carve(1:19 - 9),untainted (1:19 - 11),painted/painting(5:21 - 2,62 - 14,82 - 13,83 - 1,83 - 2),hue(1:82 - 5)
	5 prey(1:48 - 8),chest(1:48 - 9),prize(1:48 - 14),dear(2:48 - 14,87 - 1),possess (1:87 - 1),rich(1:87 - 6),crown(1:114 - 1),precious jewel(1:131 - 4),mortgage(1: 134 - 2),forfeit(1:134 - 3)
	6 wing(1:78 - 7),feather(1:78 - 7),lamp(2:96 - 9,96 - 10),wolf(1:96 - 9)
	7 fuel(1:1 - 6),bright(1:55 - 3),blood(1:11 - 3)
	8 mirror(1:3 - 9)
	9 vial(1:6 - 3)
	10 seal(1:11 - 13),print(1:11 - 14),copy(1:11 - 14)

3.2.2.1 “人类”是植物

在莎士比亚十四行诗中，多数植物的隐喻出现在写给年轻友人的第一部分——第 1 首到第 17 首，并且大多数隐喻以人类作为本体。

在文艺复兴时期的英国，对人类生育的直接描述是不被接受的。因此，莎士比亚必须转向对其他事物的生育的描述，他选择的是植物来肩负此重任。

莎士比亚十四行诗第 3 首的第五和六行，“想想，难道会有那么美貌的女人/美到不愿你耕耘她处女的童贞？”（**S3 - L5，6**：For where is she so fair whose unear'd womb；Disdains the tillage of thy husbandry？）耕作的表达在此用以展示人类的繁衍。我们视人类的子宫为耕耘的田地，播撒种子，种子就可以成长。“husbandry”一词的使用更是展现了莎士比亚对语言掌握的纯熟。“husbandry”的现代含义是耕作土地或饲养牲畜的行为。“husbandry”的词源是“husband”加上“ - ery”的词缀。因此这个词也有作为某人的丈夫的意思。用一个词既表达了字面意思，同时又表达了隐喻意义。这着实是语言的魔力。莎士比亚就是能够自如处理语言的天才之一。

莎士比亚十四行诗第 5 首的第七和八行，“令霜凝树脂，叫茂叶枯卷/

使雪掩美色，呈万里荒原”（**S5 - L7，8**：Sap checked with frost，and lusty leaves quite gone；Beauty o'er-snowed and bareness every where）。莎士比亚用一个巧妙的方式解决了棘手的问题。“sap”指植物的汁液，在这首诗中是人类可以繁殖新生命的精液的意思。如上所述，毫不避讳地讨论精子毕竟令人尴尬，而在诗歌里出现也极不浪漫，所以莎士比亚用与精子有同样特性的植物的汁液，以此避免直白的表达。第六首诗“带到可憎的冬季里摧残”（**S5 - L6**：To hideous winter，and confounds him there）的“冬季”一词指的是人类的暮年。这一行诗揭示了人到暮年，繁殖细胞也失去了生命力的医学方面的信息。所以，年轻人应该趁年轻尽可能繁殖后代。如果他拒绝，那么等待他的将是“万里荒原”。从第九行到最末行，“那时若没有把夏季的香精/……/但如果花经提炼，纵使遇到冬天/虽失掉外表，骨子里却仍然清甜”　（**S5—L9，10，11，12，13，14**：Then were not summer's distillation left，A liquid prisoner pent in walls of glass，Beauty's effect with beauty were bereft，Nor it，nor no remembrance what it was：But flowers distill'd，though they with winter meet，Leese but their show；their substance still lives sweet.）。“distillation”和“distill'd”两个词在这首诗中出现了两次。花的精华（香精）是莎士比亚除了耕作又一个描写人类繁殖的方式。耕作的隐喻重点在人类做爱的过程，而相反，精华的隐喻重点在于结果。花的精华是可以使花永葆甜蜜的香气，人类的精华乃是他的子嗣，可以传宗接代，美丽不朽。第 6 首诗源于第 5 首诗，从第 6 首诗的首词“Then”（**S6 - L1**）就可以看出，这两首是一对在顺序上承接的诗。精华（香精）的隐喻仍然在这首诗中运用，也揭示了 5、6 两首十四行诗是紧密联系的。诗人巧妙地运用了香精（它是从鲜花中提炼出来的一种液体，能抗拒时间的威力；在花儿凋谢之后，长久地保持花的芳香）这个比喻，他不仅把人的后裔比作香精（**S5 - L9**），也把人的创作比作能提炼香精的手段（**S54 - L14**）（屠岸，2012）。第 6 首的第二、三两行，“莫让冬寒粗手把你体内的夏天掠走/让那净瓶流香吧，快趁你美的精华”（**S6 - L2，3**：In thee thy summer，ere thou be distilled：Make sweet some vial；treasure thou some place），把男性和女性喻为两种不同范畴的事物的奇怪的隐喻结合，着实使读者印象深刻。诗人用“thou be distilled”的表达把男性喻为一个有机植物，而女性却不属于植物一类。女性成了一个可以盛装男性精华的“净瓶”（**S6 – L3**）。两种不搭配的比喻组合在一起，给读者耳目一新的感觉。

在莎士比亚十四行诗第12首中，“镰刀”一词首次出现在第十三行（见表3–5），“所以没有什么能挡住时间的镰刀”（**S12 – L13**：And nothing 'gainst Time's scythe can make defence），在以下的诗歌中接着出现：第60、63、100、116、123和126首诗，有时“sickle”或“knife”也会使用。因为“镰刀”是用于割除草或谷物的锋利的工具，所以“镰刀”意象的出现暗示了“人类是植物”或“时间是农民”的隐喻。在莎士比亚十四行诗中，时间被喻为拿着镰刀割下人类这株植物的农民。时间残酷无情，而人类要避免“镰刀”的摧残，只有通过后代把美代代传递下去。诗人用不同种类的植物隐喻来表达一个主题：没有生育，美无法长存，人类不能永恒不朽。

表3–5　“镰刀”意象在莎士比亚十四行诗中的出现

Sonnet(诗)	Line(行)
12	13:And nothing'gainst Time's scythe can make defence
60	13:And nothing stands but for his scythe to mow:
63	10:Against confounding age's cruel knife,
100	14:So thou prevent'st his scythe and crooked knife.
116	10:Within his bending sickle's compass come:
123	14:I will be true,despite thyscythe and thee.
126	2:Dost hold Time's fickle glass,his sickle,hour;

3.2.2.2　“人类”是自然

莎士比亚十四行诗第18首是这一序列诗中最著名的诗歌之一。曹明伦（2008：38）评论说，如果莎士比亚的十四行诗被喻为英诗的皇冠，那么第18首十四行诗就是皇冠上最明亮的一颗宝石。无论是在学术的还是在较随意的场合，任何时候谈起莎士比亚的十四行诗，第18首诗的第一行“或许我可用夏日将你作比方”（**S18 – L1**：Shall I compare thee to a Summer's day），必然是首先跳进人们的脑海。或许，多数人对莎士比亚十四行诗的了解仅限于这一首，甚至仅仅是第一诗行。这是唯一可以和“生存还是死亡，这是一个问题”相媲美的一句诗。这首诗不仅受普通读者的喜爱，也得到研究者和翻译者的青睐。如果我们搜索学术数据库，可以发现对这首诗的评论论文和中国翻译者对其的评论多到不胜枚举，占据了莎士比亚十四行诗研究的一半以上。如上所述，我们可以看出这首诗的美学价值，和它在不同读者中间的受欢迎度。在这首诗的首句中隐藏的隐喻是“人类是自然”。特别的是，这首诗中谈论的是莎士比亚最钟爱的季节——夏季。从“人类是自然”的隐喻和“生活是自然”的隐喻中可以窥见，人最珍爱的美和品格，一生中的最好年华，和最幸福的时刻都被喻为“夏季”。结论是，诗人莎士比亚对夏季情有独钟。而在第 18 首诗中，隐喻“人类是自然”是在这一序列诗中的首次出现。

在第 33 首诗中，诗人用整首诗来阐释“人类是自然”这一隐喻。在此诗中，年轻友人不再被比作夏季，而是比作了太阳。相对的，与诗人敌对的被诗人比作了“乌云”。第五行写道，“然而倏忽间，忍对片片乌云”（**S33 - L5**：Anon permit the basest clouds to ride）。第十和十二行写道，“在一个清晨辉煌于我的前额之上/……/须臾云遮雾障，再不复重睹它的金容”（**S33 - L10，12**：Even so my sun one early morn did shine/The region cloud hath mask'd him from me now）。无云时，太阳光芒四射，辉煌于我的前额；云遮雾障时，太阳也被乌云遮住了金容。诗人巧妙地运用了自然现象表达了发生在诗人、年轻友人和想要破坏他们之间友谊的敌对者之间的事。

3.2.2.3　“人类”是建筑

莎士比亚十四行诗讨论了种类各样的建筑。在第 3 首诗中，虽然我们无法辨别出莎士比亚讨论的是何种建筑，但我们可以了解，在这里，诗人用“整修”和“恢复”两个动词把人类喻为建筑。第三诗行，“假如你现在不复制下它未褪的风采”（**S3 - L3**：Whose fresh repair if now thou not renewest）。人类不可以“整修”和“复制”，因此，建筑就成为人类这一本体的隐喻。

第 16 首诗的第三行，“或用更幸福的手段来抵抗衰朽”（**S16 – L3**：And fortify your self in your decay），在这首诗中使用的隐喻技巧与第三首诗相同。莎士比亚仍使用动词来引出隐喻的来源。在这里，“筑垒的”建筑指的是战场中使用的堡垒。这一表达也包括“人生是战役”这一隐喻，在莎士比亚十四行诗中，这一隐喻比“人类是建筑”更加流行。

“人类是建筑”的隐喻用法在这首诗后一直没有使用，直到第 80 首十四行诗中，第十一和十二行诗出现了“建筑”一词，“偶遇不测，我只是扁舟一叶不须惜/他却是巨舰宏舶，帆重桅高价高昂”（**S80 – L11，12**：Or being wreck'd，I am a worthless boat，He of tall building and of goodly pride）。实际上，这个“建筑”是关于航行于友人美德的海洋上的一艘大船，而不是我们所熟悉的普通的建筑。而且，这个隐喻也包含“爱情是旅程”这一流行的隐喻用法。在爱情的旅程中，坠入爱河的人是一种特殊的建筑——旅程中的旅行工具。“高大的建筑”有能力完成旅程，没有阻碍地到达目的地。而同时，卑贱的或“没有价值的船只”就会面临失事的厄运。在这首诗中，莎士比亚谈论的“高大建筑”也是写诗赞美年轻友人的美和荣誉的敌对诗人。让莎士比亚更加抑郁的是年轻人的“德行广若四海”：无论“建筑”是卑微或骄傲，他都可以接受。假如敌对诗人“得宠”，莎士比亚将会“遭放逐”。

在第 90 首中，莎士比亚用“推翻”这一名词来表达“人类是建筑”这一隐喻，第八诗行写道，“注定要来的厄运，何苦要延宕拖迟”（**S90 – L8**：To linger out a purposed overthrow）。情人对作者的恨如同疾风骤雨，对建筑有摧毁性的效果。诗人更倾向情人的一次性地把他“推翻”，不愿让暴风夜续接黎明的急雨。诗人不喜欢在逆境中徘徊不前，因为这最终会摧毁人类的这个“建筑”。

第 95 首的第九行，“啊，恶行所寄寓的地方是一栋大厦”（**S95 – L9**：O，what a mansion have those vices got），诗人使用“大厦”这一词，隐喻更加明确。人类是罪恶可以居住的大厦。这一诗行是对年轻人恶劣行为的一种讽刺。年轻人行为放荡，所以罪恶自由地住在年轻人美丽的躯体中。但是，年轻人美丽的外表就如同建筑的帐幕，遮盖了污点，对于他人而言依然完美。只有诗人洞察出了年轻人的错误行为。在诗的结尾，莎士比亚警示年轻人，如果他仍然认为因为他的美貌没有人会察觉他的罪恶，那么，他真正的本性会很快被发现的。

在这一序列诗的末尾，有一首献给黑肤女郎的十四行诗就包含“人类是建筑”的隐喻。第 146 首诗的第四到六行写道，“却又竭力在躯壳上涂脂抹粉？/人生苦短，又何须惜这副臭皮囊/为它花尽你库藏的金银？”（**S146 – L4，5，6**：Painting thy outward walls so costly gay？Why so large cost，having so short a lease，Dost thou upon thy fading mansion spend？）“外墙”和“消逝的大厦”都清楚地表明，人类被喻为建筑。在这首诗中，诗人向灵魂倾诉，既然躯体很快就会腐烂，为什么还要花时间涂脂抹粉，而不是充实灵魂与内心。与黑肤女郎相比，诗人年长，因此他想要涂脂抹粉，穿上漂亮的外衣，来掩盖他年老的事实。但他知道，这么做是错的，无论人们做什么来阻止死亡的步伐，躯体终究会老化腐朽。有效的方法是滋养心灵，世界上就不会再有死亡。

3.2.2.4　“人类”是画

在这一隐喻中，有时描绘人类的画家是“时间”，有时是诗人，有时被画的人又是自己。在第 16 首诗的最后一行中，“想生存就得靠把传宗妙计发扬”（**S16 – L14**：And you must live，drawn by your own sweet skill）。莎士比亚认为，同时代的画家或者是诗人自己都无法把漂亮友人画为不朽，只有友人自己可以做到，“靠把传宗妙计发扬”。

第 21 首中，“绘画”一词具有了讽刺意义，第二诗行写道，“因画布上的美人便感而成章”（**S21 – L2**：Stirred by a painted beauty to his verse）。意思是，当时的一些美人是虚假的美人，用涂脂抹粉来美化自己。事实上，莎士比亚在这首诗中真正谈论的不是人类，而是诗歌。他用此诗讽刺当时华而不实的诗歌形式。

3.2.2.5　“人类”是财富

财富是唯一在所有主要隐喻范畴中都出现的喻体。第 48 首诗的第八和第十四行写道，“而今却无遮无拦任鼠窃狗偷/……/对这样的宝物纵海誓山盟也废纸一张”（**S48 - L8，14**：Art left the prey of every vulgar thief. For truth proves thievish for a prize so dear）。与诗人的珠宝相比，年轻友人便是他最珍贵的宝物。每当离开友人，诗人会悲痛欲绝，伤心于他会成为“粗鲁小偷的猎物”。友人是“如此的宝贵”，“纵使海誓山盟也废纸一张”。

比较第48首诗的末行“对这样的宝物纵海誓山盟也废纸一张”（**S48 - L14**：For truth proves thievish for a prize so dear）和第87首诗的首行“呵，再会吧，你实在是高不可攀”（**S87 - L1**：Farewell! thou art too dear for my possessing），我们有足够的理由相信，莎士比亚十四行诗的顺序并非现在呈现的这样。在“人类是财富”这一隐喻网络里，第87首诗是紧密承接第48首十四行诗的。由于第48首诗中，诗人表达友人“这一宝物纵海誓山盟也废纸一张”，拥有如此珍贵的财富，诗人显得过于疲惫。因此，诗人痛苦地与友人说“再会”，在第87首诗的第六行中，诗人自嘲道，“那样的财宝我岂能轻动非分之念?”（**S87 - L6**：And for that riches where is my deserving?）。

3.2.2.6　其他关于“人类”的隐喻

a.“人类”是动物

第78首诗的第七行，“曾借来羽翼使学人双翅生风”（**S78 - L7**：Have added feathers to the learned's wing），“学人”指的是那些用诗来赞美漂亮友人的其他诗人。敌对诗人被喻为鸟，而写诗的灵感被喻为双翼或翼上的羽毛。

b.“人类”是燃料

人类是可以发光的“燃料”，第1首诗的第六行，“焚身为火，好烧出眼中的光明”（**S1 - L6**：Feed'st thy light's flame with self-substantial fuel,）；人类也可以“大放光彩”，第55首第三行，“我的诗行将你大放光彩”（**S55 - L3**：But you shall shine more bright in these contents）。漂亮友人的精神与美在诗人的诗行中可以“大放光彩”，但他的躯体在时间的巨爪下将会慢慢腐烂。因此，诗歌具有打败时间的力量，使人类之“光”永远“燃烧”。

这一隐喻在当代中国也被广泛使用。人们把教师比作蜡烛，形容他们的奉献精神。教师燃烧自己，照亮学生。

c. “人类” 是血

第 11 首诗的第三行，“你年轻时贡献的一注精血若存” （**S11 - L3**：And that fresh blood which youngly thou bestow'st），“精血” 实际上指的是漂亮友人未来的子嗣。一些修辞学家有时也将这种隐喻用法称作转喻。血液是人体不可或缺的，没有血液，生命就会停止。因此，用血液来代替人类的隐喻是合情合理的。

d. “人类” 是镜子

第 3 首诗的第九行，“你是你母亲的镜子” （**S3 - L9**：Thou art thy mother's glass and she in thee）。这在当今社会仍然是较流行的表达方式。孩子如父母的一面镜子，展示了他们青春时的年华。因此，如果漂亮友人想要在脸上布满皱纹的年老之时仍看到年轻时的美丽，那么透过子孙这面镜子，他便可以看见自己的 “黄金岁月”。

e. “人类” 是小瓶子

这一隐喻与 “人类是植物” 是紧密相连的。在第 6 首诗中，女人被喻为一个小瓶子 （vial，**S6 - L3**），男人的精华应该放进这个净瓶中。与植物隐喻相同，净瓶的隐喻让使人尴尬的表达看起来更加诗意和优雅。

描写现代爱情与女人时，精华和净瓶的隐喻已不流行。有趣的是，当今许多注重外表的女性却被喻为花瓶而非净瓶。

f. “人类” 是印章

第 11 首诗的十三和十四行，“她刻你是要把你作为一枚圆章/多多盖印，岂可让圆章徒有虚名！” （**S11 - L13，14**：She carv'd thee for her seal, and meant thereby, Thou shouldst print more, not let that copy die.），漂亮友人被刻成大自然的印章，可以 “印” 出众多的子嗣，“复制” 他的美丽。

3.2.3　关于 “人生” 的隐喻网络

在莎士比亚十四行诗中，“人生” 有不同种类的隐喻来源。以下是对莎士比亚十四行诗中与 “人生” 有关的所有隐喻的总结。一共 14 种类型，一些使用的频率非常高，如“人生是战役”。关于“人生”的隐喻包括战役、交易、自然、旅程、盛宴、建筑、白昼、音乐、财富、火、梦和舞台（见表3－6）。

表3－6 关于“人生”的隐喻统计

Metaphors (related metaphors)	1 LIFE IS A BATTLE(TIME IS A TYRANT)
	2 LIFE IS BUSINESS(BEAUTY IS TREASURE)
	3 LIFE IS NATURE
	4 LIFE IS A JOURNEY
	5 LIFE IS A FEAST(LOVE IS APPETITE & BEAUTY IS FOOD)
	6 LIFE IS A BUILDING
	7 LIFE IS A DAY
	8 LIFE IS MUSIC
	9 LIFE IS TREASURE
	10 LIFE IS FIRE(HUMAN BEING IS FUEL)
	11 LIFE IS A DREAM
	12 LIFE IS A STAGE
Metaphor expression (frequency: Sonnet-line)	1 foe(1:1－8), besiege/siege(2:2－1,65－6), dig(1:2－2), field(1:2－2), conquest/conquer(2:6－14,90－6), war(2:15－13,16－2), enmity(1:55－9), battering(1:65－6), ambush(1:70－9), assail(1:70－10), victor(1:70－10), charge(1:70－10), debate(1:89－13)
	2 contract(1:1－5), sum(1:2－11), count(1:2－11), profitless(1:4－7), usurer/usury(2:4－7,6－5), traffic(1:4－9), audit(1:4－12), use(1:6－5), pay(1:6－6), loan(1:6－6), lease(2:13－5,146－5)
	3 summer(3:5－5,6－2,56－14), winter(4:5－6,6－1,13－11,56－13), yellow leave(1:73－2), hang(1:73－2), cold(1:73－3), windy(1:90－7), rainy(1:90－7)
	4 climb(1:7－5), pilgrimage(1:7－8), car(1:7－9), reeleth(1:7－10), tract(1:7－12), travel(1:34－2), straying(1:41－10), pace forth(1:55－10), travel(1:63－5), hold…foot back(1:65－11), wandering(1:116－7)
	5 glutton(2:1－12,75－14), eat(1:2－8), feast(3:47－5,75－9,141－8), banquet(1:47－6), feed(1:60－11), full(1:75－9), starve(1:75－10), surfeit(1:75－13), taste(1:90－11), appetite(2:110－10,147－4), sweet(2:118－5,125－7), bitter(1:118－6), potion(1:119－1), savour(1:125－7)
	6 window(1:3－11), roof(1:10－7), repair(1:10－8), house(1:13－9), fall(1:13－9), top(1:16－5)
	7 day(2:15－12,73－5), night(4:15－12,30－6,63－5,73－7), twilight(1:73－5), sunset(1:73－6)
	8 music(1:8－1), concord(1:8－5), well-tuned sound(1:8－5), string(1:8－9), strike(1:8－10), note(1:8－12), sing(2:8－12,8－14), song(1:8－13)

续表

Metaphor expression (frequency: Sonnet-line)	9 rich(1:15 – 10)
	10 light(1:1 –6),flame(1:1 –6),glow(1:73 –9),fire(1:73 –9),ashes(1:73 – 10),consume(1:73 – 12)
	11 dream(1:129 – 12)
	12 stage(1:15 –3)

3.2.3.1　“人生”是战役

这个隐喻贯穿莎士比亚十四行诗中所有献给年轻友人的诗。与莎士比亚的大多数其他的隐喻相比，“人生是战役”并不诗意和优雅，而是显得残酷无情。它展现了人生的实质。人生不是玫瑰花园，人生充满了残忍。在生命的过程中，人需要与时间战斗，需要与自己和逆境战斗。

第 1 首诗的第八行，“你与自我为敌，作践可爱的自身”（**S1 – L8**：Thy self thy foe，to thy sweet self too cruel），年轻人在与自己作战。他与自我为敌，如此残忍地对待自己。只有年轻人同意繁衍后代，这场战役才会结束。第 2 首诗的第一行，“四十个冬天将会围攻你的额头”（**S2 – L1**：When forty winters shall besiege thy brow）。这时，这场战役不是年轻人与自己在作战，“时间”加入了其中。“冬季”是“时间”最凶猛的军队，“四十个冬天”的确是一个巨大的摧毁。在这场战役中，敌人不仅“围攻你的额头”，还“在你那美的田地上掘下浅槽深沟”（**S2 – L2**：And dig deep trenches in thy beauty’s field）。那么如何打败敌人？在第 2 首诗中，诗人告诉我们，把美传递给子嗣是唯一的答案。

第 6 首诗的，“岂能让死神掳去，让蛆虫继承芳姿”（**S6 – L14**：To be death’s conquest and make worms thine heir），人生战役中人类的敌人又一次出现了。起先，人类的敌人是自身；然后，时间这个最强军队出现了；而现在，时间的王牌——死亡也开始赴战场。综上分析，人的一生就是在与时间作战的战役。在每一个时期，时间都会拿出不同的武器。当时间这一暴君不再想与人类游戏下去的时候，他会使出终极的致命武器来结束战争。无人能逃脱这个杀手。如果人没有继承他的美的后代，那么在与时间的战役中，人将永远会是败者。

3.2.3.2　“人生”是交易

这一隐喻主要出现在前六首中，并与“美是财富”的隐喻联系紧密。在人生的交易中，“美”被作为有价值的物品进行交易。第 1 首诗的第五行“而你，却只与自己的明眸订婚”（**S1 – L5**：But thou contracted to thine own bright eyes），“contract”一词在词源学上解释为“契约”。在人的生活中，如果与某人定下契约，则要与之进行交易。在此诗行中，“contract”可以理解为订婚约，“contract”的这一隐喻含义在现代英语中也被广泛使用。

“人生”是交易这一隐喻在第 2 首的十一行有更加明显的表达：“可续我韶华春梦，免我老迈时的隐忧”（**S2 – L11**：Shall sum my count，and make my old excuse）。人生就似一场交易，自己无法延续青春年华，只有后代可以续那“韶华春梦”，以示父辈年轻时的青春貌美。第 4 首的第九和第十二行，“只因你仅仅和自己买卖经营/……/你怎能把满意的清单留与世人?”（**S4 – L9，12**：For having traffic with thy self alone/What acceptable audit canst thou leave?）人生是交易，在其中我们需要与他人“买卖经营”，否则留与世人的清单怎会令人满意。在这首诗中，“美是财富”的隐喻，是与“人生是交易”的隐喻紧密联系在一起的。

3.2.3.3　“人生”是自然

在“人生”是自然的隐喻里，人生被比喻成一整年，人生的不同阶段被比喻成四季。在莎士比亚的十四行序列诗里，也出现了三处子隐喻，它们分别是：少年是春天，青年是夏天，老年是冬天。在此隐喻中，莎士比亚只用了三个季节：春天、夏天和冬天（见表 3 – 7）。

表 3 – 7　人生的隐喻

春天的隐喻表达	偷走了他春天所有的至真(S63 – L8)
夏天的隐喻表达	因为不舍昼夜的时光把盛夏(S5 – L5) 你的夏天,是未经你提炼之前(S6 – L12)

续表

冬天的隐喻表达	带到狰狞的冬天去把它结果(S5 - L6) 那么,别让冬天嶙峋的手抹掉(S6 - L1) 它的光彩,去抵抗隆冬的狂吹(S13 - L11) 挂在瑟缩的枯枝上索索抖颤(S73 - L3)

从上面的例子，我们可以得出一个推断：莎士比亚有些悲观。他一共使用了春天、夏天的隐喻有 3 次，但是有关冬天的隐喻却超过了一半。当莎士比亚进行十四行诗创作的时候，他已不再年轻，他大多时间担心的还是自己年龄的问题。因此，他将最困扰他的问题在创作十四行诗时写了下来，这些诗真实地表达了他的生活和思想。

最令人费解的是，诗人没有涉及关于秋天的隐喻。但是我们从莎士比亚的逻辑来分析，可以猜测有关秋天的隐喻是：中年是秋天。

3.2.3.4　“人生”是旅程

这是我们现在经常使用的一个隐喻。例如，当人们在做一些重大的决定时，他们常说：“我走在了人生的岔路口。”这些隐喻在日常会话中非常受欢迎，因此也受到了一些诗人的关注；在罗伯特 · 弗罗斯特（Robert Frost）的作品《未选择的路》中，生命是旅程这种隐喻贯穿整首诗。

但是，莎士比亚就是莎士比亚。通常把生命比喻成人生旅程，但是在第 7 首中，有一处特殊的隐喻：生命是太阳的旅程。每天随着太阳东升西落，人的生命也从精力旺盛变得虚弱无力。在第三行“都向它初升的景象致敬”（**S7 - L3**：Doth homage to his new-appearing sight），婴儿时期被比喻成冉冉升起的太阳，在第五行和第六行“瞧它登上了陡峭的天峰/宛若正当盛年的年轻人”　（**S7 - L5，6**：And having climbed the steep-up heavenly hill, Resembling strong youth in his middle age），青年时期被比喻成中午的太阳，在第十三行“而你呵，也一样，如今正值赫日当年”（**S7 - L13**：So thou, thyself outgoing in thy noon），老年时期被比喻成夕阳。

3.2.3.5 “人生”是盛宴

这处隐喻与“爱情是食欲”和“美是食物”的隐喻有着密切的关系。在第1首中，有一处对偶句“可怜这个世界吧，你这贪得无厌之人/不留子嗣在世间，只落得萧条葬孤坟”（**S1－L13，14**：Pity the world，or else this glutton be，To eat the world's due，by the grave and thee）。诗人用“贪食者”这个词来表达世界是美食，生命是一次盛宴，因此人生就是要吃光这些食物。当食物被吃光后，人的生命也就即将结束。如果人们吃光所有食物，还没有繁衍下一代来回馈这个世界，这样的人应该叫作“贪婪”。

这样的隐喻在第2首第八行处也出现过，“你这回答是空洞的赞颂，徒令答者蒙羞”（**S2－L8**：Were an all-eating shame，and thriftless praise），此处用了“可吞噬一切的耻辱”。根据莎士比亚的观点：没有繁衍子嗣，并且吃光所有就是无耻。因此他说服年轻人结婚。

3.2.3.6 其他有关“人生”的隐喻

a. “人生”是白昼

在这一隐喻中，将人整个一生比作一年，那么此处隐喻将人生比作一天。

“要化你青春的洁白为黑夜的肮脏”（**S15－L12**：To change your day of youth to sullied night）；“我恸哭亲朋长眠于永夜的孤魂”（**S30－L6**：For precious friends hid in death's dateless night）；“你在我身上会看到黄昏的时候/落霞消残，渐沉入西方的天际；夜幕迅速将它们统统带走，恰如死神的替身将一切锁进囚牢”（**S73－L5－8**：In me thou seest the twilight of such day/As after sunset fadeth in the west，Which by and by black night doth take away，Death's second self，that seals up all in rest）。

从上面的例子，我们可以推出：人的童年时期是一天当中的黎明，青年是早晨，中年是下午，晚年是傍晚，长眠是夜晚。

毛泽东主席曾说过：“你们青年人朝气蓬勃，好像早晨八九点钟的太阳。”以此表达他对中国年轻人的希望。通过这个例子，可以说隐喻是没有国界的。

b. “人生”是建筑

按照第三首第十一行中描述的“透过你垂暮之年的窗口你将看见”（**S3 – L11**：So thou through windows of thine age shalt see），莎士比亚将人生比作一座建筑。在人生的建造中，每个阶段都是拥有自己窗口的独立房间。透过不同年龄阶段的窗口，我们会看到不同的景色：青年之美和暮年之衰。

c. “人生”是音乐

莎士比亚十四行诗的第 8 首整首都体现这种隐喻，但是并没有在随后的十四行诗的创作中继续使用。然而这首诗将这种隐喻运用得淋漓尽致，引起了读者的充分注意。在这首十四行诗中，每个人都是这首乐曲的一部分，单身的是乐器的弦，已婚的就是乐师。

在这首十四行诗中，从第五行到结尾部分，将音乐分为三个部分：在第 5 ~9 行诗讲的是关于声音和听觉效果，第 10 ~ 14 行诗是关于弦或者音乐的媒介，那对偶句是关于歌曲及音乐的内容。在第 5 ~9 行诗中，“诸声相配调出的谐曲”是我们幸福生活的一部分，这将引起单身的不快。在第 10 ~ 14 行诗中，一根弦与另一根弦宛若夫妻，它们结合起来，便可组成家庭，来演奏悦耳的佳音去嘲笑和责骂孤单的那根弦，它自己根本发不出声音，更何况演奏悠扬的音乐呢！在对偶句中，诗人最后直接讽刺“若独身绝种，便万事皆空”（**S8 – L14**：Sings this to thee：‘Thou single wilt prove none.’）。

d. “人生”是财富

人生并不是每个阶段都被视为珍宝，通常只有青年才会被解释为生命的至宝。在第 15 首诗歌的第十行，就是个很好的例子，“使我想到你充满青春朝气的形象”（**S15 – L10**：Sets you most rich in youth before my sight）。

e. “人生”是火

在第 1 首中，诗人在第六行引用了一个非常出名的隐喻（**S1 – L6**：Feed'st thy light's flame with self-substantial fuel），人被比喻成一种燃料，人生就是燃料燃烧的过程，因此，人生是团火。

第 73 首中，人生是团火的隐喻和第 1 首中的关系密不可分。如第 73 首中的第三行诗中描述的，“你在我身上会看到这样的火焰，他在青春的灰烬上善守烟头，如安卧于临终之榻，待与供养火种的燃料一同烧尽烧透”（**S73 – L9，10，11，12**：In me thou see'st the glowing of such fire；That on the ashes of his youth doth lie，As the death-bed whereon it must expire；Consumed with that which it was nourish'd by）。诗人的生命是由火构成的，因为身体的燃料不断燃烧才能被珍视。在第 1 首第六行的“焚身为火”（**S1 – L6**：Feed'st thy light's flame with self-substantial fuel），这个隐喻在第 73 首中以自我吸收营养，自我燃烧的火焰的意象再次出现。

f. “人生”如梦

人生如梦，我们的心中经常会涌现的人生宛如一场梦的感受。莎士比亚的《暴风雨》中“我们的本质也如梦一般”（We are such stuff as dreams are made on）①。莎士比亚的这一句名言其实不该属于诗的范畴，而应该属于哲学或是形而上学了。

在第 129 首中，莎士比亚通过对沉溺于肉欲的人们的描写，来批评各种蚂蝗。在第十二行“求欢同枕前，梦破云雨后”（**S129 – 12**：Before，a joy proposed；behind，a dream），将交欢以后的阶段描写成一场梦。这无疑显示了这种行为的不真实感，并且指出一味地寻求这种欲望，是不理性的。有一部西班牙的戏剧也叫《人生如梦》②，是由佩德罗·卡尔德隆·德·拉·巴尔卡③创作的。它是一首哲学预言，关于人生的处境和生命的奥秘。这部戏剧是在 1635 年出版的，比莎士比亚第一版晚几年发行。所以我们有理由相信，莎士比亚的十四行诗对后来一些欧洲的作家产生了重要的影响。在当代，这种

---

① The Tempest，Act 4，scene 1，lines 156 – 158：“We are such stuff/As dreams are made on，and our little life/Is rounded with a sleep.”

② 《人生如梦》（1635）是卡尔德隆最有代表性的作品之一，它描写了波兰王子塞希斯蒙多的不平凡经历。王子是人生的象征，他的反抗是对宿命论的否定，但作者又只能到宗教中寻找出路。剧本结构严谨，辞藻精美，常用象征和隐喻来加强效果。卡尔德隆通过主人公塞希斯蒙多这个形象提出一个抗议性的问题，而得出的却是宗教忏悔的结论。

③ 西班牙文：Pedro Calderón de la Barca（1600 年 1 月 17 日 ~ 1681 年 5 月 25 日），西班牙军事家、作家、诗人、戏剧家，西班牙文学黄金时期的重要人物。代表作品为剧作《人生如梦》。

隐喻仍旧频繁使用，来说明生活的不确定性。比如美国诗人肯明斯（E. E. Cummings）所写的诗：

> god's terrible face, brighter than a spoon,
> collects the image of one fatal word;
> so that my life (which liked the sun and the moon)
> resembles something that has not occurred.

> 上帝峥嵘的面容，比起汤匙还要闪亮。综合了一个毁灭性字眼的意象，因此我的生命（就像是那太阳与月亮）也就模仿着一些从未发生过的事项。[①]

“模仿着一些从未发生过的事项”：这句话承担了一种怪异的单纯。就是这样怪异的单纯意境才能带给我们梦幻般的生命本质。比起其他像莎士比亚与瓦尔特·封·德尔·福格威德[②]这样的大诗人，这种意境更能够传达出这样的意义。

庄子的“不知周之梦为蝴蝶与？蝴蝶之梦为周与？”庄子梦到他幻化成蝴蝶，不过在他醒过来之后，反而不清楚是他做了一个自己的变成蝴蝶的梦，还是他梦到自己是一只幻化成人的蝴蝶？

诗人不断地在思考。这样的经验其实也许曾经发生在我们身上，只不过我们没有说出来。福格威德在《哀歌》中写道：“我是梦到了我的人生，还是这就已经是真实的人生了吧？”这些关于人生如梦的迟疑增添了梦幻般的人生特质。

3.2.4　关于“美”的隐喻网络

在莎士比亚的十四行诗中，关于美有大量的描写，但是就数量而言，都

---

① E. E. Cummings “W” in ViVa (1931)，第三时段前四行。

② 瓦尔特·封·德尔·福格威德（Walther von der Vogelweide, 1170 - 1230），奥地利诗人，是中古德语抒情诗人，宫廷骑士爱情诗的主要代表人物之一。

不能与爱情之美相比拟。也许在莎士比亚的头脑中，美是简单的、纯粹的，不需要各种意象来解释，然而爱情又是复杂的，甚至莎士比亚运用了各种比喻来说明爱情到底是什么。关于美的意象有：财富、食物、衣物、王国和自然（表3－8）。

表3－8　关于美的隐喻统计

Metaphors(related metaphors)	Metaphor expression(frequency:Sonnet-line)
BEAUTY IS TREASURE (LIFE IS BUSINESS)	churl(1:1－12) waste(2:1－12,9－11) niggard(2:1－12,4－5) treasure(3:2－6,6－5,63－8) thriftless/unthrifty/unthrift(4:2－8,4－1,9－9,13－13) use/unused/used/user(4:2－11,4－13,4－14,9－12) spend(2:4－1,9－9) legacy(1:4－2) bequest(1:4－3) lend(2:4－3,4－4) free(1:4－4) largess(1:4－6) profitless(1:4－7) usurer(1:4－7)52 sum(1:4－8) bounteous/bounty(1:11－12) gift(2:11－12,60－8) cherish(1:11－12) lease(1:13－5) flourish(1:60－9) exchequer(1:67－11) rob(1:79－8) pay(3:79－8,79－14,125－6) give(1:79－10) owe(1:79－14) rich(1:94－6) expense(1:94－6) rent(1:125－6)

续表

Metaphors(related metaphors)	Metaphor expression(frequency:Sonnet-line)
BEAUTY IS FOOD (LIFE IS A FEAST & LOVE IS APPETITE)	glutton(2:1 - 12,75 - 14) eat(1:2 - 8) feast(3:47 - 5,75 - 9,141 - 8) banquet(1:47 - 6) feed(1:60 - 11) full(1:75 - 9) starve(1:75 - 10) surfeit(1:75 - 13) appetite(2:110 - 10,147 - 4) sweet(2:118 - 5,125 - 7) bitter(1:118 - 6) potion(1:119 - 1) savour(1:125 - 7)
BEAUTY IS CLOTHES	cover(1:22 - 5) raiment(1:22 - 6)53 wear(1:77 - 1)
BEAUTY IS A KINGDOM	king(1:63 - 6)
BEAUTY IS NATURE	summer(1:68 - 11) heaven(1:70 - 4)

3.2.4.1　“美”是财富

莎士比亚最喜欢关于美的比喻。美丽是抽象的概念，因此他必须换种方式来陈述。因为美是被人们珍视的，同时也是人们可以看见的，在莎士比亚的十四行诗中，美许多次被比喻成财富。

在前四首中，这种比喻频繁出现。在第 1 首的第十二行“如慷慨的吝啬这用吝啬将血本赔尽”，莎士比亚批评年轻人的“吝啬”。人们吝啬的是他的美貌，这句话的意思是年轻人不喜欢娶妻生子，因为这样孩子就会继承年轻人的美貌。即使年轻人不将自己的美貌赋予下一代，那么这种美貌在他死后也是种浪费，没有子嗣继承他年轻的美貌，这种美丽也会消亡殆尽。

在第 4 首中，第 1 ~ 4 行，还有第 5 ~ 8 行以及最后的对偶句都有明确的比喻，美丽是宝藏，一些动词，如“花费”“借”，还有名词“遗产”“馈赠”；虽然在第 9 ~ 12 行里，意象都是关于人生是场交易，那么交易和宝藏也有着密切的关系。这种相互关系的比喻叫作隐喻对或隐喻群。在莎士比亚的十四行诗中，这种隐喻群有很多处，这样我们可以通过另一个意象，清楚地看出第一个是什么意思。这种相关联的比喻可以在一首十四行诗中出现，甚至出现在同一行。莎士比亚是比喻大师，他擅长随意使用这些比喻，这引起了人们对十四行诗的关注与兴趣。

3.2.4.2　“美”是食物

上部分已经讨论过，莎士比亚的意象是逻辑相关的。例如美是食物（见表3－8b）这个意象，它在人生是宴会和爱情是食欲中也出现过。在第47首的第五行和第六行“眼儿便呈现恋人的肖像，且邀心儿共享这画宴的盛况”（**S47－L5，6**：With my love's picture then my eye doth feast，And to the painted banquet bids my heart），我们可以看出诗人非常喜欢年轻人，他的眼儿想要呈现年轻人的肖像，他的心儿也想共享这宴会的盛况。

表3－8b　概念隐喻“美是食物”的映射关系

源域	映射 mapping	目标域
食物 food	⟶	美丽
原料 ingredient	美丽的外表如食物的原料	内容 content
味道 taste	美丽的品质如食物的气味	品质 quality
烹饪 preparation	美丽的创造如食物的烹饪	成形 formation
消化 digestion	美丽的理解如食物的消化	理解 comprehension

根据万德勒（Vendler，1999：341－342），第75首以爱人回来欢乐的基调开始，后来转向饥饿、口渴的说话者。希望看到爱人回来是原始动力，这就解释了为什么将开始对食物的比喻转向后来春天的酥雨，因为它对食物生长是至关重要的条件。在最后六行诗中“有时饱眼餐秀色饱得如享盛宴，有时饿眼看情人饿得心里发慌。我就是这样每日饥饱、欠缺又丰隆，要么饕餮大嚼，要么两腹内空空”，通过对过度饮食的最终比喻，解决了有机食物和无极财富的困惑关系。这个比喻改变了从心理贪婪到肉体暴食的资本罪恶。

3.2.4.3　其他关于“美”的比喻

a.“美”是衣物

按照第 22 首第五行和第六行中描写的那样“因为你全身上下的美丽外表，不过是我内心的真实写照”（**S22 – L5，6**：For all that beauty that doth cover thee，Is but the seemly raiment of my heart），美丽的外表如衣服，这样人们就可以穿上它来掩盖心灵上的缺陷。

从这点我们就可以解释为什么很难看透人们的思想，因为人们都穿着特别的衣服，无论衣服美丑。在第 77 首第一行中“镜子会向你昭示衰减的风韵”（**S77 – L1**：Thy glass will show thee how thy beauties wear）。体现了如果美丽的外表如衣服，它会随着时间慢慢褪色，不会持久。因此，需要其他的东西来记住美丽。

b. “美”是王国

根据第 63 首第六行中的描述“他所曾占有的一切风流美色”（**S63 – L6**：And all those beauties whereof now he's king），在美丽的国度，英俊的年轻人就是“国王”。随着他的衰老，他将失去统治美丽的国度的权力。只有诗人的十四行诗才能让年轻人的美丽容貌永驻。这是十四行诗中的主题之一“通过诗而得到永恒”。

现在，美丽的国度被用来指代美容沙龙或者化妆品店，这些和莎士比亚十四行诗中的意象毫无关系。

c. “美”是自然

在第 68 首第十一行“不借他人之旅铺陈夏色”（**S68 – L11**：Making no Summer of another's green），将美丽比作夏天。夏天在莎士比亚的十四行诗中频繁使用，用来表示人、生命还有美丽。美丽的人生被比喻成夏天，就如第 18 首第一行“或许我可用夏日将你作比方”（**S18 – L1**：Shall I compare thee to a Summer's day?）青年可以被比喻成夏天，如第 5 首的第五行“因为那周流不息的时光将夏季带到可憎的冬季里摧残”（**S5 – L5**：For never-resting time leads Summer on To hideous winter，and confounds him there）；美丽这种抽象的概念可以比喻成夏天，如第 68 首第十一行中出现的（**S68 – L11**：Making no Summer of another's green）。

3.2.5 关于“时间”的隐喻网络

在诗歌中我们总是愿意把时光的流逝比喻成河流这样的观念。丁尼生有首诗是这样说的：“时光在深夜中流逝。”（Time flowing in the middle of the night）丁尼生在时间点的选择上非常聪明。世界万物都在夜色中沉静下来，不过时间却依然无声无息地流逝。托马斯·沃尔夫（Thomas Wolfe）有一本小说《流水年华》（*Of Time and the River*），时光与流水，两者都是会流逝的。

我们发现非常有趣的是“时间”这个单词在莎士比亚十四行诗前 126 首中，共出现 78 次，但是在剩余的十四行诗中却一次也没有出现。大多数时候，时间被描述成不同身份的人。它可以是农民、暴君、艺术家、小偷或者其他身份。由于将时间比作人的比喻很多，这种表达在我们日常用语变成一种陈词滥调，一些通俗的表达如“芳菲四月”“不舍的时光”已不再使用，只有一些怪诞的才会让人深思。关于时间的比喻包括农民、暴君、艺术家、财富、蜜糖和小偷（见表 3－9）。

表 3－9 关于“时间”的隐喻统计

Metaphors	Metaphor expression(frequency:Sonnet-line)
TIME IS A FARMER (HUMAN BEING IS A PLANT)	scythe/sickle/knife(7:12－13,60－12,63－10,100－14,116－10,123－14,126－2) mow/cut(2:60－12,63－10)
TIME IS A TYRANT (LIFE IS A BATTLE)	besiege/siege(2:2－1,65－6) dig(1:2－2) field(1:2－2) tyrant/tyranny(3:5－3,16－2,115－9) war(1:15－13) bloody(1:16－2) injurious(1:63－2) drain(1:63－3) fill(1:63－3) fell hand(1:64－1) deface(1:64－1) wreckful(1:65－6) battering(1:65－6)

续表

Metaphors	Metaphor expression(frequency:Sonnet-line)
TIME IS AN ARTIST (HUMAN BEING IS A PAINTING)	pencil/pen(2:16 - 10,19 - 10) carve(1:19 - 9) draw(1:19 - 10) untainted(1:19 - 11)
TIME IS TREASURE	dear(1:30 - 4) waste(1:30 - 4)
TIME IS SUGAR	sweet(1:36 - 8)
TIME IS A THIEF	steal(1:63 - 8)

吴笛（2002）分析了莎士比亚对待时间的另一面。吴笛指出，莎士比亚的十四行诗集创作于 16 世纪末 17 世纪初，正是他的戏剧创作从喜剧向悲剧过渡的时期。而十四行诗集所反映的情绪恰恰是从乐观向悲观乃至失望的转变。导致这种情绪转变的一个重要因素，是时间这一概念。因此吴笛认为，在莎士比亚十四行诗集中，无论是美还是友谊和爱情，都因受到时间的无情吞噬而弥漫着强烈的悲观情调。莎士比亚十四行诗，始终贯穿着与时间抗衡和妥协的思想以及面对时间而表现出的茫然和困惑。这种困惑正是 16 世纪末 17 世纪初人文主义者对时代感到困惑的一个反映。

3.2.5.1　“时间”是农民

之前讨论过，莎士比亚喜欢用隐喻群。既然时间可以比作农民，那么人也可比喻成作物。

下面所有的比喻都建立在时间就是农民这个意象之上。时间比作农民，并不是它主要的角色，但是它的工具可以比喻成农民。共出现两种工具，一种是镰刀，另一种是刀。

在第 12 首、60 首、100 首还有第 123 首中，都有关于“镰刀”的比喻（辜正坤译）：

所以没有什么能挡住时间的镰刀（S12，L13）

唉，天下万物没一样躲得过它的镰刀（S60，L12）

我就再也不怕无常横剑刈老除衰（S100，L14）
管你的镰刀多锋利我将万古忠贞（S123，L14）

在第 116 首和 126 首中，也有关于“镰刀”的比喻：

爱却绝不是受时光愚弄的小丑（S116，L10）
现在都已牢牢地受制于你的双手（S126，L12）

第 63 首是关于“刀”的比喻：

誓挡住残年流月的霜刀利斧（S63，L10）

在《莎士比亚的诗歌艺术》这本书中，万德勒说道：莎士比亚最突出的能力就是可以随时转变自己的思维，在第 60 首第十行，将时间比喻成“在美人的前额上刻下沟槽”（**S60－L10**：And delves the parallels in beauty's brow），在第 63 首第四行，又说“在前额上罩上一层皱纹”（**S63－L4**：With lines and wrinkles；when his youthful morn）。时间像一个农民在空白的土地上耕作。在前四行诗中，年轻人由于岁月的摧残，最后容颜老去，与我们最初的想象，年轻人的状态不太相符——他们悼念青春、权力，追求财富，喜欢春夏的绿意盎然。

3.2.5.2　“时间”是暴君

在莎士比亚十四行诗中，“时间”被比喻成人，从生命的开始到结束，我们可以看到时间无处不在。在莎士比亚的十四行诗中，除了时间像把镰刀这样的表述外，还把时间比作一位暴君。

在第 2 首的前两行中“四十个冬天将会围攻你的额头，在你那美的田地上掘下浅槽深沟”（**S2－L1，2**：When forty winters shall besiege thy brow, And dig deep trenches in thy beauty's field），时间这位暴君命令他的军队“四十个冬天”（**S2－L1**）去围攻年轻人的额头，最后在他美丽的容颜上留下深深的皱纹。因此，人生就是在与时间对抗。与这位暴君的对抗方式就像抚育孩子一样。在第 5 首和第 16 首中，出现了同样的比喻（**S5 – L3**：Will play the tyrants to the very same；**S16 – L2**：Make war upon this bloody tyrant, Time?）。

另外一种对抗时间的方式就是通过作诗。在第 15 首的最后两行中“为了与你相爱，我将向时间提出宣战，它使你枯萎，我令你移花接木换新装”，诗人在他的作品中给年轻人换上新的美丽容颜，这样就与时间对抗。在第 63、64、65 首中，也讲到了与时间对抗的问题。

3.2.5.3　其他关于“时间”的隐喻

a. “时间”是艺术家

除了把时间比作农民的镰刀，可以收割人们的美丽容颜，比作暴君，残害人们的容颜，时间还可以比作一位艺术家，去创作人类的艺术品。在第 16 首第十行中“不论是我的涂鸦还是当代的画匠”，时间的画笔可以塑造人们的容颜，或者像第 19 首第九行和第十行中描述的“你休在我爱人的美额上擅逞刻刀，你休用古旧的画笔在上面乱抹线条”，在人们的脸上添加岁月的皱纹。这个比喻足以证明那句话“时间是把双刃剑”。

b. “时间”是财富

这个比喻被许多大师讨论过，并且在经济社会也频繁使用。但是大多数人在日常生活中总是忽略它的地位，只把它当成现成的一句话。关于这样的比喻经常使用的有：

不要浪费你的时间做这些。

暑假怎么过的？

我可以更好地利用我的时间。

无论西方还是东方，时间在当今社会都被当成了一种商品。人们可以按小时、天、星期、月还有年来付费，这种观念在人们现在的思想中已经根深蒂固。我们无从得知在莎士比亚生活的时代，情况是怎样，但是我们可以猜测，这种观念绝不会像现在这样流行。我们可以从莎士比亚第 30 首十四行诗中的第四行看到“旧恨新仇是我痛悼蹉跎的时光”（**S30 – L4**：And with old woes new wail my dear time's waste）这样的比喻。

c. “时间”是蜜糖

在第 36 首第八行中“但毕竟会耗费掉些许甜蜜的光阴”（**S36 – L8**：Yet doth it steal sweet hours from love's delight），无味的时光被修饰成“甜蜜的”。这类形容词的隐喻在莎士比亚的十四行诗中有多处出现。

d. “时间”是小偷

关于时间还有一处拟人化的比喻，来说明人们的地位。在第 63 首第八行中，“他那春情勃发的活力去也悠悠”（**S63 – L8**：Stealing away the treasure of his spring），诗人使用了一个动词“偷”来告诉读者时间是怎样的人。时间是个吝啬的人，这样他才会偷取人们的宝藏。这一行还出现了另外两处隐喻，我们在上一部分已经讨论过：美丽是宝藏，人生是一天。

3.2.6 其他几种主要的隐喻

除了高频率使用的隐喻外，还有一些隐喻在莎士比亚十四行诗中也偶尔出现。因为它们不是经常的使用，所以不做细致讨论，只将这些隐喻表达大致分为五类：关于抽象概念的隐喻，关于人的角色和功能的隐喻，关于诗词和笔的隐喻，关于自然的隐喻，还有最后一类是关于方位的隐喻（如图 2 – 15 所示）。

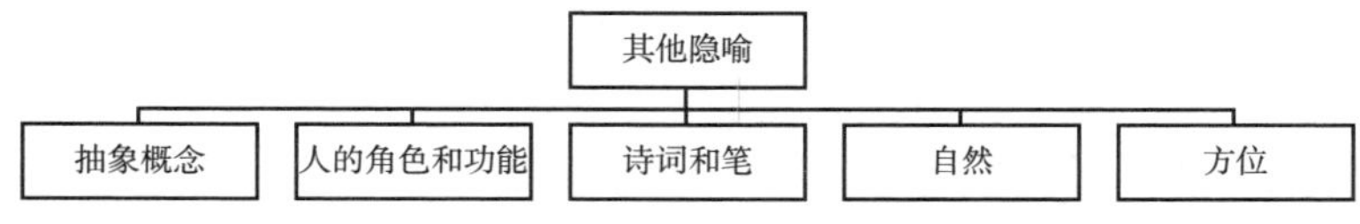

图 3 – 15 其他隐喻一览

3.2.6.1 抽象概念的隐喻网络

按照 Lakoff 和 Johnson 的理论，事件和行为可以通过隐喻概念化为物体，活动可以通过隐喻概念化为物质，而状态通过隐喻则可以被概念化为容器。

如莎士比亚十四行诗第 26 首第二行："使我这臣属的忠诚与你紧系"（屠岸译）（**S26 -2**：Thy merit hath my duty strongly knit），我们可以理解为责任像是衣服和主人紧紧联系在一起，表达了诗人对爱友的忠诚。又如莎士比亚十四行诗第 29 首第十二行："讴歌直上天门，把苍茫大地俯瞰"（辜正坤译）（**S29 -12**：From sullen earth，sings hymns at heavens's gate①），如果天堂有入口，那么我们可以说天堂就是一座建筑物。我们再来看莎士比亚十四行诗第 125 首第一行："我举着华盖，用表面的恭维来撑持"（屠岸译）（**S125 -1**：Were't aught to me I bore the canopy），华盖是帝王出巡时由亲信在其头上擎举之伞状仪仗（梁实秋注释），在诗中我们知道诗人不可能真举着仪仗，而是荣誉之意。在这类隐喻概念中，人们将由经验中得到的抽象的概念、模糊的思想、情感、心理活动、事件、状态等看作具体的、有形的实体或物质，可以理解成本体隐喻（ontological metaphors）（见表 3 -10）。

表 3 -10　抽象概念隐喻统计

Metaphors	Metaphor expression(frequency:Sonnet-line)
DUTY IS CLOTHES	knit(1:26 -2)
HEAVEN IS A BUILDING	gate(1:29 -12)
SIGHT IS TREASURE	expense(1:30 -8)
LOSS IS A BUILDING	restore(1:30 -14)
TRESPASS IS NATURE	cloud(5:33 -5,33 -12,34 -3,34 -5,35 -3) thorn(1:35 -2) mud(1:35 -2) eclipse(1:35 -3) canker(1:35 -4)
SHAME IS MEDICINE	salve(1:34 -7) heal(1:34 -8) cure(1:34 -8) physic(1:34 -9)

① This is a contrary usage of "gate", against what one would expect. The Poet is not speaking of entering Heaven, he is speaking of Heaven entering him. This "gate" is a coming in, an entry. The phrase, "at Heaven's gate" means when Heaven enters my soul, figuratively speaking. When the Poet thinks of the addressee, it's as if Heaven has entered his soul.

续表

Metaphors	Metaphor expression(frequency:Sonnet-line)
INSPIRATION IS ENERGY	light(1:38 - 8)
THOUGHT IS AIR	air(1:45 - 1)
PLEASURE IS TREASURE	treasure(1:52 - 2)
PLEASURE IS A WEAPON	blunt(1:52 - 4) fine point(1:52 - 4)
HAPPY IS A FEAST	feast(1:52 - 5)
SIN IS A DISEASE	remedy(1:62 - 3)
SIN ISA PLANT	ground(1:62 - 4)
EVIL IS DISEASE	infection(1:67 - 1)
SUSPECT IS AN ANIMAL	crow(1:70 - 4)
ENVY IS A DISEASE	tie up(1:70 - 12)
PRIDE IS A PLANT	barren(1:76 - 1)
RHETORIC IS CLOTHES	dress(1:76 - 11)
IGNORANCE IS AN ANIMAL	fly(1:77 - 6)
VIRTUE IS TREASURE	rob(1:79 - 8) pay(2:79 - 8,79 - 14) lend(1:79 - 9) stole(1:79 - 9) owe(1:79 - 14)61
PRIVILEGE IS AWEAPON	knife(1:95 - 14) edge(1:95 - 14)
PITY IS MEDICINE	cure(1:111 - 14) fill(1:112 - 1)
SCANDAL IS MARK	stamp(1:112 - 2)
SENSE IS METAL	steel(1:112 - 8)
FLATTERY IS FOOD	drink up(2:114 - 2,114 - 10)
INTENT ISAWEAPON	blunt(1:115 - 7) sharp(1:115 - 7)
HATE IS A WEAPON	shoot(1:117 - 12)
MEMORY IS A BOOK	table(1:122 - 12)
HONOR IS CANOPY	canopy(1:125 - 1)

在莎士比亚十四行诗第 30 首第二节中，有这样一处关于过往或记忆是财富的隐喻：

Then can I drown an eye, unused to flow,
For precious friends hid in death's dateless night,
And weep afresh love's long since cancell'd woe,
And moan the expense of many a vanish'd sight:

向不流泪的眼睛就要泪如泉涌，因为多少好友均已幽冥永隔，要重温早已勾销的爱情的苦痛，哀叹多少往事一去而不可复得。（梁实秋译）

这首十四行诗与莎士比亚单个的隐喻表达并非紧密相联。一个意义模糊的隐喻可能会削弱，抑或至少使一首十四行诗的字面表述变得模糊隐晦。通常，字面表述的含义不会被摒弃，但它会与潜在的隐喻含义共生共存，或多或少会引起所谓的令人不快的阻碍性的“竞争”。然而，在一些十四行诗中，这种在隐喻表达与字面陈述之间的竞争是一种持续性的，并非阻碍性的元素。第 30 首写道：“当我独自冥想，我忆起我许久已不哀悼忆记的那些离开人世的朋友。我重新体会到失去他们时的感念与悲伤，直到我想到你；伴着那个念想，我停止了对那些失去的悲痛和哀悼。”这首十四行诗的表述高度赞颂了年轻友人的力量，但它也有很强的负面影响，减少了分类所需要的隐含寓意。这些隐含寓意仅仅被置于诗歌字面表述与隐喻表达之间的空间之中。固然，这种隐喻是一些具有法律性质或者金融性质的词语。这首十四行诗以“法庭”（sessions）一词开始，紧接着是“引起”（summon up）、“珍贵的”（precious）、“取消”（cancelled）、“花费”（expense）、“计算”（tell o'er）、“账目”（account）、“偿还”（pay）、“付清”（paid）和“挽回损失”（losses are restored）。除了这些明显的意象之外，在这首十四行诗中，还有一系列带有隐含的法律或者金融性质的词语，如“缺乏”（lack）、“宝贵的”（dear）、“浪费”（waste）、“不习惯的”（unused）、“永无终止的”

(dateless)、“已逝的”(foregone) 和再一次出现的“宝贵的”(dear)。

3.2.6.2　人的角色和功能的隐喻网络

我们用隐喻认知理论之一的结构隐喻(structural metaphors)来理解 AN EYE IS NATURE, EYE 不是 NATURE, 也不可能是资源, 但它通过隐喻被概念化为像自然一样的资源。在莎士比亚十四行诗中第 14 首第十行:“从这不变的恒星中学到这学问”(屠岸译)(**S14－10**: And, constant stars, in them I read such art)。屠岸在对这部分分析时指出, 诗人懂得占星术, 但不能预言别人的命运。诗人的爱友的眼睛就是星辰, 诗人只能从这种星辰中看出。诗人把友人的眼睛比作星辰, 比作大自然。诗人还把友人的眼睛比作建筑物, 比作一位艺术家; 类似的比喻还有, 心是桌子, 是容器, 是建筑物; 身体是框架, 是大自然; 胸膛是商店, 是金属, 是监狱; 眼泪是大自然, 是珍珠; 脸是地图, 是建筑物; 皱纹是建筑物; 舌头是建筑物; 神经是金属; 头发是游丝(见表 3－11)。

表 3－11　人的角色和功能的隐喻统计

Metaphors	Metaphor expression(frequency:Sonnet-line)
AN EYE IS NATURE	star(1:14－10)
AN EYE IS NATURE	sun(1:49－6)
AN EYE IS A BUILDING	live(2:16－12,93－5) dwell(1:55－14)
AN EYE IS AN ARTIST	painter(1:24－1)
AN EYE IS AVEHICLE	anchor(1:137－6)
AN EYE IS ANARROW	dart(1:139－12)
AN EYE IS ENERGY	fire(2:153－9,153－14)
A HEART IS A TABLE	table(1:24－2)
A HEART IS A CLOSET	closet(1:46－6)
A HEART IS A BUILDING	tenant(1:46－10) home(1:109－5)
BODY IS A FRAME	frame(1:24－3)
BODY IS NATURE	earth(1:44－11) water(1:44－11)

续表

Metaphors	Metaphor expression(frequency:Sonnet-line)
A BOSOM IS A SHOP	shop(1:24 -7)
A BOSOM IS METAL/JAIL	steel(1:133 -9) jail(1:133 -12)
TEAR IS NATURE	drown(1:30 -5) flow(1:30 -5) rain(1:34 -6)
TEAR IS PEARL	pearl(1:34 -13)
A FACE IS A MAP	map(1:68 -1)
A FACE IS A BUILDING	dwell(1:93 -10)
WRINKLE IS A BUILDING	grave(1:77 -6)
TONGUE IS A BUILDING	dwell(1:89 -10)
NERVE IS METAL	brass(1:120 -4) steel(1:120 -4)
HAIR IS WIRE	wire(1:130 -4)

爱友的美已经被诗人深深地刻在了自己的心上。我们在莎士比亚十四行诗第 24 首中将领略这些人的角色和功能的隐喻。第四行（And perspective it is best painter's art）“透视法”原是绘画艺术的基本技巧，这里有能够透过东西（表面）而看进去的意思。第五行（For through the painter must you see his skill）“透过画师”或翻译成“透过画师的眼睛”，第七行（Which in my bosom's shop is hanging still）“胸膛的店”：这首诗中第一个四行组中，诗人的眼睛是画笔（扮演了画师），心是画布（画板），身体是画框，画的是爱友的肖像；到了第二、第三个四行组中，比喻变了：作为诗人身体一部分的胸膛成为一座商店，爱友的肖像画则挂在这店里，而爱友的眼睛（不应理解为肖像画上的）成了这座店的窗子。第十二行（Delights to peep，to gaze therein on thee）“你”指肖像画，第十三、十四行（Yet eyes this cunning want to grace their art：They draw but what they see，know not the heart）眼睛比作画笔。在第 24 首诗歌当中“眼睛”出现了六次（**L1**，**L8**，**L9**，**L9**，**L10**，**L13**）。

3.2.6.3 “诗词”和“笔”的隐喻网络

我们在3.2.6.1中谈到人们将由经验中得到的抽象的概念、模糊的思想、情感、心理活动、事件、状态等看作具体的、有形的实体或物质，可以理解成本体隐喻（ontological metaphors）。关于“verse”和“pen”的这两个隐喻，我们可以看一下这几首诗。莎士比亚十四行诗第55首第十四行：“你活在诗里，住在情人们眼里”（梁实秋译）（**S55－14**：You live in this，and dwell in lovers' eyes），屠岸对第十四行的释义是：你将活在我的诗中，同时反映在读这些诗的恋人们的眼睛里。第107首第十一行：“因为我不怕他，我在拙诗里长久生存”（梁实秋译）（**S107－11**：Since spite of him I'll live in this poor rhyme），屠岸的译文是：“因为，不管他，我要活在这拗韵里。”无论是live in this还是live in this poor rhyme，我们都觉得诗是可以居住的地方，所以诗是建筑物（见表3－12）。

表3－12 “诗词”和“笔”的隐喻网络

Metaphors	Metaphor expression(frequency:Sonnet-line)
VERSE IS A BUILDING	live(2:55－14,107－11) fortify(1:63－9) monument(2:81－9,107－13)
VERSE IS A PLANT	barren(2:16－4,76－1) weed(1:76－6)
VERSE IS A STAMP	stamp(1:82－8)
VERSE IS TREASURE	debt(1:83－4)
VERSE IS A VEHICLE	sail(1:86－1)
A PEN IS WORKS	pen(1:32－6)
A PEN IS A BUILDING	dwell(1:84－5)

3.2.6.4 关于自然的隐喻网络

关于自然的隐喻网络我们可以参看莎士比亚十四行诗第15首第三行：“在世界这大舞台上呈现的一切”（辜正坤译）（**S15－3**：That this huge stage presenteth naught but shows）。梁实秋把 stage 翻译成“人生舞台”，梁宗岱翻译成“宇宙的舞台”。人生就是一个大舞台，我们都在大舞台上表演。所以这个部分我们即可以说：world is stage，也可以说 life is astage。第 18 首第五行：“有时太阳照得太热”（梁实秋译）（**S18 –5**：Sometime too hot the eye of heaven shines）中，eye of heaven 是太阳的妙喻，苍穹的目光有时过于灼热。伊丽莎白时代的人认为，眼睛同太阳一样，可放射出光焰。莎士比亚十四行诗中提到眼睛时，多处都有这个含义（辜正坤，2008：3）。如第 33 首第二行：“威严的朝阳把四射光芒洒满山巅”（辜正坤译）（**S33 –2**：Flatter the mountain tops with sovereign eye）。莎诗中关于自然的隐喻可参考表 3 – 13。

表 3 – 13　关于自然的隐喻统计

Metaphors	Metaphor expression(frequency:Sonnet-line)
WORLD IS A STAGE	stage(1:15 –3)
THE SUN IS AN EYE	eye(2:18 –5,33 –2)
NATURE IS AN ARTIST	paint(1:20 –1)
A STAR IS ENERGY	candle(1:21 –12)
TIDE IS A BATTLE	win(1:64 –7)
A PLANT IS CLOTH	damask'd(1:130 –5)

3.2.6.5　关于方位的隐喻网络

在莎士比亚十四行诗中，关于方位的隐喻很少，我们只发现了 4 处（见表 3 – 14）。隐喻认知理论中的方位隐喻（orientational metaphors），如 up-down，in-out，front-back，on-off 等表示空间方位的词及其组成的短语，它们不仅表达方位概念，还表达时间、数量、情绪、社会地位等，如 good is up ，good 的概念取向为 UP，这就使得英语有“I'm feeling up now”。如在第 17 首第二行中：“如果你至高的美德溢满诗章?”（辜正坤译）（**S17 –2**：If it were filled with your most high deserts?）；33 首第五行中：“蓦然他让最下贱的云翳”（施颖洲译）（**S33 –5**：Anon permit the basest clouds to ride）；在众多的译文当中，艾梅把 basest 翻译成“卑贱”，高黎平翻译成“低劣”，菲律宾的施颖洲将其翻译成“下贱”，体现了方位，比较符合 basest 的隐含意义；又如在第 62 首第八行：“我在各方面超过了所有人”（梁实秋译）（**S62 －8**：As I all other in all worths surmount），梁宗岱、艾梅和高黎平都翻译成“出类拔萃”，梁实秋的译文比较能说明 good is up 这一方位的隐喻。在第 50 首第一行中：“我拖着如此沉重疲惫的脚步在旅途中跋涉”（艾梅译）（**S50 －1**：How heavy do I journey on the way），梁实秋、施颖洲和辜正坤认为 heavy 是“心灵上的疲惫”，而梁宗岱、高黎平和艾梅都翻译成“步履沉重”，因为劳累导致方位感下沉。

表 3 －14　关于方位的隐喻统计

Metaphors	Metaphor expression(frequency:Sonnet-line)
GOOD IS UP/BAD IS DOWN	high(1:17 －2) basest(1:33 －5) surmount(1:62 －8)
TIRED IS DOWN	heavy(1:50 －1)64

3.2.7　结论

基于隐喻理论知识，还有既往对莎士比亚十四行诗的研究，并且运用了分析和数据统计的方法，本论文分析了莎士比亚十四行诗中的隐喻，并将它们进行了归类，这为以后的学习奠定了基础。

隐喻是重要的修辞手法，它的作用胜过其他修辞手段。尽管人们对它产生质疑，但并没有其他修辞手法能将它包含其中。莎士比亚是比喻大师，或者我们可以说，没有隐喻这种修辞格，莎士比亚就不可能创作出这么多优秀的作品。他的作品也是研究隐喻的最好材料，但是对十四行诗的研究不及他的戏剧，更何况这 154 首十四行诗中有关隐喻的综合研究了。本论文对莎士比亚隐喻的研究希望起到抛砖引玉的作用。莎诗中的隐喻归纳如表 3 －15 所示。

表3－15　莎诗中隐喻一览

源域＼目标域	爱情	人类	生命	美丽	时间	其他	合计
植　物	7	67		5		6	85
财　富	14	9	1	43	2	9	78
罪　恶	49						49
自　然		17	12	2		14	45
交　易	21		13				34
建　筑	1	9	6	1		16	33
战　役	14		16			1	31
疾　病	18	1				2	21
盛　宴			20			1	21
食　物				19		1	20
欲　望	16						16
暴　君					16		16
旅　程	4		10				14
火	4	2	4			4	14
画		12					12
武　器	2					7	9
音　乐			9				9
农　民					9		9
动　物		6				2	8
白　昼			8				8
药　物	1					6	7
艺术家					5	2	7
衣　服				3	1	2	6
其　他	15	7	2	5	3	27	59
合　计	166	130	101	78	36	100	611

表3－15中的数据表明，在莎士比亚154首十四行诗中，隐喻性的表达一共出现了611次，平均每首十四行诗都会有4个隐喻表达。在莎士比亚十四行诗中，主要有5种出现频率较高的目标域：“爱情”“人类”“人生”“美”和“时间”（见表3－16）。每一种目标域都有与之相对应的丰富的源域。在多种多样的源域中，一些是莎士比亚非常钟爱的。关于“爱情”的隐喻，使用最多的源域是“罪”、“人类”是“植物”、“人生”是“战役”、“美”是“财富”、“时间”则是“农民”。“爱情”是莎士比亚在十四行诗

中最常谈论的目标域，出现 166 次；“植物”出现 85 次，是诗人最钟爱的源域。

表 3－16　莎诗中五种出现频率较高的目标域

源域	⟶	目标域
罪，战役，交易，食欲，财富	映射	爱情
植物，自然，建筑，镜子，燃料		人类
财富，建筑，火，梦，音乐，战役		人生
财富，食物，盛宴，王国，自然，衣服		美
农民，暴君，艺术家，财富，小偷，蜜糖		时间

根据表 3－16，我们可以总结出，一个源域能够引申出众多不同的目标域。关于“财富”的隐喻，有“美是财富”、“爱情是财富”、“人类是财富”、“人生是财富”以及“时间是财富”。关于“建筑”的隐喻有“人类是建筑”、“人生是建筑”、“爱情是建筑”以及“美是建筑”。关于“植物”的隐喻有“人类是植物”、“爱情是植物”以及“美是植物”。关于“自然”的隐喻，有“人类是自然”、“人生是自然”以及“美是自然”。关于“战役”的隐喻，有“爱情是战役”和“人生是战役”。关于“交易”的隐喻，有“爱情是交易”和“人生是交易”。关于“旅程”的隐喻，有“人生是旅程”和“爱情是旅程”。关于“疾病”的隐喻，有“爱情是疾病”和“人类是疾病”。关于“火”的隐喻，有“爱情是火”和“人生是火”。“财富”这一源域在所有主要的目标域中都有体现。

除了每一种目标域所偏爱的源域和共有的源域外，莎士比亚十四行诗还有另外一个写作特点——隐喻群的运用。最突出的隐喻群便是“人生是盛宴”、“爱情是食欲”和“美是食物”。然而，这些隐喻并非同时出现：有时人生盛宴中的食物是逆境，而非美丽，例如第 90 首。其他的隐喻群包括“人生是交易”和“美情是财富”；“时间是农民”和“人类是植物”；“时间是艺术家”和“人类是幅画”；“时间是暴君”和“人生是战役”；“人类是燃料”和“人生是火”。一些隐喻表达可以归属于隐喻群中的任何一个隐喻，而有些却只能引出一个隐喻。

莎士比亚十四行诗中的大多数隐喻在当今仍然被使用，而有一些则不为当代人所熟悉，例如“爱情是外交事务”、“爱情是孤儿”、“人类是小瓶子”“人类是印章”以及“美是王国”。有趣的是，把“爱情是外交事务”颠倒成为“外交事务是爱情”，把“人类是小瓶子”稍加修改成为“某人是花瓶”，这两个隐喻意象完全不同，却在当今社会广为使用。另外值得注意的是，“Beauty Kingdom”作为美容院或美容中心的名称与莎士比亚的隐喻“美是王国”中揭示的意象是没有任何关系的。

此外，如果把莎士比亚十四行诗中的隐喻与一些汉语的表达相比较，我们可以发现，几乎所有的隐喻都有与之相对应的汉语的隐喻表达。这也说明，人类是具有相同的认知发展过程的，或者说文化相通、无边界。此观点可以从中、英隐喻比较研究的视角或隐喻的跨文化交际研究视角进行更深层次的探讨。

由于时间和资源有限，此研究还有很大改进的空间。首先，本论文仅研究了莎士比亚十四行诗中运用的隐喻，没有与莎士比亚戏剧中的隐喻进行比较。需要进一步的探究来展示这位文学巨匠在一生的文学生涯中所运用的隐喻表达。其次，一些新颖的不常使用的目标域的隐喻还需更细致的讨论。最后，隐喻的分类也可以更加的合理及精确。

第 4 章　莎士比亚十四行诗的拓扑学等值隐喻研究

4.1　宇宙的身体诗学

可以说，莎士比亚的十四行诗集是一部身体诗学（罗益民，2009），但它的核心构成是宇宙、音乐和数学。

荣格（Jung）[①] 认为，原始心理不是创造神话而是体验神话，从某种意义上说，我们把神话仅仅理解为生产力低下时的人类童年的幻想似乎还不够透彻。神话表现的是一种按照自身特点对客观世界的一种体认。人赤身裸体来到这个世界，他已带来了一种符号，凭借这种符号，他才得以辨认环境，揭示宇宙的奥秘，回忆祖先。这符号就是他的身体，他身体的各部位、各器官和功能就是一种语言。这一切不只在神话里，在我们今天的语言和话语中还大量地保留着这种以人体方式认知世界的痕迹。例如，人用肉体来为世界命名。他以体认或体验的方式来直接认同于世界。他的肌体感官对他具有启示的意义。神秘的肉体是一种语言。在化身或牺牲的神圣造化里，肉体的这一意义被展示出来，肉体就是大地。人以符号的方式即以体验的方式把世界

① 荣格（Carl G. Jung，1875－1961）瑞士心理学家和精神分析医师，分析心理学的创立者。早年与弗洛伊德合作，曾被弗洛伊德任命为第一届国际精神分析学会的主席。

据为己有，把自己变成世界。维柯以他诗性的眼光看到了这一点：“值得注意的是在一切的语种里大部分涉及无生命的事物的表达方式都是用人体及其各部人的感觉和情欲的隐喻来形成的。”如用“头”“腰”“背”“脊”等来形容山的部位，针和土豆有“眼”、杯或壶都可以有“口”有“嘴”，树的“身”、玉米有“须”，鞋的“舌”，“瓶”的“颈”，桌椅的“腿”，器具的柄为“手”、“心”代表中央，船帆的“腹部”，果实的“皮”“肉”，山岭、岩石的“脉”，风“吹”月亮“走”。在这些词语里，人把自己变成了整个世界。语言成了一种破碎的化身创世神话。

在语言中，人一方面把自己变成世界，以人的躯体器官感觉情欲为万物命名；另一方面也可以说，天地万物成了人的躯体感觉与情欲的象征符号。

> 山岳、海浪和天空，难道不是
> 我和我的灵魂的一部分，像我是它们的一部分吗？
> ……
> 我并不是在我自己里面活着，
> 而是成了在我周围的事物的一个部分，
> ……灵魂能够逸去，
> 和太空、山峰、波涛起伏的海洋
> 或者星宿为伍而并不感到一点虚妄。
>
> （拜伦：《恰尔德·哈洛尔德游记》）

宋代哲学家陆九渊说，“宇宙便是吾心，吾心便是宇宙”（《陆象山全集》卷三十六）。在西方文艺复兴时期，可以用一句话来概括，即“宇宙便是吾身，吾身便是宇宙”。前者体现出中国人的宇宙观，为著名的天人合一理论做出了进一步的阐释；后者体现出西方人的宇宙观，是文艺复兴时期宇宙论的总结，可以概括为天人对应说（见表 4－1）。

中国古人认为，“上下四方曰宇，古往今来曰宙”。西方传统宇宙论，尤其是亚里士多德－托勒密天文学，同样兼有时间和空间同体的属性。不过，

表 4－1　汉语中人体或动物体与山之对应映射关系

动物体		映射	山
源域		——→	目标域
头	人体的顶端		一座山峰的上部
脊	动物的背部		一座绵延的山顶之上部隆起
脉	人体内延展全身的经脉		山顶的延展分布状态
腰	人体的中段		一座山的中部
脚	人体下肢的最下端		一座山的底部

西方的宇宙是由数学原理构成的。在他们看来，宇宙是一个大的图形，是和人的身体相对应的。宇宙这个大图形包括一些基本的小图形，如圆形、正方形、三角形等。它们分别对应灵魂、四种体液（血液、黏液、黑胆液、黄胆液）和肉体，象征宇宙、四种元素和不完美。这些图形也可以通过扭曲、展开等，变成一些不同的几何图形。这些图形中数的概念又具有象征意义，从西方古典文学和圣经传统中流传下来。比如，“三”象征三位一体，“四”代表四种元素、四种体液、四个人生阶段等。圆形代表灵魂，灵魂又有三重，植物的、动物的和理性的，和大宇宙的动植物和理性相对应，人体就表现了存在之链的意象。灵魂和肉体（包括与四种元素相对应的四种液体）和谐相处，就产生了音乐。根据中世纪思想家波埃修的划分，音乐又分为三种，天体音乐、人的音乐和某些乐器的音乐。当然，人的身体有不完美之处，它受到时间的制约，因而小宇宙是有限的。人的物质构成表明人是易朽的。但人也具有理性，所以有不朽的精神性。人处在存在之链上物质和精神世界之间，成为两个世界的链接环，表现出人的身体的伟大和人文主义精神。

这是西方宇宙身体诗学的基本思想，以托勒密的天文学为基础。从拓扑学的观点来看，最大的图形是相向而行的宇宙和身体，它们都是由其他的几何图形（如圆形、正方形、三角形等）构成的。它们产生形变，不论是点、线还是面、体，在心理学上都是等效的。莎士比亚结合西方传统宇宙学和拓扑学的图形心理学原理，产生了其独具一格的身体诗学（罗益民，2009）。

前文分析过，著名的第 18 首，是莎士比亚宇宙身体诗学极为典型的一个例子。诗歌描写的是头部区域。诗中的眼睛、呼吸、脸面、目光都隐喻弗拉德所谓的头部区域，即理性的、“神灵、神的光辉、思想或精神”的居所，因而反映的是纯然神性的音域，是至高无上的音乐。从这个角度看，诗人既提高了爱友的地位，也提高了大写的人的地位。这首诗，不仅和身体有关，也和音乐象征的和谐有关，更是人文主义精神的生动体现。鉴于前文在细节的对应方面已有分析，在此不便再重复。

第 20 首是诗集中最有争议的。所谓的 master mistress，布思注解为“高级的情人”（supreme mistress）与“所爱的男子”（male beloved）的双关。他认为，mistress 可能是想维护诗人莎士比亚的脸面和地位。他们首先假设，这个“脏水”可能要泼到莎士比亚的脸上，然后才用多重含义或者类似的其他理解，去为莎士比亚而不是为文本注解。但是，真正让人无法解释得通的，是那几行写得明明白白的文字，好比一张白纸黑字的字据，无法抵赖（见表 4－2）。

表 4－2　莎诗第 20 首（第 9～12 行）中英文对照

XX(line 9－12)	20(第 9～12 行)
And for a woman wert thou first created; Till Nature, as she wrought thee, fell a-doting, And by addition me of thee defeated, By adding one thing to my purpose nothing.	造化的本意是要让你做一个女人， 但在造你时却如喝了迷魂汤， 胡乱安一个东西在你身上，我于是 不能承欢于你，那东西我派不上用场。

不仅如此，前面有具体的，与真正的女子在性情、品德方面的对比，所谓“你有男子的风采，令一切风采低头，／使众男子神迷，使众女人魂飞魄荡”（**S20－7，8**：A man in hue all hues in his controlling, Which steals men's eyes and women's souls amazeth）更是昭然若揭，无法遮掩。许多注家、评论家都在关于诗人所透露出的“事实”方面浓墨重

彩，一发不可收。皮奎格利（Joseph Pequigney）于1985年专文论述此诗，说诗中没有有关“勾引动机”的证据，且诗人明确指出，如此美男是造化设计出来满足女人芳心的，因此不存在同性恋一说。我们不妨换一个角度，暂且把是否“事实”、是否同性恋的问题搁置不谈，从身体诗学和宇宙诗学的角度看待这首纷争四起的诗。首先，此诗是关于一位男子的身体的。诗中展现了身体完整的三个部分，头部、心胸和下部。诗人说，美男面貌沉鱼落雁、闭月羞花，“令一切风采低头”，让男人顾盼流连，让女人心旷神怡。然后，诗人又对他的眼睛着色，说是那“目光流盼处，事物顿染上金黄”。按照弗拉德对身体的划分，头部属于理性的区域，体现出神圣性，之所以美，正如第18首中的情形，它代表的是和谐。它发出的音乐，是灵魂的音乐，而这则是以世界灵魂为原型的。另外，从当时的宇宙学（一种数学形态的意义学）来看，头部是圆形的，体现出完满、无限等特征。斯宾塞的《仙后》第四卷中描绘的“维纳斯神殿”就是圆形的，说明维纳斯这个象征生殖、繁衍、丰饶的神（第6、21、37~38、46~47节），是以圆形几何意象展现出来的。这也为下文的对于身体下部的描写提供了一个依据。按照自然的安排，生殖具有循环和创造永恒的功用和力量。但是，造化在完善美男这件作品的时候，修缮了他头部区域、心胸所处的躯干部分，让他真诚，怀有纯洁的爱，而不“轻佻”“反复无常”，却未能成功地把它放在一个理想的女性身体上，因而成了一个男女兼备的双性同体物。这可能与宫廷诗传统的随意点染有关。也有可能与同性恋有关，那句“那东西我派不上用场”的话，对于一个健全的男人来说，是再符合逻辑不过的了。目前的奇异理论说，性别是不定的。但我们不妨从另一个角度解释，文艺复兴时期充满了爱和享乐主义的文学主题。爱可以是多种多样的。彼德拉克传统很简单，“窈窕淑女，君子好逑，”或歌其贞洁，或咏其妇道。莎士比亚似乎显得和传统决裂得很彻底，但在他的前面，米开朗琪罗（Buonarroti Michelangele，1475 - 1564）与其同时代的巴恩菲尔德（Richard Barnfield）都和莎士比亚一样，把情诗写给了一个同性。巴恩菲尔德甚至成了一个“害群之马”（Black Sheep），因为喜欢自己的弟弟，他被剥夺了财产继承权。因此，莎士比亚这么写，并不离奇。有论者认为，如前文所述，莎士比亚的诗是口是心非之作。要把这个话题说清楚，需要澄清文化方面的许多问题，但是我们看出，男欢女爱，是身体诗学的主题，是世俗的，现实的，追求永恒，传宗接代，在现代人看来，是一种高层次的理想。按照弗拉德的分区，身体下部是生殖区，也是情欲区，体现文艺复兴时期及时行乐的思想和文化传统。正如赫里克（Robert Herrick，1591 – 1674）的采花诗，马维尔（Andrew Marvell，1621 – 1678）对羞涩的情人的劝导，既为情，也为欲。在弗洛伊德看来，那是一个不洁的区域，可以和但丁的地狱相对应的，是滋生和培养魔鬼的地方。但在文艺复兴时期的人看来，有理性和神的指导，人是会思念自己的源头，回到神的身边的。

关于心，和西方一样，心是位于胸部的，而作为灵魂是位于头部，存在于大脑里。这个区域，弗拉德称之为“心灵区”，有与太阳对应的心脏，是感情与精神得到平衡之处。但遗憾的是，该诗充满矛盾，似乎结尾处假我芳心，以其身许人的说法，就是一种平衡。

整体来看，该诗虽然在结尾处以宫廷诗那种柏拉图主义的笔调，谈到能给予精神的爱就可以了，它也是关于身体的。同时，在文艺复兴时期，重视身体就是重视宇宙。毕达哥拉斯把人说成“大宇宙的缩影”。巴坎（Leonard Barkan）认为，“研究人就是研究宇宙，认识宇宙就是认识自我”。另外，爱情和美是文艺复兴时期盛行的文学主题。宫廷诗人是人文主义者，崇拜美，认为精神是和美捆绑在一起的。诗歌就成了表达对美的理解的手段。这种对美的追求的一个重要的手段，就是通过当时盛行的宇宙论来解释身体的美学原理。身体也是政治的。身体生活于其中的社会也是一个小宇宙。文艺复兴时期英国诗人常用人体来隐喻国家或者政治上的统一体。这在塞内加（约公元前 4 ~ 公元 65）的笔下都有描述，斯宾塞、莎士比亚、本·琼森（Ben Jonson，1572 – 1637）是这方面的能手。莎士比亚十四行诗的身体描述，也体现出一定的政治意义。首先，大的文化背景是，当时流行的文艺保护人传统，不论是真心为之还是附庸风雅，同时都是一种政治的关怀。双方这种近似奴仆与主人的关系，发展成一种友谊，甚至诸如莎士比亚笔下描述的“出格”的关系，都是可能的。但反过来说，他们之间的身份毕竟是尊卑有别，不能同日而语。莎士比亚的这部十四行诗，只有第 20 首和第 87 首用的是阴韵（feminine rhyme）。[①] 从主题方面看，两首是殊途同归的。前者态度谦恭，语调卑微，听来服服帖帖，完全是奴仆在主子面前的姿态，不是平等的恋人之间的甜言蜜语。究其原因，在于他们政治地位不同，一个是施恩者，另一个是受惠的人，按照普通的心理，当然是这样的口吻了。落实到身体这一认知图形，意义就从政治上表达出来了。后者第 87 首似乎是对前者第 20 首的注释和说明一样。在结尾处，诗人似乎有些悲观。正是：“春梦随云散，飞花逐水流。”（曹雪芹《红楼梦》）等到一枕黄粱梦醒来，“唯觉时之枕席，失向来之烟霞”（李白《梦游天姥吟留别》）。“好一场春梦里与你情深意浓，梦里王位在，觉时万事空”（第 87 首，第 13 ~ 14 行）。莎士比亚十四行诗还充满了对头部、脸面、眼睛等的描绘，尤其是对黑肤女郎的身体的描述，其中包括有名的第 130 首，专门写眼睛和肤色的第 132 首，写心的第 133 首，另外写情欲区的威尔诗组（will sonnets，第 135 ~ 136 首），也都和身体描述直接相关。按照宇宙论的说法，身体是小宇宙，是大宇宙的缩影。在时空维度，在物质构成，在精神属性，在几何图形以及其深刻的隐喻意义方面，都是相通的。它们之间本身也体现出和谐主题的政治、宗教、美学和哲学意义，具体化为理性的、神圣的、灵魂的音乐。音乐虽然只是符号的语言，却从图形的数学属性表达出来。琴瑟和谐是诗集追求的另一个主题。在劝心爱的人结

---

① 阴韵（Feminine rhyme），我国《诗经》里就有（就是连“虚”字“兮”一起押韵，例如“其实〖七兮〗”和“迨其〖吉兮〗”押韵），后来就少见了。法国格律诗严格要求阴阳韵交替；英国诗里就难做到，偶尔也用阴韵，用多了往往引起不严肃以至滑稽的作用，有时候故意用来以求达到这种效果。我们今日在白话新体诗里也可以用阴韵（旧诗连“虚”字的“的”“了”之类一起押韵），但是情况也不同法国诗一样而同英国诗相似（卞之琳语）。

婚生子的时候，诗人专门用音乐的比方来晓之以理、动之以情。如第 8 首诗人的吟唱（见表 4 – 3）。

表 4 – 3　莎士比亚十四行诗第 8 首中英文对照

Ⅷ	第 8 首（梁宗岱译）
Music to hear, why hear'st thou music sadly?	我的音乐，为何听音乐会生悲？
Sweets with sweets war not, joy delights in joy.	甜蜜不相克，快乐使快乐欢笑。
Why lovest thou that which thou receivest not gladly,	为何爱那你不高兴爱的东西，
Or else receivest with pleasure thine annoy?	或者为何乐于接受你的烦恼？
If the true concord of well-tuned sounds,	如果悦耳的声音的完美和谐
By unions married, do offend thine ear,	和亲挚的协调会惹起你烦忧，
They do but sweetly chide thee, who confounds	它们不过委婉地责备你不该
In singleness the parts that thou shouldst bear.	用独奏窒息你心中那部合奏。
Mark how one string, sweet husband to another,	试看这一根弦，另一根的良人，
Strikes each in each by mutual ordering,	怎样融洽地互相呼应和振荡；
Resembling sire and child and happy mother	宛如父亲、儿子和快活的母亲，
Who all in one, one pleasing note do sing:	它们联成了一片，齐声在欢唱。
Whose speechless song, being many, seeming one,	它们的无言之歌都异曲同工
Sings this to thee: "thou single wilt prove none."	对你唱着："你独身就一切皆空。"

在莎士比亚时代，音乐的隐喻常常用来指社会和自然中的秩序和和谐。音乐的和谐意味着达成共识，成功实现合作，反映了家庭、社会甚至宇宙本身的自然和谐状态。这也是文艺复兴时期盛行的观念，在莎士比亚笔下频频出现，比如《特洛伊罗斯与达瑞西达》的第一幕第三场第 78 ~ 124 行所写。

把一个身体比喻成一个琴弦；"一""多""和谐的整体"这些意义都是音乐的哲学意义。孤芳自赏的纳西塞斯（Narcissus）情节不是美，让"美的物种繁衍昌盛，/好让美德玫瑰永远也不凋零"（**S1 – L1，2**：From fairest creatures we desire increase, That thereby beauty's rose might never die），才是最终的目的。就是说，把"一"变成"多"，才有意义。"一"和"多"

的关系，犹如上帝和他创造的宇宙的关系。上帝是“一”，他又创造了“多”。因为上帝无所不包，他既是“一”又是“多”。他和万物的关系，也是一种“一”和“多”的关系。柏拉图在《斐莱布篇》中有一段极为精彩的对话，既阐述了“一”和“多”的关系，又说明了和谐音乐产生的过程。他认为，学习音乐要分析声音，比如高音、低音以及处于其间的中音，而且要熟悉这些音程的数目和性质，它们之间的比例和界限，以及它们组成的整体（即和谐）。用数目测量节奏，用这种方法掌握“一”和“多”，才能成为音乐家。莎士比亚的这首诗，以琴弦的数目、音乐的产生为实例，“一”与“多”的和谐关系为目的，与柏拉图的论述惊人的相似，如出一辙，极好地表现了当时音乐文化的精神。由此可以看出，音乐的符号，实在的琴，家庭成员，歌和词的关系，这些拓扑学式的认知具象方法，是展现莎士比亚精妙艺术的恰当方法。关于音乐的宇宙论，胡家峦教授有一段精彩的总结：

> 在音乐之中存在着万物的一致性。音乐把有形宇宙或感知宇宙（地球、七行星天、恒星天）与无形宇宙或概念宇宙（天使和上帝的寓所）联系起来；把物质与精神、具体与抽象联系起来；把时间万物联系起来，把“存在之链”上的人（小宇宙）与天体（大宇宙）联系起来，也把人与动物和植物联系起来；把人的肉体与灵魂联系起来。总之，音乐被认为是一种宇宙的原则，永恒的力量，它渗透一切，联结一切，把多元的世界构成一个和谐的整体。在这个意义上，天体音乐是宇宙秩序与和谐的象征，也是一切音乐的原型，它再现于器乐之中，再现于人体，尤其是灵魂之中。

这是一段画龙点睛的总结，我们转引他使用的德莱顿的《1687 年圣赛西利亚日之歌》（圣西西莉亚之歌，1687）一诗，就更进一步印证了这一段总结文字的精神以及莎士比亚诗作的意义（见表 4 –4）。

表 4－4　1687 年圣赛西利亚日之歌

Song of St. Cecilia's Day,1687	《1687 年圣赛西利亚日之歌》(张君川译)
From harmony,from heavenly harmony, This universal frame began: When nature underneath a heap Of jarring atoms lay, And could not heave her head, The tuneful voice was heard from high, "Arise,ye more than dead!" Then cold,and hot,and moist,and dry	这个宇宙结构 从天上的音乐起着 当自然还在一堆 散乱的元素下面 抬不起头 就从天外传来了悦耳的声音 起来,你们这些连死都不如的东西 霎时冷,热,干,湿

4.2　时间的相似性

胡家峦教授的《历史的星空》中有这样一段论述：

> 按照毕达哥拉斯派的理论，宇宙从根本上说是数的概念，天体的运动服从数的关系。此外，按照柏拉图的观点，宇宙也包含时间：神除了使有形宇宙扩展为三维空间之外，还给它以时间的维度。这就意味着在神将他的原型理念加以有形扩展的同时，就有了时间。

时间是文艺复兴时期一个很大的话题，也是莎士比亚十四行诗中一个主流性的话题。当时盛行的文学传统中就有前文所述的“及时行乐”（carpe diem）和“人生无常”（ubi sunt）两大主题。中国古代的文人也多有对时间的慨叹，如苏东坡在他的《前赤壁赋》中写道“哀吾生之须臾，羡长江之无穷”；《三国演义》的开篇词中说，“是非成败转头空，青山依旧在，几度夕阳红”；《红楼梦》第一回中的“好了歌”，一种苍凉的感觉。似乎我们每个人都听见“子在川上曰，逝者如斯夫”的感叹。正因为此，有人提出了“花开堪折直须折，莫待无花空折枝”的人生观。著名的描写享乐主题的作品《金瓶梅》中有言：“人生有酒须当醉，一滴何曾到九泉”（第六十六回）。斯宾塞《仙后》中著名的“玫瑰之歌”，罗伯特·赫里克（Robert Herrick，1591－1674）的《采花需及时》，赫伯特（George Herbert，1593－1633）的《美德》，安德鲁·马维尔（Andrew Marvell，1621－1678）的名诗《致他羞涩的情人》（*To His Coy Mistress*），表达的都是及时行乐的主题。

莎士比亚在他的十四行诗集里，采用的是多种伦理方法和多种拓扑学式的隐喻空间。就时间这个主题而言，他采用了劝说式的有关复制自我、繁衍后代以达永恒的劝婚理论（第1～17首），似乎这个手段并不奏效，所以，又采用了关于诗歌小宇宙使所爱之人永恒的办法。另外，从反面的拓扑几何图形来说，有大小镰刀及相对次要的水仙、提炼香精、音乐、农耕、燃料、数学等方面的认知手段。这些辅助性的拓扑学认知图形，是为了说明镰刀的威力以及表现与时间的镰刀之间的对抗。莎士比亚使用如此多的意象和隐喻，好比一个富足的、百花盛开的园林，让人好好一赏其中的妙境。相似性是一个哲学术语，指的是名与实之间的必然关系。索绪尔认为此种关系是没有的，而认知隐喻学认为，其间存在必然的联系，是心理的图形映射，恰好和拓扑心理学的原理相通。我们首先看第60首对时间的描述。

根据屠岸对第60首的释义我们知道，根据“循环说”，在时间的奔流中，事物一再来而复去、去而复来地循环不息（见表4－5）。也许是这一悲哀的观念使诗人想到海边的浪涛，涌上滩来，又退下滩去，后一涛代替了前一涛。婴儿诞生了，不久就进入成熟时期，立刻不幸开始，从成熟转入衰朽与死亡。但诗人相信，他的诗能克服时间，能保存爱友的美到未来。

诗人把光阴比喻成海潮，后浪紧跟着前浪。养育万物同样又捣毁万物的时间，同时具有双重、线性的性质，一去不复返。另外，时间又是循环的，一个生命结束，另一个生命开始，一代又一代，正如海浪，生生不息，永不停止。另外，如前所述，诗歌小宇宙可以使诗中歌颂的人永垂不朽，战胜时间，以达到永恒。

表 4-5　莎士比亚十四行诗第 60 首中英对照

LX	第 60 首(梁宗岱译)
Like as the waves make towards the pebbled shore,	像波浪滔滔不息地滚向沙滩:
So do our minutes hasten to their end;	我们的光阴息息奔赴着终点;
Each changing place with that which goes before,	后浪和前浪不断地循环替换,
In sequent toil all forwards do contend.	前推后拥,一个个在奋勇争先。
Nativity, once in the main of light,	生辰,一度涌现于光明的金海,
Crawls to maturity, wherewith being crown'd,	爬行到壮年,然后,既登上极顶,
Crooked elipses 'gainst his glory fight,	凶冥的日蚀(食)便遮没它的光彩,
And Time that gave doth now his gift confound.	时光又撕毁了它从前的赠品。
Time doth transfix the flourish set on youth	时光戳破了青春颊上的光艳,
And delves the parallels in beauty's brow,	在美的前额挖下深陷的战壕,
Feeds on the rarities of nature's truth,	自然的至珍都被它肆意狂嚼,
And nothing stands but for his scythe to mow:	一切挺立的都难逃它的镰刀:
And yet to times in hope my verse shall stand,	可是我的诗未来将屹立千古,
Praising thy worth, despite his cruel hand.	歌颂你的美德,不管它多残酷!

时间为什么被赋予镰刀的形象？传说与希腊神话中泰坦族神祇克罗诺斯（Kronos）有关，因为克罗诺斯是用镰刀击毙他的父亲乌拉诺斯而登上宇宙统治者的宝座的。在古希腊语中，“时间”是 Kairos，而 Kronos 又和它写法相近，但是人们用镰刀作为克罗诺斯的象征，却并不是因为这个缘故，而是因为他相当于罗马神话中的萨图恩（Staturn）：萨图恩是农神，镰刀是他的农具或阉割牲畜的工具。所以，时间之神就被赋予了 Staturn 的特征，和镰刀有关。据考证斯宾塞在《仙后》第三卷中有六节对时间意象的具体描绘（表 4-6）。

表 4-6　斯宾塞在《仙后》第三卷中对时间的描述

Book 3, canto 6, line 39	《仙后》第 3 卷第 6 章第 39 行
Great enimy to it, and to all the rest,	美丽花朵和其他一切的敌人,
That in the Gardin of Adonis springs,	出现在这错阿多尼斯花园里,
Is wicked Tyme, who with his scyth addrest,	他就是邪恶的时间镰刀带在身上,
Does mow the flowering herbes and goodly things,	将鲜花、茅草和美好的事物铲刈,
And all their glory to the ground downe flings,	他们的全部光彩给扔掷在地,
Where they do wither, and are fowly mard:	在哪里凋枯,收到严重的损毁;
He flyes about, and with his flaggy winges	时间四处飞行。用垂下的羽翼
Beates downe both leaves and buds without regard,	毫不考虑的打下叶子和花蕾。
Ne ever pitty may relent his malice hard.	脸面不能把它冥顽的致意减弱些微。

铲除横扫一切的时间之神，带着镰刀到处飞舞，意味着时间的毁灭性。根据《圣经》所说，花草象征着人的肉体。因此“拍打下叶子和花蕾”就是剥夺生命的意思。据 Stewrt 的《关锁的园》（*The Enclosed Garden*）记载，奥里利安·唐申德（Aurelian Townshend）在他的一首诗《时间与香客的对话》中讲述了一位老香客的故事。在早春的田野，时间正忙着割草。香客问及此处为何处，时间说，是爱的住所。时间警告香客，他的镰刀也会殃及香客的花梗。

作为具有道德想象的毁灭者，时间凶狠地摧毁世界。这样一个拓扑学的隐喻空间图形，亦即艾略特的客观对应物，分别在第 12 首、第 60 首、第 100 首、第 116 首、第 126 首中出现。除开第 116、第 126 首使用的是小镰刀（sickle）以外，其余几处都是大镰刀（scythe）。除开第 116 首中的 sickle 被（屠岸）译成“小镰刀”，其余通通用了“镰刀”这一个概念。而描写时间毁灭的直接情况的，有第 19 首和第 55 首，是和时间的威力相对的。直接出现“时间”一词的，出现在首行的就有第 12 首、第 17 首、第 19 首、第 49 首、第 64 首、第 73 首、第 106 首、第 123 首，其他出现在非首行的则达几十处之多。这说明时间确实是诗人关怀的重大主题。也正是因为如此，诗人孜孜不倦，劝他所爱之人要结婚生子，以战胜无情的威力无比的时间。眼见这种方法似乎效果不甚明显，他就用诗歌小宇宙及其与大宇宙的对比来说明所爱之人是可以永恒的。如前所述，从表面上看，诗人为了说明时间的威力苦口婆心，从各个角度打比方，使用跨学科的隐喻，建立各种各种的拓扑学空间，就是在说明占胜时间的必要性和紧迫性。在拓扑学心理空间理论中，等值标准不决定于任何图形的相似，比如，球形、立体形、圆柱形、圆锥形都是没有差异的。另外，拓扑学几何学不同的面积的差异，也即滴水之小，太阳之大，在拓扑学几何学中是相等的。同时，在距离，角度等方面也都如此。

根据这个原理，诗人所举水仙、提炼香精、音乐、农耕、燃料、数学等比喻，都是为了说服他的爱友而艰辛寻觅的等值隐喻图形。由此我们可以看出，诗人在第 18 首处心积虑地使用当时盛行的文化原型。把大、小宇宙加以对比，原来为的是构建一种心理的原型而已。这种原型，是审美的心理的，浪漫的理想的。正如哈姆雷特著名的“to be，not to be”独白以及《威尼斯商人》中所云，我们都有一具“泥土支撑的俗恶易朽的皮囊”，正因为如此我们难以达到永恒也就听不见神圣永恒美妙的天体音乐了。所谓“你永恒的夏季却不会终止”“死神也奈何不得人类”之类的话，实属夸大其词。理解了这一点，我们也就能够理解文艺复兴时期的人心中所想、胸中所虑了。心理的事实投射到所谓的客观对应物，即拓扑学的那些形状各异的空间上，便是实现了一次神圣的永恒之旅了。不论在线性的时间中消失，还是在循环的时间里投入下一个或者很多个轮回，心灵的安慰算是找到了。所以，宇宙论给人以勇气，时间的镰刀则给人以紧迫感，而这结合便可以享受短暂但美好的人生了。这便是文艺复兴时期的人的一种思想。

4.3　爱情的隐喻网络

关于爱情，一直是莎士比亚十四行诗中一个复杂的问题。评论者和研究者关于这个问题的讨论颇多，角度也不尽相同，但是他们往往忽略了一个问题：经常有意或无意将诗中的“事实”与莎士比亚本人联系起来，把整组诗当成一个有机的整体，是有逻辑的、连续的。他们这样来研读作品无疑是危险的，因为研究者会不自觉地陷入对事实的求证和探索之中。由于缺乏佐证和史料的支持，一时间众说纷纭。为了避免这种无休止的争论，我们仅从一般的情形出发，对诗人所表达的爱情方式加以思考。

首先，是诗中的复制理论。在第一首里，诗人开宗明义，宣明了前 17 首的主题，即美要战胜死亡（时间），就应该结婚生子，延续后代，这即是对美的欣赏，也是保存美、战胜时间的办法，这有点儿类似于柏拉图的模仿理论，是一种复制。美是一个原型，通过复制，使它延续。

和柏拉图不同的是，此处的复制是真实的，能够达到本质。在第三首诗里，诗人径直使用了镜子理论，说美人是其母亲的镜子，美人的后代又是他自己的镜子，只有复制这份美，使其“来一个再生”（第2行），不然，就会“人去貌空”（第14行）。诗中的镜子说，和“再造一张脸”(that face should another)，就是复制的理由和途径。在第1首诗中，作者使用了花蕾意象，在第3首诗中，使用了农耕意象，象征着生命的延续。在第2首诗中，为形容容颜衰老，诗人使用了军事的意象，又从法律和财经的角度来讲述复制美和延续后代的重要性。为了陈述复制的紧迫性，诗人打了若干个比方，比如提炼香精（第5首）。音乐的弧弦难鸣（第8首），毁灭一切的时间（第5和12首）等，夹杂于这些比喻之间的，是一些理论，诗人往往通过经济和数学的方法来阐述比较世俗的观念。为了用复制理论来说明对所爱之人的美的欣赏和珍惜，诗人树立了复制这一认知的拓扑学图形之下众多等效的相关图形。让诗中被劝之人感觉到，不管从什么角度来说，不复制自己，就是不合算的，因而也是对不起世界、对不起他人和自己的。

诗人想要心上人获得永恒的另外一种方法是通过诗歌小宇宙来完成的。第18首可以说是这方面的宣言。首先，诗人用大宇宙作基准，和小宇宙进行对比，发现大宇宙是有缺陷的，而诗人所爱之人是完美无瑕的。之所以能够达到如此高的境界，有两个条件，一是人类的存在，二是诗歌小宇宙的存在。第一个条件因为作为小宇宙的人是超越大宇宙的，所以是成立的。第二个条件是指诗歌的小宇宙，在诗人看来，作为诗歌小宇宙的艺术，同样具有使所爱人永恒的功能。第18首通过大、小宇宙的种种对比发现，小宇宙更美，心上人是完美的小宇宙，在诗歌艺术和爱人心中是永恒的，是永葆青春的。当然，我们可以看出，莎士比亚这样写，是有传统的。早在罗马诗人彼特拉克的诗中，就有如出一辙的写法。他在对一位军人的歌颂中说，即便是云石雕像，也敌不过永恒的诗作。他就是用同样的笔法来赞颂那位神秘的女士罗拉的。他还用玄学派诗歌的笔法，说爱人秋波盈盈的眼睛，是爱巢滋生和构建之地。但不同的是，莎士比亚是结合了传统的彼特拉克的诗歌论、当时的宇宙论和他的复制论，来完善伟大的存在之链，并给爱以丰富、充足的理由。

另一方面，诗人似乎又担心自己诗笔不济，江郎才尽，不能以此给心上人这个小宇宙赋予永恒的价值。如在第 16 首诗里作者的描写（表 4－7）。

表 4－7　莎士比亚十四行诗第 16 首中英文对照

XVI	Sonnet 16
But wherefore do not you a mightier way	但是为什么不用更凶的法子
Make war upon this bloody tyrant, Time?	去抵抗这血淋淋的魔王——时光?
And fortify yourself in your decay	不用比我的枯笔吉利的武器,
With means more blessed than my barren rhyme?	去防御你的衰朽,把自己加强?
Now stand you on the top of happy hours,	你现在站在黄金时辰的绝顶,
And many maiden gardens yet unset	许多少女的花园,还未经播种,
With virtuous wish would bear your living flowers,	贞洁地切盼你那绚烂的群英,
Much liker than your painted counterfeit:	比你的画像更酷肖你的真容:
So should the lines of life that life repair,	只有生命的线能把生命重描;
Which this, Time's pencil, or my pupil pen,	时光的画笔,或者我这枝弱管,
Neither in inward worth nor outward fair,	无论内心的美或外貌的姣好,
Can make you live yourself in eyes of men.	都不能使你在人们眼前活现。
To give away yourself keeps yourself still,	献出你自己依然保有你自己,
And you must live, drawn by your own sweet skill.	而你得活着,靠你自己的妙笔。

这是一首很明白的劝婚劝育的诗。在第四行里，诗人用了 barren 这个词，译文是“不育”，按照布思的注释，还含有“无用，无价值”的意思，邓肯·琼斯进一步发挥，认为并非是说诗力不济，而是说只能创造一些文字形象，而不是活生生的孩子。不管怎么说，诗人感觉到了诗歌小宇宙仍有功力不济的一面。如果说第 16 首诗只是顺便提到诗歌小宇宙有不足，结婚生子，延续后代才是最踏实的办法，那么第 38 首、第 76 首显出的就是一个更为强劲的声音，表明诗人在创造诗歌小宇宙时，不如神更具威力。诗人使用了一个老掉牙的话题，把心上人当成灵感的源泉。诗人对自己的诗才大有自贬之意，但凡诗集中有值得一读之处，那都要归功于那位年轻的美男子（见表 4－8、表 4－9）。

表 4－8　莎士比亚十四行诗第 38 首中英文对照

XXXVIII	Sonnet 38(梁宗岱译)
How can my Muse want subject to invent, While thou dost breathe, that pour'st into my verse Thine own sweet argument, too excellent For every vulgar paper to rehearse? O, give thyself the thanks, if aught in me Worthy perusal stand against thy sight; For who's so dumb that cannot write to thee, When thou thyself dost give invention light? Be thou the tenth Muse, ten times more in worth Than those old nine which rhymers invocate; And he that calls on thee, let him bring forth Eternal numbers to outlive long date. If my slight Muse do please these curious days, The pain be mine, but thine shall be the praise.	我的诗神岂会缺乏诗材与诗思， 只要你活着，你自己就是甜美的主题。 你涌动于我的诗章，如此美妙， 要描摹你，焉能谬拖蹩脚诗人的颓笔？（辜） 感谢你自己吧，如果我诗中 有值得一读的献给你的目光： 哪里有哑巴，写到你，不善祷颂—— 既然是你自己照亮他的想象？ 做第十位艺神吧，你要比凡夫 所祈求的古代九位高明得多； 有谁向你呼吁，就让他献出 一些可以传久远的不朽诗歌。 我卑微的诗神如可取悦于世， 痛苦属于我，所有赞美全归你。

表 4－9　莎士比亚十四行诗第 76 首中英文对照

LXXVI	Sonnet 76(梁宗岱译)
Why is my verse so barren of new pride, So far from variation or quick change? Why with the time do I not glance aside To new-found methods and to compounds strange? Why write I still all one, ever the same, And keep invention in a noted weed, That every word doth almost tell my name, Showing their birth and where they did proceed? O, know, sweet love, I always write of you, And you and love are still my argument; So all my best is dressing old words new, Spending again what is already spent: For as the sun is daily new and old, So is my love still telling what is told.	为什么我的诗那么缺新光彩， 赶不上现代善变多姿的风尚？ 为什么我不学时人旁征博采 那竞奇斗艳，穷妍极巧的新腔？ 为什么我写的始终别无二致， 寓情思旨趣于一些老调陈言， 几乎每一句都说出我的名字， 透露它们的身世，它们的来源？ 哦，须知道，我爱呵，我只把你描， 你和爱情就是我唯一的主题； 推陈出新是我的无上的诀窍， 我把开支过的，不断重新开支： 因为，正如太阳天天新天天旧， 我的爱把说过的事絮絮不休。

在第 76 首中，诗人自苦只有一种“单调”的形式，对爱人进行讴歌。“几乎每一个词都打着我的印记”（辜正坤译）（S76 – L7：That every word doth almost tell my name），这似乎是一种单调的重复。但诗人用太阳的比喻，

暗示三层意思。首先，美男子就是他的主题，换句话说，正如第 116 首第六行、第七行所言，“爱是不变的，应像北斗星那样坚定”（**S116 – L6，7**：That looks on tempests and is never shaken；It is the star to every wandering bark,)。其次，太阳东升西落，正如时钟往复，凤凰涅槃，看似重复，却投入了新意。同时，这种循环往复式的运行，暗示诗中歌颂的对象也进入了无终无止、万古长青的永恒状态。最后，从诗人的口吻看，诗人担心自己诗力不济，是表面的，他对自己歌颂爱的主题坚定而且充满信心。正是：“铭心之爱，不尽衷肠诉无休。”这再一次表明，复制理论统摄之下，镜子、嗜血的时间魔王、花儿、画像、云石丰碑、镀金牌坊、诗神、东升西落的太阳，如此等等，都是隐喻含义丰富的等效的拓扑学空间图形。其效果是，千言万语，爱人永恒，常葆青春，是唯一不变的主题，这在第 105 首里面得到了进一步的强调（见表 4 – 10）。

表 4 – 10　莎士比亚十四行诗第 105 首中英文对照

Sonnet CV	Sonnet 105(梁宗岱译)
Let not my love be call'd idolatry,	不要把我的爱叫作偶像崇拜，
Nor my beloved as an idol show,	也不要把我的爱人当偶像看，
Since all alike my songs and praises be	既然所有我的歌和我的赞美
To one,of one,still such,and ever so.	都献给一个、为一个，永无变换。
Kind is my love to-day,to-morrow kind,	我的爱今天仁慈，明天也仁慈，
Still constant in a wondrous excellence;	有着惊人的美德，永远不变心，
Therefore my verse to constancy confined,	所以我的诗也一样坚贞不渝，
One thing expressing,leaves out difference.	全省掉差异，只叙述一件事情。
"Fair,kind and true" is all my argument,	“美、善和真”，就是我全部的题材，
"Fair,kind,and true" varying to other words;	“美、善和真”，用不同的词句表现；
And in this change is my invention spent,	我的创造就在这变化上演，
Three themes in one,which wondrous scope affords.	三题一体，它的境界可真无限。
"Fair,kind,and true,"have often lived alone,	过去“美、善和真”常常分道扬镳，
Which three till now never kept seat in one.	到今天才在一个人身上协调。

诗歌使用宗教式的语言，重复重要的句子和概念。比如对同一个人，关于同一个人以同样的风格和方式的颂扬（To one，of one，still such，and ever so，唱之、颂之、今朝今日、来世来生）。这种连续反映出年轻人忠贞

不渝的态度，因为它始终是真、善、美的（fair, kind and true）。这里的重复暗示教堂里反复的祈祷，也仿佛响起了基督三位一体[①]观念的回音。如同诗人在礼拜日听到的，“愿光荣归于圣父、圣子及圣灵，起初如何，今日亦然，直到永远”[②]。这里的真善美既包含了基督式的忠诚，也是宫廷诗中那种忠贞的再现。

另外，诗人莎士比亚对爱的理想原型构建是超凡脱俗，与众不同的。诗人嘲讽伊丽莎白时代[③]十四行诗传统（第 130 首）。他们经常把自己歌颂的美人比喻成太阳、玫瑰、和谐的音乐、珊瑚、白雪、首饰中的金丝绒等，莎士比亚反其道而行之，弃绝了所有这些空洞的比拟。他的黑肤女郎，眼睛不像太阳那样明亮，嘴唇暗淡，胸膛褐色苍苍，美发绝非金丝而是乌黑，脸上也没有玫瑰的颜色。她口中散发出的气味，她的声音，她的步态，都是凡俗的。但是按照诗人的审美观，其他人歌颂的是天仙，盖世无双，他自己的恋人也绝不在其下，而是旗鼓相当。

在第 127 首诗里，诗人说旧时黑色绝不是美（**S127 - L1**：In the old age black was not counted fair），可是现在变了（**S127 - L3**：But now is black beauty's successive heir）。诗人有意这么写，意味着他在批评使用化妆品美化的行为，认为这种美化行为是在污蔑、诋毁造化。在《哈姆雷特》里，也有同样的说法：“我也知道你们会怎样涂脂抹粉；上帝给了你们一张脸，你们又替自己另外造了一张。你们烟视媚行，淫声浪气，替上帝造下的生物乱取名字，卖弄你们不懂事的风骚。”（第三幕第一场，朱生豪译）这样的思路，是对自然的造化的赞美、歌颂。既有其对宫廷诗的传统继承和发挥的一面，也有对伊丽莎白时代传统反叛的一面。这个无法界定身份的黑肤女郎，是宫

---

① 在基督教中，把圣父、圣子、圣灵称为三位一体，也就是三个位格、一个本体；本体又称为本原、本质等。

② 圣三经：Glory be to the father, and to the Son, and to the Holy spirit. As it was in the beginning, is now, and ever shall be, world without end. Amen!

③ 伊丽莎白时代的十四行诗中，艺术成就最高、人文思想最浓、流传最为广泛的无疑是锡德尼的《爱星者与星》、斯宾塞的《小爱神》和莎士比亚的《十四行诗集》，它们被称为“文艺复兴时期英国文坛上流行的三大十四行组诗”。

廷诗传统美女在道德和权力上的典型，和伊丽莎白时代歌颂的美色模型相比，又是现实化的典型。据考，当时确实有拥戴黑色为美好的颜色这一事实。在莎士比亚的笔下，也总有惊人之语。在《奥赛罗》中，奥赛罗是一位黑肤男子，和主流社会不相匹配。赢得美色的青睐，最终又酿成了灾祸。这可能和肤色有关，但更多的是审美被种族化和政治化，权力的话语占了上风。

但是，莎士比亚的审美是具有民主化和现实化倾向的，不然他的笔下就没有幼稚、单纯、理想化的奥赛罗了。莎士比亚在构建这些拓扑学的审美空间的时候，总是在和谐当头的音乐中染上一层嘈杂的不同声音。比如他的《威尼斯商人》，美好的姻缘偏偏半路上遇上一个“程咬金”，尖酸、刻薄的夏洛克，成为审美中似乎必备的作料和催化剂。这正如黑肤女郎的出现，如一个异质的提示音符，点化出莎士比亚亲切可人的一面、宽厚包容的一面、人性向善的一面。总括起来，诗人的爱，是复杂的、细腻的、痛苦的，可以说，这些诗多的是辛酸，少的是甜蜜，完全称得上一组怨诗。按孔子的说法，诗可以怨。有人说，诗中的美男子是唱红脸的（the better angel），而那黑肤女郎则是唱白脸的（the worser spirit），那受骗的羔羊是谁？是那个或多或少代表诗人的隐身的男子。正如宫廷诗的传统，又如《诗三百》中飘忽不定的在水伊人，那个被追逐的女子高高在上，追求者则始终“思之不得，辗转反侧”。描写这些复杂、细腻的情感和情感事件，诗人莎士比亚采取抒情和叙事方法，运用众多的隐喻，在传统的滋润之下，使各种各样的空间对象生动如在眼前跃然纸上，有复制的比方，有诗歌小宇宙的出场，有贴近自然而进入笔下的审美原型。大致想来，莎士比亚的十四行诗不愧是一个无所不包的万花筒、无所不有的百科书。而他的生花妙笔，则使之井然有序，全在审美的诗歌小宇宙的星空之中。

4.4　小结

这些不同的隐喻概念虽给人的形象不同，每一隐喻强调和说明不同的方面，但其目的却是相同的：使人们以不同的方式理解和认识本体的全貌（赵艳芳，1995）。从当代认知隐喻观的角度来审视莎士比亚十四行诗，我们可以把它看作隐喻网络构成的多维意义空间（如图4－1）。

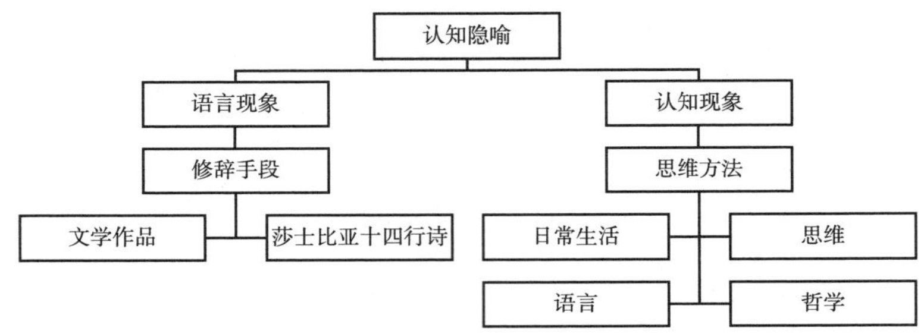

图4－1　莎诗的认知隐喻解读

第5章　余　论

5.1　研究回顾

Lakoff曾说：任何科学都运用了隐喻，人类整个知识系统，包括语言本身，都是建立在隐喻之上的，这的确是“隐喻革命”（Metaphor Revolution）的宣言。正如隐喻是使哲学理论成为可能的“宝贝”一样，隐喻渗透进了各学科、各领域，并且加强了它们之间的沟通。比如高速公路这一喻体就广泛使用于互联网信息领域，其中公路是指电缆，燃料指电力，驾驶员指用户，旅行是指下载或上传信息，等等。再如，计算机科学的“病毒”概念是生物学“病毒”的隐喻化；知识“爆炸”、人口“爆炸”是隐喻化的原子弹“爆炸”；美容的“克隆”是生物“克隆”的隐喻化；航天科学的“人造卫星”是天文学“卫星”的隐喻化。日常生活的“三口之家”（nuclear family）是“原子核”的隐喻化，等等。

爱伦坡主张“为诗而诗”，爱默生却基于一种独特的宇宙观，把诗人视为揭示宇宙奥秘的“言者”和“命名者”，他热衷于建构一种象征理论，并对诗人的想象力和迷狂笃信不疑（杨冬，2012）。罗马尼亚著名诗人鲁布拉卡说：“所有科学家加在一起才能开辟一个世界；一个哲学家就足以开辟一个世界；而一个诗人却能开辟许多个世界。”由此可见，一个诗人的思想是辽阔的，想象力可以比宇宙还大，创造出不一样的世界。莎士比亚的十四行诗也不例外。他以独特、新颖、犀利的诗歌言语为我们构建了许多个世界，令我们无法解读，到底应将莎翁所写的一切归于哪个世界更为恰切。

莎翁的十四行诗，以其复杂性、多义性和不确定性，引人入胜，让人浮想联翩，仁者见仁、智者见智，没有统一明确的解说，审美趣味也就更为丰富。给我们留下永远的谜团，给我们的诱惑力很大。

达·芬奇的《蒙娜丽莎的微笑》如此让人着迷，不正是源于那个解不开的谜团，及那一抹神秘的微笑吗？

诗歌，本来就是因其多层意味，多义性，成为一个美丽的存在。

莎士比亚在给黑发女郎的一首诗中写道："我爱人的眼睛并不像太阳，珊瑚比她的嘴唇还要红得多"，此句诗，写得很抽象，给人不明确感，诗人欲把爱人的眼睛比作太阳，又好像与太阳有差距，因而说不像太阳，但又没有明确说明像什么，给出的意象无疑是模糊的，留出了一片空白，让后来人去想象，他爱人的眼睛到底是怎么样的，我们不可得知，成了一个谜团，眼睛是心灵的窗户，比起蒙娜丽莎的微笑来，更具神秘性。

莎翁的十四行诗，笔者以为最大的谜团，莫过于他用一颗热忱真挚的心写诗的对象，到底是谁，学术界很多人说是写给一个年轻的贵族男子，一个贵族男子竟能让诗人激情澎湃地写情诗，以常人的眼光去打量，似乎是不可能的，难免生出疑惑，莎士比亚十四行诗是不是具备两可性，既可以说是写给一个男子，也可以说是写给一个女子的。

这种模糊性，又在我们心中平添了一层神秘感，可以用两种眼光去看待。莎士比亚在十四行诗中将绝望注入黑色的字符，这些情诗像一朵流血的玫瑰，包含着一颗哭泣的心，以社会普遍接受的爱情观来看，这些情诗更像是写给一个女性的。但站在社会历史发展进程中去看，写给一个年轻的贵族男子又是合情合理的。在文艺复兴时期，"同性恋爱情说"已经逐步形成，同时，被社会认可的程度也越来越高。在文学史上，柏拉图的《会饮篇》就是一篇捍卫同性恋情的经典作品。柏拉图认为，男性之间的爱是崇高和伟大的，男性之间的友谊和性吸引，是一个结合点上的两个方面。据说，古希腊神话中的众神之王宙斯也避免不了牧羊人加米尼德的诱惑。可见，莎士比亚所赞颂的爱人是一个男性，是可理解的，也是可以被接受的，他推崇这种男性之间的精神之爱。

“请学会去读缄默的爱的情书，用眼睛来听原属于爱的妙术。”诗人那颗充满爱的心，是那样的炽烈，可知，莎士比亚对这种精神上的恋爱是如此赤诚，每日为爱人写诗，重复写，一直写。我们无法解释，只能用心去感受蒙在莎士比亚心底的那层神秘面纱。

你是你母亲四月的镜子/在你里面/她唤回她的盛年的芳菲四月/当我数着壁上报时的自鸣钟/见明媚的白昼坠入狰狞的夜

把爱人比作四月的镜子，这种比喻是澄澈而明亮的，让人读起来很舒畅。构思精巧，以象征的朦胧手法去写，增加了诗歌的魅力。使用这种象喻技巧，能表现单纯色彩的生动，兼呈光如何使色彩透亮：即哥特式教堂的彩色玻璃。莎士比亚诗歌的表达技巧是极高的，给人恒久的吸引力。

《车站》是特朗斯特罗姆①的代表作之一，也是一首“现实象征主义”的诗歌范例。这首诗带有浓厚的神秘色彩：困厄之时出现一种不可思议的声响，一种宽慰或拯救的力量。因为特朗斯特罗姆习惯于写这种隐喻诗歌，当有人称他是“宗教神秘主义者”时，诗人则辩解道：“我并不以为我是一个更合格的宗教神秘主义者，而生活是神秘的，这，永远是诗歌的前提。”

---

① 托马斯·特朗斯特罗姆（Tomas Transtromer），20世纪瑞典著名诗人，1931年生于斯德哥尔摩，1954年出版第一本诗集《诗十七首》，引起瑞典诗坛轰动，成为50年代瑞典诗坛上的一件大事。成名后又陆续出版《路上的秘密》（1958）、《完成一半的天堂》（1962）、《钟声与辙迹》（1966）、《在黑暗中观看》（1970）、《路径》（1973）、《真理障碍物》（1978）及《狂野的市场》（1983）、《给生者与死者》（1989）、《悲哀的威尼斯平底船》（1996）等多卷诗集，先后获得了多种国际、国内文学奖，2011年10月7日荣获诺贝尔文学奖。

车　站

〔瑞典〕托马斯·特朗斯特罗姆

一列火车驶入站台。一节节车厢停在这里
但门没打开，没有人上车或下车
究竟有没有门？车厢内
被封闭的人群拥挤着来回走动
他们从坚不可摧的车窗往外盯望
外面，一个拎锤子的男人沿车走动
他敲打轮子。轮子发出低弱的声音。但就在这里！
这里声音在不可思议地膨胀：一阵雷鸣
一阵大教堂的钟声，一阵周游世界的船声
将整列火车和地上潮湿的石基托起
一切都在歌唱。你们会记住这情景。继续旅行吧！

（李笠　译）

在笔者看来，莎士比亚十四行诗中有许多这样的神秘色彩，像一层又一层揭不开的神秘面纱，给人持久的诱惑力，使人读得津津有味。

同时，莎士比亚在十四行诗中，擅长用神话原型作支撑，蕴含着凄美的希腊神话，在那些神话故事中，我们可以深深地体悟贯穿 154 首诗中的爱情主题。在第 115 首中莎士比亚把他对情人的爱，誉为爱神一样地永远处于更进一步的发展中。在全部诗歌中，我们能够感受到诗人爱的种种变化。他时而热烈，时而温文尔雅，时而略含哀伤，时而冷静淡漠，神秘莫测的语言显露出神秘莫测的心灵活动。

至今莎士比亚十四行诗仍是一个谜，我们将带着无须解答的疑问去欣赏它。这些跨越时空的诗行，就像一个苍穹，每一行都只不过是沧海一粟。

莎士比亚十四行诗有许多主题，如爱情、时间、友谊、永恒等，可是我们看到，莎士比亚的笔下通过音乐表达的和谐主题，确是十四行诗这部交响乐中的最强音。追求和谐是美好的，但只有在缺乏和谐之时求之索之。《毛诗序》说："乱世之音，怨以怒。"莎士比亚十四行诗，整体来说，体现出一个"乱"字。从诗歌叙述者的角度看，又是一部怨诗，因"乱"而"怨"。虽然也有一些劝诗（第1～17首），但这些诗，显然是因怨而劝的。孔子认为，学了《诗》，才可以怨。他又说《诗》无邪，因此可以发现，孔子的主张，是怨而不怒。诗中讲话人时有抱怨时有谅友，说明是怨而不怒的，可这样一来，他的内心是苦涩的。有时阴差阳错爱友夺好（第40～42，133～134，144首），有时又有同行夺爱（第78～86首），加上前文述及的爱中的身体上的政治压力（第20，87首）造成的身份的压力，再加上情感本身的压力，我们发现，诗中所写爱情道路并不是平坦的，实质上是一种焦虑。种种张力充斥诗行：心上人的情感是不确定的，自己的情感和义务是什么性质，他是否渴望有排他的权利，可以操纵和控制心上人，保住自己的忠诚，还有他感受、理解、认识的准确度，如此等等，似乎都没定数。对于诗人来说，爱不是单一的情感，而是相反的，背道而驰的冲动和动力，爱是多面的，情感是复杂的，情感的受难者被困在欲望与受到欺骗的繁杂交错的网中。然而，爱仍然是对美的感受燃烧着，对性欲最终的飞逝不居的表达。

但需要说明的是，第一，莎士比亚十四行诗表现出这样的主题：诗人积极追寻的，仍是一种和谐、生动的美，宇宙论的实质是数学的，几何的，天文的，最终是人文的。第二，在丰富多彩的意象、隐喻世界，莎士比亚使用了宇宙论的身体诗学，糅进音乐的催化剂，借助于拓扑学心里空间的图形和网络，展现爱的神圣和世俗的感受，为诗歌艺术又添浓墨重彩。第三，从现代的观点来看，宇宙论是不符合现代科学逻辑的，但是应该注意到，宇宙论的地球中心说，旨在建立人文的关怀，从和谐、爱、永恒，以及第105首里说的真善美，来描述理性的、柔性的宇宙拓扑学空间，这为解释和理解莎士比亚十四行诗提供了广阔的空间。第四，中国人用君子人格修炼本体，西方却总是借助天力，假以神或超自然的存在来表达自己，正如天人对应理论，就是一个极好的例子。如以当今科学的观点来看，如果说美好的神圣音乐在天之外，显然是缥缈的，但我们内心的琴弦往往确实就在天外回响。相信莎士比亚的拓扑学等值隐喻法，能够使后现代疲惫、心力交瘁的人们获得一丝安慰。因为，物理的空间，包括人自己，是单数的、封闭的、有限的，而心理的空间是复数的、多维的、开放的、动态的、隐喻的。拓扑学的认识方法是，包括了点、线、面、体在内的空间，不论是一滴眼泪，还是一座高山，皆为等效，所以莎士比亚甜蜜的十四行（sugred sonnets），是通过这个多彩的、开放的、等效的、动态的空间隐喻模式上演的。这样解释莎士比亚的十四行诗，为重读经典提供了一个有效而又生动、可行的办法，为 T. S. 艾略特的客观对应说，找到了新的理论依据，也为莎士比亚阅读世界吹进一阵新鲜的空气，沁人心脾，美人心智（罗益民，2009）。

5.2 本研究的创新之处

隐喻的应用语言学研究虽然以认知为基础，但其重心已从概念转向真实语言交际中的隐喻应用。从应用语言学的角度研究隐喻的本质需要建立新的研究框架和采用多元的研究方法。

本论文尝试借鉴认知语言学、应用语言学、哲学拓扑学等理论方法，在多角度分类考察、细致分析的基础上进行规律总结。从文本解读入手，在拓扑学认知空间下，用拓扑心理学原理和格式塔心理学原理来研究莎士比亚十四行诗在思想底层形成的多维隐喻网络。

本文的研究是基于莎士比亚十四行诗中的隐喻网络构成的空间研究。对于诗歌中的意象，如果只是视觉的刺激或被动地感知，那么诗人如此之写对于读者来说毫无意义。但如果反映到心理隐喻空间，读者可运用想象把意象进行联想、整合重构，生成独特多维的意义体系。心理隐喻空间是动态开放的，因此，这些意象的心理隐喻也是不确定的、多变的。莎士比亚十四行诗里一个很大的主题，就是关于人的地位、价值、意义的探索。

本论文的创新之处集中体现在两点，理论创新和方法创新。

理论创新方面，把莎士比亚十四行诗看作隐喻网络构成的多维意义空间，结合语言学理论和拓扑心理学方法，利用拓扑学和向量分析来解释莎士比亚十四行诗中所体现的心理现象、西方传统宇宙论、爱情观等。将语用因素纳入几何图形中，探索语用要素的形式化途径，无疑走的是一条语言研究的科学构建道路。

方法创新方面，本研究的方法创新在于用拓扑心理学来梳理莎士比亚十四行诗在思想的底层形成的隐喻网络。拓扑心理学是格式塔心理学的一个新的分支，传统心理学论著中很少有论及人和环境的关系。莎士比亚十四行诗中体现出来的西方传统宇宙论，如果用勒温的拓扑心理学来解释，是认知的、心理的，最终是隐喻的和文化的。

莎士比亚十四行诗构成的空间，是多维的、开放的、动态的、隐喻的，体现为多种原型，具体化为多种描绘概念的隐喻性认知图形，同时，在一定范围内，这些图形是等效的，它们共同说明、阐述和描绘一种概念，从不同的角度表达同一个意义。这是莎士比亚十四行诗美学效应产生的过程，也是这个组诗的艺术魅力所在。莎士比亚要描写那么复杂的情形，作为生动的文学艺术，他不得不使用正好和拓扑心理学相契合的手法，创作出雄浑、深厚、丰满、生动的隐喻网络空间。

5.3　本研究的不足及后续研究展望

尽管用拓扑心理学分析莎士比亚十四行诗在很多方面还存在着困难和不足，但我们将语用因素纳入几何图形中，探索语用要素的形式化途径，尝试地去走一条心理学空间下的语言研究的学科构建道路。从拓扑学的视野，很容易解释心理场的动力问题，符合语言研究的主流思想。因此探讨拓扑心理学认知空间下的莎士比亚十四行诗是本研究的出发点及归宿。本文从文本解读入手，在拓扑学认知空间下，用拓扑心理学原理和格式塔心理学原理来研究莎士比亚十四行诗在思想底层形成的多维隐喻网络。

诗中所反映的心理上的意义，在莎士比亚的笔下，则是通过拓扑学心理空间的生成方式表现出来的。这些空间可以是宇宙，可以是镰刀，可以是飘逝的花朵，可以是无常的人生。根据勒温的理论，不论何种空间，不论其形状、面积等属性如何，都是等效的。所以，莎士比亚这些多维、多形状的空间，都表达出一个共同的心理隐喻空间，汇总到同一个意义的归结点。宇宙时间的维度，也分割和生成了物理的空间，最终是一种心理的反映，这种反映最后呈现为一种文化的生成模式，通过诗歌这种文学样式而具体化和外化。借大、小宇宙的物理结构，言说被心理意义点染之后的多维空间，是拓扑学认知世界的方法。勒温用场论来解释人的心理与行为，并用以下公式表示个人与其环境的交互关系：B = f（PE），其中 B：Behavior 行为；P：Person 个人；E：Environment 环境；f：function 函数。此公式的含义是，个人的一切行为（包括心理活动）是随其本身与所处环境条件的变化而改变的。未来的研究则更侧重于把莎诗中所表现的心理与行为用勒温的公式直观地体现出来。在这一方向上所做的尝试和探索都是有意义、有价值的，这也是本文后续的研究展望。

参考文献

Abrams, Meyer Howard, and Stephen Greenblatt. *The Norton Anthology of English Literature.* 7th ed. New York: Norton, 2001.

Aristotle. *Rhetoric and Poetics.* New York: The Modern Library, 1954.

Aristotle. *On Rhetoric.* 2nd ed. Trans. George A. Kennedy. New York: Oxford University Press, 2007.

Barber, Cesar Lombardi. Shakespeare in His Sonnets. *The Massachusetts Review* 1960. Vol. 1 (No. 4).

Black, M. Metaphor. In M. Black (Ed.) *Models and Metaphors.* Ithaca, NY: Cornell University Press, 1962.

Black, M. More about Metaphor. *Dialectica*, 1977 (31).

Black, M. More about Metaphor. In A. Ortony (Ed.) *Metaphor and Thought.* Cambridge: Cambridge University Press, 1979.

Booth, Stephen. *Commentaries on the Sonnets.* New York: Chelsea House Publishers, 1987.

Cameron, L. & R. Maslen. Metaphor Analysis: Research Practice in Applied Linguistics, *Social Sciences and the Humanities.* London: Equinox. 2010.

De Grazia, Margreta. *Shakespeare and the craft of language.* Shanghai: Shanghai Foreign Language Education Press, 2003.

Fauconnier, G. *Mental Spaces.* Cambridge: MIT, 1985.

Fauconnier, G. *Mental Spaces: aspects of Meaning Construction in Natural Language.* Cambridge: New York, Cambridge University Press, 1994.

Fauconnier, G. *Mappings in Thought and Language*, Cambridge: Cambridge University Press, 1997.

Gentner, D. Structure-mapping: A Theoritical Framework for Analogy. *Cognitive Science.* 1983 (7).

Gluksberg, S. & B. Keysar. How Metaphor Works, In Ortany A. (Ed.) *Metaphor and thought.* London: Oxford University Press. 1993.

Gibbs, Raymond W., Jr., When is Metaphor? The Idea of Understanding in Theories of Metaphor. *Poetics Today*, 1992, Vol. 13 (No. 4).

Harmon, William. *A Handbook to Literature.* 10th ed. Upper Saddle River, New Jersey: Pearson Hall, 2006.

Harold Bloom. *Shakespeare's Sonnets.* New York: Chelsea House Publishers, 1987.

Heniger, Jr., S. K. *Touches of Sweet Harmony: Pythagorean Cosmology and Renaissance Poetics*, San Marino: the Huntington Library, 1974.

Hotson, Leslie. More Light on Shakespeare's Sonnets, *Shakespeare Quarterly* 1951. Vol. 2 (No. 2).

Hubler, Edward. *The Sense of Shakespeare's Sonnets.* Princeton: Princeton University Press, 1952.

Isenberg, Arnold. On Defining Metaphor. *The Journal of Philosophy*, 1963, Vol. 60 (No. 21).

Jones, Peter. *Shakespeare: The Sonnets.* London: The MacMillan Press Ltd., 1977.

Jonathan Bate and Eric Rasmussen. *William Shakespeare Complete Works.* London: Palgrave MacMillan; Hardcover, 2007

Kittay, Eva Feder. The Identification of Metaphor, *Synthese*, 1984. Vol. 58

(No. 2).

Koller, V. Metaphor Clusters, Metaphor Chains: Analyzing the Multifunctionality of Metaphor in Text. *Metaphorik*. 2003 (5).

Lakoff. G. *Women, Fire and Dangerous Things*, Chicago: University of Chicago Press, 1987.

Lakoff, G. The Contemporary Theory of Metaphor, In: An Ortong (E.), *Metaphor and Thought*, Cambridge: Cup. 1993, pp. 202 – 251.

Lakoff, George, and Mark Johnson. *Metaphors We Live by*, Chicago: The University of Chicago Press, 2003.

Lakoff, G. & M. Johnson. *Metaphors We Live By*. Chicago: University of Chicago Press, 1980.

Lakoff, G. & M. Turner. *More than Cool Reason: a Field Guide to Poetic Metaphor*. Chicago and London: University of Chicago Press, 1989.

Langacker, R. *Foundations of Cognitive Grammar*, Stanford: Stanford University Press, 1987.

Lawrence, David Herbert, *Fantasia of the Unconscious*, Feed Books. 15 December 2010.

Lowers, James K., *Shakespeare's Sonnets: Notes*. Lincoln, Nebraska: Cliffs Notes Incorporated, 1965.

Lynne Cameron, Graham Low. *Researching and Applying Metaphor*. Shanghai: Shanghai Foreign Language Education Press, 2001.

Papin, Liliane. This is Not a Universe: Metaphor, Language and Representation. *PMLA* 1992. Vol. 107 (No. 5).

Robert Frost. *Stopping by Woods on a Snowy Evening*. Stanza 4, 1923, lines 13 – 16.

Richards, Ivor Armstrong. *The Philosophy of Rhetoric*, New York: Oxford University Press, 1965.

Small, Bertrice. *Love Slave*. Random House, Inc., 12 January 2011.

Stanley W. Wells. *The Cambridge Companion to Shakespeare Studies*. Shanghai: Shanghai Foreign Language Education Press, 2000.

States, Bert O. Dreams: the Royal Road to Metaphor. *Substance*, 2001, Vol. 30 (No. 1/2).

Steen, Gerard. *Literary and nonliterary aspects of metaphor*. Poetics Today 1992, Vol. 13 (No. 4).

Talmyl. *Toward a Cognitive Semantics, Vol. Ⅱ: Typology and Process in Concept Structuring*. Cambridge: M. A., MIT Press, 2000.

Turner, M., G. Fauconnier. Conceptual Integration and Formal Expression. *Metaphor and Symbolic Activity*, 1995 (3).

Ungerer, F., H. J. Schmid, *An Introduction to Cognitive Linguistics*. London: Addison Welsey, 1996.

Vendler, Helen Hennessy. *The Art of Shakespeare's Sonnets*. Cambridge: Belknap Press of Harvard University Press, 1999.

Weimann, Robert. Shakespeare and the Study of Metaphor. *New Literary History*, 1974, Vol. 6 (No. 1).

Wells, Stanley W. *The Cambridge Companion to Shakespeare Studies*. Shanghai: Shanghai Foreign Language Education Press, 2000.

William James Craig. *The Complete Works of William Shakespeare*. London: Oxford University Press, 1908.

William Shakespeare. The Globe Illustrated Shakespeare: The Complete Works Annotated. *Gramercy Books*, 1998.

Wilson, R. A., F. C. Keil, *The MIT Encyclopedia of the Cognitive Sciences*. Shanghai: Shanghai Foreign Language Education Press, 2000.

《英国诗选：莎士比亚至奥顿》，卞之琳译，北京：商务印书馆，1996。

蔡龙权：《隐喻化作为一词多义的理据》，《上海师范大学学报》（哲学社会科学版）2004 年第 33 卷第 5 期。

曹明伦：《我是否可以把你比喻成夏天?》，《外国文学评论》2008 年第

3 期。

陈庆勋：《艾略特诗歌隐喻研究》，上海师范大学博士学位论文，2006。

陈振尧：《新编法语语法》，北京：外语教学与研究出版社，1992/2001。

崔传明：《莎士比亚十四行诗中的修辞现象》，山东大学硕士学位论文，2007。

段鸽金：《莎士比亚第 73 首十四行诗的认知隐喻解读》，《河北联合大学学报》（社会科学版）2012 年第 12 期。

方经民：《汉语语法变换研究》，郑州：河南人民出版社，2000。

辜正坤：《莎士比亚十四行诗名篇赏析》，《名作欣赏》1992 年第 5 期。

《莎士比亚十四行诗集》，辜正坤译，北京：北京大学出版社，1998。

《莎士比亚全集第 8 卷〈诗歌卷—下〉》，辜正坤译，北京：译林出版社，1998。

辜正坤主编《世界名诗鉴赏词典》，北京：北京大学出版社，1990。

辜正坤主编：*Shakespeare's Sonnets*，中国出版集团、中国对外翻译出版公司，2008。

胡家峦：《历史的星空：文艺复兴时期英国诗歌与西方传统宇宙论》，北京：北京大学出版社，2001。

胡壮麟：《认知隐喻学》，北京：北京大学出版社，2004。

《英国抒情诗 100 首》，黄杲炘译，上海：上海译文出版社，1998。

金发燊：《莎士比亚闹同性恋吗?》，《书屋》1997 年第 4 期。

《莎士比亚十四行诗集》，金发燊译，桂林：广西师范大学出版社，2004。

S. K. Heninger, Jr. , *Touches of Sweet Harmony*, p. 192. 转引自胡家峦《历史的星空：文艺复兴时期英国诗歌与西方传统宇宙论》，北京：北京大学出版社，2001，第 253 页。

J. P. 查普林、T. S. 克拉威克：《心理学的体系和理论（下册）》，林方译，北京：商务印书馆，1984。

库尔特·考夫卡：《格式塔心理学原理》，李维译，北京：北京大学出版社，2010。

蓝纯：《认知语言学与隐喻研究》，北京：外语教学与研究出版社，2005。

蓝纯：《认知语言学：背景与现状》，《外语研究》2001年第3期。

勒温：《拓扑心理学原理》，高觉敷译，1942年译本序，北京：商务印书馆，2003。

李静、李玉艳：《莎士比亚十四行诗的爱与美》，《新闻爱好者》2010年第5期。

李伟民：《中国莎士比亚翻译研究五十年》，《中国翻译》2004年第5期。

李伟民：《台湾莎学研究情况综述》，《西华大学学报》（哲学社会科学版）2006年第1期。

《莎士比亚全集》，梁实秋译，呼和浩特：内蒙古文化出版社，1995。

《十四行诗歌》，梁实秋译，北京：中国广播电视出版社、远东图书公司，2002。

《莎士比亚全集（中英对照）》，梁实秋译，北京：中国广播电视出版社，2002。

《莎士比亚全集40》，梁实秋译，北京：中国广播电视出版社，2002。

林书武：《国外隐喻研究综述》，《外语教学与研究》1997年第1期。

林瑛：《探析莎士比亚十四行诗第十八首的“夏日”意象与人文主题》，《现代语文》（文学研究版）2009年第4期。

刘炳善主编《英汉双解莎士比亚大辞典》，郑州：河南人民出版社，2002。

刘国辉：《言语幽默生成机制的认知探究——SCF、CI与CB三维互补视角》，《四川外语学院学报》2006年第2期。

刘静：《莎士比亚〈十四行诗集〉中对“不朽”的精神朝圣》，《安徽文学》2009年第11期。

刘景钊：《现代外国哲学的发展趋势与哲学拓扑学的新视野——江怡教

授访谈录》,《晋阳学刊》2012 年第 3 期。

陆谷孙主编《莎士比亚专辑》,上海:复旦大学出版社,1984。

陆谷孙:《莎士比亚研究十年》,上海:复旦大学出版社,2005。

《罗念生全集第一卷,亚理斯多德〈诗学〉〈修辞学〉·佚名〈喜剧论纲〉》,上海:上海人民出版社,2007。

罗益民:《莎士比亚十四行诗中的三个主题》,《西南师范大学学报》(人文社会科学版)2005 年第 2 期。

罗益民:《莎士比亚十四行诗名篇详注》,北京:中国人民大学出版社,2009。

罗益民、蒋跃梅:《莎士比亚十四行诗的拓扑学宇宙论》,《中华文化论坛》2010 年第 1 期。

罗益民:《莎士比亚十四行诗的拓扑学爱情观》,《国外文学》2011 年第 2 期。

孟宪强:《中华莎学十年 (1978~1988)》,《外国文学研究》1990 年第 2 期。

庞继贤、丁展平:《隐喻的应用语言学研究》,《外语与外语教学》2002 年第 6 期。

齐沪扬:《现代汉语空间问题研究》,上海:学林出版社,1998/1999。

钱兆明:《莎士比亚的十四行诗》,《外国文学》1986 年第 6 期。

《莎士比亚十四行诗全集》,曹明伦译,桂林:漓江出版社,1995。

《莎士比亚十四行诗》,梁宗岱译,成都:四川人民出版社,1983。

《莎士比亚十四行诗集》,屠岸译,上海:上海译文出版社,1981。

《莎士比亚全集》,朱生豪等译,北京:人民文学出版社,1994。

申玖:《参照物理动力学理论建构心理动力学体系的初探》,《延安大学学报》(自然科学版)2010 年第 3 期。

石毓智:《认知语言学的“功”与“过”》,《外国语》2004 年第 2 期。

束定芳:《亚里士多德与隐喻研究》,《外语研究》1996 年第 1 期。

束定芳:《隐喻的语用学研究》,《外语学刊》(黑龙江大学学报)1996

年第2期。

束定芳：《隐喻学研究》，上海：上海外语教育出版社：2000。

苏天球：《莎士比亚十四行诗研究综述》，《喀什师范学院学报》2001年第9期。

孙毅编著《认知隐喻学经典文献选读》，北京：中国社会科学出版社，2010。

檀明山：《象征学全书》，台湾：台海出版社，2001，第445页。

田俊武、程宝乐：《浅析莎士比亚十四行诗中的意象》，《外语与外语教学》2005年第12期。

屠岸选编《外国诗歌百篇必读》，北京：人民文学出版社，2011。

屠岸：《英国文学中最大的谜：莎士比亚十四行诗》，《外国文学》1998年第6期。

《莎士比亚十四行诗》，屠岸译，北京：外语教学与研究出版社，2012。

王德春、张辉：《国外认知语言学研究现状》，《外语研究》2001年第3期。

王文斌：《隐喻的认知构建与解读》，上海：上海外语教育出版社，2007。

王兆渠等编《现代德语实用语法》，上海：同济大学出版社，1998/1999。

魏纪东：《篇章引喻研究》，上海：上海外语教育出版社，2009。

文旭、匡芳涛：《语言空间系统的认知阐释》，《四川外语学院学报》2004年第3期。

吴笛：《论莎士比亚十四行诗的时间主题》，《外国文学评论》2002年第3期。

奚永吉：《莎士比亚翻译比较美学》，上海：上海外语教育出版社，2007。

熊学亮：《认知语言学简述》，《外语研究》2001年第3期。

熊哲宏：《认知科学导论》，武昌：华中师范大学出版社，2002。

徐章宏：《隐喻话语理解的语用认知研究》，北京：科学出版社，2007。

杨冬：《文学理论：从柏拉图到德里达》，北京：北京大学出版社，2012。

杨周翰选编《莎士比亚评论汇编》，北京：中国社会科学出版社，1979。

叶浩生：《试论现代心理学的三个转向》，《华东师范大学学报》（教育科学版）1999 年第 1 期。

叶舒宪：《圣经比喻》，桂林：广西师范大学出版社，2003。

张全生：《中国隐喻研究十年综述》，《新疆师范大学学报》（哲学社会科学版）2004 年第 3 期。

张玮、张德禄：《隐喻性特征与语篇连贯研究》，《外语学刊》2008 年第 1 期。

赵艳芳：《隐喻的语言认知结构——〈我们赖以生存的隐喻〉评介》，《外语教学与研究》1995 年第 3 期。

周寅：《“格式塔”心理学与诗歌鉴赏》，《南通职业大学学报》2002 年第 4 期。

朱全国：《文学隐喻研究》，北京：中国社会科学出版社，2011。

朱雯、张君川主编《莎士比亚词典》，合肥：安徽文艺出版社，1992。

库尔特·勒温：《拓扑心理学原理》，竺培梁译，杭州：浙江教育出版社，1997。

祝敏：《莎诗隐喻认知机制的连贯性及其主题意义建构》，《北京第二外国语学院学报》2011 年第 4 期。

祝敏、沈梅英：《莎诗隐喻语篇衔接的认知层面探究》，《小说评论》2012 年第 S1 期。

祝敏、席建国：《国内概念整合理论及其应用研究十年（2000～2010）述评》，《理论月刊》2011 年第 1 期。

张坚：《莎士比亚十四行诗主题研究文献综述》，《广东培正学院学报》2012 年第 1 期.

张玮、张德禄：《隐喻性特征与语篇连贯研究》，《外语学刊》2008 年第 1 期。

附　录

附录一　《莎士比亚全集》和不同版本一览

William Shakespeare (1564 - 1616)

附表 1 - 1　Table of Complete Works

List of works		Complete Works
Plays	Tragedies	*Antony and Cleopatra* · *Coriolanus* · *Hamlet* · *JuliusCaesar* · *King Lear* · *Macbeth* · *Othello* · *Romeo and Juliet* · *Timon of Athens* · *Titus Andronicus* · *Troilus and Cressida*
	Comedies	*All's Well That Ends Well* · *As You Like It* · *The Comedy of Errors* · *Cymbeline* · *Love's Labour's Lost* · *Measure for Measure* · *The Merchant of Venice* · *The Merry Wives of Windsor* · *A Midsummer Night's Dream* · *Much Ado About Nothing* · *Pericles, Prince of Tyre* · *The Taming of the Shrew* · *The Tempest* · *Twelfth Night* · *The Two Gentlemen of Verona* · *The Two Noble Kinsmen* · *The Winter's Tale*
	Histories	*King John* · *Edward Ⅲ* · *Richard Ⅱ* · 1 *Henry Ⅳ* · 2 *Henry Ⅳ* · *Henry Ⅴ* · 1 *Henry Ⅵ* · 2 *Henry Ⅵ* · 3 *Henry Ⅵ* · *Richard Ⅲ* · *Henry Ⅷ*
Poems		*Sonnets* · *Venus and Adonis* · *The Rape of Lucrece* · *The Phoenix and the Turtle* · *The Passionate Pilgrim* · *A Lover's Complaint*
Apocrypha		Plays: *Sir Thomas More* · *Cardenio (lost)* · *Love's Labour's Won (lost)* · *The Birth of Merlin* · *Locrine* · *The London Prodigal* · *The Puritan* · *The Second Maiden's Tragedy* · *Double Falsehood* · *Thomas of Woodstock* · *Sir John Oldcastle* · *Thomas Lord Cromwell* · *A Yorkshire Tragedy* · *Fair Em* · *Mucedorus* · *The Merry Devil of Edmonton* · *Arden of Faversham* · *Edmund Ironside* · *Vortigern and Rowena* · *Ireland Shakespeare forgeries* *Poetry*: *To the Queen* · *A Funeral Elegy*

续表

List of works	Complete Works
Miscellaneous	*Shakespeare garden* · *Locations associated with Shakespeare* · *Titles based on Shakespeare* · *Adaptations* · *Shakespearean theatre companies* · *Shakespeare's Globe* · *Stratford-upon-Avon* · *Sculptures* · *Shakespeare's funerary monument* · *Shakespeare on screen* · *BBC Television Shakespeare* · *Shakespeare: The Animated Tales* · *ShakespeaRe-Told* · *Shakespearean characters(A – K;L – Z)* · *Shakespeare in performance* · *Spelling of his name*

Complete Works of William Shakespeare Publisher Editions

Publisher editions

Arden – *The Complete Works* (*Arden Shakespeare*), *The Arden Shakespeare Complete Works* ("Arden Shakespeare")

Black Dog & Leventhal – *William Shakespeare*: *The Complete Works* (4 vol.)

CRW Publishing Ltd. – *The Complete Works of William Shakespeare*

Gramercy – *William Shakespeare*: *The Complete Works*, *William Shakespeare*: *The Complete Works* [*Deluxe Edition*], *The Globe Illustrated Shakespeare*: *Complete Works*

HarperCollins – *The Complete Works of William Shakespeare*: *The Alexander Text*, *Complete Works of William Shakespeare* (Ed. 1 – 4)

Longman – *The Complete Works of Shakespeare* (Ed. 1 – 6)

Modern Library – *William Shakespeare*: *Complete Works*

Palgrave Macmillan – *The RSC Shakespeare*: *The Complete Works*

Penguin Books – *World of Shakespeare*: *The Complete Plays and Sonnets of William Shakespeare* (*38 Volume Library*) (38 vol.)

Penguin Classics – *The Complete Pelican Shakespeare*

Riverside – *The Riverside Shakespeare* (Ed. 1 – 2) ("Riverside Shakespeare")

Wordswoth Editions Ltd. – *The Complete Works of William Shakespeare*, *The Complete Works of William Shakespeare* [*Special/Royals*], *The Complete Works of Shakespeare* [Children's Classics], *Complete Works of William Shakespeare* (3 vol.)

Academic editions

"Cambridge Shakespeare" (Cambridge University Press, Doubleday, Garden City, Houghton Mifflin, Octopus Books, RH Value)

"The Oxford Shakespeare"

"Yale Shakespeare"

附录二　隐喻大事记

国外：

公元前300年，亚里士多德，提出“**对比论**”

公元1世纪，昆提连（罗马修辞学家），提出了“**替代论**”（theory of subsitution）

20世纪30年代，理查兹，发表《修辞哲学》（*The Philosophy of Rhetoric*），首次提出“**隐喻互动理论**”（Interaction）

M. Black，发展和完善了理查兹的“**互动理论**”

1971年，谢布斯（W. Shibbles），编辑出版《隐喻：书目和历史精选》（*Metaphor*：*Annotated Bibliography and History*）

1978年，M. Black，提出隐喻贬斥派（depreciators）

20世纪70年代初开始

1977年，利科，出版《隐喻的规律》（*The Rule of Metaphor*）

20世纪70年代后期

约翰逊（M. Johnson）等人戏称这是一个“隐喻狂热”（metaphormania）时代

1977年，美国伊利诺伊大学召开了“隐喻与思维”（Metaphor and Thought）学术讨论会

1979年，奥特尼（A. Ortony），出版《隐喻与思维》（*Metaphor and Thought*）

20世纪80年代

1980年，加利福尼亚大学戴维斯分校（Davis），举行了国际跨学科隐喻研究学术研讨会

霍尼克（R. Honeck）等，编辑出版《认知与修辞性语言》（*Cognition and Figurative Language*）

1982～1983 年之间，霍夫曼和史密斯（Hoffman & Smith），主编出版了《隐喻研究通讯》（*Metaphor Research Newsletter*）

1985 年，诺朋等人（Van Noppen et al.）收集了 70 年代后有关隐喻研究的书目 4317 种（包括谢布斯漏收的 70 年代前的论著），出版了又一部论著目录集

1986 年，库珀（E. Cooper）出版了《隐喻》（*Metaphor*）一书，从哲学角度讨论隐喻的语义问题

1986 年，霍夫曼和史密斯（Hoffman & Smith），将《隐喻研究通讯》改刊为《隐喻与象征活动》（*Metaphor and Symbolic Activity*），其推动隐喻研究不断深入的贡献不可低估

1987 年，凯特（E. Kittay）发表了《隐喻的认知力与语言结构》（Metaphor, its Cognitive Force and Linguistic Structure），从现代认知心理学和语言学的角度讨论隐喻所涉及的有关语言学和心理学问题

1989 年，莱考夫（Lakoff）和特纳（M. Turner）出版《超越冷静的理智：诗歌隐喻实用指南》（*More Than Cool Reason*：*A Field Guide to Poetic Metaphor*），论述诗歌隐喻的特点与理解

20世纪90年代

1992 年，英杜克亚（B. Indurkhya）发表《隐喻与认知》（*Metaphor and Cognition*），论述隐喻的认知功能

1994 年，《语用杂志》（Journal of Pragmatics）发表了《隐喻和语言的记号性》（Metaphor and the Iconicity of Language）一文

1994 年，司迪恩（G. Steen）出版了《文学隐喻的理解：经验研究法》（*Understanding Metaphor in Literature*：*an Empirical Approach*）

1995 年，雷德曼（Z. Radman）编辑出版了《从隐喻的角度：隐喻认知内容的多学科研究》（*From a Metaphorical Point of View*：*a Multidisciplinary Approach to the Cognitive Content of Metaphor*）

1996 年，密奥和卡茨（J. Mio & A. Katz）编辑出版了《隐喻：启发与应用》（*Metaphor*：*implications and Applications*）

1996 年，怀特（R. White）出版了《隐喻的结构：隐喻语言工作之方式》（*The Structure of Metaphor*：*the Way the Language of Metaphor Works*）

1997 年，格特力（A. Goatly）出版了《隐喻的语言》（*The Language of Metaphors*）

国内（截至2013年）：

20 世纪 80 年代，林书武教授，中国社会科学院语言研究所，国内最早系统介绍国外隐喻理论的学者

1993 年，耿占春编著《隐喻》一书，用散文诗的语言，全面深刻地论述了隐喻在哲学和诗学中的重要地位和作用

1994 年，林肖瑜教授在《现代外语》杂志上发表了《隐喻的抽象思维功能》

1994 年，《外语教学与研究》第 4 期刊登了林书武先生的对《〈隐喻：其认知力与语言结构〉评介》

1994 年朱永生在《外国语》第 1 期上发表《英语中的语法比喻现象》

1995 年，田润民在《外语与外语教学》第 1 期发表《隐喻的语用观》

1995 年，《外语教学与研究》第 2 期发表了赵艳芳的对《我们所赖以生存的隐喻》一书较为全面的介绍和评价

1995 年，《外国语》第 5 期发表了严世清教授的《隐喻理论史探》，介绍了“替代论”和“互动论”等

1995 年林书武在《外语教学与研究》上发表《隐喻与认知》

1995 年田润民在《外语教学与研究》上发表《隐喻的语用观》

1995 年杨君在《修辞学习》上发表《西方隐喻修辞理论简介》

1996 年胡壮麟在《外语教学与研究》上发表《语法隐喻》

1996 年，束定芳教授在《外语学刊（黑龙江大学学报）》上发表了《隐喻的语用学研究》

1996 年，束定芳在《外国语》上发表《试论现在隐喻学的研究目标、方法和任务》

1996 年，束定芳在《外语研究》上发表《亚里斯多德与隐喻研究》

1996 年，林书武在《外语教学与研究》上发表《隐喻的一个具体运用：

〈语言的隐喻基础〉评述》

1997 年，林书武在《外语教学与研究》上发表《国外隐喻研究综述》

1997 年，林书武在《外语教学与研究》上发表《R. W. Gibbs 的〈思维的比喻性〉评介》

1997 年，束定芳在《外语研究》上发表《理查兹的隐喻理论》

1998 年，胡壮麟在《外语与外语教学》上发表《有关语用学隐喻观的若干问题》

1998 年，张培成在《外语与外语教学》上发表《关于 Metaphorical Concept 的几点思考》

1998 年，王松亭在《外语学刊》上发表《隐喻和言语行为》

1998 年，杨信彰在《外语与外语教学》上发表《隐喻的两种解释》

1998 年，朱小安在《解放军外国语学院学报》上发表《隐喻的替代理论评析》

1999 年，李锡胤在《外语与外语教学》上发表《王松亭新著〈隐喻的机制和社会文化模式〉序》

1999 年，刘振前在《四川外语学院学报》上发表《隐喻的范畴化和概念化过程》

1999 年，陈治安、蒋光友在《西南师范大学学报》上发表《隐喻理论与隐喻理解》

1999 年，高莉莉在《山西大学师范学院学报》上发表《西方隐喻认知研究理论评介》

1999 年，吴莉在《外语学刊》上发表《英语管道隐喻的结构探微》

1999 年，张蓓在《外语教学》上发表《莱考夫的经验主义隐喻观探究》

2000 年，胡壮麟在《外语教学与研究》上发表《评语法隐喻的韩礼德模式》

2000 年，范文芳在《外国语》上发表《英语语气隐喻》

2000 年，汪少华在《外语与外语教学》上发表《隐喻推理机制的认知性透视》

2000 年，朱永生、严世清在《外语教学与研究》上发表《语法隐喻理

论的理据和贡献》

2000 年，郭翠在《东方论坛》上发表《国外 2000 年李丛禾在〈福建外语〉发表〈论隐喻的关联性〉隐喻研究刍议》

2000 年，李福印在《外语教学与研究》上发表《介绍〈当代隐喻理论：从汉语的视角谈起〉》

2000 年，李福印在《四川外语学院学报》上发表《研究隐喻的主要学科》

2000 年，李海辉在《外语教学》上发表《隐喻的关联性解释》

2000 年，刘振前在《外语与外语教学》上发表《隐喻的传统理论与理解模式》

2000 年，王云燕，张华英在《楚雄师专学报》上发表《当前隐喻研究的两种发展趋势》

2001 年，刘正光在《外语与外语教学》上发表《莱柯夫隐喻理论中的缺陷》

2001 年，刘正光在《外语教学与研究》上发表《〈体验哲学——体验心智及其对西方思想的挑战〉述介》

2000 年，杨成虎在《外语学刊》上发表《隐喻解释的语义协调论》

2001 年，黄华在《外语与外语教学》上发表《试比较概念隐喻理论和概念整合理论》

2001 年，丁建新在《浙江大学学报》上发表《探究人类认知活动的新视角——〈隐喻〉评介》

2001 年，李秀丽在《清华大学学报》上发表《语言哲学视野中的隐喻》

2001 年，宁立正、韦汉在《艺术探索》上发表《当代语言分析哲学中的隐喻观》

2002 年，林书武在《外国语》上发表《隐喻研究的基本现状、焦点及趋势》

2002 年，胡壮麟在《三峡大学学报》上发表《里查兹的互动理论》

2002 年，匡文涛、文旭在《外语学刊》上发表《隐喻的认知语用学研究》

2002 年，刘正光在《外语与外语教学》上发表《Fauconnier 的概念合成理论：阐释与质疑》

2002 年，庞继贤、丁展平在《外语与外语教学》上发表《隐喻的应用

语言学研究》

2002 年，李秀丽在《四川外语学院学报》上发表《隐喻研究的误区》

2004 年，张全生教授在《新疆师范大学学报》上发表《中国隐喻十年综述》

2000 年，束定芳教授出版了《隐喻学研究》（上海外语教育出版社），成为国内第一部系统研究隐喻学的专著

2001 年，卡梅伦（Lynne Cameron）、洛（Graham Low）出版《隐喻的研究与应用》（上海外语教育出版社）

2001 年，王斌在《外语学刊》上发表《交织与隐喻的比较研究》

2001 年，汪少华在《外国语》上发表《合成空间理论对隐喻的阐释力》

2001 年，王葆华、梁晓波在《外语教学与研究》上发表《隐喻研究的多维视野——介绍〈隐喻学研究〉》

2001 年，苏晓军、张爱玲在《外国语》上发表《概念整合理论的认知力》

2001 年，陈道明在《外语教学》上发表《概念映射的“双域”模式和“多空间”模式》

2001 年，陈喜荣在《四川外语学院学报》上发表《隐喻与合作原则》

2002 年，束定芳、汤本庆在《外语研究》上发表《隐喻研究中的若干问题与研究课题》

2002 年，严世清在《解放军外国语学院学报》上发表《论关联理论的隐喻观》

2002 年，赵蓉在《四川外语学院学报》上发表《隐喻阐释的两种新视角及其比较》

2002 年，夏孝才、杨艳在《甘肃教育学院学报》上发表《隐喻的两种理论》

2004 年，张沛出版《隐喻的生命》（北京大学出版社）

2004 年，拉科娃（M. Rakova）出版《字面意义的疆域：隐喻、一词多义以及概念理论》（北京大学出版社）

2007 年，王文斌出版《隐喻的认知构建与解读》（上海外语教育出版社）

2007 年，郭贵军翻译出版了戴维·E. 库珀的《隐喻》（上海科技教育出版社）

2007 年，苏立昌出版《认知语言学与意义理论：隐喻与意义理论研究（英文版）》（南开大学出版社）

2008 年，蓝纯出版《从认知角度看汉语和英语的空间隐喻》（外语教学与研究出版社）

2009 年，黄华新、徐慈华翻译出版了斯坦哈特（E. C. Steinhart）的《隐喻的逻辑——可能世界中的类比》（浙江大学出版社）

2009 年，苏立昌出版《英汉概念隐喻用法比较词典》（南开大学出版社）

2009 年，魏纪东出版《篇章隐喻研究》（上海外语教育出版社）

2010 年，孙毅出版《认知隐喻学经典文献选读》（中国社会科学出版社）

2010 年，张光明出版《认知隐喻翻译研究》（国防工业出版社）

2011 年，秦涵荣出版《英语常用隐喻辞典（英汉双解）》（北京大学出版社）

2011 年，江静出版《隐喻化中的源语概念影响：基于语料库的中国英语学习者隐喻表达研究》（复旦大学出版社）

2011 年，王炳社出版《隐喻艺术思维研究》（中国社会科学出版社）

2011 年，侯奕松出版《学术前沿研究：隐喻研究与英语教学》（北京师范大学出版集团、北京师范大学出版社）

2011 年，朱全国出版《文学隐喻研究》（中国社会科学出版社）

附录三　莎士比亚十四行诗隐喻表格一览

Introduction to Shakespeare's Sonnets

The Sonnets are Shakespeare's most popular works, and a few of them, such as Sonnet 18 (*Shall I compare thee to a summer's day*), Sonnet 116 (*Let me not to the marriage of true minds*), and Sonnet 73 (*That time of year thou mayst in me behold*), have become the most widely-read poems in all of English literature.

Composition Date of the Sonnets

Shakespeare wrote 154 sonnets, likely composed over an extended period from 1592 to 1598, the year in which Francis Meres referred to Shakespeare's "sugred sonnets":

> The witty soul of Ovid lives in mellifluous & honey-tongued Shakespeare, witness his Venus and Adonis, his Lucrece, his sugared sonnets among his private friends, &c. (*Palladis Tamia*: *Wit's Treasury*)

In 1609 Thomas Thorpe published Shakespeare's sonnets, no doubt without the author's permission, in quarto format, along with Shakespeare's long poem, *The Passionate Pilgrim*. The sonnets were dedicated to a W. H., whose identity remains a mystery, although William Herbert, the Earl of Pembroke, is frequently suggested because Shakespeare's First Folio (1623) was also dedicated to him.

附表 3－1　关于爱情的隐喻网络

隐喻(相关隐喻用法)	隐喻表达(频率;诗－诗行)
(爱情的背叛)爱情是罪恶	murderous(2:9－14,10－5)
	commit(1:9－14)
	conspire(1:10－6)
	authorize(1:35－6)
	trespass(1:35－6)
	amiss(1:35－7)
	excuse(1:35－8)
	sin(1:35－8)
	fault(1:35－9)
	adverse party(1:35－10)
	advocate(1:35－10)
	lawful/law(3:35－11,49－12,49－13)19
	accessory(1:35－13)
	thief/thievish(3:35－14,48－8,48－14)
	rob(2:35－14,142－8)
	steal/stolen(3:40－10,48－13,92－1))
	kill/slay(3:40－14,139－4,139－14)
	offender/offence(2:42－5,89－2)
	defendant/defence(2:46－7,89－4)
	plea/plead(2:46－5,46－7)
	verdict(1:46－11)
	accuse(1:58－8)
	crime(2:58－12,120－8)
	charter(1:87－3)
	release(1:87－3)
	bond(1:87－4)
	forsworn(3:88－4,152－1,152－2)
	shun(1:129－14)
	lead(1:129－14)
	witness(1:131－11)
	judgment(1:131－12)
	sue(1:134－11)
	doom(1:145－7)
	breach(1:152－5)
	perjure(2:152－6,152－13)
爱情是战役(2:35－12,46－1)	win(1:41－5)
	assail(1:41－6)
	prevail(1:41－8)
	loss(1:42－4)
	conquest(1:46－2)20
	defeat(1:61－11)

续表

隐喻(相关隐喻用法)	隐喻表达(频率;诗-诗行)
爱情是战役(2:35-12,46-1)	fight(1:88-3) defence(1:139-8) fire... out(1:144-14) revenge(1:149-8) general(1:154-7) disarm(1:154-8)
爱情是财富	wealth(2:29-13,91-10) poverty(1:40-10) gift(2:87-7,87-11) patent(1:87-8) rich(1:91-10) eternal(1:108-9) sold(1:110-3) cheap(1:110-3) dear(1:110-3) fee(1:120-13) oblation(1:125-10) treasure(1:136-5)
爱情是交易	break truth(1:41-12) lose/loss/lost(5:42-9,42-10,42-11,134-12,134-13) gain(1:42-9) league(1:47-1) sum(1:49-3) audit(1:49-4) merchandize(1:102-3) bond(2:134-8,142-7) statule(1:134-9) usurer(1:134-10)21 debator(1:134-11) pay(1:134-14) account(1:136-10) seal(1:142-7) revenue(1:142-8) rent(1:142-8)
爱情是食欲(人生是盛宴;美是食物)	feast(3:47-5,75-9,141-8) banquet(1:47-6) appetite(3:56-2,110-10,147-4) feed(1:56-3) fill(1:56-5)

续表

隐喻（相关隐喻用法）	隐喻表达（频率；诗 - 诗行）
爱情是食欲（人生是盛宴；美是食物）	hungry(1:56 - 6) full/fulness(2:56 - 6,75 - 9) starve(1:75 - 10) surfeit(1:75 - 13) glutton(1:75 - 14) sweet(2:118 - 5,125 - 7) bitter(1:118 - 6) potion(1:119 - 1) savour(1:125 - 7)
爱情是疾病	malady(1:118 - 3) sick/sickness(2:118 - 4,118 - 14) disease(2:118 - 8,147 - 2) ill(3:118 - 10,118 - 12,147 - 3) medicine(1:118 - 11) cure(1:118 - 12) fever(1:119 - 8) salve(1:120 - 12) wounded(1:120 - 12)22 plague(1:137 - 14) nurseth(1:147 - 2) physician(1:147 - 5) prescription(1:147 - 6) death(1:147 - 8)
爱情是植物	engraft(1:37 - 8) weed(1:124 - 4) flower(1:124 - 4) harvest reap(1:128 - 7) ground(1:142 - 2) root(1:142 - 11) grow(1:142 - 11)
爱情是负担	burden(2:23 - 8,97 - 7) cross(1:42 - 12)
爱情是火	fire(4:45 - 1,154 - 5,154 - 10,154 - 14) flame/inflame(3:109 - 2,115 - 2,115 - 4) burn(1:115 - 5) warm(1:154 - 6) hot(1:154 - 7) heat(2:154 - 10,154 - 14)

续表

隐喻（相关隐喻用法）	隐喻表达（频率；诗 - 诗行）
爱情是旅程	journey（1：27 - 3） pilgrimage（1：27 - 6） sail（1：117 - 7） transport（1：117 - 8）
爱情是奴役	slave（2：57 - 1，58 - 1） service/servant（2：57 - 4，57 - 8） require（1：57 - 4） sovereign（1：57 - 6） vassal（1：58 - 4）23 bide（1：58 - 7）
爱情是外交事务	embassy（1：45 - 6）
爱情是武器	edge（1：56 - 2） blunt（1：56 - 2） sharpen（1：56 - 4）
爱情是孤儿	orphan（1：97 - 10）
爱情是良药	fill（1：112 - 1）
爱情是光	mark（1：116 - 5） star（1：116 - 7）
爱情是建筑	ruin（1：119 - 11） built（1：119 - 11）

附表 3 - 2　关于人类的隐喻网络

隐喻（相关隐喻用法）	隐喻表达（频率；诗 - 诗行）
人类是植物（时间是农民）	rose（7：1 - 2，35 - 2，54 - 3，54 - 6，54 - 11，99 - 8，109 - 14） fresh ornament（1：1 - 9） herald to the gaudy spring（1：1 - 10） bud（6：1 - 11，35 - 4，54 - 8，70 - 7，95 - 3，99 - 7） weed（2：2 - 4，69 - 12） unear'd（1：3 - 5） tillage（1：3 - 6） husbandry（1：3 - 6） sap（2：5 - 7，15 - 7） leave（2：5 - 7，12 - 5） o'ersnow'd（1：5 - 8） bareness/barrenly/barren（3：5 - 8，11 - 10，12 - 5） distillation/distil（4：5 - 9，5 - 13，6 - 2，54 - 14） flower（5：5 - 13，16 - 17，69 - 12，94 - 9，99 - 13）

续表

隐喻(相关隐喻用法)	隐喻表达(频率;诗－诗行)
人类是植物(时间是农民)	sweet(4:5－14,6－4,99－2,99－14) violet(2:12－3,99－1) tree(1:12－5) green(1:12－7) scythe/sickle/knife(7:12－13,60－12,63－10,100－14,116－10,123－14,126－2) engraft(1:15－14) garden(1:16－6) unset(1:16－6) canker-bloom/canker(2:54－5/99－12)33 thorn(2:54－7,99－8) mow/cut(2:60－12,63－10) soil(1:69－14) grow(1:69－14) purple(1:99－3) lily(1:99－6) marjoram(1:99－7) blush(1:99－9) white(2:99－9,99－10) red(1:99－10) colour(1:99－14)
人类是自然	summer(2:18－1,104－14) golden face(1;33－3) celestial face(1:33－6) sun(3:33－9,33－14,35－3) beauteous day(1:34－1) dry(1:34－6) rain(1:34－6) fountain(1:35－2) moon(2:35－3,107－5) spring(2:53－9,63－8) foison of the year(1:53－9) bay(1:137－6) common place(1:137－10)
人类是建筑	repair(1:3－3) renewst(1:3－3) fortify(1:16－3) window(2:24－8,24－11) building(1:80－12)34 overthrow(1:90－8) mansion(1:95－9,146－6) wall(1:146－4)

续表

隐喻(相关隐喻用法)	隐喻表达(频率;诗－诗行)
人类是画(时间是艺术家)	pencil/pen(2:16－10,19－10) drawn(2:16－14,19－10) carve(1:19－9) untainted(1:19－11) painted/painting(5:21－2,62－14,82－13,83－1,83－2) hue(1:82－5)
人类是财富	prey(1:48－8) chest(1:48－9) prize(1:48－14) dear(2:48－14,87－1) possess(1:87－1) rich(1:87－6) crown(1:114－1) precious jewel(1:131－4) mortgage(1:134－2) forfeit(1:134－3)
人类是动物	wing(1:78－7) feather(1:78－7) lamp(2:96－9,96－10) wolf(1:96－9)
人类是燃料(人生是火)	fuel(1:1－6) bright(1:55－3)
人类是血	blood(1:11－3)
人类是镜子	mirror(1:3－9)
人类是小瓶子	vial(1:6－3)
人类是印章	seal(1:11－13) print(1:11－14) copy(1:11－14)

附表 3－3　关于人生的隐喻网络

隐喻(相关隐喻用法)	隐喻表达(频率;诗－诗行)
人生是战役(时间是暴君)	foe(1:1－8) besiege/siege(2:2－1,65－6) dig(1:2－2) field(1:2－2) conquest/conquer(2:6－14,90－6) war(2:15－13,16－2)43

续表

隐喻(相关隐喻用法)	隐喻表达(频率;诗 - 诗行)
人生是战役(时间是暴君)	enmity(1:55 - 9) battering(1:65 - 6) ambush(1:70 - 9) assail(1:70 - 10) victor(1:70 - 10) charge(1:70 - 10) debate(1:89 - 13)
人生是交易(美是财富)	contract(1:1 - 5) sum(1:2 - 11) count(1:2 - 11) profitless(1:4 - 7) usurer/usury(2:4 - 7,6 - 5) traffic(1:4 - 9) audit(1:4 - 12) use(1:6 - 5) pay(1:6 - 6) loan(1:6 - 6) lease(2:13 - 5,146 - 5)
人生是自然	summer(3:5 - 5,6 - 2,56 - 14) winter(4:5 - 6,6 - 1,13 - 11,56 - 13) yellow leave(1:73 - 2) hang(1:73 - 2) cold(1:73 - 3) windy(1:90 - 7) rainy(1:90 - 7)
人生是旅程	climb(1:7 - 5) pilgrimage(1:7 - 8) car(1:7 - 9) reeleth(1:7 - 10)44 tract(1:7 - 12) travel(1:34 - 2) straying(1:41 - 10) pace forth(1:55 - 10) travel(1:63 - 5) hold... foot back(1:65 - 11) wandering(1:116 - 7)
人生是盛宴(爱是食欲;美是食物)	glutton(2:1 - 12,75 - 14) eat(1:2 - 8) feast(3:47 - 5,75 - 9,141 - 8)

续表

隐喻(相关隐喻用法)	隐喻表达(频率;诗-诗行)
人生是盛宴(爱是食欲;美是食物)	banquet(1:47-6) feed(1:60-11) full(1:75-9) starve(1:75-10) surfeit(1:75-13) taste(1:90-11) appetite(2:110-10,147-4) sweet(2:118-5,125-7) bitter(1:118-6) potion(1:119-1) savour(1:125-7)
人生是建筑	window(1:3-11) roof(1:10-7) repair(1:10-8) house(1:13-9) fall(1:13-9) top(1:16-5)
人生是一日	day(2:15-12,73-5) night(4:15-12,30-6,63-5,73-7)45 twilight(1:73-5) sunset(1:73-6)
人生是音乐	music(1:8-1) concord(1:8-5) well-tuned sound(1:8-5) string(1:8-9) strike(1:8-10) note(1:8-12) sing(2:8-12,8-14) song(1:8-13)
人生是财富	rich(1:15-10)
人生是火(人类是燃料)	light(1:1-6) flame(1:1-6) glow(1:73-9) fire(1:73-9) ashes(1:73-10) consume(1:73-12)
人生是梦	dream(1:129-12)
人生是舞台	stage(1:15-3)

附表 3－4 关于美的隐喻网络

隐喻（相关隐喻用法）	隐喻表达（频率；诗－诗行）
美是财富（人生是交易）	churl（1：1－12） waste（2：1－12，9－11） niggard（2：1－12，4－5） treasure（3：2－6，6－5，63－8） thriftless/unthrifty/unthrift（4：2－8，4－1，9－9，13－13） use/unused/used/user（4：2－11，4－13，4－14，9－12） spend（2：4－1，9－9） legacy（1：4－2） bequest（1：4－3） lend（2：4－3，4－4） free（1：4－4） largess（1：4－6） profitless（1：4－7） usurer（1：4－7）52 sum（1：4－8） bounteous/bounty（1：11－12） gift（2：11－12，60－8） cherish（1：11－12） lease（1：13－5） flourish（1：60－9） exchequer（1：67－11） rob（1：79－8） pay（3：79－8，79－14，125－6） give（1：79－10） owe（1：79－14） rich（1：94－6） expense（1：94－6） rent（1：125－6）
美是食物（人生是盛宴；爱是食欲）	glutton（2：1－12，75－14） eat（1：2－8） feast（3：47－5，75－9，141－8） banquet（1：47－6） feed（1：60－11） full（1：75－9） starve（1：75－10） surfeit（1：75－13） appetite（2：110－10，147－4） sweet（2：118－5，125－7） bitter（1：118－6）

续表

隐喻（相关隐喻用法）	隐喻表达（频率；诗－诗行）
美是食物（人生是盛宴；爱是食欲）	potion(1:119－1) savour(1:125－7)
美是衣服	cover(1:22－5) raiment(1:22－6)53 wear(1:77－1)
美是王国	king(1:63－6)
美是自然	summer(1:68－11) heaven(1:70－4)

附表3－5　关于时间的隐喻网络

隐喻（相关隐喻用法）	隐喻表达（频率；诗－诗行）
时间是农民（人类是植物）	scythe/sickle/knife(7:12－13,60－12,63－10,100－14,116－10,123－14,126－2) mow/cut(2:60－12,63－10)
时间是暴君（人生是战役）	besiege/siege(2:2－1,65－6) dig(1:2－2) field(1:2－2) tyrant/tyranny(3:5－3,16－2,115－9) war(1:15－13) bloody(1:16－2) injurious(1:63－2) drain(1:63－3) fill(1:63－3) fell hand(1:64－1) deface(1:64－1) wreckful(1:65－6) battering(1:65－6)
时间是艺术家（人类是画）	pencil/pen(2:16－10,19－10) carve(1:19－9) draw(1:19－10) untainted(1:19－11)
时间是财富	dear(1:30－4) waste(1:30－4)
时间是糖	sweet(1:36－8)
时间是盗贼	steal(1:63－8)

附表 3-6 抽象概念隐喻网络

隐喻(相关隐喻用法)	隐喻表达(频率;诗-诗行)
责任是衣服	knit(1:26-2)
天堂是建筑	gate(1:29-12)
过往(记忆)是财富	expense(1:30-8)
失去是建筑	restore(1:30-14)
侵犯是自然	cloud(5:33-5,33-12,34-3,34-5,35-3) thorn(1:35-2) mud(1:35-2) eclipse(1:35-3) canker(1:35-4)
羞辱是良药	salve(1:34-7) heal(1:34-8) cure(1:34-8) physic(1:34-9)
激励是能量	light(1:38-8)
思想是空气	air(1:45-1)
快乐是财富	treasure(1:52-2)
快乐是武器	blunt(1:52-4) fine point(1:52-4)
幸福是盛宴	feast(1:52-5)
罪是疾病	remedy(1:62-3)
罪是植物	ground(1:62-4)
邪恶是疾病	infection(1:67-1)
怀疑是动物	crow(1:70-4)
嫉妒是疾病	tie up(1:70-12)
骄傲是植物	barren(1:76-1)
修辞是衣服	dress(1:76-11)
无知是动物	fly(1:77-6)
美德是财富	rob(1:79-8) pay(2:79-8,79-14) lend(1:79-9) stole(1:79-9) owe(1:79-14)61
特权是武器	knife(1:95-14) edge(1:95-14)
怜悯是良药	cure(1:111-14) fill(1:112-1)

续表

隐喻(相关隐喻用法)	隐喻表达(频率;诗-诗行)
丑闻是标记	stamp(1:112-2)
感觉是金属	steel(1:112-8)
奉承是食物	drink up(2:114-2,114-10)
意图是武器	blunt(1:115-7) sharp(1:115-7)
憎恨是武器	shoot(1:117-12)
记忆是书	table(1:122-12)
荣誉是华盖	canopy(1:125-1)

附表3-7 人类角色和功能的隐喻网络

隐喻(相关隐喻用法)	隐喻表达(频率;诗-诗行)
眼睛是自然	star(1:14-10)
眼睛是建筑	live(2:16-12,93-5) dwell(1:55-14)
眼睛是艺术家	painter(1:24-1)
心是桌子	table(1:24-2)
身体是框架	frame(1:24-3)
胸膛是商店	shop(1:24-7)
眼泪是自然	drown(1:30-5) flow(1:30-5) rain(1:34-6)
眼泪是珍珠	pearl(1:34-13)
身体是自然	earth(1:44-11) water(1:44-11)
心是储藏室	closet(1:46-6)
心是建筑	tenant(1:46-10) home(1:109-5)
眼睛是自然	sun(1:49-6)
脸是地图 皱纹是建筑	map(1:68-1) grave(1:77-6)
舌头是建筑	dwell(1:89-10)
脸是建筑	dwell(1:93-10)

续表

隐喻(相关隐喻用法)	隐喻表达(频率;诗 - 诗行)
神经是金属	brass(1:120 - 4) steel(1:120 - 4)
头发是线	wire(1:130 - 4)
胸膛是金属/监狱	steel(1:133 - 9) jail(1:133 - 12)
眼睛是车辆	anchor(1:137 - 6)
眼睛是隘路	dart(1:139 - 12)
眼睛是能量	fire(2:153 - 9,153 - 14)

附表 3 - 8　"韵文"和"笔"的隐喻网络

隐喻(相关隐喻用法)	隐喻表达(频率;诗 - 诗行)
韵文是建筑	live(2:55 - 14,107 - 11) fortify(1:63 - 9) monument(2:81 - 9,107 - 13)
韵文是植物	barren(2:16 - 4,76 - 1) weed(1:76 - 6)
韵文是邮票	stamp(1:82 - 8)
韵文是财富	debt(1:83 - 4)
韵文是车辆	sail(1:86 - 1)
笔是工厂	pen(1:32 - 6)
笔是建筑	dwell(1:84 - 5)

附表 3 - 9　关于自然的隐喻网络

隐喻(相关隐喻用法)	隐喻表达(频率;诗 - 诗行)
世界是舞台	stage(1:15 - 3)
太阳是眼睛	eye(1:18 - 5)
自然是艺术家	paint(1:20 - 1)
星辰是能量	candle(1:21 - 12)
潮汐是战役	win(1:64 - 7)
植物是外衣	damask'd(1:130 - 5)

附表 3－10　方位隐喻

隐喻（相关隐喻用法）	隐喻表达（频率；诗－诗行）
善是向上的/恶是向下的	high（1：17－2） basest（1：33－5） surmount（1：62－8）
疲惫是下沉的	（1：50－1）64

附表 3－11　莎诗中隐喻一览表隐喻的出现

目标域 / 源域	爱	人类	生命	美丽	时间	其他	总计
植　物	7	67		5		6	85
财　富	14	9	1	43	2	9	78
罪　恶	49						49
自　然		17	12	2		14	45
交　易	21		13				34
建　筑	1	9	6	1		16	33
战　役	14		16			1	31
疾　病	18	1				2	21
盛　宴			20			1	21
食　物				19		1	20
食　欲	16						16
暴　君					16		16
旅　程	4		10				14
火	4	2	4			4	14
画		12					12
武　器	2					7	9
音　乐			9				9
农　民					9		9
动　物		6				2	8
白　昼			8				8
良　药	1					6	7
艺术家					5	2	7
衣　服				3	1	2	6
其　他	15	7	2	5	3	27	59
总　计	166	130	101	78	36	100	611

附录四 莎士比亚十四行诗中95处“眼睛”一览表

附表 4 -1 关于眼睛的隐喻

隐喻(相关隐喻用法)	隐喻表达(频率;诗 - 诗行)
眼睛	S1 -5,S2 -7,S5 -2,2:S7,S7 -2,S7 -11,2:S9,S9 -1,S9 -8,S14 -9,S16 -12,S17 -5,2:S18,S18 -5,S18 -13,2:S20,S20 -5,S20 -8,S23 -14,6:S24,S24 -1,S24 -8,S24 -9(1),S24 -9(2),S24 -10,S24 -13,S25 -6,S27 -7,S29 -1,S30 -5,S31 -6,S33 -2,4:S43,S43 -1,S43 -8,S43 -9,S43 -12,6:S46,S46 -1,S46 -3,S46 -4,S46 -6,S46 -12,S46 -13,5:S47,S47 -1,S47 -3,S47 -5,S47 -7,S47 -14,S49 -6,2:S55,S55 -11,S55 -14,S56 -6,2:S61,S61 -2,S61 -10,S62 -1,3:S69,S69 -1,S69 -8,S69 -11,S78 -5,2:S81,S81 -8,S81 -10,S88 -2,S93 -5,S95 -12,3:S104,S104 -2(1),S104 -2(2),S104 -12,3:S106,S106 -6,S106 -11,S106 -14,2:S113,S113 -1,S113 -14,3:S114,S114 -3,S114 -11,S114 -14,S119 -7,S121 -5,S127 -10,S130 -1,2:S132,S132 -1,S132 -9,5:S137,S137 -1,S137 -5,S137 -7,S137 -11,S137 -13,2:S139,S139 -3,S139 -6,S140 -14,S141 -1,S142 -10,5:S148,S148 -1,S148 -5,S148 -8,S148 -9,S148 -14,S149 -12,2:S152,S152 -11,S152 -13,2:S153,S153 -9,S153 -14

附表 4 -2 关于眼睛的诗句中英文对照

诗行	诗句	辜正坤译文
S1 -5	But thou,contracted to thine own bright eyes	而你,却只与自己的明眸定婚
S2 -7	To say within thine own deep-sunken eyes	你却只能说:“它们都在我深陷的眼里。”
S5 -2	The lovely gaze where every eye doth dwell	刻出这众目所归的美颜
S7 -2	Lifts up his burning head,each under eye	火红的头颅,每一双尘世的眼睛
S7 -11	The eyes,'fore duteous,now converted are	于是那从前恭候的目光就不再追逐
S9 -1	It is for fear to wet a widow's eye	难道是因为惧怕寡妇的泪眼飘零
S9 -8	By children's eyes her husband's shape in mind	不像别的寡妇可以靠孩子的眼神(便使丈夫的音容长锁寸心)
S14 -9	But from thine eyes my knowledge I derive	我只是从你的双眼这一对恒星
S16 -12	Can make you live yourself in eyes of men	让你内在和外在的美色昭彰
S17 -5	IfI could write the beauty of your eyes	如果我能描摹你流盼的美目
S18 -5	Sometimes too hot the eyes of heaven shines	有时候天眼如炬人间酷热难当
S18 -13	So long as men can breathe or eyes can see	只要人口能呼吸,人眼看得清
S20 -5	An eye more bright than theirs,less false in rolling	你的眼比她们的更真诚更明亮
S20 -8	Which steals men's eyes and women's souls amazeth	使众男子神迷,使众女人魂飞魄荡
S23 -14	To hear with eyes belongs to love's fine wit	请用眼所爱的智慧发出的清响

续表

诗行	诗句	辜正坤译文
S24 - 1	Mine eye hath played the painter, and hath steeled	我的眼睛是画家，将你
S24 - 8	That hath his windows glazed with thine eyes	你明亮的双眼是那画店的玻璃窗
S24 - 9(1)	Now see what good turns eyes for eyes have done	瞧眼睛和眼睛互相帮了多大的忙
S24 - 9(2)	Now see what good turns eyes for eyes have done	瞧眼睛和眼睛互相帮了多大的忙
S24 - 10	Mine eyes have drawn thy shape, and thine for me	我的眼画下你的形象，你的眼睛
S24 - 13	Yet eyes this cunning want to grace their art	然而我的眼睛还缺乏更高的才能
S25 - 6	But as the marigold at the sun's eye	但如金盏花随日出日落乍开还闭
S27 - 7	And keep my drooping eyelids open wide	我强睁大睡意蒙眬的双眼
S29 - 1	When in disgrace with fortune and men's eyes	面对命运的抛弃，世人的冷眼
S30 - 5	Then can I drown an eye unused to flow	不轻弹的热泪挤满了我的双眼
S31 - 6	Hath dear religious love stol'n from mine eye	（对死者热烈、虔诚的眷恋曾偷走）我圣洁、哀伤的泪儿如涌泉奔流
S33 - 2	Flatter the mountain tops with sovereign eye	威严的朝阳把四射光芒洒满山巅
S43 - 1	When most I wink, then do mine eyes best see	我的眼睛闭得紧紧，却反能看得清清
S43 - 8	When to unseeing eyes thy shade shines so	我虽闭起了双眼，你的形象却如此鲜明
S43 - 9	How would, I say, mine eyes be blessed made	那么，唉，我的双眼要怎样才会交上好运
S43 - 12	Through heavy sleep on sightless eyes doth stay	（不然我就只能在死寂于沉沉的酣睡中）用紧闭的双眸观摩你飘忽的芳容
S46 - 1	Mine eye and heart are at a mortal war	我的眼睛和心儿正吵作一团
S46 - 3	Mine eye my heart thy picture's sight would bar	眼睛不许心儿亲睹你的倩影
S46 - 4	My heart mine eye the freedom of that right	心儿不许眼睛把你自由观看
S46 - 6	A closet never pierced with crystal eyes	无人能窥其堂奥即便有雪亮的眼珠
S46 - 12	The clear eye's moiety, and the dear heart's part	使亮眼不亏，柔心不负
S46 - 13	As thus: mine eye's due is thine outward part	你外表的美由我的眼睛占有
S47 - 1	Betwixt mine eye and heart a league is took	我的眼睛和心达成了协议
S47 - 3	When that mine eye is famished for a look	当眼睛无法将尊荣亲睹
S47 - 5	With my love's picture then my eye doth feast	眼儿便呈现恋人的肖像
S47 - 7	Another time mine eye is my heart's guest	有时候眼睛也应邀赴心儿的宴席
S47 - 14	Awakes my heart, to heart's and eyes' delight	也会唤醒寸心，叫心儿眼儿皆大欢喜
S49 - 6	And scarcely greet me with that sun, thine eye	不再用你太阳般的眼睛射出欢迎的光彩
S55 - 11	Even in the eyes of all posterity	纵然千秋万代之后世人的双眼

续表

诗行	诗句	辜正坤译文
S55 - 14	You live in this, and dwell in lover's eyes	你将住在恋人的眼里,活于我不朽的诗行
S56 - 6	Thy hungry eyes even till they wink with fullness	爱呵,你也一样,今日你那饿眼(饱食后欲开还闭,睡眼惺忪)
S61 - 2	My heavy eyelids to the weary night	使我于漫漫长夜强睁睡眼
S61 - 10	It is my love that keeps mine eye awake	这原是我自己的爱使我久久不合眼
S62 - 1	Sin of self-love possesseth all mine eye	我的眼、灵魂和全身每一部分(全都充斥着自恋的罪行)
S69 - 1	Those parts of thee that the world's eye doth view	你那天生丽质可面对众目睽睽
S69 - 8	By seeing farther than the eye hath shown	比起眼睛他们似乎看得更远更深
S69 - 11	Then, churls, their thoughts, although their eyes were kind	他们和善的目光中,却有偏狭的思想
S78 - 5	Thine eyes that taught the dumb on high to sing	你的双眸曾教会哑子引吭歌唱
S81 - 8	When you entombed in men's eyes shall lie	人心为冢,你在千万人眼里葬身
S81 - 10	Which eyes not yet created shall o'er-read	来日方长,自有人细读碑铭
S88 - 2	And place my merit in the eye of scorn	我过去的长处只赢得你轻慢的目光
S93 - 5	For there can live no hatred in thine eye	既然你的眼睛不可能窝藏仇恨
S95 - 12	And all things turn to fair that eyes can see	一切可见的事物都显得美丽非凡
S104 - 2(1)	For as you were when first your eye I eyed	自从第一次和你四眸相照
S104 - 2(2)	For as you were when first your eye I eyed	自从第一次和你四眸相照
S104 - 12	Hath motion and mine eye may be deceived	或骗过我眼,暗地风韵渐消
S106 - 6	Of hand, of foot, of lip, of eye, of brow	毫端翰墨临摹尽手足眼唇及双眼
S106 - 11	And, for they looked but with divining eyes	因为古代诗人还只能想象你的风韵
S106 - 14	Had eyes to wonder, but lack tongues to praise	也只能望而兴叹,恨无妙语惊人
S113 - 1	Since I left you, mine eye is in my mind	异地而处后,我的眼睛进入心庭
S113 - 14	My most true mind thus makes mine eye untrue	我这真诚的心儿就这样使我变得盲目
S114 - 3	Or whether shall I say mine eye saith true	不,或许我应该说,还是眼睛的话儿真
S114 - 11	Mine eye well knows what with his gust is 'greeing	我的眼睛深知心灵的胃口
S114 - 14	That mine eye loves it and doth first begin	我的眼睛也喜欢它,早将味儿先品
S119 - 7	How have mine eyes out of their spheres been fitted	我的双眼几乎要夺眶而出
S121 - 5	For why should others false adulterate eyes	为什么别人的挑逗卖俏的目光
S127 - 10	Her eyes so suited, and they mourners seem	乌黑的眼睛,仿佛是黑衣追悼人

续表

诗行	诗句	辜正坤译文
S130 - 1	My mistress' eyes are nothing like the sun	我情人的眼睛绝不像太阳
S132 - 1	Thine eyes I love, and they, as pitying me	我爱你的眼睛,它们知道你的内心(正轻蔑地折磨我,于是对我表同情)
S132 - 9	As those two mourning eyes become thy face	但你泪眼的芳容比这一切更美
S137 - 1	Thou blind fool love, what dost thou to mine eyes	爱啊,瞎眼的蠢货,你干了什么
S137 - 5	If eyes corrupt by over-partial looks	如果眼睛受过度的偏见迷惑
S137 - 7	Why of eyes' falsehood hast thou forged hooks	你又为何锻造出虚伪眼睛的锚钩
S137 - 11	Or mine eyes seeing this, say this is not	为何我的眼明明看见了这一切
S137 - 13	In things right true my heart and eyes have erred	我的心和眼在真假是非上犯了错
S139 - 3	Wound me not with thine eye but with thy tongue	请用舌头伤我,可别用你的眼睛
S139 - 6	Dear heart, forbear to glance thine eye aside	(呵,心肝,你不妨直说你芳心已改)万不要当我面与别人眉目传情
S140 - 14	Bear thine eyes straight, though thy proud heart go wide	你要正眼看人,纵心里男盗女娼
S141 - 1	In faith, I do not love thee with mine eyes	说真的,我爱你并不借助于我的眼睛
S142 - 10	Whom thine eyes woo as mine importune thee	我的眼睛缠着你,你得垂涎他们
S148 - 1	O me, what eyes hath love put in my head	啊,天! 爱在我头上安的什么眼
S148 - 5	If that be fair whereon my false eyes dote	如果使我的眼迷恋的东西真是美景
S148 - 8	Love's eye is not so true as all men's. No	爱情之眼实不如常人之眼健全
S148 - 9	How can it, O, how can love's eye be true	是呀,爱情之眼健全得了吗?
S148 - 14	Lest eyes, well seeing, thy foul faults should find	只怕亮眼会把你丑陋的真相看穿
S149 - 12	Commanded by the motion of thine eyes	可使我睥睨万物而不对你拱手称臣
S152 - 11	And, to enlighten thee, gave eyes to blindness	我不辞双眼变瞎好使你光彩照人
S152 - 13	For I have sworn thee fair—more perjured eye	我曾发誓说你美,于是更会说谎的眼睛
S153 - 9	But at my mistress' eye love's brand new fired	现在爱神又借我情人之眼点燃情火
S153 - 14	Where Cupid got new fire: my mistress' eyes	(可温泉失效;因为它本来自我情人的双眼)就连爱神的火炬,也不得不由它复燃

附录五　莎士比亚著作年表

1588 年（24 岁）　《情女怨》（1609 年附于十四行诗后出版）

1589 年（25 岁）　《战争使大家成为朋友》（部分。现存手抄稿）

《爱德华三世》（部分。1596 年出版）

《错误的喜剧》（1594 年 12 月 28 日上演，1623 年收入对折本）

1590 年（26 岁）　《约克和兰开斯特两望族的争斗》（即《亨利六世第二部分》。1594 年 3 月 12 日在书业公所登记，1594 年出版，三次四开本，1623 年收入对折本）

《理查德·约克公爵的真实悲剧》（即《亨利六世第三部分》。1595 年出版，三次四开本，1623 年收入对折本）

1591 年（27 岁）　《亨利六世第一部分》（1592 年 3 月 3 日上演，1623 年收入对折本）

《泰特斯·安德洛尼克斯》（1592 年上演，1594 年 1 月 24 日重新上演，1594 年 2 月 6 日登记，1594 年出版，三次四开本，1623 年收入对折本）

十四行诗（开始）

1592 年（28 岁）　《驯悍记》（1594 年 6 月上演，1623 年收入对折本）

十四行诗（续）

1593 年（29 岁）　《维纳斯与阿多尼斯》（1593 年 4 月 28 日登记，1593 年出版，到 1616 年止共出版四开本二次，八开本八次）

《维洛那二绅士》（1623 年收入对开本）

《理查三世》（1597. 10. 20 登记，1597 年出版，六次四开本，1623 年收入对折本）

十四行诗（续）

1594 年（30 岁）　《仲夏夜之梦》（1594. 5. 1 上演，1600. 10. 8 登记，1600 年出版，二次四开本，1623 年收入对折本）

《鲁克丽斯受辱记》（1594. 5. 9 登记，1594 年出版，到 1616 年止共出版四开本一次，八开本五次）

《爱的徒劳》（1594. 5 上演，1598 年出版，一次四开本，1623 年收入对折本）

《威尼斯商人》（1594. 8 上演，1598. 7. 22 登记，1600. 10. 28再登记,1600年出版,二次四开本,1623年收入对折本）

十四行诗（续，可能以后还写了一些。1609. 5. 20 登记，1609 年出版四开本一次）

1595 年（31 岁）　《理查二世》（1595. 12. 9 上演，1597. 8. 29 登记，1597 年出版，五次四开本，1623 年收入对折本）

《罗密欧与朱丽叶》（1596 年夏上演，1597 年出版，四次四开本，1623 年收入对折本）

1596 年（32 岁）　《约翰王》（1623 年收入对折本）

1597 年（33 岁）　《亨利四世上篇》（1598. 2. 25 登记，1598 年出版，六次四开本，1623 年收入对折本）

《亨利四世下篇》（1600. 8. 23 登记，1600 年出版，一次四开本，1623 年收入对折本）

《温莎的快乐娘儿们》（1597. 4. 23 上演，1602. 1. 18 登记，1602 年出版，二次四开本，1623 年收入对折本）

1598 年（34 岁）　《无事生非》（1600. 8. 4 和 23 登记，1600 年出版，一次四开本，1623 年收入对折本）

《亨利五世》（1599. 4 上演，1600. 8. 4 和 8. 14 登记，

	1600 年出版，三次四开本，1623 年收入对折本）
1599 年（35 岁）	《皆大欢喜》（1600. 8. 4 登记付印，1623 年收入对折本）
	《裘力斯·凯撒》（1599. 7 上演，1623 年收入对折本）
1600 年（36 岁）	《托马斯·莫尔爵士书》（小部分，现存手稿）
	《第十二夜》（1601. 1. 6 上演，1623 年收入对折本）
	《哈姆雷特》（1602. 7. 26 登记，1603 年出版，四次四开本，1623 年收入对折本）
1601 年（37 岁）	《特洛伊罗斯与克瑞西达》（1603. 2. 7 登记，1609. 1. 28 再登记，1609 年出版，一次四开本，1623 年收入对折本）
	《凤凰和斑鸠》（1601 年出版）
1602 年（38 岁）	《终成眷属》（1623 年收入对折本）
1603 年（39 岁）	《奥赛罗》（1604. 11. 1 上演，1622 年出版，一次四开本，1623 年收入对折本）
1604 年（40 岁）	《一报还一报》（1604. 12. 26 上演，1623 年收入对折本）
1605 年（41 岁）	《李尔王》（1606. 12. 26 上演，1607. 11. 26 登记，1608 年版，二次四开本，1623 年收入对折本）
1606 年（42 岁）	《麦克白》（1606 年夏上演，1623 年收入对折本）
1607 年（43 岁）	《安东尼与克莉奥佩特拉》（1608. 5. 20 登记，1623 年收入对折本）
	《泰尔亲王配力克里斯》（部分。1608. 5. 20 登记，1609 年出版，四次四开本，1664 年收入第三对折本重印本）
1608 年（44 岁）	《科利奥兰纳斯》（1623 年收入对折本）
	《雅典的泰门》（1623 年收入对折本）

1609 年（45 岁）　《辛白林》（1623 年收入对折本）；5.20 十四行诗登记，出版四开本一次；《泰尔亲王配力克里斯》，四次四开本

1610 年（46 岁）　《冬天的故事》（1611.5.15 上演，1623 年收入对折本）

1611 年（47 岁）　《暴风雨》（1611.11.1 上演，1623 年收入对折本）

1612 年（48 岁）　《卡迪纽》（与弗莱彻合写。1613.1 上演，已失传）
《亨利八世》（与弗莱彻合写。1613.6.29 上演，1623 年收入对折本）

1613 年（49 岁）　《两个高贵的亲戚》（与弗莱彻合写。1634 年出版）

附表 5－1　莎士比亚著作年表（英文）

Year(aged)	Works
1588(24)	A Lover's Complaint(PL with Sonnets 1609)
1589(25)	War Hath Made All Friends(parts, in MS) Edward Ⅲ(parts, 1596) Comedy of Errors(S Dec. 28,1594 F)
1590(26)	Contention of the Two Famous Houses of York and Lancaster(2 Henry VI, R March 12, 1594, PL1594, 3Qs F) True Tragedy of Richard Duke of York(3 Henry VI, PL 1595, 3Qs F)
1591(27)	I Henry VI(S March 3,1592, F) Titus Andronicus(S 1592? Jan. 24,1594, R Feb. 6,1594, PL 1594, 3Qs F) Sonnets
1592(28)	Taming of the Shrew(S June 1594? F) More Sonnets
1593(29)	Venus and Adonis(R April 28,1593, P 1593, 2Qs and 8Qs) Two Gentlemen of Verona(F) Richard III(R Oct. 20,1597, P 1597, 6Qs F) More Sonnets
1594(30)	Midsummer-Night's Dream(S May 1,1594, R Oct. 8,1600, PL1600, 2Qs F) Rape of Lucrece(R May 9,1594, PL1594, 1Q and 5Os) Love's Labour's Lost(S May 1594? PL1598, 1Q F) Merchant of Venice(S Aug. 1594, R July 22,1598 and Oct. 28,1600, P1600, 2Qs F) More Sonnets(some in later years. Sonnets R May 20,1609, P 1609, IQ)

续表

Year(aged)	Works
1595(31)	Richard II(S Dec. 9,1595,R Aug. 29 ,1597,PL1597,5Qs F) Romeo and Juliet(S summer 1596,PL1597,4Qs F)
1596(32)	King John(F)
1597(33)	Henry IV(R Feb 25,1598,PL 1598,6Qs F) Henry IV(R Aug 23,1600,PL 1600,1Q F) Merry Wives of Windsor(S April 23,1597? R Jan18,1602,PL1602,2Qs F)
1598(34)	Much Ado About Nothing(R Aug. 4 and 23,1600,P 1600,1Q F) Henry V(S April 1599,R Aug. 4 and 14,1600,P 1600,3Qs F)
1599(35)	As You Like It(Stayed Aug. 4,1600,F) Julius Caesar(S July 1599,F)
1600(36)	Book of Sir Thomas More(Small parts,MS) Twelfth Night(S Jan. 6,1601,F) Hamlet(R July 26,1602,PL1603,4Qs F)
1601(37)	Troilus and Cressida(R Feb. 7,1603 and Jan. 28,1609,PL1609,1Q F) Phoenix and the Turtle(PL 1601)
1602(38)	All's Well That Ends Well(F)
1603(39)	Othello(S Nov. 1,1604,PL1622,1Q F)
1604(40)	Measure for Measure(S Dec. 26,1604,F)
1605(41)	King Lear(S Dec. 26,1606,R Nov. 26,1607,PL 1608,2Qs F)
1606(42)	Macbeth(S summer 1606? F)
1607(43)	Antony and Cleopatra(R May 20,1608,F) Pericles,Prince of Type(parts ,R May 20,1608,PL 1609,4Qs ,Second issue of Third Folio,1664)
1608(44)	Coriolanus(F) Timon of Athens(F)
1609(45)	Cymbeline(F)
1610(46)	Winter's Tale(S May 15,1611,F)
1611(47)	The Tempest(S Nov. 1,1611,F)
1611(48)	Cardenio(with Fletcher,S Jan. 1613,lost) Henry VIII(with Fletcher,S June 29,1613,F)
1613(49)	Two Noble Kinsmen(with Fletcher,PL 1634)

F = First Folio of 1623

MS = in manuscript

O = Octavo

PL = published

Q = Quarto

R = registered at the Stationers' Company

S = staged

附录六 莎士比亚作品时间轴

附表 6－1 莎士比亚作品时间轴

Work	Written	Published
The Comedy of Errors	1589－1594	1623
The Two Gentlemen of Verona	1589－1593	1623
King John	1590－1595	1623
Henry VI, Part 1	1590－1592	1623
Henry VI, Part 2	1591	1594
Henry VI, Part 3	1592	1595
Venus and Adonis	1593	1593
Richard III	1593	1597
The Taming of the Shrew	1593－1594	1623
Titus Andronicus	1593－1594	1594
The Rape of Lucrece	1594	1594
Romeo and Juliet	1594	1597
Love's Labours Lost	1594	1598
The Sonnets	1594	1609
Richard II	1595	1597
A Midsummer Night's Dream	1595	1600
The Merchant of Venice	1596	1600
Henry IV, Part 1	1596	1598
Henry IV, Part 2	1597	1600
The Merry Wives of Windsor	1597	1602
Much Ado About Nothing	1598	1600
As You Like It	1599	1623
Julius Caesar	1599	1623
Henry V	1599	1600
Hamlet	1600	1603
Troilus and Cressida	1600－1603	1609
Twelfth Night	1601	1623
All's Well That Ends Well	1601－1602	1623

续表

Work	Written	Published
Othello	1602 - 1603	1622
Measure for Measure	1603	1623
Timon of Athens	1604 - 1606	1623
King Lear	1605	1608
Macbeth	1606	1623
Pericles	1606 - 1607	1609
Antony and Cleopatra	1607 - 1608	1623
Coriolanus	1608	1623
Cymbeline	1609	1623
The Winter's Tale	1609	1623
The Tempest	1610	1623
The Two Noble Kinsmen	1611	1634
Cardenio	1612	—
Henry Ⅷ	1613	1623

附录七　莎士比亚年谱

1564年（英国都铎王朝的伊丽莎白一世女王在位第6年，中国明朝嘉靖四十三年）

4 月 26 日，威廉·莎士比亚在英格兰中部沃里克郡埃文河畔斯特拉福德圣三位一体教堂受洗礼并被命名。教堂有关登记册在 1564 年 4 月项下用拉丁文写着："26 日，约翰·莎士比亚之子威廉"（按：该日值星期三）施洗礼的英国国教教区牧师为约翰·布雷区格德尔。其姓 Shakespeare，音译应为"谢克斯比"；按意义说，"谢克"意为"摇"，"斯比"意为"矛"，现从梁启超译"莎士比亚"。

祖父理查德·莎士比亚，斯特拉福德北偏东三英里半处的斯涅特菲尔德村自耕农。1561 年 2 月 10 日前已死。

父亲约翰·莎士比亚，生于 1530 年前后。早年弃农到斯特拉福德学制软皮手套和其他皮饰物的手艺，从 1552 年起住亨利街，成为生意兴隆的皮手套工匠和商人，兼营谷物、羊毛、麦芽（酿啤酒原料）以及羊、鹿肉和皮革的买卖。1556 年购置亨利街东屋和格林希尔街另一屋，1557 年结婚，并开始参加斯特拉福德市政委员会的活动。1558 年 9 月 30 日起任治安官。1561～1563 年担任市财务官。1563～1565 年仍实际担任市财务官的职务，足证他能写会算。

母亲玛丽·阿登（旧姓特奇尔）望族支裔（地主）的幼女，继承了位于斯特拉福德西北威尔姆科村的一座房屋和 50 英亩土地及其他产益权。

大姐、二姐死于童年，威廉为第三胎（1564 年 4 月 23 日），长子。

7 月，从伦敦传来的鼠疫开始在斯特拉福德肆虐。全市不到 500 家的 1500 多人口，是年死去六分之一，尤以婴儿为多。

是年，英法在特洛伊缔结和平，英国得以利用法西矛盾，积蓄力量，抵抗西班牙。约翰·霍金斯第二次航海去新大陆。女王对英国“商人冒险家公司”颁发新的特许状。

同年，意大利雕刻家米开朗琪罗和法国宗教改革家让·加尔文卒；英国戏剧家克里斯托弗·马洛出生（马洛和莎士比亚同年，仅比他大两个月）。

同年，中国戏剧家汤显祖 14 岁（1550 年 9 月 24 日至 1616 年 7 月 29 日）。

1565年（莎士比亚1岁，伊丽莎白一世在位第7年）

7 月 4 日，父亲当选为斯特拉福德市市政委员会参议员（市政委员会由 14 名参议员和 14 名一般委员组成），9 月 12 日就任，直至 1586 年。从此他被称呼为“先生”（Master）。作为市参议员，他拇指戴特别的戒指，在节庆和星期天上街时穿皮裘镶边的黑袍，并有卫士为之开道，到处受人尊敬。

是年，托马斯·格雷沙姆爵士在伦敦创办王家交易所。约翰·霍金斯爵士把马铃薯和烟草引进英国。

1566年（莎士比亚2岁，伊丽莎白一世在位第8年）

夏季，女王首次行幸沃里克和肯尼尔沃思。

10 月 13 日，大弟受洗礼，被命名为吉尔伯特。

1567年（莎士比亚3岁，伊丽莎白一世在位第9年）

7 月，苏格兰女王玛丽·斯图尔特因信奉天主教和声名败坏，被迫让位给她 1 岁的独生子詹姆斯六世，由莫雷伯爵摄政。

是年，约翰·霍金斯爵士第三次经非洲航行到西印度群岛，进行贩卖黑奴活动；弗朗西斯·德雷克随行。

同年，演员理查德·伯比奇和戏剧家托马斯·纳什出生。阿瑟·戈尔丁英译罗马诗人奥维德的《变形记》从 1565 年起出版，至 1566 年出齐。

1568年（莎士比亚4岁，伊丽莎白一世在位第10年）

从是年到 1588 年，英国和西班牙进行了 20 年的势力角逐。英国经常处在威胁之下，促进了内部团结和民族主义的发展。英国在海上着着得利，最后终于战胜西班牙。

9 月 4 日，父亲当选市政委员会执行官（相当于后来的市长），10 月 1 日就任，任期 1 年。

是年，苏格兰女王玛丽被莫雷击败，逃到英格兰，被囚禁。

同年，在帕克大主教倡导下，以《大圣经》（*Great Bible*，1539 - 1941）为基础修订而成的《主教圣经》（*Bishop's Bible*）出版，并被规定为英国教会中正式使用的英译本。

1569年（莎士比亚5岁，伊丽莎白一世在位第11年）

4 月 15 日，大妹受洗礼，被命名为琼。

夏天，在父亲任执行官期间，斯特拉福德市第一次接待了伦敦来的剧团，在圣十字架互助会小教堂演出。账目上记载，事后付给“女王供奉剧团”9 先令，付给“武斯特伯爵剧团”1 先令。这大概是莎士比亚最初看戏的机会，而且坐在最佳观众席。

9 月，按照市政官员子弟可以免费入学的优待规定，莎士比亚大概于 5 岁时进本市文法学校（爱德华六世国王新学校）附属的幼学，由助理教员教英语读写，从字母表开始到教义问答，以及简单的算术。

9 月底，父亲市执行官期满后，仍为参议员。

11 月，威斯特摩兰伯爵和诺森伯兰伯爵在英格兰北部发动支持封建分权和天主教会、反对伊丽莎白女王的叛乱。为参加平定这场叛乱，斯特拉福德市派壮丁、铸武器、制马具，交沃里克伯爵统率的军队使用。到处搜捕无业游民参军。

1570年（莎士比亚6岁，伊丽莎白一世在位第12年）

年初，父亲设计高利贷。

是年，伊丽莎白女王由于对抗罗马天主教廷，被罗马教皇皮乌斯五世宣布革出教门。英格兰北部的叛乱平息，威斯特摩兰和诺森伯兰逃往苏格兰。

英格兰各地对天主教活跃分子进行管制和镇压。

同年，约翰·福克斯的《殉教者记》（1563 年首版）扩充到 2300 页，叙述在玛丽一世女王朝（1553 ~ 1558）新教徒受迫害致死的情况。戏剧家托马斯·德克尔出生。罗伯特·亨里森编译的《伊索寓言》出版。

1571年（莎士比亚7岁，伊丽莎白一世在位第13年）

仲夏，像英国其他天主教教堂和修道院一样，斯特拉福德的圣十字架互助会小教堂的贵重陈设被没收。天主教仪式用的祭服、祭坛布被卖给市政议员给他们的妻子做衣服。彩色窗玻璃被拆换。

9 月 5 日，父亲被任命为首席参议员（副执行官，相当于副市长，任期一年）。

9 月，莎士比亚大概于 7 岁时入斯特拉福镇文法学校"爱德华六世国王新学校"（免费接受市政委员会成员的子弟）。文法学校只收男生，主要教学拉丁文的文法、会话、修辞、逻辑、演说、作诗，要攻读由浅入深的拉丁诗文：《伊索寓言》，曼图安纳斯的诗，萨勒斯特、普劳图斯、塞内加、泰伦斯、西塞罗、奥维德、霍拉斯、维吉尔等罗马作家的作品选。其中普劳图斯和泰伦斯的喜剧、塞内加的悲剧和奥维德《变形记》长诗对日后莎士比亚的创作有很大影响。当时该校的老师是西蒙·亨特（1571 ~ 1575）、约翰·考特姆和托马斯·詹金斯（1575 ~ 1579），他们都是大学毕业生。

星期天和其他宗教节日，幼年的莎士比亚必须和大人一起到教堂听讲道，诵圣经，唱圣诗，做祈祷。这些在英国教会里已主要用英语进行。孩子必须学会背诵《主教圣经》和《通用祈祷书》的重要段落，还要能进行教义答问。这是他学习英语的主要途径。1569 ~ 1584 年斯特拉福德圣三位一体教堂的牧师是亨利·海克劳夫特，他是剑桥大学毕业的新教徒。

9 月 28 日，二妹受洗礼，被命名为安妮。

是年，议会通过组成牛津大学和剑桥大学的法案。

1572年（莎士比亚8岁，伊丽莎白一世在位第14年）

1月，父亲同斯特拉福德当年执行官艾德里安·奎尼骑马去伦敦办市政公事，并进行一些私人财产的诉讼。他二人领出差费8（英）镑。

3月24日，弗朗西斯·德雷克率三艘小船出发赴西印度群岛。夏季袭击加勒比海沿岸西班牙属港口，劫夺大批财物，次年回。

6月2日，诺福克公爵因与西班牙国王菲利普二世和教皇的特务共谋协助玛丽·斯图尔特夺取英格兰王位而被处死。英格兰议会要求处死玛丽。北部叛乱和诺福克阴谋的挫败标志着伊丽莎白政权对旧封建势力的最后胜利。

夏季，女王又行幸沃里克和肯尼尔沃思，曾在斯特拉福德以东几英里的查尔科村托马斯·卢西爵士家停留。

8月24日，圣巴塞洛缪日，法国巴黎发生天主教徒大规模屠杀胡格诺（加尔文派）新教徒事件。

是年，父亲被控非法购进大量羊毛，进行投机活动，此事似经私了。

同年，苏格兰宗教改革家约翰·诺克斯卒。戏剧家本·琼森和诗人约翰·多恩出生。

1573年（莎士比亚9岁，伊丽莎白一世在位第15年)

是年，莱斯特伯爵剧团曾到斯特拉福德演出。

同年，亨利·里兹利（后为骚散普顿伯爵第三，莎士比亚的庇护人）出生。建筑师兼舞台设计师伊尼戈·琼斯出生。

1574年（莎士比亚10岁，伊丽莎白一世在位第16年)

3月11日，二弟受洗礼，被命名为理查德。

是年，约翰·希金斯编的《贵官明鉴》第一部分出版，系用诗体记述英国传说和历史人物悲惨下场的故事。这是《李尔王》故事的来源之一。

同年，天主教徒在英国受到迫害。

1575年（莎士比亚11岁，伊丽莎白一世在位第17年）

夏天，沃里克伯爵剧团和武斯特伯爵剧团曾到斯特拉福德演出。7 月 9 日起，女王行幸肯尼尔沃思半个多月。为取悦于她，莱斯特伯爵在城堡内设宴，草地和湖上演出，白天打猎，夜间放烟火。周围村的 4000 多名村民聚观。该地在斯特拉福德东北 12 英里，少年莎士比亚很可能也去了。（参见《仲夏夜之梦》2 幕 1 场 149 行起。）

10 月，父亲用 40 镑购置亨利街西屋和市内另一屋，后者供出租。大致同时，他采取步骤，向在伦敦的纹章院申请批准使用盾形家徽，这是有资产和地位的家庭的徽记。但无结果。

是年，早期英国滑稽剧《格顿婆婆的针》上演，作者佚名。

同年，女王命令禁止乞丐游民，三次违犯者处死刑，没有贵族庇护的小剧团伶人有被视为游民之虞。英国议会通过规定议员及其仆从免于逮捕的法律。意大利人开始仿制中国瓷器。

1576年（莎士比亚12岁，伊丽莎白一世在位第18年）

是年，莱斯特伯爵剧团和武斯特伯爵剧团曾到斯特拉福德演出。

12 月，詹姆斯·伯比奇在伦敦城东北郊肖迪奇建筑的“唯一剧院”落成开幕。这是英国第一个永久性的剧院。在此之前，演戏或在教堂、街头，或在旅馆天井，或在王宫、贵族宅第和地方政府厅堂，没有定所。伶人地位本来很低，大的剧团找贵族庇护，始得免于被当作乞丐、游民对待，其地位和艺术水平不断有所提高。在唯一剧院演出的，开始主要是莱斯特伯爵剧团。

是年，伦敦成立“中国公司”，寻求对中国的贸易。

1577年（莎士比亚13岁，伊丽莎白一世在位第19年）

1 月 23 日，父亲未出席市政委员会会议，此后几乎退出了所有市政活动。他不缴市政方面的各项捐款，连小额的都不缴，并逐渐把一些产业抵押了出去，不过从来未失去在亨利街的房屋。据分析，他大概做生意失利，家庭开销又增大，故现金短缺，不得不举债。另一方面，他可能变得倾向于天主教，因此停止到英国国教教堂做礼拜，并将财产分散隐匿以防被没收，同时退出清教街势力日益增大的斯特拉福德市政委员会的活动。

是年，约翰·惠特吉夫特被任命为武斯特主教。他上任后立即调查管区（包括斯特拉福德）内不到教堂做礼拜的人，编制名单，一面上报女王的枢密院，一面设法惩罚这些人，其中包括天主教徒和极端的清教徒。

秋，亨利·兰曼在伦敦东北郊肖迪奇建成“帷幕剧院”，这是英国第二家永久性剧院，但它并不成功，时常只是“唯一剧院”的补充。

11 月 15 日，弗朗西斯·德雷克在女王支持下率船 5 艘出发作环球航行。

是年，威廉·哈里逊的《英格兰描述》和理查德·伊登的《东西印度群岛旅行史》出版。

1578年（莎士比亚14岁，伊丽莎白一世在位第20年）

夏天，莱斯特伯爵剧团到斯特拉福德演出。

11 月，斯特拉福德市政委员会决定让约翰·莎士比亚免缴市参议员每人每周 4 便士的贫民赈济捐。

11 月 14 日，父亲欠连襟埃德蒙·兰伯特的钱，把其妻遗产（在威尔姆科特的阿斯比地产）的一部分作价 40 英镑抵押给他；把另一处 86 英亩的地产抵押给另一个连襟亚历山大·韦布。

是年，约翰·黎里的委婉体散文传奇故事《优弗伊斯》的第一部分《才智的剖析》出版。拉斐尔·霍林谢德的《英格兰、苏格兰和爱尔兰编年史》开始出版。

同年，12 岁的詹姆斯六世在苏格兰开始亲政。莱斯特伯爵和赫里福德女子爵秘密结婚，失宠于女王。德雷克率领的船队于 9 月过麦哲伦海峡时受风暴袭击，剩下他乘的一艘船驶入太平洋，沿美洲西岸北上，到处劫掠，到加利福尼亚湾登陆，命名该地为阿尔比翁（意为“白地”，是罗马人对英国的称呼），树立女王领地碑。

1579年（莎士比亚15岁，伊丽莎白一世在位第21年）

是年，莎士比亚大概已辍学，以便跟父亲学手艺和干活，贴补家用。据约翰·奥布里17世纪后半期写的《名人传略》记载："我以前听他们的一些邻居说，他（莎士比亚）少年时操过他父亲的行业，不过他宰小牛时煞有介事，要作一番演讲。"（按："宰杀小牛"是当时一出滑稽的短剧，可能莎士比亚加以模仿）又据托马斯·普卢姆约1657年记载："他（莎士比亚）是手套工匠的儿子。约翰·门尼斯爵士曾听他面带酒红的老父在自己铺子里说，威廉这孩子很好，很老实，不过任何时候他都敢对爸爸讲几句开玩笑的俏皮话。"

4月4日，年仅8岁的二妹安妮去世。

是年夏，斯特兰奇勋爵剧团和埃塞克斯伯爵剧团到斯特拉福德演出。

是年秋起，莎士比亚可能做了两年教员［按：据约翰·奥布里听克里斯托弗·比斯顿（1598年曾和莎士比亚同台演出的演员）之子威廉说："虽然本·琼森说他（莎士比亚）懂的拉丁文不多，希腊文更少，他是颇通拉丁文的，因为他年轻时曾在乡间做过学校教员。"按：莎士比亚未上过大学，不能做正式教员，但做助理教员或家庭教师是可能的。他可能由文法学校老师考特姆（兰开斯特人）介绍到英格兰西北部的兰开夏郡信天主教的亚历山大·霍格顿家做家庭教师或参与演戏。霍格顿在1581年8月3日的遗嘱里提到威廉·莎克沙夫特，这可能是莎士比亚的姓在北方的一种变体写法。霍说莎："现住我家"，并将莎托付给同乡友人托马斯·赫斯基思爵士，要赫或者雇佣莎或者帮他找到一个好主人。霍和赫都和兰开夏郡的剧团保护人达比伯爵和他的儿子斯特兰奇勋爵有交情。据此，莎士比亚可能在兰开夏郡待过两年。然后回家成亲，以后又参加了某一剧团去了伦敦。莎剧中描写的风景，除家乡附近的阿登森林等以外，也有英格兰西北部更粗犷的山海，莎士比亚通过这两年的经历，也更多地了解了北方天主教地区的风俗，而斯特拉福德则是新教地区，后来甚至受清教徒的治理。］

10月15日，父亲把在斯涅特菲尔德的产益权以4镑的代价出售给连襟亚历山大·韦布之子罗伯特。

12 月 17 日，斯特拉福德附近铁廷顿村一个名叫凯瑟琳·哈姆雷特的少女在埃文河溺死。在斯特拉福德组成 12 人陪审团调查她是失足还是自杀，为此还掘出已葬的遗体。按法律和教规，自杀者不得葬在教堂墓地（参见《哈姆雷特》5 幕 1 场）。

是年，斯蒂芬·戈森发表《弊病学校》，攻击时尚的舞台艺术；托马斯·洛奇发表《为诗、乐和戏剧进行辩护》。托马斯·诺斯爵士翻译的普鲁塔克《希腊罗马名人列传》出版。诗人埃德蒙·斯宾塞的《牧人月历》出版。戏剧家约翰·弗莱彻出生，他比莎士比亚小 15 岁。

同年，德雷克的船航经摩鹿加群岛和爪哇岛，绕好望角。第一个英国人（托马斯·斯蒂芬斯）在印度（果阿）定居。

1580年（莎士比亚16岁，伊丽莎白一世在位第22年）

5 月 3 日，三弟受洗礼，被命名为埃德蒙。

6 月，父亲被伦敦女王高等法院宣布罚款：因他未出庭保证维护治安罚 20 镑，又因他曾为约翰·奥德利作保而该人不如期出庭罚 20 镑。此事说明他陷入困境，但同时罚款数额之大又说明法院认为他仍是有产者。

夏天，伯克利勋爵剧团到斯特拉福德演出。

9 月 29 日，父亲逾期不能偿还连襟埃德蒙·兰伯特的债。

11 月，弗朗西斯·德雷克回到普利茅斯港，成为历史上继葡萄牙人费迪南德·麦哲伦（1522）后第二个完成环球航行的人。

是年，约翰·里黎的《尤弗伊斯》第二部分《尤弗伊斯及其英国》出版。戏剧家约翰·韦伯斯特和托马斯·米德尔顿出生。

同年，伦敦发生地震。考文垂行会最后一次上演中世纪天主教传统的神秘组剧；该地距斯特拉福德 20 英里，莎士比亚可能去观看。伦敦泰晤士河南岸的“纽因顿靶场剧院”开始演戏；该地较偏僻，剧院不很成功。1580～1586 年，伦敦市内第一阶段的黑僧剧院开业，由王家教堂和圣保罗教堂唱诗班的男童演出小戏和音乐。［按：黑僧区在伦敦城西南角，原有黑衣僧（多明我修士）修道院。英国宗教改革中天主教会和修道院均被解散，院落建筑改作他用。1576 年黑僧剧院始建。]

1581年（莎士比亚17岁，伊丽莎白一世在位第23年）

4 月 4 日，女王到戴特福德码头，登上弗朗西斯·德雷克的船“金鹿号”，封这个海盗式的航海家为爵士。

夏天，武斯特伯爵剧团和伯克利勋爵剧团到斯特拉福德演出。

是年，乔治·皮尔的牧歌剧《对帕里斯的控告》上演。

同年，西班牙吞并葡萄牙及其所属殖民地，形成垄断国际贸易。英国成立黎凡特公司，经营地中海贸易，其一部分资金为德雷克抢掠得来的。

1582年（莎士比亚18岁，伊丽莎白女王在位第24年）

夏天，武斯特伯爵剧团和伯克利勋爵剧团到斯特拉福德演出。

夏天，父亲向女王高等法院要求保护安全，自称害怕有 4 个人要杀害他或使他肢体残缺。

9 月 5 日，父亲最后一次出席市政委员会的会议，参加选举新的官员。

11 月 28 日，富尔克·桑德尔斯和约翰·理查森向武斯特主教区宗教法庭提出保证书，各以 40 镑作保，请求批准威廉·莎士比亚和武斯特主教区斯特拉福德的处女安妮·哈撒韦结婚。法庭的批准见于 28 日的登记册，言明此婚事需在本区一教堂内预告一次，看看有无反对意见；如日后发现有重婚、血亲关系或其他障碍情事，则此婚姻作废，保金没收。安妮时年 26 岁，比莎士比亚大 8 岁，已怀孕 3 个月。她是肖特里村农民理查德·哈撒韦的长女。其父同莎士比亚的父亲系老相识，已于 1581 年 9 月去世，遗给安妮嫁妆 6 镑 15 先令 6 便士。桑德尔斯和理查森是他的遗嘱证明人。当时莎士比亚尚未成年（按法律 19 岁始为成人），其婚姻先经父亲同意，究竟何日在何教堂成婚不详。

是年，《女王陛下钦定布道文集》出版。理查德·哈克卢特的《发现美洲有关航行记事》出版。

同年，据调查，斯特拉福德市公地上有榆树近千株。伦敦发生瘟疫；第一个自来水厂建立。

1583年（莎士比亚19岁，伊丽莎白一世在位第25年）

2月，英国女王派约翰·纽伯雷前往中国，携有致明朝万历皇帝的信，要求开展两国间贸易，互通有无，但使者被葡萄牙人拦截拘留，未能完成使命。

5月19～26日，降灵节时，戴维·琼斯及其戏班子在斯特拉福德演出杂戏，事后市政当局付给13先令4便士。琼斯前妻是莎士比亚父之布商艾德里安·奎尼之女，后妻是弗朗西丝·哈撒韦，莎士比亚新婚妻子的本家。

5月26日，长女受洗礼，被命名为苏姗娜。

是年，宴乐官埃德蒙·蒂尔尼爵士奉命从各剧团抽调最佳演员12人，包括最红的滑稽演员理查德·塔尔顿，组成新的“女王供奉剧团”。由于此剧团有女王和枢密院的庇护，反对演戏的伦敦城政府不得不指定两家旅馆，允许他们冬季在那里的天井里演出。

是年，伯克利勋爵剧团到斯特拉福德演出。

是年，英商拉尔夫·菲奇和约翰·埃尔德雷德率队经两河流域和波斯湾，探查通往印度的陆上商路。

1584年（莎士比亚20岁，伊丽莎白一世在位第26年）

是年，武斯特伯爵剧团、奥克斯福德伯爵剧团和埃塞克斯伯爵剧团到斯特拉福德演出。

是年，约翰·里黎的散文喜剧《亚历山大和坎帕斯比》和《萨福和法翁》由圣保罗童伶剧团在黑僧剧院上演。戏剧家弗朗西斯·博蒙特出生。

同年，英国和西班牙断交。西班牙开始建造“无敌舰队”，准备攻英。沃尔特·雷利爵士到北美东海岸探险，并将到达的沿海地区命名弗吉尼亚，意为“处女之地”，处女指伊丽莎白女王。

1585年（莎士比亚21岁，伊丽莎白一世在位第27年）

2 月 2 日，莎士比亚双生的孩子受洗礼，儿子被命名哈姆尼特，女儿朱迪思。至此，莎士比亚家祖孙三代有 11 口人：父、母、莎士比亚、妻（29 岁）、大弟（19 岁）、大妹（16 岁）、二弟（11 岁）、三弟（5 岁）、长女（2 岁）、长子和次女（刚生），此时开销大，生活更困难。莎士比亚自然有意外出谋发展，同时避免再生孩子，据后人约翰·奥布里听克里斯托弗·比斯顿（1598 年曾和莎士比亚同台演出的演员）之子威廉说："虽然本·琼森说他（莎士比亚）懂得拉丁文不多，希腊文更少，他是颇通拉丁文的，因为他年轻时曾在乡间做过学校教员。"（按：莎士比亚未上过大学，不能做正式教员，但在小学做助理教员是可能的。）

6 月，查尔斯·霍华德勋爵任海军大将后，组织"海军大将剧团"，以有名的悲剧演员爱德华·艾林为班首，演员大部分系从原武斯特伯爵剧团转来。他们得到剧院经理菲利普·亨斯洛的资助。

9 月 14 日，德雷克在女王支持资助下，率 29 艘船劫掠西班牙维哥港和加勒比海西属港口圣地亚哥、圣多明各和卡塔赫纳，次年 7 月成功而归。女王派莱斯特伯爵率军队进入荷兰，援助该地反抗西班牙统治的势力。

1586年（莎士比亚22岁，伊丽莎白一世在位第28年）

6 月 23 日，伦敦星法院规定由坎特伯雷大主教和伦敦主教审查书籍，实际由他们指定的一些牧师进行审查。书商和印刷商组成书业公所，归枢密院和宗教法庭监督。书商一般在书业公所进行登记以取得出版权。印刷本单行本是不值钱的生意，登记时每书交登记费 6 便士。

9 月 6 日，斯特拉福德市政委员会选举新人接替约翰·莎士比亚为参议员，"因为莎士比亚先生虽被通知，却不来本厅开会，而且已久不来开会了。"

是年，伊丽莎白朝模范廷臣、军人、外交家兼诗人菲利普·西德尼爵士在荷兰祖得芬同西班牙军作战受伤后卒。戏剧家约翰·福德出生。威廉·韦布的《英诗论》发表。

同年，苏格兰女王玛丽被控参与安东尼·巴宾顿企图谋杀伊丽莎白一世的阴谋，受审判并被定罪。罗马教皇西克斯特斯五世许诺资助西班牙舰队讨伐英国。托马斯·卡文迪什出发作环球航行。英格兰庄稼歉收并严重缺粮。

1587年（莎士比亚23岁，伊丽莎白一世在位第29年）

2月8日，苏格兰女王玛丽被砍头。因西班牙在罗马教廷支持下威胁入侵英国，它势将利用玛丽作为信奉天主教的王位觊觎者，对伊丽莎白的新教政权构成直接威胁，不得不将她处死。她死后，伊丽莎白的姐夫（玛丽一世的丈夫）西班牙王菲利普二世即自称为英国国王，更积极地组织入侵。

2月16日，西德尼的遗体被抬经伦敦街道，到圣保罗教堂光荣安葬。

4月1日，女王枢密院指示沃里克伯爵，作为督军，征集并训练沃里克郡600名步兵，派到伦敦参加保卫女王宫廷。另一支部队派驻泰晤士河下游蒂尔伯里，以迎击西班牙预计7月举行的入侵登陆。

夏天，女王供奉剧团、莱斯特伯爵剧团、埃塞克斯伯爵剧团、斯塔福德勋爵剧团和另一个未记名的剧团到斯特拉福德演出。其中女王供奉剧团因内部殴斗死一名演员。莱斯特伯爵剧团因部分人员赴欧陆演出，也缺人，一种估计，认为莎士比亚可能作为临时演员随某剧团到伦敦，开始他的戏剧生涯。

另，尼古拉斯·罗于1709年记载，据演员托马斯·贝特顿（1635～1710）相告的传说，莎士比亚在结婚后过了一段时间“不幸交了些不好的朋友，其中有些人经常偷鹿，拉他不止一次到斯特拉福德附近属于查尔科特的托马斯·卢西爵士的园子里偷盗。为此他被爵士追究法律责任，在他看来太严厉了些；为了报复这种虐待，他写了一首歌谣讽刺爵士。虽然这篇大概是他最初试写的诗作已经失传，据说它很尖刻，以至引起对他加倍的法律追究，使他不得不离开他在沃里克郡的职业和家庭，到伦敦躲避一个时期。”“他被接受进当时存在的一个剧团，起初地位很低微，但他的令人惊奇的机智，尤其在舞台上的自如运用，很快使他出了名，成为杰出的作家，虽然不是非凡的演员。”

在伦敦，莎士比亚至少有一个熟人——理查德·菲尔德。他是斯特拉福德制革工匠的儿子，比莎士比亚大三岁，他们可能是同学，至少他们的父亲彼此相熟。菲尔德于 1579 年就到伦敦学印刷手艺。他在黑僧区法国胡格诺派印刷商多玛·伏特罗特埃店里出师做助手。1587 年师傅去世，次年菲尔德和师娘杰奎琳结婚，成了店主。他的手艺不错，印一些颇有价值的著作。在他店里莎士比亚可读到好书并结识一些文人。

是年，克里斯多弗·马洛写成无韵诗悲剧《帖木儿大帝》上篇。托马斯·基德写成《西班牙悲剧》。霍林谢德的《英国编年史》增订第二版出版。亨斯洛在泰晤士河南岸的岸边建成玫瑰剧院。

同年，罗马教皇西克斯特斯五世宣告将组织天主教十字军入侵英国。弗朗西斯·德雷克在女王授意下率船队袭击西班牙加的斯港，焚烧和击沉一些运粮的船，使无敌舰队的出发推迟一年。伦敦人口 15 万。

1588年（24岁，伊丽莎白一世在位第30年）

初夏期间，多暴雨，斯特拉福德遭水淹。

7 月下旬，西班牙庞大的“无敌舰队”在英吉利海峡被海军大将查尔斯·霍尔德指挥的灵巧的英舰攻打、焚烧、追逐，130 艘舰船在海战和风浪中损失大半。西军从荷兰过海登陆的计划也成为泡影。女王的宠臣、年方 23 岁的埃塞克斯伯爵主持了在威斯敏斯特“持矛骑马冲刺比武场”举行的祝捷大会。

9 月 3 日，名喜剧演员理查德·塔尔顿去世。他所属的女王供奉剧团分裂为二。

是年，莎士比亚可能写《情女怨》一诗（1609 年附在《十四行诗集》之后发表），并开始在伦敦剧团里协助改编剧本。

是年，父亲向伦敦高等法院控告连襟埃德蒙·兰伯特的儿子、继承人约翰，说他在 1587 年 9 月 26 日本允诺补付 20 镑，以换取“约翰·莎士比亚、妻玛丽及长子威廉·莎士比亚”交割的阿斯比地产。但约翰·兰伯特否认有此诺言。

同年，马洛写成悲剧《浮士德博士》的第二部分。格林写成《潘道斯托》传奇剧。

同年，英国第一家造纸厂建成。

同年，出版了西班牙圣奥古斯丁派教士胡安·贡萨莱斯·德·曼多萨《中华大帝国历史和现状，及其巨大的财富和城市、政治制度和稀有的发明》一书的英译本。

1589年（莎士比亚25岁，伊丽莎白一世在位第31年）

4月，弗朗西斯·德雷克爵士率领143艘舰船出发，试图攻占里斯本，扶植唐·安东尼奥为独立于西班牙的葡萄牙国王，结果失败。从此他渐失女王的宠信。

5月，乔治·普登南所著《英诗艺术》由理查德·菲尔德印刷出版。

是年，莎士比亚很可能参加编写了两部历史剧。一部是《战争使大家成为朋友》，手抄本（无署名）现存不列颠图书馆。此剧写11世纪初争夺英国王位的斗争，其中一个角色是拥护丹麦人卡努特为王的特奇尔，他是莎士比亚母系第18代祖先。另一部是《爱德华三世》，此剧于1596年和1599年出版（无署名）。1656年有人说它是莎作。18世纪学者爱德华·卡佩尔重新发现此剧，认为系莎士比亚所作，坦尼森也同意。现代莎学家肯尼思·缪厄说："即使莎士比亚未参与写作，他至少熟悉此剧，比对任何已知的伊丽莎白朝戏剧还要熟悉。"

是年8月以前，莎士比亚写成《错误的喜剧》，该剧系模仿罗马喜剧家普劳图斯（公元前254？～184）的《孪生兄弟》，其译文为沃纳·威廉所为，1595年出版，莎剧3幕2场128行提到法国"拿起武器在造反，向自己的王储（heir和hair头发谐音）打仗"。这里王储指法王亨利三世的继承人纳伐尔的亨利。亨利三世死于1589年8月12日，他死后纳伐尔的亨利就成了合法的法国国王，不再是王储。从这点和其他证据推断，此剧写于1589年8月以前。在莎剧中它最短，仅1777行。

同年，格林的传奇剧《梅纳封》写成。马洛的《马耳他的犹太人》写成。理查德·哈克卢特的《英国航海与发现纪要》发表。埃德蒙·斯宾塞《仙后》的前三卷于12月出版。

同年，莎士比亚大概参加了斯特兰奇勋爵剧团和海军大将剧团合并组成的剧团。

1590年（莎士比亚26岁，伊丽莎白一世在位第32年）

是年，莎士比亚开始创作或修改两个历史剧：(1)《约克和兰开斯特两望族的争斗第一部分》，1594年似经人回忆脚本凑成残缺文本，以四开本出版（无署名）；它相应于1623年收入第一对折本剧作全集的《亨利六世第二部分》。(2)《理查德·约克公爵的真实悲剧》，1595年似经人回忆脚本凑成残缺文本，以八开本出版（无署名），书名页上说明它曾多次由潘布罗克伯爵剧团演出；它相应于1623年收入第一对折本的《亨利六世第三部分》。两剧都在1600年重印过；在1619年合成一卷出版，称《兰开斯特和约克两望族的争斗全集》，署名威廉·莎士比亚。从1587到1591年，莎士比亚不知属于何剧团。1592年他可能是新建的潘布罗克伯爵剧团的成员，但也可能他写的剧属爱德华·艾林所有，而潘布罗克伯爵剧团是艾林经营的剧团之一，故有权上演莎士比亚的剧本。

同年，马洛的《帖木儿大帝》上、下篇出版。西德尼的遗作散文传奇故事《阿开迪亚》出版。托马斯·洛奇的牧歌式传奇《罗莎琳德》出版。

1591年（莎士比亚27岁，伊丽莎白一世在位第33年）

是年，法国宗教战争愈演愈烈，伊丽莎白一世决定支援受法国新教徒（胡格诺派）拥护的纳伐尔王亨利反对“天主教同盟”，除派约翰·诺里斯出兵布吉塔尼以外，还派埃塞克斯伯爵远征挪威。

是年，莎士比亚写《亨利六世第一部分》。此剧开始演出时是独立的壮丽行列剧，后来增加一些场景和结尾，以与《亨利六世第二、第三部分》相衔接。1623年11月8日第一对折本部分剧目在“书业公所”登记时，把它称为《亨利六世第三部分》，这是因为其余两部已先以被四开本的形式盗印过，并已在“书业公所”登记过了。剧中远征法国同贞德对仗的塔尔博英雄深受英国观众的欢迎。当代作家托马斯·纳什 1592 年 8 月 8 日在《赤贫的皮尔斯》（或称《身无分文的皮尔斯对魔鬼的乞求》）中写道：“法国人所畏惧的勇敢的塔尔博特的亡灵会多么高兴地得知，他在坟墓里躺了两百年之后又在舞台上耀武扬威，他的尸体重新受到（在多次演出中）至少一万观众的眼泪的香沐。这些观众看到扮演他的悲剧演员，还以为目睹他重新流血呢！”

是年，莎士比亚模仿罗马悲剧作家塞内加（公元前 4 ~ 公元 65）编写了血腥悲剧《泰特斯·安德洛尼克斯》。据剧院经理菲利普·亨斯洛记载，1592 年 4 月 11 日起斯特兰奇勋爵剧团曾上演《泰特斯和维斯帕西安》一剧，它可能就是这部莎剧的别名。同年 6 月 10 日“玫瑰剧院”上演的《识别坏蛋的窍门》喜剧中提到：“正象泰特斯征服哥特人以后，罗马元老们对待他那样……”

剧院因瘟疫而长期关闭以后，1594 年 1 月 24 日埃塞克斯伯爵剧团在“玫瑰剧院”恢复上演《泰》剧。同年它以四开本出现，这是第一部印刷出版但未署名的莎士比亚剧作。书名页上说明此剧曾由达比伯爵、潘布罗克伯爵和埃塞克斯伯爵的三个剧团上演过。1614 年本·琼森在《巴托罗缪市集》序言中写道，谁要是仍然认为《西班牙悲剧》（托马斯·基德著）和《安德洛尼克斯》是最好的戏剧，那他的见识在过去 25 年或 30 年间一定是停滞不前了。这说明《泰》剧一度被认为是最好的戏剧。现存有 1594 年或 1595 年抄写的一纸剧文，上有亨利·皮钱姆手绘的该剧演出图。

冬季，莎士比亚结识年方 18 岁的骚散普顿伯爵。后者原名亨利·里兹利（1573 ~ 1624），8 岁丧父，继承爵位（第三世伯爵），受财政大臣伯利勋爵监护，16 岁从剑桥大学毕业，进修法律。他年轻貌美，喜爱文艺，后又追随埃塞克斯寻求军功。1591 年伯利勋爵要把孙女嫁给他，其母也劝他攀亲以巩固家族地位，但骚散普顿推托不允。骚散普顿成为莎士比亚的庇护人以后，莎氏可能应其母之情，开始写第一批十四行诗赠骚，劝他结婚。

同年，其他出版的文学作品有：黎里《恩底弥翁》、格林《菲洛美拉》、斯宾塞《哀怨集》、西德尼遗作《爱星者和星》、无名氏《英格兰约翰王的多事之朝》和约翰·哈林顿翻译阿里奥斯托的《发疯的奥兰多》（菲尔德印刷）。诗人罗伯特·海里克出生。

1592年（莎士比亚28岁，伊丽莎白一世在位第34年）

3月3日，亨斯洛日记中记载，在伦敦泰晤士河南岸色热克地区经过修理重新开张的“玫瑰剧院”中，由斯特兰奇勋爵剧团演出了新剧《亨利六世》。这个剧可能就是莎士比亚的《亨利六世第一部分》。它在同年又演过13次，1593年1月演过两次。

3月前后，斯特拉福德的教区委员们开列了一张不服国教的天主教徒的名单，说明“我们怀疑以下9人因害怕被起诉而不来教堂”，9人中包括莎士比亚父亲约翰的名字。4月父亲未出席普通申诉法庭，法官们命令司法官执行对他不利的裁决。在9月25日郡治安官的证明书中，重复了上述名单和说明，并称“据说最后这9人系因害怕债务诉讼而不来教堂的”。

4月11日，斯特兰奇勋爵剧团开始演出《泰勒斯和维斯帕西安》（直至1593年1月25日）。

6月23日，由于伦敦瘟疫流行，政府下令关闭所有剧院，直至当年12月29日。这半年伦敦因疫病死者有15000多人。莎士比亚可能有一段时间随潘布罗克剧团下乡，但该剧团不久因经济困难散伙。莎士比亚可能回到斯特拉福德，在那里进行写作。

是年，莎士比亚写《驯悍记》。在这个剧本中他第一次写到故乡的风土人情。《驯悍记》上演的最早记载是1594年6月，由“宫内大臣剧团”在泰晤士河南岸纽因顿靶场剧院演出。莎士比亚继续写十四行诗，其中有些系赠给骚散普顿，并为友人所传抄。

夏季，女王宠臣、文武全才的沃尔特·雷利爵士因和贵族私婚被关入伦敦塔（实为城堡）的牢房，判处死刑（参见莎士比亚十四行诗第25首），不久又获减刑释放。女王率伯利勋爵、埃塞克斯伯爵和骚散普顿伯爵巡幸牛津。后者在牛津大学获取学士学位。莎士比亚可能在场（参见《仲夏夜之梦》5幕1场93行起，描写一位学者致欢迎词时张口结舌）。

9月2日夜，剑桥大学才子罗伯特·格林在贫困潦倒中死去。不久其文友亨利·切特尔整理他的遗稿交付出版，书名为《百般懊悔换得的一毫智慧》，其中有致剧作家马洛、洛奇、皮尔三友人的一封信，劝他们勿再写剧，莫信伶人。信中说："是的，不要相信他们：其中有一支用我们的羽毛装扮着的暴发户乌鸦，他的'老虎的心用伶人的皮包起'，自以为他能够像你们中间最优秀者一样善于衬垫出一行无韵诗；而且他既是个什么都干的打杂工，就自以为是全国惟一的'摇撼舞台者'。"这段话明显是在攻击莎士比亚。其中"老虎的心用伶人的皮包起"一句是模仿莎剧《亨利六世第三部分》1幕4场137行："哦，老虎的心用女人的皮包起!""摇撼舞台者"Shake-scene是影射莎士比亚的名字Shakespeare（摇动长矛者）。这一材料说明莎士比亚在1592年9月以前已经在剧作方面颇有成就，对受过大学教育的剧作家们构成了严重的挑战；"打杂工"是说他既能做演员，又能改剧、写剧，而且似乎还指他历史剧、喜剧、悲剧都会写。关于"用旁人的羽毛装扮自己"，似乎指控他进行抄袭。其实莎士比亚能采集各家之长，青出于蓝，这正是他的优点。

格林的信发表后，连他写信的对象中都有人（马洛和纳什）感到不妥，责怪切特尔不该将它发表。这年12月，切特尔在自己的《仁心之梦》小册子的序言里表示了歉意，特别是抱歉得罪了某一个人（指莎士比亚），"因为我自己看到他举止有礼，在他从事的职业中表现极佳；而且不少贵人都说他待人正直，足证诚实，文笔优美，可见艺高"。这里不妨引用约翰·奥布里1681年所记关于莎士比亚的传说："他很早开始试写剧诗，这种文体当时水平很低；他的剧本很成功。他面貌英俊，身材匀称。和他在一起很有趣，因为他谈吐文雅、流畅而机敏。"

是年，剧院经理菲利普·亨斯洛开始做有关舞台演出的账目日记，直至1603年。可惜他记载的主要是海军大将剧团的演出，只少量和莎士比亚有关。

同年，黎里散文喜剧《米达斯》上演。塞缪尔·丹尼尔《罗莎蒙德的哀怨》及其致迪莉娅的十四行诗集出版。

1593年（莎士比亚29岁，伊丽莎白一世在位第35年）

从上年12月29日到本年2月1日，伦敦剧院曾开了一个月。但因瘟疫之故，枢密院于1月28日下令，从2月1日起重又关闭。（伦敦因疫病死者5月间每周200人，9月间每周达千人，一年共11000多人。当时伦敦人口20万。）这次关闭时间更长。在此期间，多数剧团因经济困难而散伙，部分人到外地演出，演员人数和收入均锐减。

4月28日，莎士比亚的长诗《维纳斯与阿多尼斯》经过坎特伯雷大主教审查批准，由莎士比亚的印刷商友人菲尔德在伦敦"书业公所"进行登记，不久以四开本出版，并在圣保罗教堂院内以灰白猎犬为记的书店出售。这是署名出版的第一部莎士比亚著作。书名页上引用了罗马诗人奥维德（公元前43～公元18）的《恋歌》中两行拉丁诗：

让俗人赞赏糟粕吧；愿金发的阿波罗供我以满怀卡斯塔利亚的泉水。

卡斯塔利亚的泉水指希腊神话中文艺女神赐予的灵感。卷首有献词如下：

献给骚散普顿伯爵兼蒂奇菲尔德男爵亨利·里兹利阁下：

阁下，我今将我粗陋的诗篇献给阁下，不知会如何冒犯你，也不知世人会如何责备我竟会选择这样坚牢的柱石来支持如此纤弱的东西。然而只要阁下稍露快意，我就自认为受到高度的夸奖，并誓将利用一切暇日，直至用更有分量的作品来为你增光。但倘若我创作的第一个子嗣竟成畸形，我将对他有这样高贵的一位教父感到难过，并从此不再耕种这块贫瘠的土地，以免仍产生这样恶劣的收获。请阁下雅览，并按阁下心意加以衡量。祝阁下百事如意，并满足世人对阁下的期望。

随时为阁下效劳的

威廉·莎士比亚

这首长诗很受欢迎。莎士比亚在世时它共印过四开本二次，八开本八次。

是年，莎士比亚继续写十四行诗，送给与他感情日深的骚散普顿。其中如第 26 首写献诗，27 ~ 28 首写旅途失眠时的思念，29 ~ 30 首写命运的困顿，70 首写于骚散普顿成年时（1593 年 10 月），估计都是本年之作。

5 月，伦敦发生群众排斥外侨（特别是法国胡格诺派新教徒）的骚动。当局对一些小册子作者的家进行搜查，追捕煽动暴力的人。作家托马斯·基德住处搜出宣扬无神论的材料，他在监中受拷打后，诿过于马洛。

5 月 30 日，曾参与政府反对耶稣会士颠覆图谋的间谍活动的马洛在戴特福德的一家酒店与人争吵，被匕首砍伤头部致死。马洛死后，本·琼森崛起（1599）之前，莎士比亚成为英国戏剧界无与匹敌的作家。

是年，莎士比亚写《维洛那二绅士》，这是关于一个男子抢夺朋友的情人的故事，相仿于十四行诗第 40、133、144 等首所写的情况。莎士比亚还写《查理三世》，这是他第一部艺术成熟的严肃剧本，水平已经超过马洛。此剧 1597 年以四开本出版（无署名），以后在 1623 年收入第一对折本之前，还以四开本印行过五次，是莎剧中在早期出版次数最多者之一。

7 月，法国国王亨利四世和罗马教会达成妥协，奉天主教为国教。至此法国的宗教战争结束。

9 月 28 日，亨斯洛在给爱德华·艾林的信中写道："至于你探询的潘布罗克勋爵剧团，他们都已回家五六个星期了，以为听说他们靠巡回演出赚了不少开销，只有典当行头才能生活。"这年大概也是莎士比亚经济生活最困难的时期（参见他的十四行诗第 90 和 97 首）。

同年，马洛死前完成剧本《爱德华二世》；乔治·皮尔的《爱德华一世历史剧》写成；罗伯托·亨利逊的《克瑞西达遗嘱》长诗出版。诗人乔治·赫伯特和钓鱼作家艾萨克·沃尔顿出生。

1594年（莎士比亚30岁，伊丽莎白一世在位第36年）

1 月 24 日，据亨斯洛记载，埃赛克斯伯爵剧团在玫瑰剧院恢复上演《泰特斯·安德洛尼克斯》一剧。

2 月 3 日，冬季剧院短期开放后，枢密院下令禁止在伦敦五英里距离内演戏。

2 月 6 日，《泰特斯·安德洛尼克斯》在书业公所登记，旋即出版为第一四开本。这是第一部出版的莎剧，但无署名。书名页文字如下："关于泰特斯·安德洛尼克斯的极悲惨的罗马悲剧，据此达比伯爵、潘布罗克伯爵和埃塞克斯伯爵诸阁下的仆人们的演出来。伦敦。约翰·丹特印刷，并将由爱德华·怀特和托马斯·米林顿出售，地址在圣保罗教堂小北门，钤图为记。1594 年。"

3 月 12 日，伦敦出版商托马斯·米林顿在书业公所登记下列书，不久被出版为劣质四开本，无署名。书名页曰："约克和兰开斯特两旺族的争斗第一部分，含善良的亨弗雷公爵之死，萨福克公爵之放逐和死，傲慢的温彻斯特红衣主教之悲惨结局，杰克·凯德之著名叛乱，以及约克公爵首次提出他有获得王冠的权利。"这就是莎士比亚《亨利六世第二部分》的前身。

4 月至 5 月中，伦敦又有疫情。

5 月 1 日，骚散普顿伯爵的寡母和副官内大臣托马斯·赫尼奇爵士结婚的前夜，在骚散普顿宅邸演出了莎士比亚的喜剧《仲夏夜之梦》。该剧现行文本中的有些地方（如结尾部分）可能是后来加进去的。

5 月 9 日，莎士比亚的长诗《鲁克丽斯遭强暴记》在书业公所登记，不久被印刷为四开本出版。书名页称："鲁克丽斯：伦敦/理查德·菲尔德为约翰·哈里逊印刷，将在圣保罗教堂院内以灰白猎犬为记的书店出售。1594。"书首的献词如下：

献给骚散普顿伯爵兼蒂奇菲尔德男爵亨利·里兹利阁下

我奉献给阁下的爱是无尽头的，而这本无开端的小书只是其中多余的一小部分。它肯定能蒙接受，并非因为我未获师教的诗句有何价值，而因我握有蒙受眷顾的保证。我已做的一切属于你，我将做的一切也属于你，既为我所有之一部分，虔诚地属于你。我若有更多才能，尽的义务本该有更多表现，现既如斯，誓将仅有的才能献给阁下，祝阁下长寿延年，永远幸福。

随时为阁下效劳的

威廉·莎士比亚

莎士比亚在世时，此诗除印四开本一次外，还印过八开本四次。

5 月，宫内大臣剧团成立，莎士比亚从一开始就是它的重要演员、股东和剧作家。该剧团的前身为斯特兰奇勋爵剧团，1593 年随其庇护人的晋爵改称达比伯爵剧团；1594 年 4 月 16 日达比伯爵逝世，不久原班子即改由宫内大臣亨利·凯里，即亨利敦男爵一世（他是伊丽莎白女王的近亲和亲信）庇护。莎士比亚则是新加入者之一，他把他过去写的剧本带来，归这个新剧团所有。剧团开办股本 700 镑，由 8 个股东集资，这 8 个人是：威廉·肯普（1594 ~ 1599，主要喜剧演员）、莎士比亚、理查德·伯比奇（1619 年逝世，主要悲剧演员）、托马斯·波普、奥古斯丁·菲利普斯、乔治·布赖恩、理查德·考利和约翰·海明（8 人都是演员；海明后来是经理并是 1623 年莎剧全集，即第一对开本两主编之一）。

5 月下旬，莎士比亚的喜剧《爱的徒劳》可能在此时开始演出。此剧有很多或明或暗地指示时事的地方：两条主线，一是男性贵族想弃绝爱情而失败，一是文坛上的争吵，都是骚散普顿圈子里当时议论很多的事。如 4 幕 3 场 254 行起讲到黑夜，是指当时以乔治·查普曼的诗《夜影》为代表的“黑夜派”的论调。因此它很像为圈内人所写的活报剧，不过后来经过修改拿出去公演。此剧和莎士比亚当时还在写的十四行诗有不少呼应处。剧中有几首十四行诗；俾隆的情人也是个浓眉黑眼的女人（3 幕 1 场 206 ~ 207 行）；而查普曼很可能就是十四行诗里提到的“诗敌”（第 78 ~ 83，85，特别是 86 首）。

6月5日至15日，宫内大臣剧团同海军大将剧团的部分演员（后一剧团一部分人已去欧陆演出）在伦敦南岸纽因顿靶场剧院一起演出，剧目中包括《泰特斯·安德洛尼克斯》《驯悍记》和一个神秘的、现已佚失的名叫《哈姆雷特》的剧本。后来文艺界称后者为《前哈姆雷特》（ur-Hamlet）。

6月7日，西班牙犹太医生罗德里戈·洛佩斯（Lopez，拉丁字源 lupus 意为“狼”）在被判和西班牙间谍一起策划毒害伊丽莎白女王罪后处死。此案审理曾延续好几个月，引起伦敦市民对犹太人的议论和歧视。

8月，莎士比亚的《威尼斯喜剧》（即《威尼斯商人》的第一稿）在瑟热克的“玫瑰剧院”上演。莎士比亚剧虽然也有反犹色彩，但未完全否定夏洛克这个角色。理查德·伯比奇因演夏洛克成功，确立了他作为悲剧演员的声誉。从此开始了莎士比亚创作和伯比奇演出的伟大合作。

9月3日，牛津大学学生亨利·威洛比所作《威洛比的阿维莎》长诗在书业公所登记，不久出版。此书的序诗中提到诗人莎士比亚（这是当代旁人出版物中第一次提到莎士比亚的名字）：

虽然克拉廷用很高的代价
获得了令名和长寿，
并找到多数人所枉然追寻的
美丽而忠贞如一的妻子，
　但塔昆摘了他晶莹的葡萄，
　而莎士比亚描述了可怜的鲁克丽斯的受强暴。

作者在诗中叙述了客店老板娘漂亮的阿维莎拒绝了许多求爱者，其中包括威洛比本人。而他有一个“很熟的朋友 W. S.，后来不久前领教过类似的失恋滋味，新近已从类似的热病中恢复过来……他从远处旁观到这场爱的喜剧，决定要看一看它的结局对这位新演员会不会比老演员所遇到的结局更愉快一些”。这里的 W. S. 可能指莎士比亚，所说的事可能与莎氏十四行诗的内容有关。威洛比是莎士比亚的朋友托马斯·拉塞尔的姻亲。

9 月 22 日，斯特拉福德发生大火，但莎士比亚家没有损失。

10 月，宫内大臣剧团在“惟一剧院”和格雷斯街“交叉钥匙旅店”天井里演出。是年该剧团虽主要在“惟一剧院”和“帷幕剧院”（均为伦敦城东北郊的老剧院）演出，但有时也在其他地方演出。其竞争者海军大将剧团，以爱德华·艾林为领衔演员，从 1594 年到 1600 年主要在南岸属于亨斯洛的“玫瑰剧院”演出。

11 月 3 日，伦敦城市长写信给财政大臣，要他合作制止布商兼高利贷者弗朗西斯·兰利在南岸再建一剧院。领导伦敦城的一批新兴资产阶级主张禁绝一切戏剧。但女王、宫内大臣、宴乐官不支持禁戏，枢密院则态度动摇。兰利终于在南岸兴建“天鹅剧院”，因南岸不归伦敦城管辖。

12 月 26 日和 28 日，（据 1595 年 3 月 15 日女王内司库账目记载）宫内大臣剧团在格林尼治行宫演出“两个喜剧或插剧”。

12 月 28 日夜，据伦敦格雷法律协会（法学院）史册记载，在庆祝圣诞节的舞会以后，由演员在该协会大厅演出《错误的喜剧》。该院还邀请了内殿法律协会的代表，双方学生因座位拥挤发生争吵，后来他们称呼此事为“错误之夜”。

是年，莎士比亚继续写十四行诗，如第 104 首系纪念他结识骚散普顿三周年。

同年，出版的其他著作有：马洛的遗作悲剧《爱德华二世》、格林的遗作喜剧《修道士培根和邦格》、查普曼的诗《夜影》，以及黎里的喜剧《彭璧大娘》。

1595年（莎士比亚31岁，伊丽莎白一世在位第37年）

是年，爱尔兰的蒂龙伯爵二世休·奥尼尔自封为奥尼尔大公，一面和英格兰谈判，一面联合爱尔兰各地首领，并暗中向西班牙求援，反抗英格兰的统治。

年初，塞缪尔·丹尼尔的史诗《约克和兰开斯特两家族间的内战》头四章出版。莎士比亚据此开始写作他的历史剧《查理二世》。

3 月 15 日，女王宫内司库账目记载，在冬天戏剧季节结束后，“付给威廉·肯普、威廉·莎士比亚和理查德·伯比奇等宫内大臣仆人”赏金 20 镑。这是第一次官方文字记载，提到莎士比亚作为演员，并为宫内大臣剧团三个主要成员之一。

是年，《约克公爵理查的真实悲剧》（即《亨利六世第三部分》的前身）的第一个劣质八开本出版（无署名）。书名页如下：“约克公爵理查的真实悲剧和善良的亨利六世国王之死，含兰开斯特和约克家族的全部斗争，据潘布洛克伯爵阁下仆人的多次演出本。P. S. 为托马斯·林顿在伦敦印刷，1595。”

是年，莎士比亚已居住在伦敦东北部圣海伦区。从此往北，出“主教门”不远，即是“惟一剧院”和“帷幕剧院”的所在地肖迪奇。莎居附近住有音乐家托马斯·莫利，他曾为莎士比亚剧中的一些歌曲谱乐。据后人奥布里的笔记称，他听莎氏同事之子说：“莎士比亚曾住在肖迪奇，而且他不喜欢多交游，不愿过放荡生活，若有人邀他这样做，他会托病相辞。”

是年，莎士比亚写作《罗密欧与朱丽叶》，剧情部分反映了 1594 年以来骚散普顿伯爵的朋友查尔斯和亨利·丹弗斯爵士兄弟与其乡邻沃尔特和亨利·朗爵士兄弟之间的反复械斗。

9 月 7 日，伊丽莎白女王开始她生命的第 63 年，即占星术所说的 7 年一关，$7\times9=63$ 为可能有劫难的大关。

9 月 22 日，斯特拉福德又发生大火。事后附近埃弗沙姆镇的一个清教徒道者说：“埃文河畔斯特拉福德在间隔 12 个月的同一天，而且都是主日，几乎被火烧尽，这主要是由于亵渎了主的安息日，并且轻视出诸主的虔诚牧师之口的神旨。”莎士比亚的家产未受损。

11 月，伊丽莎白一世登基 37 周年之际，她发现了多尔曼的小册子《英格兰王位下次继承问题讨论》，而且是献给埃塞克斯伯爵的，对此极为不快。

12 月 1 日，未署作者名的剧本《爱德华三世》在书业公所登记，次年初出版商卡斯伯特·伯比的四开本出版（1599 年又出版过一次，仍没署作者名）。后代有些评论家认为这是莎士比亚早年修改旁人初稿而成的剧本，至少其中关于索尔兹伯里伯爵夫人的部分系莎氏所作。1623 年海明和康德尔所编莎氏戏剧全集未收此剧。论者认为此剧在 1603 年以后不上演，不出版是因为其中把苏格兰王说得很不堪，得罪了来自苏格兰的国王詹姆斯一世。

12 月 9 日，莎士比亚历史剧《理查二世》在爱德华·霍比爵士家作首次私家演出，被邀观看的主宾是首席大臣罗伯特·塞西尔爵士。

圣诞节以后，莎士比亚所属剧团在里奇蒙为宫廷演戏五场（12 月 26、27、28 日，1596 年 1 月 6 日，2 月 22 日）。

是年，剑桥大学院士威廉·科维尔在一本书里注道："均值得赞扬：莎士比亚的优美的《鲁克丽斯》。……放荡的《阿多尼斯》。托马斯·沃森的继承者。"莎士比亚可能读过沃森（1557？～1592）的拉丁文和英文诗。

同年，剧作家托马斯·肯德逝世。乔治·皮尔的喜剧《老婆娘的故事》、西德尼遗作《为诗辩护》、默凯特尔遗作《世界地图集》出版。

1596年（莎士比亚32岁，伊丽莎白一世在位第38年）

年初，西班牙军攻陷法国加莱，但已无力侵英。英海军袭击西班牙加的斯港，从 6 月 20 日到 7 月 5 日占领该城，洗劫居民，烧毁房屋和船只。此役埃塞克斯伯爵参加指挥立功，他的地位和名誉达到顶峰。10 月西班牙又派出一支舰队，计划攻英，但为风浪所驱散，只好作罢。由于战争负担和歉收，英格兰人民生活困苦。

夏，弗朗西斯·兰利修建的"天鹅剧院"完工。该剧院位于南岸偏西，离伦敦桥较远，交通不便，后来不大成功。荷兰人约翰·德威特在此观剧后对伦敦各剧院有所记载，并绘有剧场内部回忆图一幅，虽不准确，却是现存关于伊丽莎白朝舞台的唯一草图。

夏，《罗密欧与朱丽叶》在"帷幕剧院"演出。

7 月 23 日，宫内大臣亨利·凯里死，其剧团归其子乔治·凯里庇护。

后者不是宫内大臣，只继承了父亲的爵位，称亨利斯顿伯爵二世，故莎士比亚所属的剧团在一段期间（1696 年 7 月 ~1597 年 3 月）称亨利斯顿伯爵剧团。在此期间任宫内大臣的是不支持演戏的威廉·科巴姆勋爵，故伦敦市政委员会得以禁止职业剧团演出（从 1596 年 7 月 22 日到 1597 年 11 月 1 日）。

8 月 11 日，莎士比亚 11 岁的独子哈姆奈特夭折入葬。

夏秋，莎士比亚写《约翰王》，可能以 1591 年出版的佚名作家的《英格兰约翰王的多事之朝》为故事结构的基础。剧中有一段描写丧子的哀痛，似反映莎氏自身的心情：

> 悲哀充塞我的不在了的孩子的房间，
> 躺在他的床上，陪着我来回走动，
> 显露出他美丽的容貌，学着他的话，
> 使我回想起他一切可爱的地方，
> 用他的形体撑起他空瘪的衣服，
> 这样我就有理由喜欢悲哀了。
> ……
> 主啊！我的孩子、阿瑟、我漂亮的儿子！
> 我的生命、喜悦、食物、我的全世界！
>
> （3 幕 4 场 93 ~104 行）

9 月 7 日，伊丽莎白女王的 63 岁大关已过（莎士比亚十四行诗第 107 首）。

10 月 20 日，纹章院院长威廉·戴西克爵士起草了批准授予莎士比亚父亲约翰家徽的证书的草稿，其根据是：（1）其祖父曾服务于亨利七世国王有功；（2）历代在地方颇有声誉；（3）配偶为绅士阿登家女；（4）本人曾任治安官和市长；（5）地产值 500 镑。家徽图案是金色盾形斜贯黑带，黑带上有银色矛一枚，盾上方有立鹰，鹰之一爪握矛直立。家铭为古法文：“并非没有权力”。

11 月，威廉·威特控告威廉·莎士比亚、弗朗西斯·兰利（“天鹅剧院”老板）、约翰·索厄的夫人多萝西和安妮·李，称自己有被这些人袭击和害死的危险，要求给予保护。萨里郡郡长发拘留传票（11 月 28 日交回），叫这些人前来具结和交押保证金，但无下文。（按：威特是一个流氓，他的继父威廉·加迪纳是一个贪污腐化的治安官，估计这是一宗对兰利的报复行为。英国当时有这种控告安全威胁的做法，被控方交一笔保证金就可回家，如后来无事，保证金可以退还。）

是年，詹姆斯·伯比奇购买了原黑僧修道院的膳堂，改建为全部有屋顶的剧院。他和其他剧院所有人申请批准作商业性演出，申请书上莎士比亚名列第五。但该地区富有的清教徒居民反对，此时的宫内大臣科巴姆也不支持，剧院只好暂时闲置。

圣诞节，莎士比亚所属剧团在白厅为宫廷演戏六场（12 月 26、27 日，1957 年 1 月 1、6 日，2 月 6、8 日）

是年，埃德蒙·斯宾塞的《仙后》第 4 ~ 6 卷出版。剧作家乔治·皮尔过世。海盗出身的航海家弗朗西斯·德雷克过世。

同年，伊丽莎白女王又派特使本杰明·伍德同伦敦商人乘三艘大船前往中国，寻求通商，但一艘在好望角附近沉没，另两艘在布通岛附近沉没。

1597年（莎士比亚33岁，伊丽莎白一世在位第39年）

是年初，莎士比亚写成《亨利四世》上、下篇，其中他创造了极受群众喜爱的福斯塔夫这一角色。这一角色脱胎于传统道德剧中“罪恶”一角，而被赋予了逗人笑骂的鲜明个性，既代表了没落的骑士，又表现了英格兰民族的幽默感。此角色起初由莎士比亚剧团中的胖演员亨利·切特尔扮演，后由肯普扮演。这个角色的名字原叫奥尔德卡斯尔，后因该家族后裔亲戚科巴姆勋爵提出反对，才改名福斯塔夫。

据传伊丽莎白女王看过《亨利四世》演出，十分喜爱福斯塔夫一角，遂命莎士比亚再为此角写一戏，表现他陷入爱情之状。莎士比亚在短期内写成《温莎的快乐娘儿们》，于 1597 年 4 月 23 日在温莎宫嘉德勋章获得者宴会后首次演出。

2 月 2 日，詹姆斯·伯比奇葬于伦敦东北郊肖迪奇。他在遗嘱中把“惟一剧院”传给长子卡思伯特，把“黑僧剧院”（尚未启用）传给次子名演员理查德。

3 月 17 日，亨利斯顿男爵二世被任命为宫内大臣，因此他所庇护的剧团恢复了宫内大臣剧团的名称。

5 月 4 日，莎士比亚以 60 镑的价钱，从威廉·恩德希尔手中购得斯特拉福德第二大的房屋（三层楼，有五个人字屋顶和十间有壁炉的房间）。此屋原系休·克洛普顿爵士所建，已年久失修。莎士比亚买入后又花钱加以翻修（次年将多余石料卖给市政厅），命名为“新居”。此举说明莎士比亚这时收入已有不少富余，他并早有意于晚年退居家乡，据后人尼古拉斯·罗记载，威廉·达文南说：“有一次骚散普顿伯爵曾赠给他（莎士比亚）一千镑，以使他能够实现听说他想购置的一宗产业。”一千镑的数目太大，不可靠。但骚散普顿资助莎士比亚则是可能的（参看十四行诗第 87、117 首）。

7 月，由托马斯·纳什开始，并为年轻的本·琼森（时年 27 岁，比莎士比亚小 6 岁）完成的喜剧《狗岛》由潘布罗克剧团在“天鹅剧院”上演。此剧过分讽刺时政，开罪统治集团，枢密院勒令禁演，销毁所有脚本，故今天已不明其内容。枢密院还说服女王签署命令完全禁止演戏和拆毁剧院，但此命令未执行。8 ~ 9 月各剧团都被迫离开伦敦下乡。宫内大臣剧团到过拉伊、多佛尔、马尔堡、巴斯和布里斯托尔。10 月枢密院特准宫内大臣剧团和海军大将剧团在伦敦城以外演出；伦敦和剧院除“天鹅剧院”外又逐渐开放。从此这两剧团成为相互竞争的两大剧团，而且莎士比亚所属的前者更占优势。

8 月，埃塞克斯伯爵率舰队远征西班牙属地亚速尔群岛，原计划袭击西舰队，但未遇而返。骚散普顿伯爵随行，任“花环号”舰长。10 月西舰队又被风浪驱散。年终，埃塞克斯被任命为英国军队统帅。

8 月 29 日，《理查二世》在书业公所登记，旋即出版第一四开本，无作者署名。书名页曰：“理查二世国王的悲剧。据宫内大臣勋爵阁下仆人公开演出本。伦敦。瓦伦丁·西姆斯为安德鲁·怀斯印刷。将在保罗教堂院子内怀斯的书店出售，以天使图为记。1597。”由于政治上忌讳的原因，废黜国王的场景被删去，直至1608年第四次四开本出版时始恢复。

10月8日，本·琼森因《狗岛》事被关押审查，不久获释。

10月20日，《理查三世》在书业公所登记，旋即出版第一四开本，无作者署名。书名页曰：“理查三世国王的悲剧。含他谋害三哥克莱伦斯的诡计，其几个无辜侄儿的悲惨被害，他的暴虐的篡位，他被憎恶的一生的全过程，以及他罪有应得的死亡。据宫内大臣阁下仆人最近演出本。伦敦。瓦伦丁·西姆斯为居住在保罗教堂院内天使招牌店内的安德鲁·怀斯印刷。1597。”

是年，还出版了《罗密欧与朱丽叶》的第一四开本，内容残缺颇多，也无作者署名。

11月15日，伦敦城东北部主教门圣海伦区欠缴王室附加地方税（1593年议会通过）住户名单中列有威廉·莎士比亚的名字。其财产在1596年10月估价为5镑，应纳税5先令，本应在1597年2月交清，但仍拖欠。欠税有三种情况：亡故、迁出、故意转移财产。估计莎士比亚已在1596年10月后的某个时候迁出该区。

12月26日，宫内大臣剧团在白厅为宫廷演出。

是年，莎士比亚及其父亲曾再诉约翰·兰巴特，试图赎回1578年抵押出去的阿斯比地产，失败。父亲把斯特拉福德亨利街住宅边一条窄地卖给邻居，这说明他还住在老家。莎士比亚大弟吉尔伯特在伦敦圣布赖兹街开缝纫用品商店。

同年，旁人作品出版的有：苏格兰王詹姆斯六世的《论巫术》、弗朗西斯·培根的《社会伦理散文集》、约翰·多兰德的《歌曲集》第一册。

1598年（莎士比亚34岁，伊丽莎白一世在位第40年）

1月1日和6日，2月26日，宫内大臣剧团在白厅为宫廷演出。

1 月 24 日，在斯特拉福德莎士比亚家的邻居亚伯拉罕·斯特利写信给另一邻居理查德·奎尼："我们的同乡莎士比亚先生愿花一些钱在肖特里或我们附近买一块地；他认为有适当的先例，可促使他参与我们什一产益权的交易。"

2 月 4 日，斯特拉福德市政当局开列小教堂街区 13 家大麦囤积户名单，其中包括莎士比亚的名字，说他囤积了 10 夸特（约合 2.5 吨）大麦。按英国连年夏季淫雨，造成缺粮，居民对囤粮户不满。是年莎士比亚妻安妮 42 岁、长女苏姗娜 15 岁，次女朱迪斯 13 岁，已迁入位于该街的"新居"，为殷实户，除囤粮外，还自酿麦酒。

2 月，骚散普顿伯爵（25 岁）和女王的贵嫔伊丽莎白·弗农私通，致该女怀孕，不得不结婚，此事使女王大为不满。骚散普顿撇下怀孕的妻子，随首席大臣威廉·塞西尔去欧陆。他在巴黎网球赛赌博中输掉许多钱。到 11 月其妻生女后数日，他始回英。

2 月 25 日，《亨利四世上篇》在书业公所登记，旋即出版为第一四开本，无作者署名。书名页曰："亨利四世的历史，含国王和北方亨利帕西勋爵（姓霍茨波）之间的什鲁斯伯里战役。含约翰·福斯塔夫爵士的幽默。"

是年夏，莎士比亚可能开始写《无事生非》，冬天完成。

7 月 22 日，书商詹姆斯·罗伯兹在书业公所登记《威尼斯商人》（或称《威尼斯的犹太人》）一书，并说明未经宫内大臣许可不得出版。这次登记看来是为了保护剧团权益、阻止旁人出版而采取的一种方法。

是年，《爱的徒劳》四开本出版，书名页上写："名为'爱的徒劳'，具有愉快奇趣的喜剧，据上次圣诞节在女王陛下御前演出本，新近由威·莎士比亚修正和补充。由 W. W. 为卡特伯特·伯比在伦敦印刷。1598。"这是第一次莎剧署名出版，但大概不是此剧的初版本。由书商安德鲁·怀斯重版的《理查二世》（废黜国王的场景仍删去）和《理查三世》四开本也出现了莎士比亚的署名。这说明在剧本上署名莎士比亚已能有助于推销这种价值 6 便士的小册子，也说明人们开始把剧作家提高到同诗人相当的地位。

8 月，伯利伯爵（即首席大臣威廉·塞西尔）逝世，他的爵位和官职均由他的儿子罗伯特·塞西尔继承。他们父子是女王的首席顾问和助手，在政治上都和埃塞克斯伯爵相对立。

8 月，爱尔兰全面叛乱开始。年底，埃塞克斯被任命为爱尔兰总督，率军征讨，骚散普顿随行。这是一项吃力不讨好的任务。

9 月，西班牙国王菲利普二世逝世，其子继位，为菲利普三世。

9 月 7 日，弗朗西斯·米尔斯的《帕拉迪斯·塔米阿，机智的宝库》在书业公所登记，旋即出版。书中赞誉了 100 多个英国作家，其中写道："菲利普·西德尼爵士、斯宾塞、丹尼尔、德雷顿、华纳、莎士比亚、马洛和查普曼……大大丰富了英语，使之华丽地穿戴上珍奇饰物和灿烂衣衫。正如据信尤弗勃斯的灵魂活在毕达哥拉斯身上，奥维德的香馥、机智的灵魂活在舌头流蜜的莎士比亚身上，足以为证者是他的《维纳斯与阿多尼斯》、他的《鲁克丽斯》、他在私交间传阅的沾有糖渍的十四行诗等等。……正如普劳图斯和塞内加被认为是拉丁作家中喜剧和悲剧写得最好的，莎士比亚是英国人中为舞台写这两种剧写得最好的，喜剧方面有他的《维洛那绅士》、他的《错误的喜剧》、他的《爱的徒劳》、他的《爱的收获》、他的《仲夏夜之梦》和他的《威尼斯商人》为证；悲剧方面有他的《理查二世》、《理查三世》、《亨利四世》、《约翰王》、《泰特斯·安德洛尼克斯》和他的《罗密欧与朱丽叶》为证。……正如埃比乌斯·斯托洛说，如果缪斯神通拉丁语，她们会用普劳图斯的舌头讲话；我说，如果她们通英语，她们会用莎士比亚的精练的词语讲话。"

米尔斯又夸莎士比亚是英国人中最好的抒情诗人之一，是"最激情地哀叹爱情的困惑者之一"。

这段文字有力地说明了莎士比亚当时是两部长诗、《十四行诗集》和至少 12 部剧本的作者，在文坛已达到很高的地位，并确定了他的这些剧本著作年代的下限。其中提到的《爱的收获》，大概是一部佚失的喜剧，也可能是《驯悍记》的别名，或者《终成眷属》的一个早期版本。

同年，理查德·巴恩菲尔德出版的诗集中有《忆若干英国诗人》一诗，其中一节如下：

还有莎士比亚，你的流蜜的文脉
为世界所喜欢，替你赢得赞誉，
你的《维纳斯》和《鲁克丽斯》，香甜和贞洁，
已将你的名字列入不朽令名的史册。
愿你永生，至少享有永生的名声
肉身会死亡，但令名永不死亡。

10 月 1 日，伦敦主教门区欠缴地方税名单中列有威廉·莎士比亚的名字。

10 月 25 日，到伦敦出差的斯特拉福德市参议员理查德·奎尼从一家旅馆写信给莎士比亚，向他借 30 镑。此信没有发出，存在奎尼的遗物中。可能他已面见过莎士比亚，借到了钱。另一同乡斯特利和奎尼的父亲不久给奎尼的信中也都提到莎士比亚。

冬，莎士比亚开始写《亨利五世》（约于 1599 年 3 月写完）。

12 月 25 日，伯比奇兄弟言定从尼古拉斯·布伦德那里租用泰晤士河南岸一块地，供建剧院用，租期 31 年。

12 月 26 日，宫内大臣剧团在白厅为宫廷演出。

12 月 28 日，伯比奇兄弟组织了一帮人，把“惟一剧院”全部拆掉，木料运过泰晤士河，搬到南岸兴建“寰球剧院”。这是因为“惟一剧院”土地租约到期，而地主贾尔斯·艾伦故意对续租条件进行刁难。伯比奇利用原租约言明“房屋不属地主”的条款，乘艾伦不在伦敦时突击拆运木料。另外，宫内大臣剧团也有意迁到逐渐兴旺的南岸，以便与在“玫瑰剧院”演戏的海军大将剧团进行竞争。

是年，本·琼森脱离海军大将剧团，带着他的剧本《人人高兴》参加宫内大臣剧团，据说此剧起初不被接受，后因莎士比亚的推荐而上演。据 1616 年《琼森全集》中载，此剧 1598 年开始在“帷幕剧院”演出时主要演员以莎士比亚为首。他大概扮演其中溺爱儿子的老父亲爱德华·诺韦尔一角。

圣诞节期间，剑桥大学圣约翰学院学生演出佚名作家的剧本《从文艺女神圣山回来上篇》，其中一再赞扬“甜蜜的莎士比亚先生”，提到他的两部长诗和《罗密欧与朱丽叶》，并说要把他的《维纳斯与阿都尼》放在枕头底下。

是年，约翰·马斯顿在其讽刺诗第 7 首中模仿莎士比亚《理查三世》中理查王的绝望呼叫，在第 10 首中提到《罗密欧与朱丽叶》的演出受到观众欢迎。罗伯特·托夫特在其长诗《阿尔巴：忧郁情人的一月心态》第三部分中提到莎氏的《爱的徒劳》。

同年，马洛的未完成遗作长诗《希萝与利安德》由乔治·查普曼续成出版。查普曼翻译的《伊利亚德》的示范本出版。托马斯·博德利爵士开始重建牛津大学图书馆。

同年，中国汤显祖写成《牡丹亭》。

1599年（莎士比亚35岁，伊丽莎白一世在位第41年）

是年，作为爱尔兰总督的埃塞克斯伯爵率军于 3 月 27 日离伦敦赴爱尔兰征讨叛乱，出发时受到群众的热情欢送。4 月 15 日到达都柏林。他拟任命随军的骚散普顿伯爵为参谋长，但女王复示加以拒绝，说，“骚的意见没有什么用处，他的经验更是无用”。征讨遭遇爱尔兰人民普遍反抗和缺少马匹、交通不便等重重困难。埃塞克斯要求回英，女王不准。埃塞克斯遂擅自于 9 月 6 ~7 日在拉甘河渡口同叛军首领蒂伦勋爵议和，并议论了一旦女王去世的后事。此事密传到女王耳中。埃又擅自回英，于 9 月 28 日晨直接撞入萨里郡农塞区行宫内女王的寝室呈情申辩。女王大怒。次日埃即被捕软禁，并剥夺一切权利，包括其出卖甜酒的专利权。

莎士比亚因受骚散普顿庇护，原支持埃塞克斯一派。他在《亨利五世》中也祝愿埃出征成功：

用一个略为卑微而同样亲切的例子，
正像我们圣明的女王的将军，

看来他不久就可以从爱尔兰班师，
把“叛乱”挑在他的剑头上带回，
多少人会走出这平安的城市去欢迎他！”

（5 幕 1 场开场白 29 ~ 34 行）

但莎士比亚在政治和宗教争议问题上向来采取谨慎的超然态度，而且对埃塞克斯的政治野心有所警惕。他曾在《无事生非》中写道：

……宠臣，
被君主惯得骄傲，竟用他们的骄傲
来反对原来对它培养起来的权力。

（3 幕 1 场 9 ~ 11 行）

1 月 1 日，宫内大臣剧团在白厅为宫廷演出，2 月 2 日又在里奇蒙演出。

2 月 21 日，就建筑中的“寰球剧院”，地主尼古拉斯·布伦德为一方，伯比奇兄弟为一方，宫内大臣剧团的 5 名演员莎士比亚、海明、菲利普斯、波普和肯普为一方，三方签订了租约，规定由后两方平均负担土地租金，同时他们也分担剧院建筑和经营的费用，并将分得剧院的纯收入。这样，莎士比亚成为剧院的“管家”之一，可以分得 1/10 的纯利。不久肯普退出宫内大臣剧团（原因之一据说是莎士比亚反对他即兴自编插科打诨的话），他的股份由其余 4 人分摊。从此莎士比亚从剧院纯收益中可分得 1/8。肯普原演福斯塔夫这一角色，因他辞去，莎士比亚的《亨利五世》中只好删去这一角色。后来塔尔顿的徒弟罗伯特·阿尔民参加剧团演莎剧中的主要丑角，但他所演的那些丑角的风格迥异。

4 ~ 6 月，《亨利五世》开始演出。

5 月 16 日，关于托马斯·布伦德爵士（租地供建寰球剧院的尼古拉斯·布伦德爵士之父）的遗产的调查书中提到寰球剧院，称它是“一座新建的房屋……由威廉·莎士比亚等人住用”。

6 月，枢密院下令禁止出版讽刺时政的小册子。有一个时期，讽刺的材料都集中在戏剧中出现。

是年，出版商威廉·杰加德出版了一本很薄的《热情的朝圣者》诗集，标明为威廉·莎士比亚的作品，其实所收 20 首短诗中只包括莎士比亚的 5 首诗（即十四行诗第 138 首和 144 首以及《爱的徒劳》4 幕 2 场 110 行起、3 场 60 行起和 101 行起的 3 首诗，其中有些有歧文）。到 1612 年，诗人托马斯·海伍德说，莎士比亚对此很不满意（详见 1612 年）。

是年，约翰·韦弗出版《旧样新式短诗集》，其中有“致威廉·莎士比亚”十四行诗一首如下：

舌头流蜜的莎士比亚，当我看到你的子嗣，
我敢发誓是阿波罗而非旁人生了他们，
它们玫瑰色的容貌，丝织的衣裳，
它们的母亲据说是天上的某位女神：
玫瑰脸颊的阿多尼斯，头发是琥珀的颜色，
白嫩而火热的维纳斯想引诱他爱她；
贞洁的鲁克丽斯衣衫像处女样洁白，
傲慢而欲火中烧的塔昆一心要品尝她：
罗密欧、理查……还有更多我不知其名，
他们甜蜜的舌头和强烈吸引人的美丽，
表明他们是神明（虽然名分上他们不是），
因为成千上万的人起誓向他们效忠：
他们，莎士比亚的孩子们，在爱情中燃烧，
去吧，同你的文艺女神生出更多的神裔吧！

夏天，莎士比亚写《皆大欢喜》。此剧以莎士比亚家乡沃里克郡阿登森林为背景，并提到当地民间传说的绿林好汉罗宾汉。它还反映了法国讽刺作家拉伯雷的《巨人传》的影响。本剧 5 幕 2 场 120 行“像爱尔兰狼向月亮嚎叫一样”指当时对伊丽莎白女王的叛乱；女王未婚，诗人多用月神辛西娅来比喻她。3 幕 5 场 85 ~86 行：“已故的牧羊人，我现方认识到你的警句的威力——‘哪一个情人不是一见就钟情’?”指的是马洛在《希萝与利安德》长诗中的佳句。据 18 世纪学者乔治·斯蒂文斯记载，曾有人看到莎士比亚演一个极为衰弱的老人，被人肩背着上场。这当是扮演《皆大欢喜》中老仆亚当一角（2 幕 8 场 167 行）。有人认为这是因为当时莎士比亚的腿瘸了（参看十四行诗第 37 和 89 首）。“试金石”一角是莎士比亚为新加入的喜剧演员阿尔民写的第一个角色。

接着或同时，莎士比亚写《裘力斯·凯撒》。此剧反映了伊丽莎白朝末期统治不稳的政治气氛。当时英国历史剧已遭禁演，莎士比亚遂转而用外国历史题材写剧。

7 月，寰球剧院落成开幕。它坐落在泰晤士河南岸边迈德巷（现名派克街）路南，为南岸剧院中最东边，即靠近伦敦桥南端的一个，地点有利。剧院呈八角形，用支撑木柱盖在沼泽地上，周围是楼座，中间露天。敞开的舞台向前突出，三边是站客的场地。舞台后部有帷幕和后室，上面有阳台，再上为乐池。舞台中央地板上有个盖板的方洞，供鬼魂出没。舞台离地面约有一人高，柱脚三面围以布幛，演喜剧时围白布，演悲剧则围黑布。舞台后有化妆室，楼上为储藏室，再上为双斜坡顶楼，演戏之日就在上面挑挂剧院的旗子，上面画希腊神话中英雄赫克里斯背负着地球。剧院的拉丁文口号意为“全世界一舞台也”。剧院可容 2000 余人。站客票价 1 便士，相当于两枚鸡蛋或一磅黄油的价钱；楼座票价 2 便士，舞台边上显赫的座位再加 1 便士。新剧首演时票价加倍。演出在下午 2 时开始，在下午 4 ~5 时之间结束，因为主要靠日光照明。寰球剧院成为宫内大臣剧团（1603 年后为国王供奉剧团）经常演出的处所。它是莎剧的主要舞台，在经济上也很成功。此后莎士比亚平均年收入约为 250 镑，在当时相当可观。

《亨利五世》首演时间当在寰球剧院盖成之前，故其中所说“木头的圆圈”（开场白第 13 行）应指帷幕剧院，当然以后该剧也在寰球剧院演出过。据记载寰球上演的头一出戏是《裘力斯·凯撒》。

秋天，本·琼森写成《人人扫兴》。但在寰球剧院上演时（莎士比亚未参加），剧本被剧团删改，他很不高兴，遂离开宫内大臣剧团，回到海军大将剧团。琼森在剧中对莎士比亚《裘力斯·凯撒》中的一些词句进行嘲笑。后来他在笔记［收入 1640 年《木材》（又名《人与物发现集》）一书］中写道："好多次他（莎士比亚）做出不禁令人发笑的事。例如，在他的剧中有人对凯撒说：'凯撒，你错待了我。'他让凯撒回答说：'凯撒从来不做错事，除非为了正当的理由。'还有些类似的话，很可笑。"（在 1623 年第一对开本里莎士比亚已将凯撒此语改为："要知道，凯撒从来不做错事，而且除非有理由，他也不会感到满意。"见 3 幕 1 场 47～48 行。）琼森还写道："我记得一些伶人常作为莎士比亚的荣耀说到，他无论写什么东西从不涂掉一行字。我的答话是，但愿他涂掉了一千行。他们认为我的话是恶意。我本不会把这点告诉后代，要不是那些人实为无知，以此来夸赞朋友，其实这正是他的缺点；我也没为自己的坦率辩解，因为我爱他，并尊敬他死后的名声（但止于偶像崇拜），不亚于任何人。他确实诚实，秉性开朗和豪放，极富于想象、奇妙的思想和绚丽的表达方法，这些从他心中如此容易地流出来，有时有必要让他停一下。……但他的优点补救了他的缺点，他身上值得称颂的一直比需要原谅的为多。"琼森在他的《和德拉蒙德谈话录》（1619）中简洁地说，"莎士比亚缺乏技巧"。琼森性格坦荡直率，但他对莎士比亚总的评价是很高的。

是年，纹章院院长威廉·戴西克爵士和威廉·开姆顿正式批准"约翰·莎士比亚及其子嗣直到永远"使用家徽。这是对 1596 年草案的肯定，但对约翰·莎士比亚的资格有了一些不同的说法。如说他的祖先在亨利七世朝时曾受过赠地，约翰在任市长期间曾用过纹章等。据推测此事的正式实现是由于莎士比亚声誉大大提高，并得到朋友开姆顿的帮助，后者是埃塞克斯在 1597 年就任军队统帅以后所任命的新的纹章院院长。同时对是否要在莎士比亚家徽的盾形上 1/4 的地方加绘阿登家的家徽这种议论没有产生结果。

9 月 21 日，瑞士旅行者托马斯·普拉特在日记中写道："午饭后约二时，余偕友人过河，在茅草盖顶的剧院中观第一个罗马皇帝裘力斯·凯撒之悲剧，其中角色约15人，演出甚佳。剧终时彼等按习俗作极优雅之舞蹈。舞时二角衣男装，二角衣女装，彼此相配奇佳。”

10月6日，伦敦东北部圣海伦地区欠缴王室附加地方税名单中又有莎士比亚的名字。这是1597年议会通过的另一笔税。1598年10月1日估价莎士比亚的财产仍为5镑，应缴地方税13先令4便士。但在页侧注有“萨里”字样，说明莎士比亚前此已搬到南岸属萨里郡的地区。传说他住在瑟热克的克林克自治区内“斗熊园”附近，离寰球剧院不远。

是年，出版了莎士比亚《罗密欧与朱丽叶》的第二个四开本，注明“新经改正、增补和修订”，是个较完整的版本。还出版了《亨利四世上篇》的第二个四开本，注明“新经威廉·莎士比亚改正”。这些说明，有些莎剧曾经过他自己修改，前后有不同的版本。

是年，达比伯爵恢复了由圣保罗教堂唱诗学校部分学生组成的“圣保罗童伶剧团”，他们演一些着重布景、服装、歌舞的戏，相当成功。该剧团演出约翰·马斯顿的剧本《演员的鞭子》，其中有影射本·琼森的地方，琼森在《人人扫兴》中进行讽刺模仿，引起两方互相攻击，当时称为“戏剧战”（1599～1601年）。

12月26日，宫内大臣剧团在里奇蒙为宫廷演出。

同年，苏格兰王詹姆斯六世的《论国王的神圣权力》发表。埃德蒙·斯宾塞去世。奥利弗·克伦威尔出生。

1600年（莎士比亚36岁，伊丽莎白一世在位第42年）

是年，英格兰和爱尔兰人口合计550万，伦敦人口20万。

1月6日和2月3日，宫内大臣剧团在里奇蒙为宫廷演出。

2月11日，喜剧演员威廉·肯普开始他著名的一月舞蹈，即从伦敦一直舞到东北方的诺里奇，用30天跳了100英里路。结束时他声称：“我已舞出了这个世界。”（“世界”亦指寰球剧院）

3月6日，罗兰德·怀特在8日致罗伯特·西德尼爵士的信中说到该日宫内大臣宴请奥地利大公的秘书洛多维克·弗赖伊肯，下午请他观看其剧团演出《约翰·奥尔卡斯尔爵士》，令他十分满意。（按：当时在演出中奥尔卡斯尔的名字尚未改作福斯塔夫。）

3 月中，骚散普顿伯爵再参军去爱尔兰，转荷兰，然后回英格兰。

6 月 15 日，埃塞克斯被控违抗女王命令，跪地受审达 11 小时；作指控演说者包括弗朗西斯·培根爵士。埃被囚禁一段时间后于 8 月 26 日获释，但被禁止参加任何宫廷活动。

6 月 22 日，枢密院颁布命令，限制剧团每周只演出两场；但此命令未严格执行。

是年夏，莎士比亚被邀参加修改《托马斯·莫尔爵士书》一剧。现存不列颠图书馆的增补部分手稿中，有三页（共 148 行）和另一些段落被认为是莎士比亚的手迹。该剧原作者安东尼·芒戴，他的原稿在送宴乐官埃德蒙·铁尔尼爵士检查时被大量删削，不得不做重大修改和补充。在莎士比亚补充的部分，作为伦敦市政官的天主教徒托马斯·莫尔爵士作了长篇演说，来安抚在五月节为反对外国侨民（法国胡格诺教派侨民）而上街闹事的伦敦学徒群众。此剧虽经几人修改，结果并未演出。

8 月 4 日，书业公所登记册的一张空页上写着："宫内大臣剧团的剧本《皆大欢喜》、《亨利五世》、《人人高兴》和《无事生非喜剧》予以登记，但暂不出版"。这也是剧团保护自己权益的措施，但看来缺乏效力。

8 月 14 日，出版商托马斯·帕维埃在书业公所重申登记一批剧本，其中包括《亨利五世的历史连同阿金库尔战役》。随后出版了《亨利五世》的四开本。这是盗印本，有很多错误，虽然书名页上声称这是宫内大臣剧团多次演出所据的脚本，无作者署名。

8 月 23 日，《亨利四世下篇》和《无事生非》在书业公所登记，旋即出版四开本，均有莎士比亚署名。前者书名页上写道："亨利四世第二部分，继续到他的死和亨利五世的加冕，含约翰·福斯塔夫爵士和傲慢的毕斯托儿的幽默。据宫内大臣勋爵阁下的仆人多次公开演出本。威廉·莎士比亚著。伦敦。由 V. S. 安德鲁·怀斯和威廉·阿斯普利印刷。1600。"后者类同。

是年，莎士比亚写《第十二夜》，其中费斯特一角系为年轻喜剧演员罗伯特·阿尔民所写。2 幕 3 场 109 ~ 121 行处的一些歌词是引自当年发表的罗伯特·琼斯的《歌曲集》第一册。

9 月 2 日，理查德·伯比奇同“王家教堂童伶剧团”经理亨利·埃文斯签订合同，将黑僧剧院租予后者，租期 21 年。该私家剧团是由唱诗班和训练学校的部分男童组成，1580 ~ 1586 年间曾组织并演出过，后中断。此时恢复在黑僧剧院演出，和圣保罗教堂童伶剧团相竞争而这两个男童剧团又和成人剧团形成竞争（参见《哈姆雷特》2 幕 2 场 361 行以下）。

是年，莎士比亚写成《哈姆雷特》。它的前身是 1589 年就被人提到，而 1594 年在纽因顿靶场剧院上演过的一个戏，现被考证家称为《前哈姆雷特》，但已失传，它同后来的《哈姆雷特》的关系也不清楚。当代文人加布里埃尔·哈维于 1601 年 2 月 25 日以前在他的一本《乔叟集》里记道：“年轻人很喜欢莎士比亚的《维纳斯和阿都尼》；但他的《鲁克丽斯》和他的《丹麦王子哈姆雷特的悲剧》却包含有使见识更多的人喜欢的内容。”可见《哈姆雷特》在 1600 年底已写成上演，不过缺乏直接的记载。

10 月 6 日，莎士比亚的名字出现在萨里区欠缴地方税名单上。可能此时他已迁出该区。

10 月 8 日，《仲夏夜之梦》在书业公所登记，旋即出版为四开本，有莎士比亚署名。出版商托马斯·费希尔，其书店在舰队街，以白鹿招牌为记。

10 月 28 日，《威尼斯商人》在书业公所登记，旋即出版四开本，有莎士比亚署名。书名页称：“威尼斯商人的极妙历史，含犹太人夏洛克欲割该商人一整磅肉的极端残酷对峙，以及通过挑选三个盒子而得到鲍西亚的故事。据宫内大臣仆人多次演出本，威廉·莎士比亚著。J. R.（詹姆斯·罗伯兹）为托马斯·海斯印刷。在保罗教堂院内青龙招牌店内出售。1600。”

是年，《亨利六世第二部分》第二四开本、《亨利六世第三部分》四开本和《泰特斯·安德洛尼克斯》第二四开本出版，均无作者署名。这年是莎剧单行本出版和重印得最多的一年。

12 月 21 日，伦敦发生轻度地震。

12 月 26 日，宫内大臣剧团在白厅为宫廷演出。

是年，本·琼森脱离宫内大臣剧团后所写的《月神的欢乐》由王家教堂童伶剧团在黑僧剧院演出，其中嘲笑了“普通的戏班”和“普通的戏子”，并攻击了马斯顿及其友人托马斯·德克尔。马斯顿在《悉听君便》剧中加以回敬，此剧不仅由圣保罗教堂童伶剧团，还由宫内大臣剧团演出。看来在这场“戏剧战”中莎士比亚略为倾向于马斯顿一边（参看《哈姆雷特》2 幕 2 场 365 ~373 行）。

是年年终，亨斯洛为海军大将剧团在伦敦城北郊新兴的芬斯伯里区修建的“幸运剧院”建成。它是方形的，比寰球剧院更大、更堂皇，能容纳观众 2350 人，舞台和寰球剧院的一样。该剧团本已退休的名演员艾林重上舞台。该剧团在南岸天鹅剧团竞争不过毗邻的宫内大臣剧团，故采取这些措施另求发展，但结果还是竞争不过。

12 月 31 日，女王批准英国东印度公司成立，开办资金 7 万镑。此公司直到 1858 年才解散。

同年，其他作家出版作品者有：托马斯·德克尔的《鞋匠的假日》、托马斯·纳什的《夏季的遗嘱》、威廉·肯普的《九日奇迹》。

同年，英国东印度公司成立，开办资金 7 万镑。

同年，意大利乔尔丹诺·布鲁诺以宣传邪教罪名在罗马被焚死。

1601年（莎士比亚37岁，伊丽莎白一世在位第43年）

1 月 6 日（圣诞节后第十二夜），女王饬令在白厅演剧招待来访的佛罗伦萨贵族勃拉齐亚诺公爵凡伦丁诺·奥西诺。这个剧可能就是莎士比亚的《第十二夜》，是预知这个日程安排而写好了的。剧中有公爵名奥西诺，侍臣名凡伦丁。但现无确定的记载。现存有关《第十二夜》的最早演出记录为 1602 年 2 月 2 日。

2 月 7 日，宫内大臣剧团在寰球剧院演出已多年未演的莎剧《理查二世》，这是埃塞克斯伯爵的党羽用40先令的额外酬金买通剧团奥古斯丁·菲利普斯等人而安排的。他们意在用这出弑君篡位的戏来鼓舞士气和制造舆论，但剧团领导不知内情。

2月8日，埃塞克斯伯爵率党羽上街，企图煽动伦敦城市民逼迫女王改变政府，否则要逮捕女王。结果叛乱失败，埃塞克斯和骚散普顿等被捕，两人均被判死刑。

2月18日，奥古斯丁·菲利普斯供词如下：

> 他说七天前的上个星期五或星期四，查尔斯·帕西爵士、乔斯林·帕西爵士和蒙蒂格尔勋爵带了其他三人，在本受审查人在场的情况下对一些演员说话，要求在星期六演出废黜和杀死理查二世国王的戏，答应付他们比通常多40先令的钱。当时本受审查人及同伴原定要演另一出戏，认为理查国王那出戏太旧，又已久不演出，观众会很少甚至没有。但在他们的请求之下，本受审查人及同伴终于答应在星期六演这出戏，拿了比通常多40先令的钱，并因而演了这出戏。

2月24日，宫内大臣剧团在白厅为宫廷演出，足证女王并未因上演《理查二世》事迁怒剧团或莎士比亚。

2月25日，埃塞克斯被砍头。骚散普顿免死，但被囚禁在伦敦塔。

3月25日，理查德·哈撒韦的牧羊人托马斯·惠廷顿在遗嘱中说：“我将40先令遗赠斯特拉福德的穷人，此钱在威廉·莎士比亚先生之妻安妮·莎士比亚手中，系欠我之款，应由上述威廉·莎士比亚或其指定人按照本遗嘱的真意交给我的遗嘱执行人。”

6月15日，伦敦可见月食。

6月某日，女王对伦敦塔档案保管员威廉·兰巴德说：“我就是理查二世，你不知道吗？”兰巴德说：“作这种罪恶的设想并且企图将它实现的是个最没天性的却还是最受陛下恩泽的家伙。”女王：“忘记上帝的人也会忘记恩人。这出悲剧在街头和剧院上演过40次呢。”

是年，莎士比亚写《特洛伊罗斯与克瑞西达》，这是一出愤世嫉俗的知识分子戏，可能是为伦敦法律协会的大学生们观看而写的。

是年，莎士比亚的父亲恢复了在市政委员会的席位。

9 月 8 日，莎士比亚的父亲死后在斯特拉福德安葬。父亲死后，亨利街屋归莎士比亚所有，其西屋仍由母亲和妹妹琼居住，琼已和制帽匠威廉·哈特结婚。东屋租给旁人，办成客店。1757 年亨利街屋的屋顶翻修时，据说发现瓦下藏有约翰·莎士比亚的改信天主教的秘密遗言。

是年，罗伯托·切斯特编印《爱情的殉道者》（又译《殉情者》）一书，最后一部分收："我国当代最优秀和最主要作家关于'斑鸠和凤凰'主题的诗作，各附姓名，未曾发表过。"列于首位的是莎士比亚的诗《凤凰和斑鸠》。

是年，本·琼森的《蹩脚诗人》上演，其中进一步讽刺和攻击了马斯顿和德克尔。

12 月 24 日，伦敦发生地震。

12 月 26、27 日，宫内大臣剧团在白厅为宫廷演出。女王到黑僧剧院观看宫内大臣剧团演出。据达德利·卡尔顿 12 月 29 日致约翰·张伯伦的信说："今天女王在宫内大臣处参加私宴，我现刚从黑僧剧院回来，在那里我看到她和她的所有近臣在观剧。"

圣诞节期间，剑桥大学圣约翰学院学生演出佚名者剧作《从文艺女神圣山回来下篇》，其中称赞了《维纳斯与阿多尼斯》和《鲁克丽斯遭强暴记》，引用了莎士比亚《理查三世》的两行诗，还借角色肯普演员之口说："大学出来的人很少写得好剧本，他们带有太多的奥维德及其《变形记》的气味，关于普罗塞宾娜和朱皮特谈得太多。我们的伙伴莎士比亚超过了他们所有的人，包括本·琼森在内。哦，那个本·琼森可是个像瘟疫式讨厌的人，他描写了贺拉斯给诗人们丸药吃，但是我们的伙伴莎士比亚给了他一副清泻剂，使他现了原形。"莎士比亚给本·琼森一副清泻剂，不知具体何指，有人认为指莎氏在《哈姆雷特》中对夸张做作的戏剧的批评。此事说明，众多大学生认为莎士比亚超过大学才子剧作者。

同年，戏剧家托马斯·纳什去世。

同年，约翰·兰开斯特率领东印度公司的第一支船队到达苏门答腊。耶稣会传教士利玛窦到达北京。

1602年（莎士比亚38岁，伊丽莎白一世在位第44年）

1月1日，2月14日，宫内大臣剧团在白厅为宫廷演出。

1月18日，《温莎的风流娘儿们》在书业公所登记，旋即出版四开本，无作者署名，内容错漏颇多。

2月2日，“中殿法律协会”的年轻律师约翰·曼宁厄姆在日记中写道：“在我们的节日宴会后演一剧名《第十二夜》，或称《随君所愿》，很像《错误的喜剧》或普劳图斯的《孪生兄弟》，但最相似和接近的是意大利剧《欺骗者》。”接着还描述了马伏里奥受作弄的情节。

3月13日，约翰·曼宁厄姆在日记中写了下面的故事：“一次（理查德）伯比奇出演理查三世，一位女公民看了对他颇为垂青，在离开剧院前约他当晚以理查三世的名义来见。莎士比亚无意中听到他们的约言，比伯比奇提早前去，受到款待并已入港。此时仆人通报理查三世求见，莎士比亚命仆人答称，征服者威廉比理查三世还早。”

是年，约克郡纹章官拉尔夫·布鲁克提出一张23人的名单，指斥纹章院院长威廉·戴锡克爵士不该批准这些低贱的人使用家徽。名单中第四人为莎士比亚。布鲁克还称莎士比亚为“戏子”。3月21日，戴西克和另一纹章官威廉·开姆顿进行反驳，说鉴于威廉·莎士比亚才能出众，对社会起了重大作用，应得此荣誉。

4月19日，在书业公所登记，《亨利六世第二、三部分》和《泰特斯·安德洛尼克斯》的出版权从一个出版商转移给另一个出版商。

5月1日，莎士比亚用320镑在旧斯特拉福德购耕地107英亩、牧地20英亩。立买契时系由大弟吉尔伯特代理。

是年，莎士比亚写《终成眷属》，其故事取材于意大利小说家薄伽丘《十日谈》中第三天第九个故事。

7 月 26 日，印刷商詹姆斯·罗伯兹在书业公所登记《丹麦王子哈姆雷特复仇记，据最近宫内大臣仆人演出本》（《哈姆雷特》），但未见出版。

是年，有重印的《理查三世》（第三四开本）和《亨利五世》（第二四开本）出现。

9 月 28 日，莎士比亚在斯特拉福德小教堂巷，“新居”斜对面又买一所茅屋。同日，在罗因顿从瓦尔特·格特利手中购得 1/4 英亩土地，包括农舍和菜园。

12 月 26 日，宫内大臣剧团在白厅为王室演出。

是年，莎士比亚已从南岸迁居伦敦城北部克里佩尔（瘸子）门附近银子街法国新教徒、女用头饰匠克里斯托弗·蒙乔伊家的三楼阁楼上。他在该处住了五六年。

同年，托马斯·德克尔的《讽刺的鞭子》上演。托马斯·坎皮恩的《谈英诗艺术》出版。

1603年（莎士比亚39岁，伊丽莎白一世在位第45年；詹姆斯一世在位第1年。中国明朝万历三十一年）

2 月 2 日，莎士比亚及宫内大臣剧团在里奇蒙行宫为濒死的女王演出。

2 月 7 日，《特洛伊罗斯与克瑞西达》由印刷商詹姆斯·罗伯兹在书业公所登记，但未见出版。

3 月 16 日，塞缪尔·哈斯内特的《天主教徒恶劣骗局之揭露》在书业公所登记，旋即出版。其中提到魔鬼的许多名字是《李尔王》参考材料之一（见《李尔王》4 幕 1 场 60 行前后）。

3 月 24 日，伊丽莎白一世女王逝世，终年 70 岁。都铎王朝结束。她在位的最后九年期间，莎士比亚所属的宫内大臣剧团为宫廷演出共 32 次，而海军大将剧团只有 20 次，其他剧团合共 13 次。伊丽莎白死后，她的表侄、有权好位的苏格兰王詹姆斯六世（37 岁，比她小 33 岁）即动身南下，但为避瘟疫，从 5 月 7 日到 7 月 25 日住在伦敦郊外，不敢进城。

4 月 10 日，奉新国王命令，骚散普顿被释放，并受到恩宠。

4 月 25 日，《英格兰的丧服》诗集在书业公所登记，旋即出版。在这部哀悼伊丽莎白的诗集中，亨利·切特尔在他的诗中写道：

银舌的蜜利塞特也没有
从他含蜜的灵感中掉出一滴黑泪
来哀悼女王的逝世，而她曾
御耳倾听他的诗歌，给予恩遇。
牧羊人啊，怀念我们的伊丽莎白，
用哀歌唱出塔昆似的死神加于她的毁灭。

"蜜利塞特"指莎士比亚。此事例说明莎士比亚和其他诗人一样写应景诗文。

5 月 17 日，新国王指示把原来的"宫内大臣剧团"改组为"国王供奉剧团"，并给予一些特权。英王制诰于 19 日盖了国王大印颁发，文曰：

所有治安官、市长、警察、镇长等官民一体周知，朕开恩特许我的仆人劳伦斯·弗莱彻、威廉·莎士比亚、理查德·伯比奇、奥斯西·菲利普斯、约翰·海明、亨利·康德尔、威廉·斯莱、罗伯特·阿尔民、理查德·孝利及其同事们自由地演出喜剧、悲剧、历史剧、插曲剧、道德剧、牧歌剧、舞台剧等，像他们以前或以后所排演的，为了朕亲爱臣民的娱乐，也为了朕乐意时消遣和观赏。上述各剧，在瘟疫减退后，均得在最佳条件下公开演出，无论在萨里郡他们原用的寰球剧院，还是在任何市政厅、聚会或在我的国土内任何其他城市、大学、村镇的自治区的其他方便的地方；朕命令你们不仅允许他们无阻碍地这样做，而且在他们遭到任何非难时协助他们，并给予前此类似的礼遇。如为朕之故给予更多优惠，朕将注意及之。

演员名单中列于首位的劳伦斯·弗莱彻系国王从苏格兰带来的亲信，后来很快退出剧界。莎士比亚等同时被任命为宫廷内侍。约翰·海明为剧团的领班。其余海军大将剧团改名为亨利王子剧团，武斯特伯爵剧团改名为安妮王后剧团。

自此至莎士比亚逝世（1616）的 14 年间，国王供奉剧团在宫廷演出共 187 次。

6 月 25 日，书业公所登记了《理查二世》、《理查三世》和《亨利四世上篇》版权的转让。

7 月 25 日，詹姆斯进驻伦敦，加冕为“英格兰、苏格兰、爱尔兰和法兰西国王詹姆斯一世”，这标志着英格兰和苏格兰的统一，以及斯图尔特王朝的开始。王后安妮为丹麦人。

夏秋，伦敦仍有瘟疫。国王供奉剧团在外巡回演出，到过巴斯、什鲁斯伯里、考文垂和伊普斯威奇。《哈姆雷特》在牛津大学和剑桥大学演出。

是年，莎士比亚写《奥赛罗》。这是他唯一的以当代文艺复兴时期为背景的家庭关系剧。过去舞台上的摩尔人莫不是半人半鬼的形象，而莎士比亚却对他的摩尔人抱有深切的同情。

是年，《哈姆雷特》四开本出版，系残缺的偷印本（劣质本）。其书名页如下：“丹麦王子哈姆雷特的悲惨历史。威廉·莎士比亚著。据陛下仆人在伦敦城，并在剑桥和牛津两大学及其他地方多次演出的文本。（凡伦西·西姆斯）为尼（古拉斯）·林和约翰·特伦戴尔在伦敦印刷。1603。”

是年，莎士比亚所在的国王供奉剧团中的重要演员托马斯·波普退休，次年初逝世。

10 月，英国发生布赖恩·安斯利及其三个女儿（怀尔德古斯夫人、桑兹夫人及考黛尔）的案子。两个已出嫁的大女儿要求法院判定老父已神经失常，不能管理财产，要把家产分掉；小女儿则要求法院勿这样做。此案似对莎士比亚写《李尔王》有一定影响。

同年，沃尔特·雷利爵士被控曾参与反对詹姆斯继承王位的阴谋，被监禁于伦敦塔。

12 月 2 日，国王供奉剧团在潘布罗克伯爵的威尔顿宅邸演出。事先潘布罗克伯爵夫人有信给其子，要他邀詹姆斯一世从索尔兹伯里前来观看《皆大欢喜》，并说“莎士比亚在我们这里”。她想为雷利向国王求情，国王真的来了。

年底，本·琼森的悲剧《西杰纳斯》由国王供奉剧团在寰球剧院演出。据1616年本·琼森自编的全集，当时主要演员有伯比奇和莎士比亚等8人。琼森在该剧引言中写道，演出本中“有相当一部分是另一个人写的，但我宁愿用我自己的（无疑也是不那样令人喜爱的）语句替换了，而不愿通过篡夺骗走这位英才的权利。”这里的“英才”可能是指莎士比亚。可惜演出本已经失传。

12月26、27、28日和30日，国王供奉剧团在汉普顿行宫为宫廷演出。

是年，国王供奉剧团的抄写员拉尔夫·克兰写了下列诗名。他很可能为剧团抄写过莎士比亚的剧本，并可能为第一对折本提供过一些莎剧的抄本。

有时候我的有用之笔
曾为知礼和可敬的演员们服务，
他们为舞台带来荣誉和喜悦，
关于他们的美德我可以写得很多，
但这里只能总括一句，象装入金盒，
他们是国王称职的供奉。

是年，赫里福德的约翰·戴维斯在他的《微型宇宙》中写道：

伶人们，我爱你们和你们的品德（职业），
因为你们并不是滥用光阴的人，
我爱你们有人善画，有人能诗，
我认为可恶的命运之神得不到饶恕，
因为她不让你们得到更好的待遇。

机智、勇气、身材、才能均属上乘，
只要一天这品质还得到一定的使用；
虽然舞台玷污纯洁和高贵的血统，
你们的心灵和气度慷慨而高尚。

戴维斯在第 3 行旁边注了“W. S. R. B.”。我们知道理查德·伯比奇善画，而威廉·莎士比亚是诗人。克兰和戴维斯的话表明同代人对莎士比亚的尊敬。另外，可比较莎士比亚十四行诗第 29 和 37 首，其中他哀叹了命运给他的待遇。

是年，莎士比亚友人约翰·弗洛里奥（埃塞克斯伯爵的意大利文秘书）用英文翻译的法国作家米歇尔·蒙田（1533～1592）散文集出版。在 18 世纪发现此书一本，其上有威廉·莎士比亚的签名。现藏不列颠图书馆。同年塞缪尔·丹尼尔的《为韵文辩》发表。

是年，海军大臣剧团的著名悲剧演员爱德华·艾林之妻有信给丈夫，提到在瑟热克（伦敦南岸）看到寰球剧院的莎士比亚先生。

1604年（莎士比亚40岁，詹姆斯一世在位第2年）

1 月 1 日，国王供奉剧团在汉普顿行宫演戏两场。达德利·卡尔顿在 15 日给约翰·张伯伦的信中说：“新年晚上我们观看了关于好人儿罗宾的戏。”这是《仲夏夜之梦》重新上演。

1 月，国王供奉剧团领到演戏赏钱 53 镑，并由于瘟疫停演得到补贴 30 镑。

2 月 2 日，国王剧团在汉普顿行宫演出，19 日在白厅演出。

3 月至 5 月，莎士比亚家把 20 蒲式耳（合 727 升）麦芽卖给卖药品和烟草的邻居菲利普·罗杰斯，还借给他 2 先令。斯特拉福德法院记录表明，当年莎士比亚曾控告罗杰斯欠债共 1 镑 15 先令未还。

3 月 15 日，补举行庆祝新国王加冕并进入伦敦的游行式（因瘟疫之故迄未举行群众性庆祝），游行队伍从伦敦塔走到白厅，有许多化装表演和舞蹈者参加。事先国王供奉剧团主要演员作为宫廷内侍各领到4.5码（1码=36英寸）红布制作新衣，名单中莎士比亚列于首位。

4月，国王正式写信给伦敦市长以及米德尔塞克斯和萨里两郡治安官，叫他们“允许并容许”国王供奉剧团在他们“惯常的剧院”（即“寰球剧院”）演出他们的戏。同样的特许，后来也给予安妮王后剧团（在幸运剧院）和亨利王子剧团（在帷幕剧院）。

是年，莎士比亚写《一报还一报》，此剧和《奥赛罗》的故事均出自意大利人吉拉尔地·秦齐奥的故事集。

夏天，演员约翰·洛因加入国王供奉剧团，他演福斯塔夫很成功。后来莎士比亚指导他演亨利八世。

8月9日至27日，西班牙大使、卡斯蒂利亚总督唐·璜·德·裴拉斯戈在伦敦萨默塞特府邸同英国谈判议和期间，莎士比亚和国王供奉剧团的其他11名演员参加担任侍从18天。这12名演员为此共得到21镑12便士的赏金。

是年，《哈姆雷特》第二四开本出版。这是个好版本，其书名页如下：“丹麦王子哈姆雷特的悲剧历史。威廉·莎士比亚著。按照真实和完善的版本新印并增订到原来的几乎一倍篇幅。詹姆斯·罗伯兹为尼古拉斯·林在伦敦印刷。在舰队街圣邓斯顿教堂下他的书店出售。1604年。”《亨利四世上篇》重印，注明为“经威廉·莎士比亚新近订正”。

是年，本·琼森又回到国王供奉剧团，但主要从事为宫廷写作化装剧（例如在1605年1月6日演出的《黑色化装剧》，由伊尼戈·琼斯作舞台设计）。1月8日宫廷还演出琼森的喜剧《人人扫兴》，2月2日演出他的《人人高兴》。

10月4日，国王供奉剧团到多佛演出。

11月1日，国王供奉剧团在白厅宴会厅演出《威尼斯的摩尔人》，即《奥赛罗》。4月演出《温莎的风流娘儿们》。

11月19日，莎士比亚所寄寓的蒙特乔伊家的女儿玛丽和出师的学徒埃迪安·贝洛特结婚，蒙特乔伊太太曾请莎士比亚从旁促成这桩婚事。

12 月 26 日到 1605 年 2 月 12 日，詹姆斯一世及其宫廷官员在白厅连续观剧，多数由国王供奉剧团演出，尤以莎士比亚的戏为多，其中包括：《一报还一报》（12 月 26 日）、《错误的喜剧》（12 月 28 日）、《爱的徒劳》（1 月初）、《亨利五世》（1 月 7 日）和《威尼斯商人》（2 月 10 日，12 日奉国王之命重演一次）。（按：国王与其丹麦籍的王后均对戏剧有浓厚兴趣，还专门索看过去未看过的莎士比亚早期剧本。现存有沃尔特·科普爵士致克兰伯恩勋爵罗伯特·塞西尔信一封，其中说："今天整个上午我在寻找伶人、魔术演员等类角色而不可得，遂留条让他们来找我。现在伯比奇来了，他说王后未观看新戏没有了，但他们重排了一出旧戏，叫《爱的徒劳》，他说这戏俏皮有趣，能使王后十分满意。现排定此戏明晚在骚散普顿爵爷家演出，除非你手令整个节目挪到你在河滨街的寓所去。伯比奇送此信去，听候你的吩咐。"）

是年，英国和西班牙在 20 年的战争之后签订和约。

是年，约翰·马斯顿的悲喜剧《愤世者》和詹姆斯一世的小册子《反对烟草》出版。安东尼·斯科洛克在介绍其剧作《戴范特斯，或爱之热情》致读者的信中写道：一部优秀的文学作品应该"像友好的莎士比亚的戏剧，其中喜剧演员骑着马，悲剧演员踮着脚；的确，它应该使所有人喜爱，像丹麦王子那样。"他还有描写某演员的两行诗："他脱去外衣，只穿了一件衬衫，/像发疯的哈姆雷特，为激情所错乱。"

1605年（莎士比亚41岁，詹姆斯一世在位第3年）

是年，天气恶劣，几乎人人生病。

1 月和 2 月，国王供奉剧团在白厅为宫廷演戏 11 场。

5 月 4 日，莎士比亚的同事和朋友奥古斯丁·菲利普斯在其遗嘱中规定："给我的同事威廉·莎士比亚值 30 先令的金币一块。"类似的赠金也给予剧团中的其他几个同事。

5 月 8 日，莎士比亚以前的《李尔王和他的三个女儿高纳里尔、里根和考黛拉的真实历史剧》（普通简称 Leir 或"前李尔"）在书业公所登记，并按“最近演出本”出版。这个剧本作为“悲剧”有记录的最早演出日期为1594年4月8日，当年5月14日也曾在书业公所进行登记，但未见出版。这是莎士比亚《李尔王》的主要来源之一。

7月24日，有文书上写“埃文河畔斯特拉福德绅士威廉·莎士比亚”投资440镑，购买了在旧斯特拉福德、韦尔科姆和毕肖普顿一些土地的什一产益权。据估计每年可收益60镑。

是年，莎士比亚写《李尔王》。1幕2场115行提到“最近这些日蚀（食）和月蚀（食）”似指这年9月27日的月偏蚀（食）和10月2日的日全蚀（食）。此剧大概在年底或次年初才完成。

8月27日，詹姆斯一世访问牛津大学时，圣约翰学院的三个大学生模仿《麦克白》故事中的三女巫，轮流用拉丁诗名对他表示祝愿。

夏秋，国王供奉剧团到外地演出，10月9日在牛津大学，后曾去巴恩斯特普尔和萨弗隆·沃尔登。

是年，《理查三世》和《哈姆雷特》四开本重印出版。

11月5日，在议会开幕日前夕，“火药阴谋案”被揭露。主犯罗伯特·凯茨比等是沃里克郡狂热的天主教乡绅，曾支持埃塞克斯叛乱，因不满詹姆斯一世失约未给予天主教徒特权而阴谋在上院地下室暗藏的20桶炸药炸死国王、王后和大批国教议员，继而拟在英格兰中部起事，挟持王子和公主改变国策。凯茨比拒捕被打死。在炸药桶现场逮捕的盖伊·福克斯被处死。后来该日成为节日，入夜儿童放烟火，生火堆，焚烧盖伊·福克斯的模拟像。

是年，著名的西敏寺公学校长、历史学家威廉·开姆顿在其《有关不列颠的一本更伟大著作的遗篇》一书中提到西德尼、斯宾塞、琼森、坎皮恩等以及“威廉·莎士比亚和我们时代的其他才智丰富的文人，他们将受到后世应有的赞誉”。他还提到莎士比亚的姓Shakespeare是源于他的先人们通常佩剑之故。开姆顿是当代少数几个既认识斯特拉福德的莎士比亚也认识伦敦写作剧本和诗时期的莎士比亚的人之一。

是年，约翰·戴维斯在他的《死亡和命运的内战》诗中写道：

有些（演员）追随她（命运）扮演所有人的角色，
这些人在舞台上被她（在嘲弄中）提升而后跌落：
演员被当作镜子，通过他们表演的艺术，
从中人们看到自己的缺点，巨细无遗：
但对有些演员命运却没有给予应得的报酬；
而另外有些演员则全部糟糕：
他们不但表演得糟糕，而且在他们的心灵中
（由于行为习惯之故）也始终处于落后。

戴维斯在第 5 行旁边注了“W. S. R. B.”，说明他认为“威廉·莎士比亚和我们时代其他才智丰富的文人，他们将受到后世应有的赞誉”。

是年，英国新出版物中有：乔治·查普曼的喜剧《全是愚人》、塞缪尔·丹尼尔的悲剧《菲洛塔斯》、迈克尔·德雷顿的诗集和弗朗西斯·培根的论文《学术的促进》。

同年，西班牙塞万提斯的《堂·吉诃德》第一部分发表。

1606年（莎士比亚42岁，詹姆斯一世在位第4年）

3 月 24 日，1605 年圣诞节以来，国王供奉剧团在白厅为宫廷演戏 10 次。

是年，莎士比亚写《麦克白》，其中苏格兰新王班柯是詹姆斯一世的祖先。故此剧暗含颂扬斯图尔特王朝家世的意思。2 幕 3 场开首处看门人道白中说：“哼，这准是个狡辩者，他会同时为两方面赌咒，一会儿帮着这个骂那个，一会儿帮着那个骂这个；他为了上帝的缘故犯够了叛逆罪，但却不能凭含糊其词的狡辩进入天堂。”这里指的是耶稣会士认为不妨用含糊其词的狡辩进行自卫的主张。具体来说，该年 2 月初出版的索尔兹伯里勋爵所著《驳若士谬文》就驳斥了这种主张。而在 3 月 28 日，耶稣会教士亨利·加尼特因参与火药阴谋叛逆案受审时，恰恰用了含糊其词的狡辩手法。加尼特后被吊死。

5 月 27 日，出台禁止在演戏中使用渎神语言的法律。此后，凡以上帝的名义起誓的地方，都改用朱皮特、乔夫、阿波罗等的名义。

是年，“王后宴乐童伶剧团”演出了查普曼、琼森和马斯顿合写的喜剧《向东啰》，因其中有一段话诋毁苏格兰人，受宫廷惩罚，失去王后的庇护。三作家短期被囚受审查。

是年，诗人威廉·达文南出生。关于他和莎士比亚的关系，1709 年托马斯·赫恩在其日记中有以下一段记载：“据牛津传统称，莎士比亚旧日从伦敦到埃文河畔斯特拉福德（他的故乡和埋葬地）时，惯于在牛津的‘王冠客栈’小住。店主达文南（约翰，1621 年为牛津市长）有一位美貌的妻子；他很喜欢讲话俏皮的客人，虽然他自己性格含蓄忧郁。他的妻子生个儿子，后命名威廉，成长为优秀的诗人并受封为爵士。据说莎士比亚是他的教父，并给他取了同名。（很可能是他养了他。）”

7、8 月间，国王供奉剧团在格林尼治行宫（其中 8 月 7 日在汉普顿行宫）为国王及其来访的妻弟、丹麦国王克里斯蒂安四世演出三剧，其中一剧很可能是《麦克白》。

7 月至 11 月，国王供奉剧团曾到牛津、莱斯特、马尔堡、多佛和梅德斯通演出。

12 月 26 日，圣斯蒂芬夜，国王供奉剧团在白厅为国王和宫廷演出莎士比亚的《李尔王》。29 日演另一剧。

是年，安妮王后剧团的“红牛剧院”在伦敦克拉肯韦尔落成开幕。

是年，新出版物中有托马斯·德克尔的小册子《伦敦的七大罪恶》、本·琼森的喜剧《狐狸》和约翰·马斯顿的喜剧《寄生虫》。约翰·黎里死。

同年，伦敦的“弗吉尼亚公司”领到王家特许证，并派 120 人去（美国）弗吉尼亚殖民。

1607年（莎士比亚43岁，詹姆斯一世在位第5年）

1 月 4、6、8 日和 2 月 2、5、15、27 日，国王供奉剧团在白厅为宫廷演出。

1 月 22 日，《爱的徒劳》和《罗密欧与朱丽叶》的版权转手。

4 月，规定剧本一般由宴乐官审查批准。

5 月，诺散普顿郡爆发群众性的反圈地运动，并扩及沃里克郡和其他邻近各郡。（按：在英国封建采邑制度下，地主和农民的地块分散、交错，实行强迫轮种制，并留出公地供大家放牧。那些想采用新法经营的地主，强行把自己的地块集中并圈起来。到 17 世纪初，他们为了人工播种牧草放羊，从羊毛获取高利，更扩大圈地，霸占公地，赶走农民。这是英国农村经济资本主义化的过程，引起农民的反对。）

6 月 5 日，莎士比亚喜爱的长女苏珊娜（24 岁）和剑桥大学毕业的医生约翰·霍尔（32 岁）结婚。霍尔系清教徒。

7 月至 11 月，伦敦瘟疫流行，剧院关闭。

是年，莎士比亚写《安东尼与克莉奥佩特拉》。是年出版的塞缪尔·丹尼尔修订的悲剧《克莉奥佩特拉》和巴纳比·巴恩斯的悲剧《魔鬼契约》明显地受到莎士比亚此剧的影响。

是年，莎士比亚单独或与人（可能是乔治·威尔金斯）合作写《泰尔亲王配力克里斯》。据意大利译员奥多阿多·古阿兹 1617 年 4 月 18 日在威尼斯法院的证词，“威尼斯驻英大使乔治·朱斯蒂宁同法国大使及其夫人去观看了一个名叫《配力克里斯》的戏，这花了朱斯蒂宁 20 克朗（合 5 镑）以上”（按：法国大使安都安·德·拉·鲍德里的夫人约于 1607 年 4 月始到伦敦，而朱斯蒂宁的任期到 1608 年 11 月 23 日为止，故《配》剧演出在 1607 年 4 月到 1608 年 11 月中间）。

8 月 12 日，伦敦克里佩尔门外圣贾尔斯教堂登记册上有“戏子爱德华·莎士比亚私生子入葬”一项。这里的“爱德华”可能是莎士比亚三弟埃德蒙之笔误。

9 月 5 日，据东印度公司“巨龙号”船长威廉·基林的日记，在赴东印度群岛航程中该日在船上演出《哈姆雷特》；9 月 30 日“我的伙伴们演出《国王理查二世》”。次年 3 月 31 日他的日记载：“我邀请（威廉）霍金斯船长来吃鱼餐，并在我船上演出《哈姆雷特》；我允许这样做是为了免得我的船员闲着无事，作不法赌博，或者睡觉。”

9月7日，国王供奉剧团在牛津演出，其后又曾在巴恩斯泰普尔和邓尼奇演出。

11月19日，《爱的徒劳》、《罗密欧与朱丽叶》和《哈姆雷特》的版权转手。

11月26日，《李尔王》在书业公所登记，次年（即1608年）出版为四开本，错讹颇多。

是年，莎士比亚大概迁回泰晤士河南岸居住。

12月26、27、28日，国王供奉剧团在白厅为宫廷演出。

12月31日，伦敦南岸“圣玛丽教堂”的埋葬登记册中记载：“戏子埃德蒙·莎士比亚葬于教堂内”，账册上还记道：“上午用大钟为鸣丧钟，共收20先令”。可见莎士比亚的三弟埃德蒙也是演员；大哥为哀悼27岁夭折的弟弟作了额外的破费，因为普通葬费只需2先令。

是年，英国出版物尚有乔治·查普曼的悲剧《布西·德·昂布河》、托马斯·海伍德的悲剧《一个为仁慈杀害的女人》、约翰·马斯顿的喜剧《听从君便》和西里尔·图尔纳的《复仇者的悲剧》。属对手剧团的剧作者兼诗人威廉·巴克斯泰德在《阿都尼的母亲迷拉》中称莎士比亚为“一位如此受敬爱的邻居”。

1608年（莎士比亚44岁，詹姆斯一世在位第6年）

是年，瘟疫流行。莎士比亚似抱病在家，写《科利奥兰纳斯》和《雅典的泰门》，后者未完成。《科》剧1幕1场179行提到“冰上的炭水”，系指1月8日泰晤士河40多年来未见的结冰时实有的景象。剧中舞台指示特别多，显示作者不能亲临导演，故用文字补救。《雅典的泰门》剧中有若干作者提醒自己的评语，表明了创作过程中的想法。

1月2、6、7、9、17、26日和2月2、7日，国王供奉剧团在白厅为宫廷演出，有时一天演两场。

2月21日，外孙女伊丽莎白·霍尔在斯特拉福德受洗礼。

是年，《李尔王》的四开本出版，其书名页文字为：“威廉·莎士比亚绅士著：李尔王及其三女儿的生与死的真实历史剧。还有葛罗斯特伯爵的嗣子爱德伽的不幸身世及装扮成疯乞丐的汤姆的可怜相。按圣诞节圣斯蒂芬夜（1606 年 12 月 26 日）在白厅国王陛下前演出本。由常在伦敦岸边寰球剧院演戏的国王陛下的仆从演出。为纳撒尼尔·巴特尔印刷，并在他的书店出售，书店以花公牛为记，位于圣保罗教堂前街圣奥斯丁门附近。1608 年。”

5 月 20 日，书商爱德华·布朗特在书业公所登记《泰尔亲王配力克里斯》和《安东尼与克莉奥佩特拉》，但未出版这两剧。

6 月，莎士比亚的同乡和朋友威廉·孔姆写信给索尔兹伯里伯爵，反映人民不满于“粮食短缺，价格上涨，部分原因是有人储存了不少，又不在市上出售，意在贪图粮价还会更贵”。出现了所谓“沃里克郡掘地人”请愿书，抱怨把可耕地变为牧场的圈地运动使农民背井离乡，导致人口减少。

是年，《理查二世》重印出版，废黜国王的场景已补入，这时英国国王王位继承问题业已解决，不再有政治上的忌讳。《亨利四世上篇》重印出版。

8 月，卡思伯特·伯比奇将黑僧剧院的租赁从王后宴乐童伶剧团那里收回，由他自己、托马斯·埃文斯和国王供奉剧团的五个人（理查德·伯比奇、莎士比亚、斯莱、海明和康德尔）七人组成“管家团”共同分摊租金和维修费用，并按股分享收入。黑僧剧院比寰球剧院小而精致（座位 700 个），处于室内，用烛火照明，夜晚和冬天也能演出，门票昂贵（至少 6 便士），观众多属上流社会。这些条件对所演的戏提出了新的要求，提出了新的问题。新戏的方向是新奇、华丽、高雅、多音乐插曲，适于上流社会的口味。莎士比亚晚年写浪漫剧以及博蒙特和弗莱彻剧的受欢迎（该年他们合写的四短剧首次演出）都与此有关。此后这类上流室内剧院渐增，而大众化的露天剧院（如寰球剧院）逐渐衰落。

8 月 16 日，剧团同事威廉·斯莱染瘟疫死后埋葬。

夏天，莎士比亚在斯特拉福德法院告约翰·阿顿布鲁克欠债 6 镑不还。

9 月 9 日，莎士比亚的母亲玛丽死后埋葬在斯特拉福德。

9 月 24 日，莎士比亚大妹琼的第三子迈克尔·哈特受洗礼。

10 月 16 日，斯特拉福德副市长亨利·沃克的婴儿（威廉·沃克）受洗礼。由莎士比亚任教父，命名为威廉。莎士比亚到洗礼现场。

10 月 29 日，国王供奉剧团在教文垂演出。前此还在马尔堡演出过。

12 月 9 日，诗人约翰·弥尔顿出生。

圣诞节期间和前后，国王供奉团在白厅为国王、王后、王子和约克公爵演戏 12 场。

是年，乔治·查普曼的《法国元帅比隆公爵查理的阴谋和悲剧》上演。因有讽刺法国人的内容，引起法国大使的抗议。当时还有剧模拟和讽刺詹姆斯一世的举止癖性。为此政府一度禁止所有剧团演出。在剧团缴纳巨额罚款后，禁令始撤销。

同年，乔治·威尔金斯的散文著作《泰尔亲王配力克里斯的痛苦冒险》出版。书名页就是配力克里斯一剧的真实历史，且该剧最近演出时系由著名老年诗人约翰·高渥介绍剧情，并由国王供奉剧团演出。这指的是他和莎士比亚合作的《配》剧。

是年，托马斯·米德尔顿的讽刺喜剧《老爷们，这是疯狂的世界》出版。其中“胆小鬼”一角台词中说，莎士比亚的《维纳斯与阿都尼》和马洛的《希萝与利安德》是“两个催春的骨髓馅饼，不能让年轻的妻子拿到手”。

1609年（莎士比亚45岁，詹姆斯一世在位第7年）

1 月 19 日，詹姆斯国王指示鼓励种桑树。

1 月 28 日，《特洛伊罗斯与克瑞西达》在书业公所登记，旋即出版为四开本，但印了两次。第一次印时书名页上称“按国王陛下仆从在寰球剧院演出的文本”。第二次印刷时却删去了这句话，另加了一篇前言，其中说“这里是一个新的剧本，从未在舞台上演，从未被普通老百姓的手掌鼓噪过……没有为群众的浊气污染过”。这可能是指《特》剧以前只在贵族厅堂或法学院餐厅里，而没有在大众剧院里演过。前言还高度赞扬了莎士比亚喜剧的技巧和机智。其全文如下："一个从没有的作者致一位从来有的读者。新闻。永恒的读者，这里是一个新的剧本，从未在舞台上演，从未被普通老百姓的手掌鼓噪过，但极富喜剧的荣耀，因它是你的头脑的产物，而你的头脑从未从事任何喜剧的写作而结果徒劳无功。假定空幻的名字'喜剧'改作'商品'，或者'戏剧'的名字改作'申诉'，你会看到所有那些现在管它们叫虚幻的检查大官们趋之若鹜地寻求它们的庄严风雅。特别是这位作家的各出喜剧，是如此地符合生活，似乎是最寻常的回忆录，记载了我们大家生活中的一切行为，显示了如此的敏捷和机智的力量，使得最不喜欢戏剧的人也喜欢他的喜剧。连从来不知喜剧机智为何物的呆滞的凡夫俗子，听人传闻来看他的戏，也在此发现了自己身上从来没有过的机智，走时比来时聪明了，感到自己的机智磨锋利了，而原来从未梦想自己的脑筋能成为这样的磨刀石。他的各出喜剧如此富有机智的咸味，给人极大的乐趣，似乎它们是和维纳斯诞生于同一个海洋。而在所有他的喜剧中，再没有比这一部更俏皮的了。如果我有时间我会加以评论，不过我知道这不需要（其价值会使你认为鉴赏它是值得的），就连可怜的我也知道它多有价值。它值得鉴赏，不亚于泰伦斯或普劳图斯最佳的喜剧。相信我，一旦他去世，而他的喜剧买不到的时候，你们将会抢购它们，并成立一个新的英格兰调查法庭。接受警告吧，不然你们会失去娱乐和教诲的，不要拒绝，也不要因它未受众人烟尘呼吸的污染而少爱这部喜剧；相反，感谢命运使它来到你们中间。因为按照伟大所有者的意愿，我相信你们该为他们祈祷，而不是由他们为你们祈祷。因此我就让所有那些不赞扬这部喜剧的人被人们为他们祈祷，祝他们神志健康吧！别了！"

是年，《泰尔亲王配力克里斯》作为四开本出版了两次，但出版商已不是布朗特而是亨利・戈森。《罗密欧与朱丽叶》重印出版。

5 月 9 日，国王供奉剧团在伊普斯威奇演出。16 日在海伊斯，17 日在纽罗姆尼演出。

5 月 20 日，莎士比亚的《十四行诗集》为书商托马斯・索普在书业公所登记，6 月初出版为四开本。书名页文字为："莎士比亚的十四行诗。以前从未刊印过。乔治·埃尔德为托马斯·索普印刷，由住在基督教堂门的约翰·赖特出售。1609 年于伦敦。”索普献词的文字为：“祝后面这些十四行诗的唯一的 begetter（产生者或获致者）W. H. 先生享有一切幸福以及我们永生的诗人所许诺的万古流传，祝愿抱有良好的愿望的冒险家在出发时(在开拓方面）（原文：ADVENTURER. IN. /SETTING. /FORTH. /T. T. ）。”这段文字中有几个问题：（1）begetter 如解为“产生者”或“激发者”，则 W. H. 应为促使莎士比亚写作十四行诗的人，即许多首诗的对象或主角，是一位年轻的贵族，但如解为“获致者”，则 W. H. 可能给索普搞到这些诗稿，以供出版的中间人。（2）W. H. 先生究为何人？（3）后半句文字不大通，意义为何？按现代莎学家 A. L. 劳斯的意见，begetter 作“获致者”解，W. H. 先生为威廉·哈维爵士，他是骚散普顿伯爵寡母的第三个丈夫。1607 年她死后，哈维就取得了原存在她家的莎士比亚写给年轻的骚散普顿伯爵的十四行诗的抄件。是哈维把全部稿件交给索普，因此称为“唯一的获致者”。1608 年哈维又娶年轻的科迪莉亚·安斯利为妻，故献词中祝他“一切幸福”并生子嗣而“万古流传”。“抱有良好愿望的冒险家”则为投资于弗吉尼亚开拓事业的骚散普顿伯爵，这时他已 36 岁，对于年轻时莎士比亚写给他的诗的发表也不反对了。至于十四行诗中提及的黑肤女郎，劳斯以为她是埃米莉亚。她是伊丽莎白女王的音乐师意大利犹太人巴普蒂斯特·巴萨诺的女儿，阿尔封索·拉尼埃的妻子，同时是莎士比亚以前所属宫内大臣剧团庇护人亨斯顿勋爵的情妇。此点仍属猜测。

是年，莎士比亚写《辛白林》。材料来源一是意大利薄伽丘《十日谈》中的第二天第九个故事，其结局莎士比亚是从意大利原文读到的，因为当时的英文译本未译全。

8 月 8 日，伦敦圣克莱门特丹麦人教堂埋葬记录中记有“简·莎士比亚，威廉之女，1607 年 8 月 8 日”。这是莎士比亚的私生女，存疑。

9 月，莎士比亚的表兄弟、斯特拉福德市政府文书托马斯·格林在日记中写道，出乎他的意料，“我发现我可以在‘新居’再住一年”。看来莎士比亚把‘新居’一部分租给了格林住，他自己要到一年后才永久性地回到故乡。格林在 1611 年 5 月另买一屋，6 月迁入。看来莎士比亚回乡也是在该时。

圣诞节假期，国王供奉剧团在白厅为宫廷演戏 13 场。

是年，上演或出版的剧本有：本·琼森的喜剧《安静的女人》、德克的社会剧《傻瓜课本》、博蒙特和弗莱彻合著的喜剧《燃杵骑士》。

同年，荷兰东印度公司首次把中国的茶叶用船运到欧洲。

1610年（莎士比亚46岁，詹姆斯一世在位第8年）

2 月 2 日，《李尔王》和《泰尔亲王配力克里斯》在约克郡尼德戴尔的高斯韦特厅演出，剧团不详。

4 月 30 日，符腾堡的刘易斯·腓德烈亲王访英期间在寰球剧院观看《威尼斯的摩尔人》（即《奥赛罗》）。

是年，莎士比亚写《冬天的故事》。

9 月，牛津大学基督圣体学院的亨利·杰克逊在一封拉丁文书信中谈到，他看到国王供奉剧团在牛津大学上演《奥赛罗》，据说演员“不仅用他们的台词，而且用他们的手势，使观众感动得流泪”，特别是著名的苔丝·狄蒙娜当场被她的丈夫杀死，虽然她一直很有效地为自己进行了辩护，但死后却更使我们感动。特别是当她躺在床上时，单凭她脸上的表情就引起了观众的怜悯。剧团还到过什鲁斯伯里、瑟德伯里（10 月 9 日）和斯塔福德（10 月 18 日）。

10 月 8 日，约翰·戴维斯的《愚笨的祸害》在书业公所登记，旋即出版，其中有警句诗等 159 首，节选如下：

致威廉·莎士比亚先生——我们英国的泰伦斯

好威廉，我这里戏吟的是有些人的说法，
倘若你没有在戏里边演一些国王的角色，
你本来可以成为国王的伙伴，
或者成为较低微人们中的国王。

另外有些人进行责骂，骂归他骂，
你可不是贫嘴，你具有无上的机智：
　你播种了“诚实”，可他们得到收获，
　并为了增进资本将果实守护。

这首诗有几点可注意：（1）莎士比亚演过一些国王的角色；（2）他仪态尊严、高贵；（3）他有“诚实”的美德；（4）有少数人责骂他。

10 月 13 日，西尔威斯·乔丹为他发表的小册子《百慕大群岛发现记》写了献词。乔丹系 1609 年 6 月 2 日随海军大将乔治·萨默斯爵士出发赴弗吉尼亚殖民的 600 人队伍中的一员。萨默斯指挥的旗舰“海上冒险号”在百慕大海外遇风浪搁礁，竟无一人遇难。在百慕大登陆后船员间曾发生叛变，后卒平息。岛上时闻异声，传说有鬼怪。同行的弗吉尼亚秘书威廉·斯特雷奇 1610 年 7 月 15 日致伦敦某贵妇人信也叙述了这一险事，信中描写了暴风雨中船桅间出现“放电辉光球”的现象，说它“像一颗颤动的淡星，曳带闪光升到主桅半高处，有时从一块帆跳到另一块帆……有时跑到帆桁的一端又滚回来”。据说上述小册子和在弗吉尼亚公司股东间传阅的这封信启发了莎士比亚写作《暴风雨》。

圣诞节前后，直至次年 2 月 12 日，国王供奉剧团在白厅为宫廷演戏 15 场。

是年，上演的戏有：本·琼森的喜剧《炼金术士》、弗莱彻的牧歌剧《忠贞的牧羊女》。

是年，詹姆斯国王曾暂令中断议会的会议。

是年，书业公所开始把英国出版的每种新书各送一本给牛津大学博德利图书馆收藏。

1611年（莎士比亚47岁，詹姆斯一世在位第9年）

1 月 19 日，托马斯·谢尔顿英译的塞万提斯的《堂·吉诃德》在书业公所登记，1612 年初出版。

4 月 20 日，英国医生兼占星术家西门·福尔曼的《观剧记》手稿中记此日他在寰球剧院观《麦克白》；5 月 15 日观《冬天的故事》；又观《辛白林》，日期不详。从他描述的剧情看，他在 4 月 30 日观看的《理查二世》似不是莎士比亚所作。

是年，《泰特斯·安德洛尼克斯》、《哈姆雷特》和《泰尔亲王配力克里斯》重印出版。

是年，莎士比亚回斯特拉福德居住，并写《暴风雨》。

9 月 11 日，斯特拉福德头面人物 71 人连名拟在议会提出“改进道路修筑案”。莎士比亚的名字加在页边上，恐系他迁回故乡后加的。

11~12 月，国王供奉剧团在白厅为宫廷演戏 8 场。11 月 1 日演《暴风雨》，这是该剧演出的最早记录。11 月 15 日演《冬天的故事》。

是年，《圣经》的钦定译本出版。这个译本以 1568 年《主教圣经》为底本。修改工作系牛津大学基督圣体学院院长约翰·雷诺兹博士提议，得到国王支持，由 47 名学者任改译员进行了三年半始完成。钦定本的质量比以前的《圣经》译本都高。但这时莎士比亚的创作年代已基本结束，他所熟悉并受其影响的是《主教圣经》（1597 年以前）和《日内瓦圣经》（1597 以后）。

是年，乔治·查普曼完成他翻译的荷马的《伊利亚特》；本·琼森的悲剧《卡蒂林》上演但不成功；托马斯·米德尔顿的喜剧《咆哮女人》上演；西里尔·图尔纳的《无神论者的悲剧》上演；约翰·多恩的哀歌《世界解剖》发表。

同年，詹姆斯一世解散国会，通过由他的亲信组成的、以萨默塞特伯爵罗伯特·卡尔为首的枢密院进行治理。

1612年（莎士比亚48岁，詹姆斯一世在位第10年）

是年初至 4 月 16 日，国王供奉剧团在白厅和格林尼治为宫廷演戏 10 场。

2 月 3 日，莎士比亚的大弟吉尔伯特死后在斯特拉福德埋葬，终年 45 岁，未婚。

2 月 7 日，斯特拉福德市政委员会时受清教徒操纵，决议演戏为非法，做戏子要罚金 41 先令。

5 月 11 日，莎士比亚因为贝洛特诉蒙特乔伊案做证而来到伦敦威斯敏斯特厅的请求法庭，旋即回乡，6 月未如预期再在伦敦出庭。莎士比亚的证词如下：

沃里克郡埃文河畔斯特拉福德绅士威廉·莎士比亚，年 48 岁左右，在 1612 年 5 月 11 日起誓并经查问后，做证如下：

一、对第一问，证人称他认识本案原告和被告，并记得已认识他们十年左右了。

二、对第二问，证人称他开始认识原告时他是被告的仆人；据他所知，原告在为被告服务期间工作很好，品行诚实；但证人不记得听被告说他从原告的服务中获得很大便利；但证人说他深信该原告在上述服务中确系很好和勤快的仆人。对此问证人别无其他证词。

三、对第三问，证人称，在该原告整个服务期间，被告显然对原告有并表现很大善意和好感；证人多次听被告及其妻子说该原告是很诚实的人；证人称被告曾向原告提议把独生女（即状子中提到的玛丽）嫁给他，并自愿办理此婚事，如果原告乐意的话。证人还称，被告的妻子曾央求证人劝说原告同意结婚，为此证人曾向原告进行劝说。对此问证人别无其他证词。

四、对第四问，证人称，被告曾答应原告，如同其女玛丽结婚即给予一笔妆奁，但他不记得数额多少，何时付给，也不知道被告曾答应原告，在其去世时随其女玛丽遗赠 200 镑。但证人称，原告当时系住在被告屋里，他们之间曾进行关于婚事的多次商谈，该婚事后正式举行。他没有更多可说。

五、对第五问，证人称对此他无话可说，因他不知道被告陪嫁其女玛丽给了原告什么家用器具和必需品。

威廉·莎士比亚

是年，莎士比亚和约翰·弗莱彻合作写《卡迪纽》，其故事系来自《堂·吉诃德》第 24、27、28 和 36 章（按：1623 年的对折本未收此剧）。

1653 年汉弗莱・莫斯利将此剧在书业公所登记时称它为弗莱彻和莎士比亚合著，后未出版。此剧已失传。

是年，莎士比亚还和弗莱彻合作写《亨利八世》。这是一个各场间关系不甚严密的历史剧，属于华丽行列剧一类。弗莱彻比莎士比亚小 15 岁，他善于写这类戏。

是年，《理查三世》重印出版。

是年，出版商威廉・杰加德把《热情的朝圣者》（参看 1599 年）出版了新版，书名页如下："热情的朝圣者或维纳斯与阿都尼之间的几首爱情诗十四行诗，新近改正和增补。威廉・莎士比亚著。第三版。新增爱情诗笺二封，其一帕里斯致海伦，其二海伦复帕里斯。威廉・杰加德印刷。1612 年。" 对此，诗人托马斯・海伍德在同年稍后出版的《为演员辩护》后附的"致印刷商书"中说："这里我还必须指出该书为我的明显伤害，即把我的帕里斯致海伦和海伦致帕里斯两笺附印在以另一人（指莎士比亚）署名的小册子里，使世人以为我从他进行剽窃，而他为维护自己的权利最近已经用自己的名义把它们出版了*。但我必须承认，我的诗句配不上他（似指杰加德）的庇护，虽然他把它们在他的庇护出版了，因此据我所知，该作者（指莎士比亚）很不满于杰加德先生在他全然不知情的情况下这样大胆地擅自利用他的名字。" 这里标 * 的一句意思似说莎士比亚另外出版了一本自己的诗集，此事无佐证。我们所知的是，杰加德把上述书书名页中"威廉・莎士比亚著"几个字抽掉，另印了一批，其中一本现存牛津大学博德利图书馆。

10 月 16 日，莱因（神圣罗马皇帝）选举人王权伯爵腓德烈到达英国。经过长期谈判，他预定和詹姆斯一世的女儿伊丽莎白公主结婚。为此安排了许多喜庆活动。据宫廷账目记载，国王供奉剧团在白厅"为王子殿下、伊丽莎白公主和选举人王权伯爵演戏 14 出"，其中包括《无事生非》、《暴风雨》、《冬天的故事》、《约翰・福斯塔夫爵士》、《威尼斯的摩尔人》和《凯撒的悲剧》。为此剧团从宫廷得赏金 93 镑 6 先令 8 便士。

11 月 6 日，亨利王子突然逝世，年 18 岁。群众不喜欢詹姆斯国王，故对王子曾寄予厚望。他的死引起了人们惋惜和悲痛，全国举哀直至圣诞节。

是年，讽刺作家塞缪尔·勃特勒出生。约翰·韦伯斯特的悲剧《白魔》出版。韦伯斯特在附信中赞扬了查普曼、琼森、博蒙特和弗莱彻，最后提到莎士比亚、德克尔和海伍德的“圆熟而多产的产品”，他是把他们并列的。迈克尔·德雷顿的长诗《不列颠地貌》第一部分出版。德雷顿是莎士比亚的同乡，是沃里克郡当代与莎士比亚齐名的诗人，他在作品中描述了许多故乡的风貌。

同年，詹姆斯一世送信给中国皇帝（明万历），无结果。

是年，以后英国不再有因持宗教异端而被烧死者。

1613年（莎士比亚49岁，詹姆斯一世在位第11年）

年初，1612年圣诞节以来，国王供奉剧团在白厅为宫廷演戏六出，其中包括《卡迪纽》、《霍茨波》（即《亨利四世上篇》）和《培尼狄尼与贝特丽丝》（即《无事生非》），得赏金60镑。

1月28日，莎士比亚同乡约翰·孔姆在遗嘱中规定死后赠莎士比亚5镑。

2月4日，莎士比亚二弟理查德死后埋葬在斯特拉福德，终年39岁，未婚。至此，莎士比亚的三个弟弟均已死去并无后。

2月14日，伊丽莎白公主和莱因选举人王权伯爵腓德烈在白厅王家教堂举行婚礼。

2月16日，作为上述婚礼庆祝活动的一部分，好几百人在白厅伫立，等候国王供奉剧团演戏（可能原定演《麦克白》），但后来出场的却是一假面剧，它更受观众的欢迎。

3月10日，莎士比亚以140镑的价格从亨利·沃克那里购得伦敦黑僧区大门楼上的宽敞的屋子。卖契上称莎士比亚为“沃里克郡埃文河畔斯特拉福德绅士”；副署作保的朋友为约翰·海明、约翰·杰克逊和威廉·约翰逊。3月31日，莎士比亚另立文契将此屋抵押还给沃克，并将它租给约翰·鲁宾逊，因此莎士比亚当时实付现钱只80镑。他购此屋系作为一笔投资，而非为了自用。

上述威廉·约翰逊是伦敦面包街有名的“美人鱼酒店”的老板。传说本·琼森、莎士比亚等一批文人经常在此聚饮谈笑，而比试机智是当时风尚。据后人托马斯·富勒在其《英格兰名人史》（1662）一书中说，在比试中，琼森虽然学问大，但像西班牙大船笨重迟缓，而莎士比亚则像当时英国战舰轻巧灵活，能利用各种风浪，随机应变；后者往往取胜。

3 月 31 日，骚散普顿的年轻朋友、拉特兰伯爵第六弗朗西斯·曼纳斯付给莎士比亚和伯比奇各 2 镑 4 先令，以报答他们替他设计和画制了一幅盾徽（加格言），供他在 3 月 24 日参加国王即位 10 周年纪念日比武时持用。

5 月 20 日、6 月 8 日和 7 月 9 日，国王供奉剧团为宫廷演出《卡迪纽》获赏，其中一次系在格林尼治行宫为萨伏伊公爵的大使演出，得赏金 6 镑 13 先令 4 便士。

6 月 29 日，国王供奉剧团在寰球剧院初演《亨利八世》时剧院失火焚毁。关于此事，亨利·沃顿爵士 7 月 2 日致埃德蒙·培根爵士信中说：“现在让政事休息一下，我要告诉你本周在岸边发生的趣事。国王剧院有一出新戏叫作《全是真事》，演亨利八世朝一些大事，有很多富丽堂皇的场面，甚至舞台都铺了草席，爵士们佩戴乔治和嘉德勋章，卫士们穿着绣花的上衣，等等，一时间确是足以使高贵者显得狎昵，如果不是可笑的话。这时，亨利王在伍尔习红衣主教家里举行假面舞会，国王上场时鸣炮致敬，其中堵塞一尊炮口的纸或是其他东西落在了屋顶的茅草上，起初人们以为不过是一缕淡烟，大家的眼光都更注意于演出，火就往内燃了，象导火线似的四圈奔跑，在不到一小时之内把整个剧院烧成了平地。这就是那个建筑物的结局，不过其中损失了的也只是木头、麦秸和一些废旧的衣衫。只有一个人裤子着了火，要不是他急中生智浇上一瓶啤酒，说不定皮肉会被灼伤。”按这里所说的鸣炮是在 1 幕 4 场 49 行处。有材料说明伯比奇、海明和亨利·孔迪在场，而莎士比亚是否在场则无记载。（最大的损失当然是莎士比亚剧本的手抄稿。）

是年，莎士比亚和弗莱彻合作写《两个高贵的亲戚》。这个关于帕拉蒙与阿尔西特的故事来源于乔叟《坎特伯雷故事集》中骑士讲的故事。1634 年 4 月 8 日约翰·沃特森将此剧在书业公所登记，旋即出版四开本，均说明系弗莱彻与莎士比亚合著。但1623年对折本未收此剧。

7月15日，莎士比亚的长女苏珊娜（霍尔夫人，30岁）控告约翰·莱恩对她进行诽谤。他对人说："她生花柳病，在约翰·帕默家同拉尔夫·史密斯发生苟且。"此话由罗伯特·沃特科特（莎士比亚遗嘱证人之一）传告。后武斯特大教堂的宗教法庭把莱恩革出教门。

是年，《亨利四世上篇》重印出版。

是年，国王供奉剧团到外地演出，曾到过福克斯通、牛津、斯塔拉福德（10月18日）和什鲁斯伯里。

11～12月，国王供奉剧团在白厅为宫廷演戏6场。

是年，莱纳德·迪格斯在手稿中将莎士比亚比作当代西班牙诗人和剧作家洛佩·德·维加。

是年，乔治·查普曼的悲剧《布西·德·昂布阿的复仇》出版。他把此剧献给了托马斯·霍华德爵士。当时在英国剧本仍被认为是不入流的文种，因此他在献词里专门解释道："在意大利和其他国家里，最高贵的王公并不认为把名字添加悲剧的羽毛，通过庇护散布于欧洲，引起最高贵者的注意，会丝毫减损他们的伟大。"但英国贵族仍对剧本有偏见，甚至托马斯·博德利爵也想把剧本排除在他创建的牛津大学图书馆之外，把它们称作"行李书"。

1614年（莎士比亚50岁，詹姆斯一世在位第12年）

年初至3月6日，国王供奉剧团为宫廷演戏10场。

6月，伦敦南岸的寰球剧院重建落成，屋顶已从草改为瓦，舞台有新的结构，室内装饰比以前华丽。重建时莎士比亚已不再入股。在寰球剧院被焚毁期间，亨斯洛乘机在附近的"斗熊园"盖"希望剧院"，其舞台系活动的，可以在斗熊时拆除。

7月9日，斯特拉福德第三次大火，被毁54家，损失约8000镑，但莎士比亚家仍幸未波及。是月约翰·孔姆死，其侄威廉·孔姆继承家业，他在韦尔孔姆参与阿瑟·曼怀林和威廉·雷普林罕的计划，企图圈公地，牵涉到莎士比亚的利益，并引起斯特福德市政当局的反对。

10 月 28 日，莎士比亚和威廉·雷普林罕在斯特拉福德签订协议，雷普林罕圈地如损及莎士比亚和托马斯·格林的地产利益，将给予补偿（按：莎士比亚在韦尔孔姆拥有什一产益权，如果被圈地经营农业增产，莎士比亚的收益会增加；如果被圈地单纯用来牧羊，则收益会减少）。

11 月 16 日，莎士比亚偕女婿霍尔医生到伦敦。斯特拉福德市政文书托马斯·格林 17 日在伦敦写的备忘录中说："昨日表亲莎士比亚来城里，我去看他、道候，他告我他们（指孔姆、雷普林罕等）要他放心，他们打算圈的地不超过（福音树丛），只抵克洛普顿树篱门（留出田里的部分树林），并圈入索尔兹伯里的地块；他们打算在 4 月丈量土地，然后给予补偿，而不是在那时以前。他和霍尔先生说，他们认为什么也不会做到的。"

12 月 23 日，托马斯·格林在斯特拉福德写信给莎士比亚，告他斯特拉福德市议员几乎全体签名反对圈地，并介绍了圈地可能引起的不便（例如将损及 700 个领取施舍的贫民的利益）。莎士比亚虽是斯特拉福德市大户，没有参加市政活动，他在本人的利益得到保障后，似乎对反对圈地也不热心。

12 月 25 日，圣诞节，斯特拉福德市政府付钱 20 便士，购 1 夸脱（合 1.136 升）白葡萄酒和 1 夸脱红葡萄酒用以在莎士比亚的"新居"招待一位邀请来的讲道人，很可能是清教徒。

是年，本·琼森的喜剧《巴托罗缪市集》在"希望剧院"上演。他在序言里写道："谁要是赌咒说《杰罗尼莫》（基德的《西班牙悲剧》）或《安德洛尼克斯》是至今最好的剧本，他在这里将被大家认为他的判断力 25 到 30 年以来一直停步而没有长进……作者说，如果这个市集上从没有一个妖精仆人，也没有一堆小丑，那有什么办法呢？他不愿在他剧本里使'自然'害怕，像那些'故事'啰，'暴风雨'啰这类滑稽戏的创作者那样，把自己的头和人家的脚后跟混淆不清。让蹦跳和舞蹈这类淫荡行为在你们中间强烈风行去吧。"从琼森的这段话至少可以看出几点：（1）《泰特斯·安德洛尼克斯》直到 1614 年仍被一些人认为是最好的戏；（2）琼森对莎士比亚的《冬天的故事》和《暴风雨》的成功有点不服气；（3）琼森对舞蹈越来越多地占领舞台也是不赞成的。

是年，牛津大学莫德林学院的托马斯·弗里曼发表的警句诗集中第 92 首如下：

致 W·莎士比亚先生

莎士比亚，你的脑筋像妙手的墨丘利，
使阿格斯巨人的百眼催眠入睡，
你能将一切随心所欲地塑造，
在天马脚刨的泉水里你曾经痛饮，
对你来说德行或罪恶都成为题材。
爱贞洁生活的可以请《鲁克丽斯》为师，
贪恋情欲的不妨选择《维纳斯与阿都尼》，
最淫冶的色鬼在这里也找得到榜样。
你的天才还像密安德河蜿蜒流经许多剧本，
口渴的新作家从中汲水有甚至泰伦学习普劳图或米南德。
可你缺乏你的口才给你应得的夸赞。
只能让你自己的作品去说话，
用应得的月桂冠去将你装饰。

是年，约翰·韦伯特的悲剧《马尔菲公爵夫人》上演。沃尔特·雷利爵士《世界史》出版。

同年，詹姆斯一世的第二届议会开幕，对国王的征税权争执甚烈，未通过任何议案。6 月 7 日詹姆斯下令解散议会，并逮捕几名议员，本届议会史称“废蛋议会”。

1615年（莎士比亚51岁，詹姆斯一世在位第13年）

年初，1614 年圣诞节以来，国王供奉剧团在白厅为宫廷演戏 8 场。

1 月初，孔姆开始挖沟，筑土墙，在韦尔科姆圈地。格林派人去阻止，双方进行械斗。当地妇女儿童群出拆墙填沟。孔姆记下妇女名字，告她们破坏治安。

3 月 28 日，经格林上诉，大法官爱德华·柯克在沃里克的巡回审判中判定孔姆等圈地为非法。但孔姆的友人势力颇大，是年他还被选为沃里克司法官，能报复反对过他的人。

9 月，托马斯·格林日记中记载："W·莎士比亚告约·格林（托马斯之弟约翰），我不能容忍圈韦尔科姆的地。"

是年，《理查二世》重印出版。

11 月 1 日至 1616 年 4 月 1 日，国王供奉剧团在白厅和萨默塞特府邸为宫廷演戏 15 场，其中 12 月 21 日一场专为王后演出。

冬天，淫雨，多疾病。

是年，弗朗西斯·博蒙特有致本·琼森的诗体信一封，其中说：

……这里我要丢开
学识（如果我有什么学识的话），
并使这些诗行脱尽学问，
像莎士比亚最好的诗行一样，
后人将听到从众的讲道者据此推理：
凡人仅凭"自然"的微亮照引，
有时就可以达到多高的成就。
写作无主题对我是一种帮助；
我打算像他一样信口说去，
他的格言是：一切全属神造。……

这段话反映了当时许多人对莎士比亚的看法：莎士比亚有时达到很高的成就，但他缺少"学问"，而且他是有意识地专靠"自然""神"天才进行创作的。

是年，喜剧演员罗伯特·阿尔民去世。乔治·查普曼完成对荷马《奥德赛》的英译。伊尼戈·琼斯（时年42岁）成为英国当代最主要的建筑师。

同年，伽利略首次面对天主教审判异端的宗教法庭。

1616年（莎士比亚52岁，詹姆斯一世在位第14年。中国明万历四十四年，清太祖爱新觉罗·努尔哈赤天命元年）

1月15日左右，莎士比亚请律师弗朗西斯·柯林斯（他接替托马斯·格林任斯特拉福德市政府文书）给他起草第一份遗嘱。

2月10日，莎士比亚的二女儿朱迪思（31岁）和托马斯·奎尼（27岁，酒商理查德·奎尼之次子）结婚。他们结婚的日期处在教会仪式许可的时期以外，武斯特宗教法庭召询时他们又不出庭，奎尼被革出教会。

3月6日，戏剧家弗朗西斯·博蒙特去世。

3月25日，莎士比亚召请柯林斯律师，修改了他的遗嘱。修改后的遗嘱全文如下：

詹姆斯英格兰在位第14年，
苏格兰王在位第49年，纪元1616年3月25日
立遗嘱人威廉·莎士比亚

立遗嘱者，以上帝的名义，阿门，余沃里克郡埃文河畔斯特拉福德绅士威廉·莎士比亚，感谢上帝身体完全健康，记忆力良好，兹订立余最后之遗嘱如下：

首先，我将灵魂交托给造物主上帝，希望并深信凭借救世主耶稣基督的恩典得分享永生，并将躯体交付它的原料泥土。

我遗给女儿朱迪思壹佰伍拾镑合法的英币，按下述方法付给，即其中壹佰镑在我死后一年中偿付其嫁妆，在我死后未付该款期间按每镑先令的比例给予补贴；其余伍拾镑之付给须俟她将我死后她所得到或她现有对位于沃里克郡埃文河畔斯特拉福德的一宗誊本保有权地产（系罗因顿采邑的一部分或租入地）及其附属物之一切产权永久让予我的女

儿苏姗娜·霍尔及其子嗣，或俟她已给予本遗嘱监督人所要求之充分保证，将让予此等产权之时。

我还要遗给女儿朱迪思壹佰伍拾镑，如果她或她的任何子女在本遗嘱订立日期三年之后还活着的话，在此期间遗嘱执行人将从我死时算起按前述比率给予补贴。但如她在此期间死去而无子女，则我将把这笔钱中的壹佰镑遗给我的外孙女伊丽莎白·霍尔，其余伍拾镑则由遗嘱执行人在我妹妹琼·哈特有生之年加以投资，其收益付给我妹妹琼，而在她死后该伍拾镑将留在该妹妹的子女之间，加以均分。但如在上述三年之后我的女儿朱迪思或她的任何子女活着的话，则我的遗愿是把这笔壹佰伍拾镑钱交由遗嘱执行人和监督人加以投资，以给她及其子女最佳的收益，而此本金则在她结了婚但无子女期间不得付给她，但我的遗愿是使她在有生之年每年得到付给的补贴，而在她死后则把该本金和补贴付给她的子女（如果她有子女的话），如无子女则付给她的遗嘱执行人或受托人（如果她在我死后活了三年）。倘若在此三年之末她已婚配或嗣后获得的丈夫充分保证传给她及其子女相当于我的遗嘱所给予嫁妆价值的土地，该保证并经我的遗嘱执行人和监督人查明妥善后，则我的遗愿是，这笔壹佰伍拾镑将付给该作出此项目保证的丈夫，归他使用。

我遗给妹妹琼贰拾镑和我全部穿的衣服，在我死后一年内付给和交给，我并在她有生之年遗租给她现在她在斯特拉福德居住的这所房屋及其附属物，每年租金拾贰便士。

我遗给（以上第一纸。在左边空白处签字：威廉·莎士比亚）

她的三个儿子：威廉·哈特、[空白]·哈特和迈克尔·哈特每人伍镑，在我死后一年内付给。在我死后一年内由我的遗嘱执行人按照监督人的意见和指示为她进行投资，使她得到最佳收益，直到她结婚为止，然后将该款及其增值付给她。

我遗给前述伊丽莎白·霍尔我在此订立遗嘱日所有的全部金银餐具（除了我的银质镀金的大碗）。

我遗赠给斯特拉福德的穷人拾镑，给托马斯·孔姆先生我的剑，给托马斯·拉塞尔先生五镑，给沃里克郡沃里克镇的弗朗西斯·柯林斯绅士拾叁镑陆先令捌便士，于我死后一年内付给。

我遗赠给老哈姆雷特·萨德勒贰拾陆先令捌便士让他买一枚戒指，给威廉·雷诺兹绅士贰拾陆先令捌便士让他买一枚戒指，给我的教子威廉·沃克尔贰拾先令金币，给安东尼·纳什绅士拾陆先令便士，给约翰·纳什先生贰拾陆先令捌便士，给我的同事们约翰·海明、理查德·伯比奇和亨利·康德尔各贰拾陆先令捌便士让他们买戒指。

我遗给我女儿苏姗娜·霍尔，以使她能更好地履行并推动执行我的这一遗嘱，我现在在斯特拉福德居住的、名为“新居”的全部大屋房产及附属物，位于斯特拉福德镇内亨利街的两处房地产及附属物，以及位于沃里克郡埃文河畔斯特拉福德、旧斯特拉福德、毕晓普顿和韦尔科姆镇、村、田、地上的我的所有谷仓、牛马厩、果园、菜园、土地、住房和其他任何不动产，还有位于伦敦华德罗布街附近黑僧区现由约翰·鲁宾逊居住的房屋及附属物，以及我其他所有的土地、房屋和不动产，以上一切房地产及附属物全归苏姗娜·霍尔终身所有，在她死后归她合法生育的第一个独生子以及该合法出生的头生子的男嗣，如无则归她合法生育的第二个独生子以及该合法出生的次子的男嗣，如无则归苏姗娜合法生育的第三个以及合法出生的三子的男嗣，如无则依此类推归她合法生育的第四、第五、第六和第七个儿子以及［以上第二纸。右下纸签字：威廉·莎士比亚］

该合法出生的第四、第五、第六和第七子的男嗣，其法如上规定归属她所生育的第一、第二和第三子及其男嗣一样；如无这些后嗣，则上述各房地产归属我的外孙女霍尔和她合法生育的男嗣，如无则归属我的女儿朱迪思和她合法生育的男嗣，再无则归我威廉·莎士比亚的其他合法继承人直到永远。

我给我的妻子我的次优的床及附件。

我遗给我女儿朱迪思我的银质镀金的大碗。我的其他一切财物、器具、餐具、珍宝和家用什物，在我的债务和遗赠已付清，我的丧葬费用已偿付之后，我都遗给我的女婿约翰·霍尔绅士及其妻——我的女儿苏姗娜，我并指定他们为我这一最后遗嘱的执行人。我延请并委任托马斯·拉塞尔先生和弗朗西斯·柯林斯绅士为遗嘱监督人。

我废除所有以前的遗嘱并宣布本文件为我最后的遗嘱。我已于文首所书年和日期在此文件上签字，以资证明。

（签字）由我威廉·莎士比亚立

遗嘱宣布证人：

（签字）弗朗·柯林斯

裘力斯·肖

约翰·鲁宾逊

哈姆尼斯·萨德勒

罗伯特·沃特科特［以上第三纸］

莎士比亚遗嘱中值得注意者：

（1）第一纸显然重新写过，可能因对朱迪思的婚事不满意，改变了给她的遗产。

（2）莎士比亚迫切希望长女苏姗娜能有男嗣，继承主要家业。

（3）对妻子安妮明定遗赠的只有次优的一张床及附件，是否表示他对妻子冷漠？多数研究者认为按习惯法妻子得遗产三分之一，不必规定；妻子和长女的关系很好，莎士比亚深知长女会奉养母亲，也不必另作规定。

3 月 26 日，教会法庭判莎士比亚的二女婿托马斯·奎尼罚款 5 先令，因发现他和玛格丽特·惠勒私通；玛格丽特怀孕，生产时母子均死，已于 3 月 15 日埋葬。

4 月 17 日，莎士比亚大妹琼的丈夫威廉·哈特逝世，于是日埋葬。

4 月 23 日，（英格兰守护圣徒圣乔治日）莎士比亚逝于斯特拉福德“新居”，终年 52 岁。圣三位一体教堂内莎士比亚墓旁墙上莎像下有拉丁文：“死于纪元 1616 年 4 月 23 日，终年 53 岁。”据 17 世纪 60 年代斯特拉福特教区牧师约翰·沃德的日记称：“莎士比亚、德雷顿和本·琼森举行了一次欢快的聚会，看来喝酒过量，因为莎士比亚那次染上热病而死。”

詹姆斯一世即位到莎士比亚逝世这段时间，国王供奉剧团在宫廷演出共187 场。

4 月 25 日，莎士比亚的遗体在圣三位一体教堂内北墙旁安葬，教堂对此有登记。参加葬礼的亲属有：妻安妮（60 岁）、长女苏姗娜（33 岁）、长婿约翰·霍尔医生（41 岁）、外孙女伊丽莎白（8 岁）、二女朱迪思（31 岁）、二婿托马斯·奎尼（27 岁）、大妹琼（47 岁）和三个外甥——威廉（16 岁）、托马斯（11 岁）、迈克尔（8 岁）。莎士比亚能葬在教堂内荣誉的地方，是由于他在教区内拥有地产权（什一税地产），并非由于他在文学上的成就。但这里立于教堂墙上的莎士比亚半身像下有诗赞扬了“他所写的一切”和他的“文思”。

后　记

本书是我2013年于上海外国语大学毕业时的博士学位论文。毕业5年了，学术上虽无长进，导师的教导却犹言在耳，我想以这样的方式纪念那一段难忘的求学经历。能成为史志康先生的门下弟子是我人生的一大幸事。先生渊博的知识、严谨的学术态度、优雅超然的风范和弘毅宽厚的胸襟深深地影响着我。先生"天道酬勤"的教诲是我的精神支柱和学习动力。先生用他的人格魅力和学术精神改变和影响了我的人生走向和学术走向。先生从不批评学生，总是弯下腰、赏识地聆听着我的无知，用自己的言行举止为学生示范。感谢先生对我的鼓励、支持和包容。

"莎士比亚《十四行诗》"是先生为我们开设的一门博士课程，在这门课程里，我不仅感受到了莎翁"自传性"诗歌的情感力量，也感觉到了诗歌"文本"细读的魅力。以此作为我博士论文选题，意在尝试用文本细读的方式走近这位英国文学的巨人。书中关于"拓扑心理学认知理论"的运用，"隐喻网络构成的多维意义空间"等观点，均来源于文本细读的切身感受。正文后的附录倾注了我大量的心血，希望能给同仁提供查阅的方便。

徐　畔

2018年10月于哈尔滨

图书在版编目（CIP）数据

莎士比亚十四行诗隐喻网络研究 / 徐畔著. -- 北京：社会科学文献出版社，2018.10

ISBN 978-7-5201-3749-2

Ⅰ. ①莎… Ⅱ. ①徐… Ⅲ. ①莎士比亚（Shakespeare，William 1564-1616）-诗歌研究-文集 Ⅳ. ①I561.063

中国版本图书馆 CIP 数据核字（2018）第 238524 号

莎士比亚十四行诗隐喻网络研究

著　　者 / 徐　畔

出 版 人 / 谢寿光
项目统筹 / 张倩郢
责任编辑 / 刘　丹

出　　版 / 社会科学文献出版社 · 人文分社（010）59367215
　　　　　地址：北京市北三环中路甲 29 号院华龙大厦　邮编：100029
　　　　　网址：www.ssap.com.cn
发　　行 / 市场营销中心（010）59367081　59367083
印　　装 / 三河市东方印刷有限公司

规　　格 / 开　本：787mm × 1092mm　1/16
　　　　　印　张：18.5　字　数：330 千字
版　　次 / 2018 年 10 月第 1 版　2018 年 10 月第 1 次印刷
书　　号 / ISBN 978-7-5201-3749-2
定　　价 / 128.00 元

本书如有印装质量问题，请与读者服务中心（010-59367028）联系